U0147262

HERMES

在古希腊神话中，赫耳墨斯是宙斯和迈
亚的儿子，奥林波斯神们的信使，道路
与边界之神，睡眠与梦想之神，亡灵的
引导者，演说者、商人、小偷、旅者和
牧人的保护神……

西方传统 经典与解释 **HERMES**
Classici et Commentarii

古典学丛编
Library of Classical Studies

刘小枫 ◉主编

俄耳甫斯祷歌

Orphei Hymni

吴雅凌 ｜ 译注

华夏出版社

古典教育基金·蒲衣子资助项目

"古典学丛编"出版说明

近百年来，我国学界先后引进了西方现代文教的几乎所有各类学科——之所以说"几乎"，因为我们迄今尚未引进西方现代文教中的古典学。原因似乎不难理解：我们需要引进的是自己没有的东西——我国文教传统源远流长、一以贯之，并无"古典学问"与"现代学问"之分，其历史延续性和完整性，西方文教传统实难比拟。然而，清末废除科举制施行新学之后，我国文教传统被迫面临"古典学问"与"现代学问"的切割，从而有了现代意义上的"古今之争"。既然西方的现代性已然成了我们自己的现代性，如何对待已然变成"古典"的传统文教经典同样成了我们的问题。在这一历史背景下，我们实有必要深入认识在西方现代文教制度中已有近三百年历史的古典学这一与哲学、文学、史学并立的一级学科。

认识西方的古典学为的是应对我们自己所面临的现代文教问题：即能否化解、如何化解西方现代文明的挑战。西方的古典学乃现代文教制度的产物，带有难以抹去的现代学问品质。如果我们要建设自己的古典学，就不可唯西方的古典学传统是从，而是应该建设有中国特色的古典学：恢复古传文教经典在百年前尚且一以贯之地具有的现实教化作用。深入了解西方古典学的来龙去脉及其内在问题，有助于懂得前车之鉴：古典学为何自娱于"钻故纸堆"，与现代问题了不相干。认识西方古典学的成败得失，有助于我们体会到，成为一个真正的学人的必经之途，仍然是研习古传经典，中国的古典学理应是我们已然后现代化了的文教制度的基础——学习古传经典将带给我们的是通透的生活感觉、审慎的政治观念、高贵的伦理态度，永远有当下意义。

本丛编旨在引介西方古典学的基本文献：凡学科建设、古典学史发微乃至具体的古典研究成果，一概统而编之。

古典文明研究工作坊

西方典籍编译部乙组

2011年元月

中译本序

古希腊的"神话系统"与其说集宗教、文学、哲学、历史、自然科学（天象学、植物学）等如今分门别类的学科知识于一身，不如说是一种民族性"生活方式"的表达及其政制基础。无论从现在的哪门人文社会学科角度来研究古希腊的"神话系统"，都会让人不乏兴味。

古希腊神话的原典在哪里？

我国坊间有不少"古希腊神话"译作——二十世纪六十年代就流行过一部翻译过来的名著《古希腊的神话和传说》。我们以为，这就是古希腊神话的"原作"，结果让人对古希腊的"神谱"越看越糊涂。其实，这类"神话"书不过是从"原作"中抽取故事搞的类编，而且早在古代希腊晚期就有了。

要直接了解古希腊的"神话和传说"，得读真正的原著——荷马的两部史诗、赫西俄德的《神谱》，它们分别代表了古希腊神话的两大源头性原典。除此之外，古希腊神话还有第三大源头，这就是"俄耳甫斯诗教"。

与荷马、赫西俄德一样，俄耳甫斯是个会作歌（诗）的歌手。由于没有作品流传下来，他的名声远不如荷马和赫西俄德，但身位却比后者要高，因为他后来成了一种神秘宗教的神主，被信徒们秘密敬拜。如果说荷马、赫西俄德的诗教是政制性的宗教，那么，俄耳甫斯秘教似乎就像如今所谓的民间宗教（与狄俄尼索斯酒神崇拜有密切关系绝非偶然）。无论如何，要完整了解古希腊生活的宗教面相，必须了解俄耳甫斯教的原典。

既然是民间性且秘传的宗教，原始文献在历史中大量失传，就是可想而知的事情。关于俄耳甫斯及其教义，如今能看到的仅是古典学家从古人言辞中辑出的"片段"——罕见的原始文献如1962年在今希腊北部（古马其顿地区）德尔维尼（帖撒罗尼迦至海港城市卡瓦拉中途）出土的莎草纸抄件（Derveni papyrus），据考订为公元前340年左右的文献，极为珍贵。① 除此之外，欧洲十五世纪的古典学者辑佚的八十八首俄耳甫斯祷歌是唯一比较见系统的原始文献，两者正好相互印证。抄件是教义，祷歌则是信众的日常食粮，就宗教生活而言，后者要重要得多。

这些祷歌虽然出现的年代较晚（大约在公元二至三世纪），但据考订，它们乃是悠久传统的承续，包含了相当古老的作品。八十七首祷歌分别献唱给不同的神（大多为自然神，也有"城邦神"），今天的我们能够从中见到一个古希腊人共同崇拜的神祇大家族，其中的神祇大多同见于荷马和赫西俄德的作品，值得对观。

"盛世必修典"——或者说，太平盛世得乘机抓紧时日修典。对于推进现代中国学术来说，修典的历史使命当不仅是续修中国古代典籍，同时得编修古代西方典籍。百年来，西方的现代性文教制度冲击、更替了中国的文教传统，以至于已然形成新的传统。但西方的现代性传统嬗变于与其古典传统的断裂，如此新传统一方面带来一言难尽的"进步"，另一方面也生出不少"病毒"——中国的新传统接受了西方的新传统，自然连带染上了其中的"病毒"。在如此处境中，简单地提倡回到中国的古典传统，并不能面对真正的问题。换言之，了解古典的西方，对于重新认识古典的中国进而反观现代性中的中国

---

① Gábor Betegh，*The Derveni Papyrus: Cosmology, Theology and Interpretation*，Cambridge: Cambridge University Press，2004.

问题，意义重大——"五四"以来的历史歧途在于：从西方的现代性新传统（及其新学科知识）来重释中国的古典传统（即便某些抵制西方、高扬中国传统的人士亦然）。

古典文明研究工作坊拟定计划，推动编修西方古代经典这一学术大业。我们主张，编修西方文明典籍应该秉承我国清代学人编修古代经典的精神和方法。精神即敬重古代经典，不以为今人对世事人生的见识比古人高明（即便到了后现代也罢，因为人的天性并没有因历史已经后现代了而有所改变）；方法即翻译时从古典学家的笺注入手掌握文本，多参考前人的翻译和研究成果，而非稀里糊涂或囫囵吞枣地翻译。

西方古典学者对八十八首俄耳甫斯祷歌的翻译和注疏，直到晚近才见值得称道的成果。祷歌原文年代久远，将祷歌译成现代西语的译者虽然都是资深古典语文学家，他们在翻译中仍时常感到一些句子没法搞懂，翻译难度可想而知。由此可见，倘若没有注释，中译的可靠程度会大大折扣，阅读的理解程度就更不用说了。

八十八首祷歌本为六音步诗，西方古典学者编定的古希腊文校勘本分行排印，但也许因为大多为短歌，没有标注行码。中译本加了行码，为的是我们今后研究起来方便。事实上，荷马、赫西俄德以及肃剧诗人作品的行码或柏拉图作品的"编码"，都是近代古典学家的"编辑痕迹"。

为便于读者的理解，我们选了两篇西人晚近的研究论文，译出作为附录。

本书不仅值得与《俄耳甫斯教辑语》相互参看，与荷马、赫西俄德、品达、柏拉图作品对勘，获益可能会更大。

刘小枫
古典文明研究工作坊
2006 年

目　录

目　录

附　录

献给父亲和泉州城的一百零一天

中译本导言

历来的俄耳甫斯研究有三种主要文献依据：古代作者的援引转述、托名俄耳甫斯作品和考古发现。这是因为诗人俄耳甫斯没有完整作品传世。没有正统经典，只有"次经""伪经"。无数类似文本条件的古代作者被遗忘，被忽略，纷纷淹没在时间的大河里。但俄耳甫斯相反。一种名曰俄耳甫斯主义的作品不断变通，从古时活到今天。这是让人着迷的问题，也是我重修俄耳甫斯祷歌的思考起点。[①]

俄耳甫斯与俄耳甫斯主义

"俄耳甫斯"（Ὀρφεύς）之名源出何处，没有定论。[②]在古神话中，诗人生在色雷斯，母亲系缪斯中的卡利俄佩（Kalliope），父亲系阿波罗神，或色雷斯河神俄格卢斯（Oeagrus）。依据十世纪拜占庭学者编

---

① 初版《俄耳甫斯教祷歌》，华夏出版社，2006年。

② Kern在第4条生平残篇中列数了诸种字源可能性以及历代注家陷入的考据困境。俄耳甫斯残篇主要参考 O.Kern, *Orphicorum Fragmenta*, Weidmannos, 1922（书中简称K版。该版本分两类残篇，其中"生平残篇"简称OT，"教义残篇"简称OF。依照惯例，若无特别说明系OT编码，则指OF编码）; A.Bernabé, *Orphicorum et Orphicis similu. Testimonia et framenta*, De Gruyter, 2005（简称B版）。

撰的《苏达辞典》（Σοῦδα）记载，俄格卢斯是阿特拉斯家族第五代传人，俄耳甫斯生在特洛亚战争爆发前十代（O.654.1-5）。公元前三世纪罗得岛的阿波罗尼俄斯（Apollonius Rhodius）仿荷马撰写四卷本史诗《阿尔戈英雄纪》（Argonautica），俄耳甫斯位列远征求取金羊毛的英雄榜首，甚至排在赫拉克勒斯前头（1.20-24）。阿尔戈英雄中有好些是荷马诗中特洛亚英雄的父辈，这似乎成了俄耳甫斯辈分高过荷马的另一种表述。①

　　有别于荷马代表的叙事诗传统，俄耳甫斯指向另一种诗的源头。传说阿波罗神给他竖琴，使他与通灵的抒情诗传统相连（Lyre-lyrism）。柏拉图的《伊翁》把他奉为"竖琴弹唱"（κιθαρῳδία）的典范（533c）。②公元前六世纪抒情诗人伊比科斯（Ibycus Rheginus）第一个提到"俄耳甫斯的美名"（ὀνομακλυτὸν Ὀρφικά，残篇10）。稍后同系抒情诗人的品达尊称他为"源自阿波罗神的琴师"和"诗唱的父亲"（Ἀπόλλωνος δὲ φορμιγκτὰς ἀοιδᾶν πατήρ，《皮托竞技凯歌》4.176-177）。

　　传说这个诗神的孩子拥有超自然的抒情力量，能以诗感动众生，③乃至橡树石头和神界冥界，他在远征路上与塞壬赛诗获胜，④后

---

　　①　俄耳甫斯与阿尔戈远征，参见俄耳甫斯残篇K版OT78-80，B版1005-1011。

　　②　《伊翁》中的苏格拉底区分了四种类型的诗：吹长笛的、弹竖琴的（荷马同样以κιθάρα而不是λύρα指代竖琴，参看下文《会饮》引文中的"齐特拉琴师"）、竖琴诗唱的、颂诗的。依次对应四名诗人：奥林普斯、塔缪罗斯、俄耳甫斯和费弥奥斯。

　　③　俄耳甫斯的诗唱魅力，参见俄耳甫斯残篇K版OT46-58，B版943-977，其中如见西蒙尼德残篇27，柏拉图《普罗塔拉》315a-b，欧里庇得斯《酒神的伴侣》562-564等，维吉尔《农事诗》4.464-486等。

　　④　与塞壬赛诗，如见阿波罗多洛斯1.9.25，阿波罗尼俄斯《阿尔戈英雄纪》4.905-909，无名氏著《阿尔戈英雄纪》1276-1291等。

为妻子入冥府，以竖琴伴奏的歌声征服冥王冥后。① 种种神话尽在强调诗人凭诗艺赢得不死的诗名。不过，柏拉图对话中说，诗人试图进入冥府又避免死亡，诸神故而惩罚他，让他死在女人手里（《会饮》179d），这使他不肯投胎做人，情愿选择天鹅的来生（《理想国》620a）。到了拉丁诗人奥维德那里，入冥府宛如一出诗人言不由衷的悲喜剧。作为对比，奥维德把俄耳甫斯之死写成一场真正的献祭，以此成就狂女们参加的秘教仪式（《变形记》10.1–106，11.1–84）。②

古典时期的作者除了提到诗人之名 Ὀρφεύς，还会提到一种说法 Ὀρφικά，大致可以理解为狭义的"俄耳甫斯教"和广义的"俄耳甫斯主义"两层意思。首先，俄耳甫斯在某个以秘仪（τελετή）为主要特征的宗教运动中被尊奉为创始人。古希腊早期的宗教祭祀或神话传说几乎都以口传诗唱为主，Ὀρφικά 较早形成作为宗教生活依据的书写经文。柏拉图《法义》中的雅典人追述从前人们过的"俄耳甫斯式的生活"（Ὀρφικοί βίοι，6.782c）。在欧里庇得斯笔下，入了教的希波吕托斯被批评"奉了俄耳甫斯当祖师，尊奉那许多文书里出来的烟雾"（《希波吕托斯》948–954）。俄耳甫斯教的信奉者被非议，似乎与他们提倡一种挑衅城邦共同体正统的生活方式有关。

不过，Ὀρφικά 用来指代"俄耳甫斯主义"，或具有比"俄耳甫斯教"更广远的指代范畴。由于众所周知的原因，我们对古代秘教所知甚少。今人一知半解的古希腊秘教往往与狄俄尼索斯崇拜相连，有共通的仪轨特征和共享的神话教义。希罗多德最早提到，俄耳甫斯教与狄俄尼索斯崇拜有相同的仪轨，并进一步溯源："这规定实际上是埃

---

① 俄耳甫斯入冥府，参见俄耳甫斯残篇 K 版 OT293–296，B 版 707–711，其中如见柏拉图《会饮》179d，阿波罗多洛斯 1.3.2，维吉尔《农事诗》4.471–484，奥维德《变形记》10.1–106 等。

② 俄耳甫斯之死，参见俄耳甫斯残篇 K 版 OT113–135，B 版 1032–1061。

及的和毕达哥拉斯的。"（2.81，另参4.79）

传说俄耳甫斯早年游历埃及，①且被尊奉为不止一种古希腊秘仪的创始人，包括厄琉西斯秘仪和萨莫色雷斯诸仪式（详见下文"秘教与焚香"章节）。不止一位古代作者记载，俄耳甫斯在远征路上指引阿尔戈英雄参加秘教入会礼。②如此看来，俄耳甫斯不只是诗人，还是祭司或宗教家。作为古希腊秘教的重要标记之一，Ὀρφικά所泛指的古老秘传思想在托名荷马颂诗中，在毕达哥拉斯或赫拉克利特等前苏格拉底作者的传世残篇中，在柏拉图对话和雅典悲剧喜剧中均有迹可循。③

有别于荷马或赫西俄德这类城邦人公认的教师，围绕这位没有传世经典的诗人，渐渐成形一种名曰俄耳甫斯主义的作品，一种在时光淘洗中不断自我整合更新的诗教传统。俄耳甫斯的生活方式与其说是一种答案，更像是一个长久有效的问题，与之相关的思考与我们生活的世界依然息息相关。

─────────────

① 在一世纪史家狄奥多罗（Diodorus Siculus）笔下，俄耳甫斯是埃及文明的追慕者和仿效者，把在埃及见闻的可惊叹的东西全带回希腊（1.23.2，1.96. 4-5；4. 25.3）。参希罗多德："在希腊，几乎所有神奇的人都从埃及来。"（2.50）另参阿波罗尼俄斯《阿尔戈英雄纪》1.101-103。

② 参俄耳甫斯残篇K版OT105，B版519-523。阿波罗尼俄斯的《阿尔戈英雄纪》提到俄耳甫斯在萨莫色雷斯主持过一场秘仪（1.915-921），另参狄奥多罗5.49；农诺斯《狄俄尼索斯纪》2.470；托名俄耳甫斯《阿尔戈英雄纪》15，27，29等。

③ 托名荷马颂诗（Homeric hymn）是厄琉西斯秘仪的最古文献，据考证有些篇章与赫西俄德同时代，如参Jean Humbert. Homère. Hymnes. Paris：Les Belles Lettre，2003；M. L. West. *Homeric Hymns*. London：Havard University Press，2003；晚近学者常将俄耳甫斯秘教与厄琉西斯秘仪、毕达哥拉斯教派混同。如参Bianca M. Dinkelaar. *Plato and the Language of Mysteries*. In *Mnemosyne* 73，Brill，2020，pp.36-62。

俄耳甫斯古文献

《苏达词典》在 Ὀρφεύς 词条下罗列出俄耳甫斯作品名录，更准确地说，当系托名俄耳甫斯的作品名录：

> 他撰写了《三论》(Τριασμούς)——但据说是悲剧诗人伊翁所作。内含所谓的《圣服记》(Ἱεροστολικὰ)、《乾坤祷语》(Κλήσεις κοσμικαί)、《新落成歌》(Νεοτευκτικά) 等篇目。他还撰写了《二十四分卷圣辞》(Ἱεροὺς λόγους ἐν ῥαψῳδίαις κδ´)——但据说是色萨利亚的忒奥格尼图斯 (Θεογνήτου τοῦ Θεσσαλοῦ) 所作，也有说是毕达哥拉斯派的刻耳科普斯 (Κέρκωπος)。《神谕》(Χρησμούς)，又归入奥诺玛克利图斯 (Ὀνομάκριτον) 名下。《入会礼》(Τελετάς)，似乎同系奥诺玛克利图斯所作。《论宝石切割》(λίθων γλυφῆς)，又名《论八十宝石》(Ὀγδοηκοντάλιθος)。《救赎诗篇》(Σωτήρια)，据说是叙拉古的提莫克勒斯 (Τιμοκλέους τοῦ Συρακουσίου) 或米利图的珀耳西努斯 (Περσίνου τοῦ Μιλησίου) 所作。《调酒缸歌》(Κρατῆρας)，据说是佐庇鲁斯 (Ζωπύρου) 所作。《母亲神与巴克库斯神加冕礼》(Θρονισμοὺς Μητρῴους καὶ Βακχικά)，据说是埃里阿斯的尼西阿斯 (Νικίου τοῦ Ἐλεάτου) 所作。《冥府纪》(Εἰς ᾅδου κατάβασιν)，据说是佩林索斯的赫洛狄克斯 (Ἡροδίκου τοῦ Περινθίου) 所作。《布与网》(Πέπλον καὶ Δίκτυον)，据说是赫拉克利亚的佐庇鲁斯 (Ζωπύρου τοῦ Ἡρακλεώτου) 所作，但也有说是布朗提努斯 (Βροτίνου) 所作。1200 行的《名录》(Ὀνομαστικὸν)、1200 行的《神谱》(Θεογονίαν)、《星象书》(Ἀστρονομίαν)、《沙卜书》(Ἀμοκοπία)、《献祭书》(Θυηπολικὸν)、《风卵献祭或占卜诗》(Ὠοθυτικὰ ἢ Ὠοσκοπικά)、《圣袍带歌》(Καταζωστικὸν)、《科律班忒斯祷歌》和《自然神祷歌》(Ὕμνους· Κορυβαντικὸν καὶ Φυσικά)，以上据说是布朗提努斯所作。(0. 654. 5–17)

《苏达辞典》罗列的这些作品无一完整传世。其中《二十四分卷圣辞》似沿用了达玛斯基乌斯（Damascius，约458–538）等新柏拉图派作者的记载。此外，古典时期确乎流传某部俄耳甫斯的《神谕》（Χρησμοί），狄奥多罗和普鲁塔克也提到俄耳甫斯撰写过《冥府纪》（Κατάβασις εἰς Ἅιδου），均未见传本。至于1200行的俄耳甫斯神谱诗，不但未传世，古代作者亦鲜少提及。

那么，现有俄耳甫斯研究的古文献依据大致有哪些？

关于古代作者的援引转述，1922年，德国学者O.Kern在G.Hermann（Orphica，1805，1971重版）和E. Abel（Orphica，1885）等前人基础上，收录了公元前六世纪至六世纪涉及俄耳甫斯的几乎所有残篇，包括262条俄耳甫斯生平残篇（简称OT）和363条俄耳甫斯教义残篇（简称OF）。2005年，德国学者A.Bernabé在此基础上做出重订（简称B版）。

——O.Kern, *Orphicorum Fragmenta*, Berolini Weidmannos, 1922，430ps.

——A.Bernabé, *Poetae Epici Graeci. Testimonia et fragmenta. Pars II. Orphicorum et Orphicis similu,. Testimonia et framenta*, De Gruyter，2005，582ps.

关于托名俄耳甫斯作品，今天还能看到一部祷歌集，一部史诗和一部《宝石录》。

俄耳甫斯祷歌集（Orphei Hymni）由现存的八十八首六音步诗结集而成（含卷首俄耳甫斯致缪塞俄斯的开场诗）。据推断，最初的数目不止于此，可惜多已佚失。归入俄耳甫斯名下的其他祷歌当与此区别开。

五世纪无名氏作者的叙事长诗《阿尔戈英雄纪》（Argonautica）与罗得岛的阿波罗尼俄斯的四卷本史诗同名。全诗共1376行，假托俄耳甫斯在晚年的笔法，对弟子缪塞俄斯追述阿尔戈远行求取金羊毛的经过。这部长诗一度列入 G. Hermann 考订的俄耳甫斯作品编目。

托名俄耳甫斯的《宝石录》（*Lithica*）记录三十来种石的医巫功效，据考订写作年代约为二世纪。此外还有若干天文医巫作品归入俄耳甫斯名下，比如受古迦勒底影响的《十二年周期书》（Δωδεκαετηρίς）或《日历书》（Εφημερίδες）等，据考订均问世于罗马帝国时期。

另有一类托名俄耳甫斯作品出自早期基督教护教作者手笔，假托俄耳甫斯的忏悔口吻，承认从前信奉多神的谬误，向缪塞俄斯宣讲一神真谛。

关于考古发现，除古陶瓶等出土器物之外，十九世纪以来地中海沿岸陆续出土刻在薄金箔上的古墓铭文，年代从公元前五世纪至三世纪不等，据考订这些古墓的主人系古代俄耳甫斯教信徒。1962年出土的德尔维尼莎草抄件（Papyrus Derveni）包含一段俄耳甫斯诗文评述，成文年代在公元前四世纪末三世纪初，其中援引的一段俄耳甫斯神谱残诗似与柏拉图《法义》提及的宙斯祷歌相连（715e-716a）。[1] 韦斯特的《俄耳甫斯诗歌》试图以此重构某种古老的"普罗多格诺斯"（即"最早出生的神"）神谱，[2] 但德尔维尼莎草抄件里的神谱诗很可能就是阿里斯托芬、柏拉图等人谈及的古版本。

俄耳甫斯神谱版本

托名俄耳甫斯的八十八首祷歌所涉及的神大多见于荷马或赫西俄

---

[1] 详见《俄耳甫斯教辑语》，华夏出版社，2006年，页174-192。

[2] M.L.West, *The Orphic Poems*, Oxford, Clarendon Press, 1983, pp.75-113.

德的神话谱系。尽管传世的文献年代较晚，[①]但一般认为，俄耳甫斯教起源很早，古希腊神话谱系的重要来源之一，当算上俄耳甫斯教。

那么有多少种俄耳甫斯神谱版本呢？[②]雅典学园（529年关闭）的最后一位主持人达玛斯基乌斯提到关于世界起源与诸神谱系的三种俄耳甫斯版本。

第一种即古版本，达玛斯基乌斯在《论第一原理》中称之为"欧德摩斯的神谱"："在该神谱里，夜神是万物的起源。"（《论第一原理》I.319.8=OF28）这个版本经由阿里斯托芬、柏拉图、亚里士多德及其弟子欧德摩斯等古典作者援引。其中阿里斯托芬《鸟》（前414年上演）中的说法最早，收编入 Kern 辑录的俄耳甫斯教义残篇第1条。夜神生风卵，从风卵生爱若斯，再从爱若斯生鸟族，以及天地大海和永生神族（《鸟》689-701）。柏拉图在《斐勒布》中援引俄耳甫斯的佚诗："良序之歌到第六代走向尽头。"（66c）俄耳甫斯神谱中有六代神王，始于夜神，终于狄俄尼索斯。

德尔维尼莎草抄件有助于进一步重构这个神话版本。抄件残诗首先提到，宙斯为取得王权，遵循夜神的建议，吞下普罗多格诺斯。其次交代宙斯以前的历代神王：夜神、普罗多格诺斯、天神、大地和克洛诺斯。再次，宙斯重造世界，孕生万物，恢复之前吞下的宇宙元素。残诗中断处最后提到，宙斯因欲求与母亲瑞亚结合而停下创世行为。

古代作者多有提到俄耳甫斯的神谱，与迄今仅存的赫西俄德的《神谱》相去甚远。从古版本看，夜神作为最初的神，取代赫西俄德

---

① 　一般认为，阿里斯托芬的《鸟》（684-703）是迄今所知的俄耳甫斯神谱的最早记录，古典语文学家们由此推断，至少从公元前五世纪开始，俄耳甫斯的名字与古希腊盛行的诸种秘教仪式（τελεταί）相连。如参基里克，《前苏格拉底哲学家：原文精选的批评史》，聂敏里译，华东师范大学出版社，2014年，页333。

② 　本节主要参考 M.-Ch. Fayant（texte etabli et traduit），*Hymnes orphiques*，Paris，Les Belles Lettres，deuxième tirage，2017，pp.xvii-xxiii。

神谱传统中的大地，给予历代神王获取政权的建议（神谱160-161，470-471，891-892）。宙斯吞下普罗多格诺斯又重新孕生万物，依稀呼应了克洛诺斯吞下刚出生的子女又被迫吐出来（神谱459，494-497），尤其是复刻了宙斯吞下怀孕中的墨提斯，又从脑袋生出雅典娜（神谱888-900）。依据古代作者转述援引所还原的俄耳甫斯古神谱版本，在一定程度上表现为对早期诗人的神谱传统的仿效和翻转。

第二种是圣辞版本，达玛斯基乌斯称为"二十四分卷圣辞"（*Ιερός Λόγος σε 24 Ραψωδίες*，《论第一原理》1.316.18- 317.14），《苏达辞典》将其纳入俄耳甫斯作品名录。从标题看，hieroi logoi（圣辞）系罗马帝国初期流行的一种宗教性文体，"二十四分卷"之说盖仿效荷马史诗在希腊化时期从 A 至 Ω 的分卷做法。我们今天了解该版本，主要依据新柏拉图派哲人和早期基督教护教作者的援引。Kern共辑录176条残篇（编号OF60-235），Bernabé新版又有添补（编号90-359）。

圣辞版本与古版本的根本差别在于引入时间概念，具体表现为拟人化的时间神（Chronos）。此外圣辞版本似乎就是在古版本的基础上形成的。只是最早的神不是夜神，而是时间神。时间是原初的宇宙本原。由于时间神与密特拉崇拜的影响相连，年代不会早于二世纪下半叶，这也有助于我们确定圣辞版本的形成时间。

在圣辞版本中，时间神和必然神（Anagke）生天宇（Ether）和混沌（Chao），彼时一切为黑夜笼罩。从埃忒尔生风卵，从风卵生带翅和双性别的普法纳斯（Phanes），又有别称如普罗多格诺斯、墨提斯、埃利克帕奥斯、爱若斯和布洛弥俄斯等。普法纳斯撕裂风卵，也就是撕破原初世界的黑暗，带来明光。普法纳斯和夜神生天地，造日月。天与地又有命运神等后代，而大地独自生提坦神。此后依循赫西俄德神谱传统，提坦偷袭天神，阿佛洛狄特从中诞生，克洛诺斯和瑞亚生宙斯。再往后，宙斯和珀耳塞福涅生狄俄尼索斯，把王权传给他。提坦出于嫉妒引诱幼神，将他撕成碎片，以颠覆古代祭祀传统的方式煮食了他。雅典娜抢救下他的心脏，宙斯使他复活。由于狄俄尼索斯同样也有别称如宙斯、埃利科帕奥斯、墨提斯、普罗多格诺斯、爱若斯和普法那斯，一切重新开始，循环往复。历代神王依次是普法纳斯、夜神、天神、克洛诺斯、宙斯、狄俄尼索斯。

圣辞版本带有斯多亚学说和新毕达哥拉斯派学说的明显影响，乃是为了整合彼时涌现出的新哲学理论而应运生成。一方面，五世纪前后的新柏拉图派哲人在注疏柏拉图对话时大量援引俄耳甫斯的圣辞神谱，他们深信柏拉图哲学中隐藏着真正的神学理论，致力于在俄耳甫斯教与柏拉图哲学之间寻找相通的入口。另一方面，早期基督教教父也对俄耳甫斯及其诗歌残篇做出护教性阐释。有的结合俄耳甫斯的异教神话和秘教职能，将其视同地狱天使，还有的反过来将俄耳甫斯树立为耶稣基督的预像。在神话中，俄耳甫斯之死带有宗教性的献祭意味，他被酒神狂女们撕成碎片，这不仅与狄俄尼索斯神话相连，还被若干早期教父理解为基督受难的预告。三世纪某些基督徒的护身符常见有十字架上的俄耳甫斯形象。

第三种版本，依据达玛斯基乌斯的记载，乃是"希耶罗尼姆斯（Hieronymos）和赫拉尼库斯（Hellanikos）——若不是指同一人的话——所记录下的起源神话"（《论第一原理》1.317.17=OF54）。达玛斯基乌斯本人对作者身份表现出的迟疑让后世考订愈发艰难。

这个神谱版本的不同之处在于，最初的宇宙元素既不是黑夜，也不是时间神，而是水和土。时间神从水和土中生，时间神还有另一个名称叫赫拉克勒斯。他与必然神结合，必然神还有另一个名称叫阿德拉斯忒亚。时间和必然生埃忒尔、卡俄斯和厄瑞波斯。从埃忒尔生风卵，从风卵生普罗多格诺斯（或普法纳斯，又与宙斯、潘混同），风卵被撕裂做两半，各成天与地。

在这个版本中，该亚（Gaia，或Ge）出现两次，先是作为最初的土元素，再是作为与天空同时生成的大地。公元前三世纪的斯多亚哲人芝诺在注疏《神谱》第116-117行时就致力于使赫西俄德的起源神话与荷马传统接轨："在赫西俄德那里，混沌即水，水经蒸发生成泥，泥经凝固生成土。"（1.17-19）荷马神谱以水元素（大洋神和特梯斯）为众神的始祖（伊利亚特14.201），而赫西俄德神谱以土元素（大地）为诸神永远牢靠的根基（神谱117）。[①]"希耶罗尼姆斯和赫拉尼库斯的起源神话"把水和土追加为世界生成的最初本原，让人看到解释并调和这两种古老神谱传统的用心努力。

　　二世纪下半叶基督教护教作者雅典纳格拉斯（Athenagoras Atheniensis，133-190）记录了几乎一模一样的神谱叙事（《辩护文》18，20，32 = OF57-59），并声称出自俄耳甫斯本人的手笔。四世纪末托名克莱蒙一世的《布道》（*Homilia*）和《感恩》（*Recognitions*）也有所援引（OF55-56）。比达玛斯基乌斯早生半个世纪的普罗克洛斯[②]没有提到第三种版本。依据今人考订，这个版本的形成年代比圣辞版本略晚，但相隔时间不会太长，最迟不超过二世纪中叶。这个版本似乎是在解释圣辞版本，使之能够与荷马和赫西俄德的神谱学说，甚至斯多亚派的宇宙起源说相互协调。[③]晚近学者在重建俄耳甫斯祷歌中的宇宙起源叙事时指出，这些祷歌并非如学界普遍判断的那样仅仅借鉴圣辞版本，至少在宇宙生成学说方面，祷歌的作者熟悉第三种版本。[④]

---

①　H. Von Arnim ed. ，*Stoicorum Veterum Fragmenta*，Teubner，1924，vol I，n.104，p.29，1.17-19.

②　普罗克洛斯（Proclus，412-485），君士坦丁堡人，437-485年间任雅典学园主持人，他是雅典学派的新柏拉图主义在五世纪时的传人，广泛注疏古希腊经书，并留下六首祷歌，分别献给日神、缪斯、阿佛洛狄特、赫卡忒、雅努斯和雅典娜。

③　L. Brisson，*Orphée：Poèmes magiques et cosmologiques*，Les Belles Lettres，1993，pp.171-174；M.-Ch. Fayant，*Hymnes orphiques*，p.xxiii.

④　M.-Ch. Fayant，*Hymnes orphiques*，pp.699-700（详见附录《俄耳甫斯祷歌里的神谱》）。

俄耳甫斯祷歌

版本源流

今人得以见到俄耳甫斯祷歌，首先得感谢十五世纪文艺复兴的崇古风。

1423年12月15日，有个叫乔瓦尼·奥利斯帕（Giovanni Aurispa，1376-1459）的意大利人在威尼斯上岸，据称他从君士坦丁堡带回238份古希腊典籍手抄件，其中一份抄件含有托名俄耳甫斯的《阿尔戈英雄纪》、普罗克洛斯的颂诗和88首祷歌。在很长时间里，这被看成西人见到俄耳甫斯祷歌的最早底本。

1462年，费奇诺将这些祷歌译成拉丁文，或因异教气息太浓，没有公开出版，只在佛罗伦萨文人圈私传。

1500年，俄耳甫斯祷歌首次在佛罗伦萨刊印。[①]

文艺复兴时期的人们显然喜爱这些祷歌，流传至今的手抄件多达三十七份，抄录时间在1450年至1550年间。另有六份佚失手抄件记录在案。此外，编号为 Vaticanus 2264 和 Marcianus 509 的两份手抄件仅抄录了开场祷歌和第一首祷歌。这些祷歌往往与托名荷马颂诗并称，通常还与托名俄耳甫斯的《阿尔戈英雄纪》和普罗克洛斯颂诗编排在一起。

现存手抄件的研究表明，三十七份抄件大致可以归纳入四种变文版本，而所有变文依据同一个原始抄件。据考订，这个俄耳甫斯祷歌的最早底本（又称Archetype Ψ）抄录时间在十五世纪，很可能早于1423年，共含18页正反面，每面含35行，始于第1张反面倒数第17行，结束于第18张反面第19行，抄录顺序在《阿尔戈英雄纪》之后

[①] *Orphei Argonautica*, *Orphei et Procli hymnos complectens*, Impressum Florentiae impensa Philippi Iuntae bibliopolae, 1500.9.19. 首版刊印本再现了原始抄件的样貌，依次收录了托名俄耳甫斯的《阿尔戈英雄纪》、祷歌和普罗克洛斯颂诗。

和普罗克洛斯祷歌之前。①

这些祷歌成文于何时何处？古典语文学家们迄今仍然难以断定确切的年代地点。这是因为，在如前所述的十五世纪以前的很长时间里，几乎无人提及这些祷歌。九至十世纪的拜占庭学者伽勒诺斯（Johnnes Diakonos Galenos）在注疏赫西俄德的《神谱》时援引了第八首日神祷歌和第九首月神祷歌，这被看成年代最早的记载。此外，六世纪拜占庭宫廷诗人示默者保罗（Paulus Silentiarius）在长诗《索菲亚教堂细述》（*Ekphrasis*）中使用的若干修饰语疑似出自祷歌。某些祷歌或有不同古代哲学思潮的痕迹，据考订年代跨度可追溯自公元前二世纪至公元五世纪，但唯有斯多亚哲学的影响是确凿的。某些祷歌还有罗马帝国时期的宗教，甚而基督教的痕迹。

如今的古典学家们大致认为，这些祷歌的成文时间约为二世纪末三世纪初，或系小亚细亚的帕加马地区某个俄耳甫斯教派团体用的祷文册子，或者叫作"祷书"。② 某些祷歌献唱给该地区的地方神，比如弥塞（祷42）、伊普塔（祷49）、墨利诺厄（祷71）和埃利克帕奥斯（祷6，52），在其他古文献中极少见。祷歌的作者亦无从查考。基于这些祷歌的用词句法高度统一，加上不同祷歌之间的频繁互文，很可能出自同一位无名诗人。

今存祷歌共八十八首，由六音步诗写成，长短不一，长达三十来行（如祷10），短则五六行（如祷5，80，81等），加上开场祷歌，总计约1100行。每首祷歌献唱给不同的神，或同一位神的不同称谓形态，比如宙斯有三首祷歌（祷15，19，20），狄俄尼索斯有八种化名

①　W. Quandt, *Orphei Hymni*, Berlin, 1973, pp.3-34; M.-Ch. Fayant, *Hymnes orphiques*, pp.xxxiv-xxxv.

②　A.-F. Morand, *Études sur les Hymnes orphiques*, Brill, 2001, p.35起, pp.194-197；M.-Ch. Fayant, *Hymnes orphiques*, pp.xxx; G.Ricciardelli, *Inni orfici*, Fondazione L, Valla, 2000, pp.xxviii-xxxi.

（祷30，42，45，46，47，50，52，53），等等。

俄耳甫斯教团契有可能在祈神仪式中咏唱一首或多首祷歌，用法与犹太基督宗教传统中的圣诗集相类，这解释了为什么不同祷歌有相类似进而相冲突的说法，比如爱神与法神"独自掌握世间运转的舵"（祷58.8，64.8），赫拉、健康神与睡神"独自运筹一切"（祷16.7，68.11，85.3）。这类团契活动显然与罗马帝国时期的官方宗教祭祀无关，更像私人性质的崇拜仪式。从其间举办博学赛会（祷7.12，参祷42.11）看，参加者可能具备较高文化素养。现存祷歌仅提到团契里的执事（βουκόλω，祷1.10，31.7），据推测，这类秘教团契活动人数较少、规模较小。

俄耳甫斯教团契还有可能在相对隆重的夜间仪式中次递吟咏全部祷歌。尽管据考订有部分祷歌佚失，现存诗集依然带有显著的环形结构特点。信徒在夜里点燃火把，呼唤夜神（祷3），在焚烧香料的长夜尽头呼唤黎明神（祷78）。头两首祷歌献给为信徒引路的"道路和十字路口的"赫卡忒（祷1）和象征入门与诞生的助产女神普罗提拉亚（祷2），最后三首祷歌献给睡神、梦神和死神（祷85-87），从新生到死亡，从黑夜到白天，首尾衔接，循环往复，大致譬喻信徒在入会礼中的灵魂重生经历。

秘教与焚香

秘教仪式包含焚香仪式。除八首祷歌以外，每首祷歌在标题后标注有焚香（θυμίαμα）规定。Θυμίαμα大约指"焚烧，焚香"，不是严格的宗教用语，希波克拉底也用来指代某种烟熏疗法（*De Morbis Mulierum*，1.13，78）。俄耳甫斯教禁血祭忌杀生，焚香或替代祭祀中焚烧牺牲的烟雾，在天地间接通消息。祈祷者吟唱祷歌（通常有音乐伴奏），两脚站立，双臂伸向天空，有如与诸神交流，其间或发生"通灵"或"出神"状态。

祷歌主要提到六种焚香，下文依次说明。^①

第一种是乳香（λιβανος），有 17 首祷歌标注焚烧乳香，此外有 10 首祷歌焚烧"乳香粉末"（μάννα），4 首祷歌焚烧"捣碎的乳香"（λιβανομάννα）。三种写法盖指不同形态的乳香，后两种写法区别不明显，μάννα 或偏向指粉末状的乳香，λιβανομάννα 或偏向指颗粒状的乳香，有些译家不做区分。祷歌中没有出现通常指乳香木的 λιβανωτός，但阿佛洛狄特祷歌中提到"叙利亚流满乳香（εὐλίβᾰνος）的国度"（祷 55.17），欧里庇得斯在《酒神的伴侣》中同样提到"叙利亚乳香"（144）。叙利亚不是乳香的原产地，要么阿拉伯出产的乳香经过叙利亚港口运到希腊，要么希腊古人以叙利亚泛指东方世界。希罗多德记载过阿拉伯人采集乳香的经过（3.107），并称巴比伦神庙大祭坛每年供奉一百塔兰特乳香（1.183）。据西西里的狄奥多罗记载，乳香原产地被称为 arabia felix，是丰饶美好之地，受诸神眷顾（5.41.3）。柏拉图的《法义》设想一条禁令，严惩包括乳香在内的外邦香料进口（8.847b）。德尔斐神庙只用本地的月桂和小麦粉做供奉，但希腊古人也以乳香祭神，如参色诺芬残篇 1.7，阿里斯托芬《云》426。乳香与其他香料混用，参希罗多德 2.40，86。在奥维德的变形神话中，乳香由赫利俄斯的爱人化成（《变形记》4.214），古人素以乳香供奉日神，故第 8 首日神祷歌焚烧"捣碎的乳香"（泰奥弗拉斯托斯《植物史》9.4.5，参希罗多德 2.73）。据波菲利记载，毕达哥拉斯最早使用乳香进行占卜，并赞赏植物香料的神奇力量（《毕达哥拉斯传》11）。古人用乳香治疗伤口（盖伦《论医术》3.3）。乳香是长寿和神性的象征。

第二种是植物香料（ἀρώμα），计有 22 首祷歌。古人用作香薰的植物具体有哪些，难以考证，常用的大致有月桂、鼠尾草、岩蔷薇、甘松香等。此外，祷歌集专门标明的没药和罂粟也属于植物香料。托名俄耳甫斯的《宝石录》中记载过一种焚烧植物香料的占卜仪式

---

① 　　主要参考 A.-F. Morand, *Études sur les Hymnes orphiques*, pp.115-137。

（743-744）。植物香料不仅用来供神祭神，也用作医疗烹饪酿酒等世俗用途。参希波克拉底《箴言》5.28；色诺芬《远征记》1.5.1；亚里士多德《论问题》907a13；普鲁塔克《福基翁传》20；泰奥弗拉斯托斯《论气味》21；《植物史》4.4.14，9.7.3。

第三种是安息香（στύραξ），或苏合香脂，有12首祷歌。从苏合香树采集香脂，参希罗多德3.107。最珍贵的安息香呈红色油状，或凝结成微白块状，搅拌即流蜜般汁液，希波克拉底用熏香法为女性治病（De natura muliebri，34），另参狄奥斯科里德斯（Pedanius Dioscorides）《药论》1.66，亚里士多德《动物志》534b25。

第四种是没药（σμύρνα），有5首祷歌。在神话中，斯密耳那（Smyrna，参阿波罗多洛斯《书藏》3.14.4）或密耳拉（Myrrha，参奥维德《变形记》10.298起）惹怒阿佛洛狄特，女神让她爱上自己的父亲，并在奶娘安排下与父亲结合，她在流亡中变成没药树，事后知情的父亲在发怒中劈开树，从中生出阿多尼斯，没药树流出的香膏被比作斯密耳那的眼泪。没药与爱情相连，但在本祷歌集里，献给爱若斯、阿多尼斯或阿佛洛狄特等祷歌的焚香仪式均与没药无关。没药也用来酿酒（雅典努斯1.66c-d）或封存葡萄酒（普林尼《自然史》14.134），在埃及用来保存尸体（希罗多德2.40.86，73），希波克拉底用作药疗（如见 De locis in homine 47.6），另参欧里庇得斯《伊翁》1175，泰奥弗拉斯托斯《论气味》29。

第五种是藏红花（κρόκος），仅见于埃忒尔祷歌（祷5），或因藏红花色泽如火，与天宇的火光相映。希腊文同指植物名、香料和颜色。藏红花在古希腊是珍贵香料（普林尼《自然史》11. 31-33），最好的藏红花来自西西里岛（狄奥斯科里德斯《药论》1.26）。在祷歌集里，赫卡忒（祷1.2）和墨利诺厄（祷71.1）被形容为"穿藏红长衣的"（κροκόπεπλος，试译"轻衣绯红的"），这个说法在荷马诗中经常用来修饰黎明女神厄俄斯。藏红花也做药用（如见盖伦，De Simp. Medicament. Facultatibus，7.57）。

第六种是罂粟（μήκων），仅见于睡神祷歌（祷85），罂粟的催眠麻醉作用与睡神相连。有别于上述干热属性的香料，罂粟带有湿寒属性，在神话中常与德墨特尔、哈得斯和死神相连。

此外，夜神祷歌作为秘仪的开始步骤点燃火把（δαλούς，祷3）。潘神祷歌和众神之母祷歌焚烧各种香料（ποικίλα，祷11、27）。大地祷歌供奉"除蚕豆和植物香料以外的一切种子"（祷26），报仇神祷歌焚烧安息香和乳香粉末（στύρακα καί μάνναν，祷69），周年庆神祷歌是"乳香以外的各类焚香和奶的祭奠"（祷53），等等。未尽细节详见祷歌正文后的注释说明。

八首没有焚香标示的祷歌分别系普鲁同祷歌（祷18）、珀耳塞福涅祷歌（祷29）、库瑞忒斯祷歌（祷31）、巴萨勒斯祷歌（祷45）、利西俄斯·勒那伊俄斯祷歌（祷50）、阿佛洛狄特祷歌（祷55）、墨利诺厄祷歌（祷71）和帕来蒙祷歌（祷75）。古代作者注疏《伊利亚特》时援引过埃斯库罗斯的佚作《尼俄伯》，声称古人不向哈得斯献祭，因为冥王的意志不可改变。不过，冥后和冥王的祷歌中都有请求收下献礼的说法（祷18.3，29.2）。尽管死神"不会被祈祷和乞援说服"（祷87.9），死神祷歌依然有焚香标示。其他祷歌或是狄俄尼索斯的别称（祷45，50），或是酒神狂欢队列的成员（祷31，55）。但同类祷歌有焚香标示的居多，故而很难确定这些祷歌没有规定焚香仪式的理由。不排除相关缺漏系抄写者的笔误所致。

祷歌集的核心位置由一系列围绕秘教主题的祷歌构成，始于第29首珀耳塞福涅祷歌，终于第54首西勒诺斯·萨图尔祷歌。这些祷歌涉及不止一种古代秘教仪式，下文试举三种有代表性的例子略作说明。值得一提的是，俄耳甫斯均被尊奉为这些古代秘教的创始人。

首先是狄俄尼索斯秘仪。希罗多德明确提到俄耳甫斯教与狄俄尼索斯崇拜有相同的仪轨（2.81，另参4.79）。普鲁塔克记载亚历山大的母亲是狂热的马其顿秘教信徒时，同样并称俄耳甫斯教和狄俄尼索斯秘仪（《亚历山大传》2）。

狄奥多罗以神话的笔法谈及俄耳甫斯与狄俄尼索斯秘仪的渊源来历。传说色雷斯王吕库尔格斯一度图谋害狄俄尼索斯神（又参伊6.130起），俄耳甫斯的祖父卡洛普斯去向酒神报信。作为回报，狄俄尼索斯立卡洛普斯为色雷斯王，并指引他参加秘教入会礼。两代传承之下，俄耳甫斯完善了秘教仪轨。狄奥多罗明确声称，"这也是为什么狄俄尼索斯设立的秘教入会礼会被称为俄耳甫斯教"（3.64.3-3.65.6，参1.96.4）。

三世纪作者菲洛斯特拉图斯（Philostratus Atheniensis）为提亚纳的阿波罗尼乌斯（Apollonios of Tyana）作传，书中引录了雅典人在狄俄尼索斯庆典上的歌舞："长笛为音，猥亵狂舞，间以俄耳甫斯的诗或颂曲，一会儿装神，一会儿扮仙，一会儿疯迷狂醉。"（*Vita Apollonii*，4，21）类似的例子有不少（参见B版残篇497-505，K版残篇OT 94-101），足见俄耳甫斯教常与狄俄尼索斯崇拜间杂在一起。[①]

祷歌中的狄俄尼索斯地位堪比传统奥林波斯神王宙斯。在秘教主题的系列祷歌中，有八首献唱给不同别称的狄俄尼索斯神主，其余献唱给酒神狂欢队列中的常见成员，如水仙（祷51）、西勒诺斯·萨图尔（祷54）等，或在狄俄尼索斯神话中扮演重要角色的诸神，如提坦（祷37）、雅典娜（祷32）、阿波罗（祷34）等。

其次是厄琉西斯秘仪，相传始于公元前十五世纪，直至392年迪奥多西统治时代才被官方禁止。德墨特尔是厄琉西斯秘仪的神主。传说俄耳甫斯的佚失诗作里提到，德墨特尔到处寻找被冥王劫走的爱女珀耳塞福涅，去到厄琉西斯，教示当地人立神殿，传授当地王子特里普托勒摩斯（Triptolemos）祭祀仪轨（参见B版残篇510-518，K版残篇OT102-104）。我们今天只能凭靠托名荷马的《德墨特

---

　　①　M.L.West, *The Orphic Poems*, pp.15-19, 24-26；W.K.C.Guthrie, *Orpheus and Greek Religion*, Londre, 1952, pp.258-259.

尔颂诗》（2.98-255）略作联想。柏拉图《理想国》中提到"缪塞俄斯和俄耳甫斯的经书"（364b），有的学者认为是在影射厄琉西斯秘仪。[1] 在祷歌中，珀耳塞福涅被劫神话是极少数得到较详细交代的神话之一，分别见于普鲁同祷歌（祷8.12-15）、珀耳塞福涅祷歌（祷29.3，14）、厄琉西斯的德墨特尔祷歌（祷40）和安塔伊阿母亲祷歌（祷41）。

再次是萨莫色雷斯秘仪。古代作者多有记载，俄耳甫斯在萨莫色雷斯指引阿尔戈英雄参加秘仪入会礼（参B版残篇519-523，K版残篇OT 105）。祷歌中有"萨莫色雷斯的神圣土地"（祷38.4）之说，这个秘教圣地盛行卡比罗伊崇拜（祷0.21）、库瑞忒斯崇拜（祷31，38）、科律班忒斯崇拜（祷39）和狄奥斯库洛伊兄弟崇拜（祷38.20-21）。

凡此种种可见，这些祷歌不能说反映了俄耳甫斯教信仰的全部典型特征——毕竟，短诗并非展示教义的最佳方式，尽管可以肯定，唱诵这些祷歌的人一定是俄耳甫斯教信徒。

词语和句法

每首祷歌通常分两部分。前一部分召唤神（或以第二人称直接呼唤，或以第三人称间接呼唤），后一部分求告神。在召唤和许愿之间，往往有或长或短的段落描绘该神——罗列各种形象、称谓、修饰语汇，以彰显这位神的大能。

以第1首祷歌为例。全诗共10行，由一个长句构成。主句是第1行的"我呼唤赫卡忒"（Ἑκάτην κλήζω），其余诗行均在修饰第三人称宾格的赫卡忒，共计16个形容词，6个形容短语，以及第9行的动词"我求告"（λισσόμενος）引出的1个分句。全诗盖以简单并置的方式，罗列诸种与赫卡忒相连的修饰语汇，内容涉及女神的管辖领域、活动场所和身份职能等。

---

[1]　M.L.West, *The Orphic Poems*, pp.23-24.

　　一方面，祷歌的许多词句、表达和风格明显属于古代的希腊，多处沿用荷马和赫西俄德语汇的完整写法。比如第4行称赫卡忒是"珀耳塞斯的闺女"（*Περσείαν*），直接沿用赫西俄德的说法（神谱411）。再如第1行称赫卡忒为"路旁的"（*Εἰνοδίαν*），最早见荷马诗（伊16.260），用来形容赫卡忒多见于悲剧诗人笔下（索福克勒斯残篇535.2，欧里庇得斯《伊翁》1048，《海伦》570）。

　　另一方面，祷歌频繁使用复合造字，比如第5行的 *σκυλακ‑ῖτιν*（"狗"+后缀 *ίτης /‑ῖτις*，试译"爱着狗们"），第6行的 *θηρό‑βρομον*（"野兽"+"吼叫"，试译"兽们于她身前吼叫"，也有作"如野兽般吼叫"）。这些复合造字均无古例，属于祷歌的独特用语。

　　更让人在意的是，就句法而言，这些修饰语彼此独立，没有明确的内在语义关联，难以建构固定的叙事逻辑。以第1行为例，直译当为"我呼唤路旁的赫卡忒，三岔路口的，迷人的……"乍看零碎不成句子。在篇幅更长的祷歌中，此种罗列堆砌长达十数行，由此构成简单甚至单调的句式，致使祷歌的文风屡受诟病。①

　　为了化解尴尬，学者一度费尽心思。日内瓦学者吕达尔主张，"这些并置词语中可能存在某些微妙的关系，并置结构里潜藏着某种句法"，并提倡在翻译中将同一行连续并置的修饰语串连成完整的句子。②吕达尔于2003年去世前未能如愿完成祷歌注译计划。最新的希腊文法文校勘注译全本问世于2014年。值得一提的是，后起学人继承吕达尔的遗志，但否定他的译释主张：

----

①　　如参Mac-Mullen, *Paganism in the Roman Empire*, New Haven Londres, 1981, p. 16. 文中对第9首月神祷歌的批评很有代表性："十二行诗串在一起，什么也不是，统共有33个形容词，7个形容短语，2个命令式动词和2个名词（"王后"和"少女"），其中一个名词特别刺眼地重复出现了三次（指 *κούρη*，即"少女"，重复见于第3，10，12行）。索福克勒斯可以做得更好。"

②　　详见附录《俄耳甫斯祷歌的若干思考》，吕达尔以第31首祷歌为例做出不同翻译思路的示范。

　　吕达尔的论文中译出了若干祷歌，我没有保留他的翻译主张。他有道理地假设，系列修饰语的"并置结构潜藏着某种句法"，并由此提倡，翻译须解释此种句法。然而，尽管依据这一思路翻译就文学层面极具吸引力，我认为翻译中的取舍违背了祷歌的某种行文模式，即祷歌明确选择不解释。翻译在提供一种解释（即便是正确的解释）的同时也抹消了其他潜在的阅读可能性。①

　　鉴于西语与汉语的差异带来额外的翻译困难，中译文尽可能还原简单并置的词语，同时基于诗行的流畅需要，在句式上做权衡处理，前提是不妨碍体现同一修饰语在不同祷歌的互文情况。以第一首祷歌第一行为例，最终译文如下："我呼唤迷人的赫卡忒，那路旁的和三岔路口的……"调整同一行中的修饰语先后顺序，以适应汉语读写习惯。当然，可能的话尽量不调整，特别是不做跨行调整（极少数不得不跨行的处理均加了注释说明）。②

　　事实上，祷歌的文风看似单调笨拙，却有其独特的魅力。从信徒的角度来说，在呼唤与许愿之间，对神的描述越准确完整，越有可能让神喜悦，求得庇护。舍弃精致的语法变化和繁复的语义关联，用心专注于词语本身。作为一种用于祈祷的诗语言，并置堆砌的词语是信徒在对神倾诉时一次次努力找寻准确的表达。仍以第一首祷歌第1-2行为例：

> Εἰνοδίαν Ἑκάτην κλήιζω, τριοδῖτιν, ἐραννήν,
> οὐρανίαν χθονίαν τε καὶ εἰναλίαν...
> 我呼唤迷人的赫卡忒，那路旁的和三岔路口的，

---

①　M.-Ch. Fayant , *Hymnes orphiques*, p.ix.
②　究竟是添补促成流畅的行文，还是忠实还原断裂的语感，译者在翻译过程中一再面临挣扎，谨此感谢参与讨论的诗人朋友。

那属天属地属海的……

开篇两行诗的用词有微妙的对应关系，汉语中难以传译。先是同一行的同根词连用：εἰνοδίαν（路旁的）与τριοδῖτιν（三岔路口的），再是"三"的概念隔行呼应：τριοδῖτιν（三岔路口的）与οὐρανίαν χθονίαν τε καὶ εἰναλίαν ἐνόδιος（属天属地属海的），既强调引路女神庇护信徒的三方职能领域，也隐约表明祷歌作者勉力无限趋向神性同时认知整全世界的志向。

有别于荷马以降的神话叙事诗，祷歌似乎响应柏拉图《克拉底鲁》中所说的谈论诸神的正确方式。作为一种直接对神倾诉的诗语言，在寻求与神接通的过程中反复找寻准确的说法，"让神欢喜的名称"，或"解释神的来历出生的别称"（400d-401a）。如果说每个修饰语均系一次尝试见证，那么第一首祷歌包含了参加入会礼的信徒亲近引路女神的二十多次努力。

祷歌不但放弃追求华丽的句式，甚至在很大程度上放弃叙事，放弃传统意义的神话表述。虽系托名俄耳甫斯的诗作，但祷歌正文绝口不提俄耳甫斯之名，仅有两处出现"卡利俄佩母亲"（Καλλιόπῃ σὺν μητρὶ，祷24.12，祷76.10），影射诗人是诗神的孩子（或诗人受诗神庇护）这层亲缘关系。赫西俄德称卡利俄佩在九缪斯中"最出众"（神谱79），开场诗沿用这一说法，假托俄耳甫斯教给缪塞俄斯一首"最出众的"祷歌（祷0.2）。除此之外，祷歌绝口不提那些动人心魄的神话。无论阿尔戈远征，打败塞壬，还是入冥府，死于狂女们的献祭仪式，祷歌一概保持沉默。

祷歌甚至没有关乎狄俄尼索斯死而复生的神话叙事，仅用诸如"三次出世"（τρίγονον，祷30.2）、"火中生"（πυρίσπορε，祷45.1，52.2）等复合造字来影射这一与俄耳甫斯教义紧密相连的主题。用一个词语覆盖一段神话，乃至叙事诗人笔下的一首长诗。如此精炼的词语反过来如炼金术一般，蕴藏着历代神话叙事的全部爆发力量。

按今天的学术眼光来看，祷歌中对诸神的描绘表达了当时的信徒对生命、力量、美和幸福的看法，以及对自己所身处的这个世界的不安和神秘的感受。在有的祷歌中，某些神显得对人类颇有敌意，但这个神的世界却并不让人感到冷漠或无法接近。每首祷歌在结尾处的许愿部分，都隐约表达了祷告者所具有的俄耳甫斯式的灵魂不死祈愿。总之，读这些祷歌，我们似乎可以感到，俄耳甫斯信徒与众多不可见的神灵生活在一起——所谓俄耳甫斯教的生活方式，并非仅是苦修或素食、持守戒律，还要与众多活生生的神灵来往频繁。

编排和谋篇

尽管存在部分篇目佚失的可能性，现存祷歌的编目依然有显著的结构特点。如前所述，整部诗集篇目首尾呼应，循环往复，与秘教教义和夜间仪轨相适应。祷歌中有众多组合系列，或象征地水火风四元素，或围绕某秘教神话主题，可见现存祷歌的排列组合不是偶然形成。

那么，现存祷歌究竟依据何种编排逻辑？学者对此并无统一定论。困难首先在于，祷歌不完全依照传统神谱诗的谱系顺序。以三代神王家族为例，天神（祷4）与大地（祷26）相隔甚远，天地所生的提坦族中，克洛诺斯和瑞亚连排（祷13-14），提坦（祷37）、忒弥斯（祷79）等分开；克洛诺斯的子女中，宙斯、赫拉、波塞冬和普鲁同连排（祷15-18），德墨特尔（祷40）和赫斯提亚（祷84）分开；宙斯的子女更是散见于诗集各处，比如同父同母的时光神（祷43）和命运神（祷59）分属于不同系列。

其次，没有一种编排逻辑适用于全部祷歌。最常见的组合系列有三个一组，如星日月（祷7-9），三风神（祷80-82），勒托母子（祷34-36），或两个一组，如涅柔斯父女（祷23-24），缪斯母女（祷76-77），但也有例外，比如大洋神夫妻（祷22，83）分开。此外，医神和健康神连排（祷67-68）、报仇神和慈心神连排（祷69-70）虽均有充分理由，但很难说清楚这两组神相连的原因。

二十世纪初期学者一度将现存祷歌分作四组：

> 开场（开场祷歌+祷1-2）
> 与自然或自然现象相连的神（祷3-12）
> 主要的神（祷13-57）
> 与抽象概念相连的神和次要的神（祷58-87）[①]

这样的四组分布参差不齐，难以体现祷歌集的结构精髓。晚近学者一致认同，谈论谋篇，不能只看标题中的神名，更要联系祷歌正文内容。相形之下，法国学者法扬晚近提出的分组方法较为清楚地呈现了现存祷歌集的环形结构：

> 开场（祷1-2）
> A 支配宇宙的神（祷3-27，共25首）
> 　A1 前奥林波斯神（祷3-14）
> 　　a 宇宙的基本元素（祷3-9）
> 　　b 支配宇宙的法则（祷10-14）
> 　A2 奥林波斯神（祷15-27）
> B 支配人类活动的神（祷28-43，共16首）
> C 狄俄尼索斯及其伴从（祷44-58，共15首）
> B' 威胁或保护人类生活的神（祷59-77，共19首）
> A' 回归宇宙神（祷78-84，共7首）
> 收场（祷85-87）[②]

---

① 　N. Novossadsky, *Orfitsheskie Gimny*, Varsovie, 1900, p.46.

② 　M.-Ch. Fayant, *Hymnes orphiques*, p.xl-lxiii。法扬借鉴并完善了德国学者Keydell的分组方法：R. Keydell, K.Ziegler, *RE* 18.2 s.v. "Orphische Dichtung"（1942）, col.1321-1323。

除去开场和收场的五首祷歌不算，一共有82首祷歌。其中A和A'共计32首（25+7），B和B'共计35首（16+19），C共计15首，整体上分布较均衡。此外A和B共计41首，A'和B'加上C，也共计41首。

从中不难看出，整部祷歌集从自然和道德两种层面展现了俄耳甫斯教关于世界的生成及其秩序结构的认知和想象，并且狄俄尼索斯神在其中扮演特殊的角色。下文依据这一分组方法，详细说明祷歌集的编排和谋篇。

开场（祷1-2）

赫卡忒是引路女神，守护秘教信徒参加入会礼的道路，普罗提拉亚是门户女神，也是分娩女神，守护秘教信徒的灵魂新生。赫卡忒引入宇宙论视角，"掌握世间的秘钥"（παντὸς κόσμου κληιδοῦχον，祷1.7），普罗提拉亚在每户人家门前"守护钥匙"（κλειδοῦχ，祷2.5），带来人间视角。

A　宇宙神（祷3-27，共25首）

A1　从有光到有序：前奥林波斯神（祷3-14，共12首）

前七首祷歌与宇宙本原相连（祷3-9）。后五首祷歌与宇宙运转法则相连（祷10-14）。

黑夜（祷3）与天空（祷4）分别标注秘教仪式的时间和空间。灵魂在暗夜里，在星月点缀的天空下祷告。在祷歌中，夜神和天神均系原初的神。夜神是"神和人的始母""万物的本原"（祷3.1-2）。天神"孕育一切"，是"最古老的神""宇宙的父"（祷4.1-3）。

埃忒尔（祷5）指天火，普罗多格诺斯（祷6）是混沌中的第一道光，随后是星群、日、月（祷7-9），这五首祷歌均与明光相连。

祷歌中没有宇宙起源叙事（信徒直接对已生成的宇宙神祷告），但间接地勾勒从有光到有序的世界生成样貌。有了光，撕破原初的黑暗，跳脱混沌的无序，进而辨识自然在生灭变化中潜藏的运作法则。

自然神、潘神和赫拉克勒斯构成三联祷歌（祷 10-12），与星日月呼应。自然是"万物的父母"（祷 10.18），宇宙生生不息的运作法则。潘，即所有，或整全，是"宇宙万有神"（祷 11.1），调和地水火风四元素。赫拉克勒斯是"时间的父"（祷 12.3），神话中英雄完成的十二项任务象征天时的周转。

克洛诺斯（χϱόνος）与时间神（χϱόνος）谐音，在祷歌中互相混同，从而与赫拉克勒斯相连（祷 13.5），代表时间的生灭循环。克洛诺斯和瑞亚分别被称为神和人的父母（祷 13.1，14.9）。瑞亚与众神之母、德墨特尔等地母神混同。这个对子承前启后，既为宇宙诸神收尾，又引出奥林波斯诸神。

A2　天地海三界：奥林波斯神（祷 15-27，共 13 首）

前四首祷歌依次献给克洛诺斯和瑞亚所生的三男一女：宙斯、赫拉、波塞冬和普鲁同（祷 15-18）。在荷马诗中，宙斯兄弟三分世界：波塞冬"拈得灰色的大海作为永久的居所，哈得斯统治昏冥世界，宙斯拈得太空和云气里的广阔天宇，大地和高耸的奥林波斯归大家共有"（伊 15.187-193）。如果说宙斯三兄弟代表火水土，那么赫拉代表风元素，象征滋养生命的环宇空气。

后九首祷歌献唱的诸神不按辈分排序，而是按天海地三界划分。首先是宙斯掌管的天界，有打雷的宙斯、闪电的宙斯和云神（祷 19-21）。其次是波塞冬掌管的水界，依次有女海神特梯斯、涅柔斯父女和老海神普罗透斯（祷 22-25）。最后一组是大地和众神之母（祷 26-27），呼应哈得斯所象征的土元素。大地既是"神族的根基"，又是"人类的强大依靠"（祷 18.7），由此引出人类世界。

B　城邦神（祷 28-43，共 16 首）

起首的赫耳墨斯（祷 28）是宙斯的使者，沟通神界与人间，预示从宇宙诸神转到城邦诸神。

这组神多系奥林波斯的二代神，有不少是宙斯的孩子，如赫耳墨斯、珀耳塞福涅（祷29）、狄俄尼索斯（祷30）、雅典娜（祷32）、阿波罗（祷33）、阿尔忒弥斯（祷36）和时光神（祷43），与他们的母亲一同得到敬拜，比如珀耳塞福涅母子（祷29-30）、勒托母子（祷34-36）、德墨特尔母女（祷29，40-41）。

这组神司掌生命消长和季节流转（如祷29，38），从战争到和平（如祷32-33），从农耕到各种手艺门类（如祷34，40），从分娩（祷35）到航海（祷38-39），从自然生存威胁（祷38.8-19）到灵魂的暴怒（祷37.7-8）或恐惧（祷39.4，39.10），在方方面面庇护人类生活。

与此同时，这组神以不同方式纷纷影射与秘教教义息息相关的重生神话，与涅柔斯女儿祷歌中预示的"神圣的巴克库斯和纯洁的珀耳塞福涅的威严秘仪"（祷24.10-11）遥相呼应。

珀耳塞福涅是普鲁同之妻，德墨特尔之女，既延续前面的地母神系列（祷26-27），又引出俄耳甫斯秘教的核心神话。除普鲁同祷歌（祷18.12-15）之外，这里有三首祷歌依次影射冥王劫走珀耳塞福涅去做冥后（祷29.12-14），失去爱女的德墨特尔发现真相，在愤怒中让大地遭旱，使奥林波斯神得不到人间的祭祀（祷41.3-7），宙斯只好让冥王让步，珀耳塞福涅一年中有三分之二时光在母亲身边度过，三分之一留在冥王身边，她第一次从冥府回到大地，时光神陪伴在旁，象征季节交替和生命兴衰（祷43.7-9）。

俄耳甫斯秘教的另一核心神话围绕狄俄尼索斯的三次出生（τρίγονος，祷30.2）展开。有关狄俄尼索斯第一次出生，传说宙斯化身成蛇，与冥后珀耳塞福涅幽会，生下狄俄尼索斯。老一代提坦神不满宙斯将狄俄尼索斯立为新神主，用镜子和拨浪鼓等玩具拐走幼神，杀害吞食了他，从宙斯击毙的提坦灰烬中生成人类种族（祷37）。雅典娜抢救狄俄尼索斯的心脏（祷32），阿波罗埋葬他（祷34）。此外，阿波罗神与缪斯并称，最先教示狄俄尼索斯母子的威严秘仪（祷24.12）。

有两首库瑞忒斯祷歌（祷31，38），让人印象深刻。在神话中，这些克里特岛的战神在幼神宙斯四周跳舞，喧响掩盖婴孩的啼哭，瞒过了克洛诺斯。传说他们也曾在克里特岛抚养狄俄尼索斯幼神。第一首祷歌强调库瑞忒斯庇护年幼神王的战舞，第二首祷歌中的库瑞忒斯与科律班忒斯（祷39）、狄奥斯库洛伊兄弟（祷39.21）、卡比罗伊（祷0.20）等萨摩色雷斯神混同，象征促进繁衍和保护水手的和风神。科律班忒斯本系库柏勒秘教祭司，主持秘仪，疗治疯狂（祷27.13）。传说他们本系三兄弟，其中一个被两个兄弟杀害，化身精灵，在大地上独自流浪并伺机复仇，让遇到的人受惊发疯。被谋杀的科律班忒斯与被谋杀的狄俄尼索斯遥相呼应，为狄俄尼索斯重生主题的系列祷歌画上句号（祷31–39）。

本组祷歌从天地海的宇宙三分图景转入人类世界的地理图景，从阿提卡的克律科斯（祷28.8）到小亚细亚的古里涅阿（祷34.4），从德尔斐（祷34.1）到孟菲斯（祷34.2），从得洛斯（祷35.5）到萨莫色雷斯（祷38.4），尤其弥塞祷歌提及俄耳甫斯秘教的多处主场：厄琉西斯（祷42.5，同见祷40.6，41.4）、佛律癸亚（祷42.6）、塞浦路斯（祷42.7）或埃及（祷42.10）。弥塞作为狄俄尼索斯神的一种变化形象，引出狄俄尼索斯及其伴从的系列祷歌，这些地名将重复出现在接下来的系列祷歌中。

C　狄俄尼索斯秘教庆典（祷44–58，共15首）

这组祷歌主要交代狄俄尼索斯的第二第三次出生、狄俄尼索斯庆典，以及庆典上的酒神狂欢队列。

传说宙斯亲近忒拜公主塞墨勒，使她怀孕。她要求看见神王的圣容，死在神火中。还有传说宙斯抢救下她怀着的胎儿，缝在股内侧直到出世。狄俄尼索斯第二次出生乃是从火中（祷44.4，45.1，52.2），发生在忒拜的卡德摩斯王宫（祷47.8）。第三次出生乃是从神王的股内侧（祷48.2），后由尼萨水仙抚养长大（祷44.2，51.15）。

狄俄尼索斯故而有两个母亲，祷歌中称之为"双母的孩子"（祷50.1，52.9）。珀耳塞福涅出现在塞墨勒祷歌，为塞墨勒"分配荣誉"（祷44.6-7），或加强狄俄尼索斯几次出生的隐秘关联。重生神话在某种程度上象征季节循环和春回大地，与自然运转秩序相呼应。

狄俄尼索斯还有众多养父养母，祷歌中提到西勒诺斯·萨图尔（祷54）、佛律癸亚的萨巴兹乌斯和伊普塔（祷48-49）、尼萨的水仙（祷46.3，46.5，51.15）、塞浦路斯的阿佛洛狄特（祷55）和珀耳塞福涅（祷46.6）。他们通常也是酒神庆典上的狂欢队列的主要成员。

在夜间秘仪中，祭司充当年长的西勒诺斯，手握酒神杖，带领一支由众西勒诺斯和萨图尔、水仙和狂女组成的酒神祭队（thiosos，祷54.4，11），点燃火把一路呼吼，庆祝狄俄尼索斯神的诞生，且在仪式中吟咏祷歌。

狄俄尼索斯的双年庆典（祷44.7-8，52.8，53.4-5，54.3）相应发生在厄琉西斯（祷42.5，44.7-9）、佛律癸亚（祷48.5，49.5）、吕底亚（祷48.4，49.6）和塞浦路斯（祷55.15，55.24）等地。

祷歌还反复描绘狄俄尼索斯神亲自引领狂欢队伍的场景（祷52.7，53.6）。秘仪在夜里进行，有火把指引（祷40.11，54.10），信徒手执酒神杖（祷44.3，50.8，52.4），头戴常青藤（祷30.4，52.12），身披狐狸皮（祷45，52.10），陷入狂迷乱舞状态（祷50.8，52.7），在山中撕碎野兽（祷11.9，30.5，45.5，52.7），等等。

有五首祷歌献唱给不同别称的狄俄尼索斯：巴萨勒斯（即"披狐狸皮的"，祷45）、利克尼特斯（即"摇篮中的"，祷46）、佩里吉奥尼俄斯（即"环绕柱子的"，祷47）、利西俄斯和勒那伊俄斯（即"解救的"和"葡萄酿酒的"，祷50）、双年庆神（祷52）、安斐尔托（即"周年庆的"，祷53）。此外阿多尼斯与狄俄尼索斯混同（祷56）。

狄俄尼索斯被称为"千名的"（祷45.2，50.2）。除上述标题名称以外，祷歌正文还提到他的众多别称：巴克库斯（祷44-54）、埃剌菲欧特斯（祷48.3）、伊阿科斯（祷42.4，49.3）、欧布勒俄斯（祷

29.7，30.6，52.4）、萨巴斯（祷49.2）、埃帕弗里厄和埃瑞克帕奥斯（祷50.7，52.6）。每个命名既是对狄俄尼索斯神的呼唤和祈愿，也是信徒通过描绘神而试图接近神性的见证。

最后一组酒神庆典队列由塞浦路斯的阿佛洛狄特率领（祷55-58）。女神既是"巴克库斯的威严同伴"（祷55.7），又司掌繁衍，"号令三方国界"（祷55.5），从奥林波斯神界到人类世界，从叙利亚到埃及无所不在（祷55.15-23）。阿多尼斯是阿佛洛狄特和爱若斯之子，又作为珀耳塞福涅之子与狄俄尼索斯混同（祷56.8-9），有时住地下世界，有时在奥林波斯，象征季节循环、植物枯荣（祷56.11）。地下的赫耳墨斯又称阿佛洛狄特和狄俄尼索斯之子（祷57.3-4），为地下亡魂做向导。爱若斯是阿佛洛狄特之子（祷55.8），"掌管世间的秘钥"（祷58.4），"掌握世间万物运行的舵"（祷58.8）。这四首祷歌既响应狄俄尼索斯秘仪主题，也重新过渡到掌管人类世界的诸神祷歌。

B'　城邦神（祷59-77，共19首）

在神话中，命运神和美惠神引领珀耳塞福涅重返明光的大地（祷43.7-8）。这两组女神被祈愿降临人间（祷59.15，60.6），引出这一组城邦神系列祷歌。命运神飞行在大地上，审查人间万象（祷59.5-11）。美惠神的母亲系时光神中的法度神（祷40.19，43.2，60.2），由此引出四首象征社会道德的祷歌（祷61-64）。

涅墨西斯和狄刻均庇护诸人类种族（祷61.2，62.3），均看见一切（祷61.2，62.1），前者监督人类的心思和言辞（祷61.7），后者关注正义的审判（祷62.3）。正义神（dikaiosyne）和狄刻（dike）同根同义，更强调正直平等（祷63.2，63.10），庇护人类与众生灵（祷63.14-15）。法神的司掌领域包含一切有生无生的宇宙元素及其界限（祷61.6-7，63.7）。

有别于前四首祷歌中的神，阿瑞斯和赫淮斯托斯这两位奥林波

斯主神有可能威胁世界的均衡（祷65-66）。阿瑞斯引发不和和战争
（祷65.2-6），赫淮斯托斯象征生命不可或缺的火元素，带来明光，守
护家国，维持体温，同时也具有摧毁的力量（祷66.5-13）。紧随出现
的医神和健康神（祷67-68）疗治赫淮斯托斯带给人体的有害影响。

　　报仇神和慈心神是同一组女神（祷69-70）。古人出于忌讳，在
祷告时不称报仇神而称慈心神。她们是哈得斯和珀耳塞福涅的女儿
（祷69.8，祷70.2-3），通常有三姐妹，惩罚人类的罪行，执行正义，
无情迅猛。墨利诺厄也是冥府中的女神，或系宙斯和珀耳塞福涅的女
儿（祷71.2），常以幻影现身，和报仇神一样让人恐怖发疯（祷69.8，
70.7-9，71.6）。

　　后六首祷歌两两成对。梯刻是财富女神，在祷歌中与阿尔忒弥
斯混同；代蒙与宙斯混同，或指雅典人供奉的散财精灵（祷72-73）。
他们在人间到处游荡（祷72.5，73.3），深刻影响人类的生活，既能
带来财富和幸福，也能导致贫困和不幸。

　　琉科特埃与帕来蒙是母子（祷74-75）。琉科特埃本名伊诺，是
卡德摩斯的女儿，狄俄尼索斯的养母。琉科特埃象征白浪，或平静的
海浪，帕来蒙象征风暴海啸。母子二人均系海上水手的保护神。

　　谟涅摩绪涅与缪斯是母女（祷76-77），指引人类的精神生活。一
个滋养人类的思想和心智（祷76.5-6），另一个增强人类的思考力量
（祷77.5）。此外她们均与秘仪相连，缪斯"教给世人秘教礼仪"（祷
76.7），记忆神被祈愿"唤醒信徒对神圣秘仪的记忆"（祷77.9-10）。

　　A'　宇宙神（祷78-84，共7首）

　　黎明到来，标记夜间仪式即将结束（祷78），黎明神祷歌与前一
组影响人类生活的诸神祷歌相连。

　　以黎明神为首的宇宙神系列祷歌，与诗集开场以夜神为首的宇宙
神系列祷歌（祷3-27）首尾呼应。信徒在开场呼唤夜神，在长夜尽
头呼唤黎明神，祈求曙光降临，预示秘仪即将结束。

忒弥斯是天地之女，呼应诗集开场的天神祷歌（祷4）。她教阿波罗神技艺（祷79.6），最早向世人教示狄俄尼索斯秘仪（祷79.9-10），且是最后一位被信徒祈求来到秘仪中的神（祷79.12）。忒弥斯祷歌或标记整场夜间秘仪转入最终阶段。

三首风神祷歌（祷80-82）与三首表现雷电云等气象的祷歌（祷19-21）相呼应。北风神驱散云雾（祷80.3），西风神送来航海所需的和风（祷81.4），南风神送来有益收成的雨水（祷82.5）。诸风神还与瑞亚（祷14.11）相连，与赫拉相连（祷16.3-4）。

大洋神祷歌（祷83）与特梯斯祷歌（祷22）相呼应。大洋神被称为"神和人的起源"（祷83.2），对应老海神普罗透斯"显现自然万物的起源"（祷25.3）。大洋神祷歌与最后一首死神祷歌（祷87.12）相连，或指秘教信徒的灵魂历程包含穿越大洋这一古代世界想象的尽头和开端。

赫斯提亚是宙斯的姐妹，代表家火，在天庭是"极乐神们的家"，在人间是"人类的有力依靠"（祷84.5）。赫斯提亚与众神之母（祷27.9）混同。

这组祷歌分别对应四元素。忒弥斯（祷79）作为大地的女儿代表土元素，三风神（祷80-82）对应风元素，俄刻阿诺斯（祷83）代表水元素，赫斯提亚（祷84）代表火元素。这组祷歌与开场系列元素祷歌（祷15-29，以火元素开始，以土元素收尾）形成环形结构。

收场　（祷85-87，共3首）

黎明神赶走睡神，人类开始一天劳作（祷78.9），这使得睡神祷歌具有承前启后的性质。最后三位神密切相连。睡神是死神的兄弟（祷85.1），梦神在睡眠中施展力量（祷86.3），死神"将生命引进漫长永恒的沉睡"（祷87.5）。

这三首祷歌与开场两首祷歌遥相呼应。从普罗提拉亚祷歌中的分娩出生主题，到死神祷歌中的死亡终结主题，同样形成环形结构。

另一种谋篇：灵魂的三次引路

笔者认为，从俄耳甫斯秘教礼仪的角度出发，整部祷歌集或许还有一种谋篇的理解可能性，主要表现为俄耳甫斯信徒在不同引路神的带领下经历不同阶段的灵魂洗礼，由此探究灵魂的出路问题。

第一轮：赫卡忒引路（祷1-27，共27首）

赫卡忒是"路旁的和三岔路口的"，是"引路的水仙"（祷1.1，8）。在女神的带领下，信徒重温宇宙起源的生成经过，亲近某种与古代宇宙论相连的世界。这个原初世界（cosmos）又称"自然"（physis），或"整全"（pan，即"潘"），有土火水风诸元素的构成，有天地海（祷1.2）的划分。

这一轮的主神是夜神和天神（祷3-4）。夜神在俄耳甫斯古神谱中是最初的神。后续诸神又分前奥林波斯神与奥林波斯神，包括普罗多格诺斯、天神、克洛诺斯、宙斯等历代神王。祷歌中的宇宙起源图景具有典型的俄耳甫斯教义特点，同时也整合荷马和赫西俄德的古代神谱传统。

涅柔斯女儿是狄俄尼索斯的养母，传说她们最早举行入会礼，指引狄俄尼索斯进入诸神世界。祷歌中说她们"最先教示神圣的巴克库斯和纯洁的珀耳塞福涅的威严秘仪"（祷24.10-12），为入会礼进入新阶段做铺垫。

第二轮：赫耳墨斯引路（祷28-56，共29首）

赫耳墨斯是宙斯的使者，"人类的朋友"（祷28.4），沟通神界与人间。在他的引路下，信徒在入会礼的关注重心从自然过渡到人，从宇宙神过渡到城邦神，从宇宙起源学说转向人性的"原罪"及洁净礼等教义。

这一轮的主神是珀耳塞福涅和狄俄尼索斯（祷29-30）。珀耳塞福涅做了冥后并春回大地，狄俄尼索斯有两个母亲和三次出生，种种不再赘述。参加入会礼的信徒修习这两大俄耳甫斯教的核心神话，从中领略神话教诲和基本教义。

祷歌虽未明确提及人的"原罪"，但提坦祷歌中说受罚关进塔耳塔罗斯（祷 37.3），科律班忒斯祷歌中说"玷污了血的"（祷 39.6），均在影射狄俄尼索斯幼神被诱杀的神话。人从提坦的灰烬中生，这使俄耳甫斯信徒把人身上无度暴力的天性称为提坦基因，并时时忏悔，通过秘仪入会礼，祈求狄俄尼索斯神主将人类从与生俱来的罪恶中拯救出来，回归神性起源。

最后两首祷歌中的阿佛洛狄特和阿多尼斯这对神，呼应这一轮开头的珀耳塞福涅和狄俄尼索斯。阿佛洛狄特祷歌的结尾许愿似乎表明洁净礼已完成，信徒自此拥有"虔诚的心和圣洁的话"（祷 55.28），阿多尼斯从地下世界回到奥林波斯神界，与狄俄尼索斯混同，象征灵魂的新生。

第三轮：地下的赫耳墨斯引路（祷 57-87，共 31 首）

"地下的赫耳墨斯"这一称谓相当罕见，在祷歌中有别于通常的赫耳墨斯，单独受珀耳塞福涅委派，"为人类的永恒灵魂引路"（祷 57.11）。

如果说第一首赫耳墨斯祷歌引出秘教诸神，以庇护信徒的灵魂洁净礼，那么在地下的赫耳墨斯的引路下，受洗的信徒拥有被唤醒的新生灵魂，与影响人类命运的诸神重新建立关系。

这一轮的主神是爱神和命运神（祷 58-59）。在俄耳甫斯古神谱中，爱若斯与普罗多格诺斯（祷 6）混同。后续诸神分别司掌共同体生活的不同领域，庇护受洗的信徒维系健康的身体和健康的心灵。

这一轮仪式中似乎包含一次转向。以梯刻和代蒙这对神为标记（祷 72-72），他们恰恰处于第三组祷歌的中心位。诗中既频频影射宙斯寻找被提坦杀害的爱子狄俄尼索斯的神话，又着重强调这对神在人世的影响力。他们都被称为"引路的"（ἡγήτορα，祷 72.3，73.1），尤其梯刻与赫卡忒混同，同样被称为"道路女神"（ἐνοδῖτιν，祷72.2，1.1）。梯刻和代蒙引路，似乎可以细分两种路向，对应受洗信徒的两种身份。作为城邦成员，前15首祷歌指向共同体生活的道德准则（祷57-71）。作为秘教信徒，后16首祷歌着重追溯秘教传统的开端，以及某种宇宙论的元素构成（祷72-87）。所以才有缪斯为心智引路（祷76.6）、记忆神守护灵魂的起源秘密（祷77.10）等等说法。在秘仪结束的黎明时分（祷78），受过洗礼的信徒皈依忒弥斯的法（祷79），拥有如神一般的品质（祷84.4），认知世界秩序的开端和尽头（祷83），在天地之间，在死生醒睡之间（祷85-87），迎来意味深长的重生。

编译说明

一、汉译初版将Orphei hymni译作"俄耳甫斯教祷歌"，鉴于上文谈及的"俄耳甫斯教"与"俄耳甫斯主义"的微妙关系，笔者在其他场合也曾试作"托名俄耳甫斯祷歌"。由于不存在标题混淆产生歧义的问题，本书稿中不再加"托名"二字（西文传统同样没有Pseudo Orphic Hymns的用法），而统一作"俄耳甫斯祷歌"。

二、祷歌标题中的神名均以属格形式出现，译为"致"某神，或"献给"某神，在汉语中稍显累赘，故仅译出神名。祷歌正文中的神名多以呼格、与格、宾格等形式出现，汉译一律按主格单数形式译出，如有例外另行说明。

三、祷歌中的神名繁多，凡约定俗成的汉译一律照旧，未有固定译名者，则采音译原则兼及语义据希腊文迻译。有些神名同时已有通行的音译和意译，为了便利查阅，祷歌标题中优先标出意译名并在括号内补充音译名，而考虑到祈祷性诗文的颂唱功能和音韵特点，祷歌正文中仍然优先使用音译名。

四、祷歌中有大量复合造字的修饰语以宾格形式出现，考虑到汉语阅读的流畅性，译文和注释中酌情省去"的"字，不再另行说明。

　　五、不同祷歌中有复杂频繁的互文现象，注释中尽可能完整地予以呈现。但凡是相同用语（忽略词尾变化），则以"同见"表示，但凡是相似或可对照的用语，则以"参"表示。同一用语作为不同神的修饰语，或点明不同神的共有特征，则在参考出处前标注神名。

　　六、书稿中采用的缩写包括：第1首祷歌第1行缩写为"祷1.1"（未加编号的开场祷歌第1行缩写为"祷0.1"），以此类推。荷马的《伊利亚特》简称"伊"，《奥德赛》缩写"奥"，赫西俄德的《神谱》简称"神谱"，《劳作与时日》简称"劳作"，并随文标注出处卷行数。

　　七、书稿中援引荷马及悲喜剧诗人的诗文，均出自罗念生先生、王焕生先生和周作人先生的译本，不再另行说明。

　　八、附录西人学者吕达尔（J. Rudhardt）和法扬（M.-Ch. Fayant）的晚近研究论文各一篇，以供读者对照参考。

参考文献

这里仅限于列出俄耳甫斯古文献的参考版本及相关研究著作。

（一）俄耳甫斯祷歌勘译本

W. Quandt, *Orphei Hymni*, Berlin, Weidmann, 1941, 1955, 1962, 1973, 2005.

G. Ricciardelli, *Inni orfici*, Milano, Mondadori, 2000.

M.-Ch. Fayant, *Hymnes orphiques*, Paris, Les Belles Letttres, 2017.

A.-N. Athanassakis & B.-M. Wolkow, *The Orphic Hymns*, *Translation*, *Introduction and Notes*, Baltimore, Johns Hopkins University Press, 2013.

A.-N. Athanassakis, *The Orphic Hymns*, *Text*, *Translation and Notes*, Missoula, Montana, 1977.

P. Charvet, *La prière*：*les Hymnes d'Orphée*, Paris, Nil, 1995.

J. Lacarrière, *Orphée*, *Hymnes et discours sacrés*, Paris, Impression

Nationale，1995.

P. Dunn，*The Orphic Hymns*，*A New Translation for the Occult Practitioner*，Llewellyn Publication，2018.

（二）其余俄耳甫斯文献版本

O. Kern，*Orphicorum Fragmenta*，Berolini Apud Weidmannos，1922.

A. Bernabé，*Poetae Epici Graeci. Testimonia et fragmenta. Pars II. Orphicorum et Orphicis similu*，*. Testimonia et framenta*，Mondadori，2005.

F. Vian，*Les Argonautiques orphiques*，Paris，Les Belles Lettres，1987.

G. Betegh，*The Derveni Papyrus*：*Cosmology*，*Theology and Interpretation*，Cambridge：Cambridge University Press，2004.

F. Jourdan，*Le paparus de Derveni*，Paris，Les Belles Lettres，2003.

R. Halleux & J. Schamp，*Les lapidaires grecs*，Paris，Les Belles Lettres，1985.

L. Brisson，*Orphée*：*Poèmes magiques et cosmologiques*，Paris，Les Belles Lettres，1993.

（三）主要参考文献

J. M. Macedo，D. Kölligan，P. Barbieri，Πολυώνυμοι. *A Lexicon of the Divine Epithets in the Orphic Hymns*，Würzburg University Press，2021.

A.-F. Morand，*Études sur les Hymnes orphiques*，Leiden，Brill，2001.

J. Rudhardt，*Opera inedita. Essai sur la religion grecque et Recherches sur les Hymnes orphiques*，Liège，Press Universitaire de Liège，2008.

—*Thémis et les Horai. Recherche sur les divinités grecques de la justice et de la paix*，Genève，Droz，1999.

F. Vian，"Notes critiques et exégétiques aux *Hymnes orphiques*"，in *Revue études anciennes*，106，n° 1，2004，pp.133-146.

Ph. Borgeaud（ed），*Orphisme et Orphée. En honneur de Jean*

Rudhardt, Librairie Droz S.A., Genève, 1991.

L.Moulinier, *Orphée et l'orphisme à l'époque classique*, Paris, Les Belles Lettres, 1955.

W.K.C.Guthrie, *Orpheus and Greek Religion. A study of the Orphic movement*, Princeton University Press, 1993.

M. L.West, *The Orphic Poems*, Oxford, Clarendon Press, 1983.

— "Note on The Orphic Hymns", in *Classical Quarterly*, 18, 1968, pp.288-296.

L. Brisson, *Orphée et l'Orphisme dans l'antiquité gréco-romaine*, Aldershot-Brookfiedl, 1995.

—*Les Théogonie orphiques et la Papyrus de Derveni*, in *Revue de l'Histoire des Religions* 202, 1985.

—*Proclus et l'orphisme*, in *Proclus. Lecteur et interprète des anciens. Actes du Colloque international du CNRS*, Paris, 1985, Jean Pépin et H.-D. Saffrey, Paris, CRN, 1987.

—*Damascius et l'orphisme*, in *Orphisme et Orphée*, Librairie Droz S.A. , Genève, 1991.

C. Calame, "Que'est-ce qui est orphique dans les Orphica?", in *Revue de l'Histoire des religions*, 219, 2002, pp.385-400.

R.L. Hunsucker, *A Select Commentary on the Orphic Hymns*, diss. Princeton, 1974.

W. Burkert, *Greek religion. Archaic and classical*, Harvard University Press, 1977.

R. Sorel, *Orphée et l'orphisme* , Paris, PUF, 1995.

—*Critique de la raison mythologique : fragments de discursivité mythique: Hésiode, Orphée, Eleusis*, Paris : PUF, 2000.

M. Détienne, *L'écriture d'Orphée*, Paris, Gallimard, 1989.

W.D. Furley, J.M. Bremer, *Greek Hymns*, Tübingen, Mohr Siebeck, 2001.

俄耳甫斯祷歌

俄耳甫斯致缪塞俄斯
友伴，务请善用！

缪塞俄斯哦，为了修习庄严秘仪，
请学会唱这支最高妙的歌。
我呼唤王者宙斯和大地该亚，
日神的纯净天火，月神的纯洁光芒和所有星辰，
5　　还有你，支撑大地的黑鬃神波塞冬，
纯洁的珀耳塞福涅，光彩果实的德墨特尔，
射神箭的处女阿尔忒弥斯，呼吼的福波斯，
你驻守德尔斐的神圣平原，还有你，
极乐神中最受尊崇的舞者狄俄尼索斯，
10　　肆心的阿瑞斯，神力纯粹的赫淮斯托斯，
从水浪出世、有灿烂礼物的女神，
还有你，地下世界的王，出众的精灵，
赫柏，埃勒提埃，高贵威力的赫拉克勒斯。
我呼唤正义神和虔敬神的广大庇护，
15　　荣耀的水仙和最了不起的潘。
我呼唤赫拉，执神盾的宙斯如花的妻，
迷人的记忆神和圣洁的九缪斯，
美惠神，时光神和年岁神，
卷发优美的勒托，神圣尊严的狄俄涅，
20　　科律班忒斯，武装的库瑞忒斯和卡比罗伊，
伟大的救世神，宙斯的永生孩子们，

伊达山诸神，还有天神后代的传令官，
信使赫耳墨斯，还有为人类预言的忒弥斯。
我呼唤古早的黑夜和带来明光的白昼，
25　　信任神，正义神和坚不可摧的赐法神，
瑞亚，克洛诺斯，黑袍的特梯斯，
伟大的俄刻阿诺斯和大洋女儿，
勇力超群的阿特拉斯和埃翁，
流逝不尽的时间神和水浪生辉的斯梯克斯，
30　　蜜般温柔的诸神和大能的普洛诺亚，
极神圣的代蒙和给人类不幸的代蒙，
天上空气中和水里的精灵们，
地上地下和火中的精灵们，
塞墨勒和大声呼吼的巴克库斯随从，
35　　白衣仙子伊诺和散播福泽的帕来蒙，
言语甜蜜的尼刻和阿德拉斯忒亚女王，
济世慰人的伟大王者阿斯克勒皮奥斯，
激起战争的少女帕拉斯，还有你们，风神，
雷神和四柱天下的各方神灵。
40　　我呼唤众神之母，阿提斯和蒙，
乌拉尼亚神女和永生纯洁的阿多尼斯，
缘起和终结——对所有人最重要——
求告诸神好心来啊，满怀喜悦，
来到这场神圣秘仪和庄严祭奠啊！

　　缪塞俄斯（Musaeus，或 Mousaios）：从词源看，*Μουσᾱίσται* 与缪斯（Mousai）甚或月神（Melene）相连，大致意思是"缪斯的崇拜者"。缪塞俄斯和俄耳甫斯（Orpheus）一样是传说中的诗人或歌手，也都留下若干秘教或神谕文本。传说他同样出生在色雷斯，是俄耳甫斯的儿子或弟子，也有传说他是雅典人安提斐洛斯之子。阿里斯托芬提到，"俄耳甫斯传授秘仪"，"缪塞俄斯传授医术和神示"（《蛙》1033）。公元前六世纪雅典的缪塞俄斯神谕祭司奥诺玛克利托斯（残篇17）最早并称两位诗人，此后屡见于古代作者的记载，如柏拉图《普罗塔戈拉》316 d，《理想国》2. 363c-365e，《苏格拉底的申辩》41a，亚里士多德《论灵魂》410b28。五世纪无名氏作的《阿尔戈英雄纪》（*Argonautica*，308，358，1191，1347等）仿效公元前三世纪诗人阿波罗尼俄斯的同名史诗，假托晚年俄耳甫斯的笔法，向缪塞俄斯讲述求取金羊毛的故事。在古希腊神话中，阿尔戈英雄的辈分高过特洛亚英雄，这似乎意味着，至少在俄耳甫斯教信徒眼里，秘教教主俄耳甫斯的身份地位高于正教教主荷马。稍后的基督教或犹太教学者常以缪塞俄斯（Mousaios）与摩西（Mouses）发音相若，试图证明二者实为一人，借此进而证明俄耳甫斯从多神信仰的迷途皈依一神。据该撒利亚的优比西乌斯（Eusebius Caesariensis）在《福音的准备》（*Praeparatio evangelica*）中记载，某篇题为《约书》（*Testament*）的诗歌仿若俄耳甫斯的忏悔书，诗中承认自己往昔的信仰迷途，并向缪塞俄斯教示何谓唯一真神。

　　有别于荷马或赫西俄德的序歌，这首开篇祷歌更像俄耳甫斯对年轻友伴的传道歌，开场没有诗人祈求缪斯女神给予灵感等常见表述，也没有诸如赫西俄德自述遇见缪斯成为诗人的奇遇（神谱22-34）。第17行提及缪斯，仅仅作为秘仪诸神的成员（另参祷76）。

　　这首托名俄耳甫斯的祷歌是否一开始就是祷歌集的开场篇目，始终存在争议。开场诗中的若干神没有专属祷歌，如时间神（第29行）、阿德拉斯忒亚（第36行）、年岁神（第18行）等，而有专属祷歌的若干神没有出现在开场诗中，如天神（祷4）、埃忒尔（祷5）、普罗多格诺斯（祷6）、提坦（祷37）、爱若斯（祷57）等。开场诗与后续87首祷歌的关系历来是注家关注的核心，有的主张开场祷歌出自他人手笔（Kern 1940，20-25；West 1968，288；Fayant，lxxvii-lxxix）。本篇注释主要交代未见或罕见于祷歌集的神，以及修饰语的使用情况。

行1　秘仪（ϑυηπολίην）：同见于第44行，首行和末行遥相呼应。另参阿波罗尼俄斯《阿尔戈英雄纪》1.967，1.1124，4.702，4.995。农诺斯讲到阿尔戈英雄在萨莫色雷斯岛的秘仪时也使用该词（《狄俄尼索斯纪》2.470）。

行2　在所有祷歌中最高妙（ἥ δή τοι προφερεστέρη ἐστὶν ἁπασέων）：句式同见赫西俄德诗中，卡利俄佩在缪斯中最出众，斯梯克斯在大洋女儿中最受尊敬（神谱29，361）。

行3　王者宙斯（Ζεῦ βασιλεῦ）：同见宙斯（祷15.3，20.5），萨巴兹乌斯（祷48.5），科律班忒斯（祷39.1）。开场祷歌中，βασιλεύς还用来指哈得斯（第12行）和医神（第37行）。

宙斯和大地（Ζεῦ καὶ Γαῖα）：二者连用，同见祷15.4，63.16（译文移至祷63.15）。宙斯详见专属祷歌15，19-20，大地详见专属祷歌26。

行4　月神（Μήνης）：直译"墨涅"，月神的别称，同见祷9.2，9.3。

纯洁光芒（ἱερὸν σέλας）：用来形容星群，同见祷7.1。

行5　支撑大地的黑鬃神波塞冬（Ποσείδαον γαιήοχε，κυανοχαῖτα）：同见祷17.1。

行6　纯洁的珀耳塞福涅（Φερσεφόνη ϑ' ἁγνή）：同见祷24.11，43.7。

光彩果实的（ἀγλαόκαρπε）：形容德墨特尔，同见托名荷马《德墨特尔颂诗》4.23。也用来修饰水仙（祷51.12）。

行7　射神箭的阿尔忒弥斯（Ἄρτεμί τ' ἰοχέαιρα）：同见祷35.4，36.5。

呼吼的福波斯（ἤιε Φοῖβε）：参祷34.2，同见伊15.365，20.152；托名荷马《阿波罗颂诗》3.120。

行9　极乐神中最受尊崇（τιμὰς ἐν μακάρεσσιν ἔχεις）：对观双年庆神巴萨勒斯，"神们尊崇你"（祷45.5）。

舞者（χορευτά）：对观日神（祷8.5），利克尼特斯（祷46.4）。

行10　肆心的阿瑞斯（Ἄρές τ' ὀμβριμόθυμε）：同见阿瑞斯（祷65.1），另参赫淮斯托斯（祷66.1）。

行11　此行没有点明阿佛洛狄特的名字，另见第41行。

水浪出生，有灿烂礼物（ἀφρογενής, μεγαλώνυμα δῶρα λαχοῦσα）：未见于阿佛洛狄特祷歌正文（祷55）。阿佛洛狄特从水浪出生，参看神谱190-205。礼物或指女神是狄俄尼索斯神主的同伴（ἀρεδρε，即"邻座的"，祷55.7）。

行10-11相连，或与神话中阿佛洛狄特与阿瑞斯或赫淮斯托斯是夫妻有关（神谱933-937，奥8.268）。

行12　地下世界的王（καταχθονίων βασιλεῦ）：此处或因忌讳隐去冥王哈得斯（或普鲁同，祷18）的名称。冥王又称地下宙斯（祷18.3），对观墨利诺厄是"地下世界的王后"（祷71.10）。

行13　赫柏（Hebe）："青春"，宙斯和赫拉之女，赫拉克勒斯的妻（神谱17，922，953等），在奥林波斯为诸神斟琼液（伊4.2）。流传至今的赫柏神话仅余她与英雄的婚礼（神谱950-955，奥2.603）。赫柏没有专属祷歌。

埃勒提埃（Eileithyia）：助产女神，两处出现在普罗提拉亚祷歌（祷2.9，2.12，参伊11.169-270）。

高贵威力的赫拉克勒斯（Ἡρακλέος μένος ἠύ）：与赫柏同行。荷马诗中常用到 ἠύ，如见伊17.456，20.80，23.524，24.442；奥2.271。

行14　正义神（Δικαιοσύνης）：另参 Δίκην（第25行），开场祷歌

重复出现，呼应祷歌集里的两首专属祷歌（祷62-63）。

虔敬神（Εὐσεβίης）：没有专属祷歌。传说她和法神（Nomos）生正义神（俄耳甫斯残篇 K 版105，159=B 版248.3）。

广大庇护（μέγ' ὄνειαρ）：或译"极大好处"，同见奥4.444；神谱871；劳作41，346，822。

行15　水仙和潘（Νύμφας ...καὶ Πᾶνα）：并称同见潘神祷歌（祷11.9），水仙祷歌（祷51.8）。

行16　执神盾的宙斯（αἰγιόχοιο Διὸς）：同见祷14.4，宙斯的常用称呼。

如花的妻（θαλερὴν παράκοιτιν）：指赫拉，同见伊3.53，参神谱921-922。

行17　九缪斯（Μούσας... ἐννέα）：九（ἐννέα）跨行至第18行，同见神谱917，译文移至此。缪斯是记忆神和宙斯之女，同见祷76.2，77.2。

行18　美惠神和时光神（Χάριτάςκαὶ Ὥρας）：时光神是宙斯和忒弥斯的女儿（祷43.1），美惠神是宙斯与时光神中的法度神的女儿（祷60.2）。

年岁神（Ἐνιαυτὸν）：音译"埃尼奥托斯"，没有专属祷歌，年份表述另见祷18.5，55.25。农诺斯同样将年份拟人化（《狄俄尼索斯纪》40.372）。普罗克洛斯在注疏柏拉图《蒂迈欧》时记载，日月年等神均系古代秘教里的崇拜神（37e）。此外他在注疏柏拉图《克拉底鲁》时援引俄耳甫斯的佚失诗行"随着时光变迁，年岁神生下一个处女"（406c），与阿佛洛狄特的诞生相连。

行19　勒托和狄俄涅（Λητώ，Διώνην）：在俄耳甫斯教传统中，狄俄涅和勒托同系天地所生的提坦神（俄耳甫斯残篇 K 版114=B 版179）。在赫西俄德笔下，狄俄涅是三千大洋女儿之一（神谱353）。在荷马诗中，她和宙斯生下阿佛洛狄特（伊5.370-372）。在托名荷马的《阿波罗颂诗》中，她出现在阿波罗出生现场（3.93），或是此处与勒托并称的另一原因。

卷发优美的（εὐπλόκαμον）：也用来形容水仙（祷53.2）。

行20-21　库瑞忒斯、科律班忒斯和卡比罗伊（Κουρῆτάς... Κορύβαντάς... Καβείρους）：这三组神极相似，均与秘仪中的战舞相连。前两组分别参看祷31、祷38和祷39，卡比罗伊没有专属祷歌，此处称作"救世神和宙斯的孩子们"，似与古代萨莫色雷斯、利姆诺斯和忒拜等地的狄奥斯库洛伊兄弟崇拜（Dioskouroi）相连，参祷38.21注释，托名俄耳甫斯《阿尔戈英雄纪》15，27，29。阿波罗尼俄斯在《阿尔戈英雄纪》中提到俄耳甫斯在萨莫色雷斯主持了一场秘仪，虽然没有明说，一般认为就是卡比罗伊崇拜仪式（1.915-921）。卡比罗伊是前希腊时代的秘仪神，最初有四个，三男神一女神。参加秘仪的人向他们求取庇护，尤其为避免海上险难。据公元前一世纪作者狄奥多罗记载，大多数阿尔戈英雄希望参加秘仪，因为"参加秘仪者将变得更虔诚、更公正、更完美"。狄奥多罗还援引道："伊阿宋、狄奥斯库罗伊兄弟、赫拉克勒斯和俄耳甫斯顺利参加入会礼，神向他们显现。"（5.49）

行22　伊达山诸神（Ἰδαίους τε θεοὺς）：在阿波罗尼俄斯笔下，伊达山诸神指一群最早向赫淮斯托斯学艺的匠神（《阿尔戈英雄纪》2.1234）。他们生活在克里特或佛律癸亚的伊达山中，是古代秘仪的传承者，也有说他们是秘仪的创造者。此处或与卡比罗伊或库瑞忒斯混同。

天神后代（Οὐρανιώνων）：在赫西俄德笔下专指奥林波斯神（神谱461，919，929）。农诺斯用"天神后代的传令官"指彩虹神伊里斯（《狄俄尼索斯纪》26.361）。另参赫耳墨斯（第23行，祷28.1）。

行23　为人类预言的忒弥斯（Θέμιν θ᾽, ἱεροσκόπον ἀνδρῶν）：对观忒弥斯"最早向世人显示圣明的神谕所"（祷79.3）。

行24　黑夜和白昼（Νύκτα καὶ Ἡμαρ）：标注整部祷歌集的始末（祷3，78.1）。白昼又音译"赫墨拉"。在赫西俄德笔下，白昼是黑夜的孩子（神谱124，478）。

古早的（ πϱεσβίστην ）：也用来形容自然神（祷10.2），众神之母（祷27.13）。

行25　信任神（ Πίστιν ）：音译"匹斯提斯"，据忒奥格尼斯的说法，到了末世唯有希望留在人间，信任、审慎和美惠诸神回归奥林波斯神族（残篇1135-1138，参劳作90-99）。

赐法神（ Θεσμοδότειϱαν ）："给予律法的"，或与法神（祷64）混同，或与德墨特尔相连（祷40），帕加玛地区的德墨特尔圣殿设有赐法神的祭坛。

行26-27　瑞亚和克洛诺斯（ Ῥείαν τ᾿ ἠδὲ Κϱόνον ）：与大洋神和特梯斯并称，同系天地的孩子。

黑袍的特梯斯（ Τηϑὺν κυανόπεπλον ）：又称"黑袍的海后"（祷22.1）。她是提坦女神，大洋神的妻子，注意区别于忒提斯（Thetis）。Κυανόπεπλον也作"暗蓝衣的"，大约模拟海洋的颜色。

伟大的俄刻阿诺斯（ Ὠκεανόν τε μέγαν ）：同见神谱20。

大洋女儿（ Ὠκεανοῖο ϑύγατϱας ）：没有专属祷歌，或与本祷歌集里的水仙（祷51）混同，参神谱346-370，另参涅柔斯女儿（祷24）。

行28　阿特拉斯（ Ἄτλας ）：提坦神伊阿佩托斯之子，没有专属祷歌。在赫西俄德诗中，他被宙斯惩罚在大地边缘支撑天（神谱517-520），荷马诗中称他"亲自支撑分开大地和苍穹的巨柱"（奥1.54）。阿特拉斯出现在这里，有浓厚的宇宙论意味。在俄耳甫斯教传统中，他参与提坦神谋杀狄俄尼索斯幼神事件（祷37注释，俄耳甫斯残篇K版215=B版319）。

埃翁（ Aἰῶν ）："永恒，永生"。参欧里庇得斯《赫拉克勒斯的儿女》900。永恒神与时间神相连，或与密特拉秘仪和俄耳甫斯秘仪有关，没有专属祷歌。赫拉克勒斯与埃翁混同（祷12.10），克洛诺斯与时间神混同，被称为"埃翁之子"（祷13.5）。

行29　时间神（Chronos）：音译为"克若诺斯"，注意区别提坦神、宙斯之父克洛诺斯（Kronos）。虽然没有专属祷歌，但时间神在俄耳甫斯宇宙起源学说中尤为重要，是神话叙事中最早的神之一。

流逝不尽的（ἀέναον）：也用来形容自然神（祷10.22）和大地（祷26.9）。

斯梯克斯（Styx）：大洋神的长女，也是地下河名（见祷69.4，神谱383-403），没有专属祷歌。

行30　蜜般温柔（μειλιχίοις）：也用来形容梯刻（祷72.2）和代蒙（祷73.2，参第31-33行）。

普洛诺亚（Πρόνοια）：神意，或天道，没有专属祷歌，与自然神混同（祷10.27）。

行31　代蒙（Δαίμονά）：或"精灵""命相神灵"，此行分好的代蒙和不好的代蒙，呼应专属祷歌："你能散播财富，慷慨走进人家，也能毁坏受苦人类的生活。"（祷73.4-5）

最神圣的（ἠγάθεον），也用来形容特摩罗斯山（祷48.4）。

行32-33　精灵们（Δαίμονας）：δαίμων的复数形式，此处译"精灵"，泛指不同空间方位的宇宙神，同时也是掌管人类时运的守护神（劳作122）。在本祷歌集里，被称为δαίμων的神，如见乌兰诺斯（祷4.8），星群（祷7.2），潘（祷11.10），波塞冬（祷17.8），普鲁同（祷0.12），涅柔斯（祷23.3），大地（祷26.7），狄俄尼索斯（祷30.7），阿波罗（祷34.5），阿尔忒弥斯（祷36.8），库瑞忒斯（祷38.14），德墨特尔（祷40.1），萨巴兹乌斯（祷48.1），阿多尼斯（祷56.1），涅墨西斯（祷61.9），阿瑞斯（祷65.1），赫淮斯托斯（祷66.2），琉科特埃（祷74.1）等。

行34　大声呼吼的（συνευαστῆρας）：酒神信徒在秘教入会礼上的咆哮声（eua，或euai），参祷30.1注释。

行35　白衣仙子伊诺（Ἰνὼ Λευκοθέην）：音译"伊诺·琉科特埃"，琉科特埃是忒拜公主伊诺投海死后化身而成的女海神的名字（祷74）。

散播福泽的（ὀλβιοδώτην）：也用来形容众神之母（祷27.9），阿波罗（祷34.2），德墨特尔（祷40.2），美惠神（祷60.7）。琉科特埃和帕来蒙母子均系海上水手和船只的保护神，故有此说。

行36 言语甜蜜的尼刻（*Νίκην δ' ἡδυέπειαν*）：胜利女神。赫西俄德用"言语甜蜜的"来形容缪斯（神谱965）。在专属祷歌中，尼刻不歌唱（祷33），但胜利促发了赞美的歌唱。

阿德拉斯忒亚（*Ἀδρήστειαν ἄνασσαν*）："不可避免或不可逃避"，常与涅墨西斯（Nemesis，祷61）混同，在圣辞版神谱中等同必然神阿纳克（Ananke）："女神亦称阿德拉斯忒亚，由她设立的法无人能反抗"，她为所有生灵设立诸神安排的法则（俄耳甫斯残篇 K 版105=B 版209，K 版152=B 版212）。柏拉图《斐德若》提及"阿德拉斯忒亚法规"（248c-e）。生活在哈德良时代的墨索墨得斯（Mesomedes of Crete）在《涅墨西斯颂》中将尼刻与涅墨西斯混同（16-17），或许解释了此行中的两个女神并称的原因。

女王（*ἄνασσαν*）：同见自然神（祷10.2，10.28），珀耳塞福涅（祷29.20），弥塞（祷42.3），塞墨勒（祷44.10），阿佛洛狄特（祷55.24），健康神（祷68.5），慈心神（祷70.6），缪斯（祷76.6），记忆神（祷77.1）。

行37 济世慰人的阿斯克勒皮奥斯（*Ἀσκληπιὸν ἠπιοδώτην*）：参祷67.2。

行38 激起战争的帕拉斯（*Παλλάδα τ' ἐγρεμάχην*）：参祷32.6，托名荷马《德墨特尔颂诗》2.424。

诸风神（*Ἀνέμους τε πρόπαντας*）：祷歌集里有北风神、西方神和南风神的专属祷歌（祷80-82）。

行39 四柱天下（*Κόσμου...τετρακίονος*）：对观天神被称为"宇宙的父"（祷4.3），克洛诺斯"住在宇宙每个角落"（祷13.8），赫淮斯托斯被称为"宇宙的成分和完美元素"（祷66.4）。另参农诺斯《狄俄尼索斯纪》6.99，2.1169。开场祷歌结尾处带有鲜明的宇宙起源叙事意味。

行40 众神之母（*Μητέρ τ' ἀθανάτων*）：佛律癸亚地母神库柏勒

（Kybele），有专属祷歌（祷27）。此行中的三个神均来自佛律癸亚。

阿提斯（Ἄττις）：佛律癸亚农神，与库柏勒秘仪相连。在神话中，库柏勒爱上少年阿提斯，当他爱上某个水仙时，嫉妒的库柏勒使他发疯，乃至自行阉割致死。女神使他复活做伴从。在小亚细亚秘仪中，祭司们模仿阿提斯的疯狂，相互撕碎，甚至相互伤残。阿提斯崇拜在古希腊仅限为秘教内部活动，直到罗马帝国克劳狄统治时期才得到发展。

蒙（Μῆν）：小亚细亚地区的月神，代表增长萌芽的力量（参祷9.4注释）。蒙神背上有月牙标志，又称黑夜的主人。有时与阿提斯混同。故而阿提斯也有月牙标志。

行41　乌拉尼亚（Οὐρανίαν）：即"属天的"，与九缪斯之一同名（祷76.9，神谱78）。不过此处与缪斯无关，而指阿佛洛狄特，因为同行并提的是阿佛洛狄特的情人和伴从阿多尼斯。开场祷歌第二次不具名地提到阿佛洛狄特（另见第11行）。"属天的"是阿佛洛狄特的常见修饰语（祷55.1），参看柏拉图《会饮》中区分属天的阿佛洛狄特和属地的阿佛洛狄特（180c–185c）。

永生纯洁的阿多尼斯（ἄμβροτον ἁγνὸν Ἄδωνιν）：同见祷55.26。

行42　缘起和终结（Ἀρχήν τ' ἠδὲ Πέρας）：呼应贯穿祷歌集始末的诞生和死亡，诞生见分娩神普罗提拉亚祷歌（祷2），死亡见死神祷歌（祷歌87）。

1

赫卡忒

> 我呼唤迷人的赫卡忒，那路旁的和三岔路口的，
> 那属天属地属海的，轻衣绯红，
> 出没墓间，狂醉在亡灵中，
> 珀耳塞斯的闺女，爱孤独，在鹿中欢欣，
> 5　不容抗拒的夜间神后，爱着狗们，
> 不束腰带，兽们于她身前吼叫，叫人不敢直视，
> 那护着公牛的，掌管世间的秘钥，
> 引路的水仙，抚养年轻人，在群山流浪，
> 我求告她，少女啊，求她来到神圣的入会礼，
> 10　她总是满心欢悦，待牧人那么亲切。

　　在手抄件中，第一首祷歌紧接在开场祷歌之后，缺神名和焚香，有些抄本直接将它列为开场祷歌第45-54行。伽勒诺斯主张这首祷歌献给月神塞勒涅（赫西俄德《神谱》381注疏），但后世的注家认定其为赫卡忒（Hekate）祷歌。全诗由一个长句贯通始终，并且有别于其他祷歌，通篇采用第三人称。赫卡忒是引路女神，保护信徒在秘教仪式中的探索道路。诗末的boukolos（第10行），即"牧人"，指秘教信徒团体中的执事或祭司。

　　赫西俄德在《神谱》中以不寻常的篇幅（共计四十来行）作了一首赫卡忒祷歌。她是提坦神的直系后代，珀耳塞斯和阿斯忒里亚的女儿。她经历提坦和奥林波斯两代神王统治，宙斯对她的敬重胜于其他

神。她享有超越时间（克洛诺斯时代和宙斯时代）和空间（大地、海洋和天空）的诸种荣誉。她被称为慷慨的女神，在人间庇护国王、骑兵、竞技者、渔人、牧人，并且抚养年轻人（神谱411-452）。

由于阿斯忒里亚和勒托是姐妹（神谱404-409），阿波罗和阿尔特弥斯是赫卡忒的表亲。阿波罗也被称为 Hekatos。埃斯库罗斯的《乞援人》并称阿尔忒弥斯和赫卡忒（Artemis ekata，676）。在希腊化时代，这两个女神（以及月神塞勒涅）经常混同。本祷歌与阿尔忒弥斯祷歌有大量相通的修饰语。赫卡忒排在祷歌集第一篇，让人想到阿尔忒弥斯神像驻守在科尔基斯圣地入口，令没有经过秘仪净化的人心生畏惧。俄耳甫斯专门举行献给阿尔忒弥斯的秘祭，方使阿尔戈英雄如愿获得金羊毛（托名俄耳甫斯《阿尔戈英雄纪》902起，950起）。

在托名荷马的《德墨特尔颂诗》中，赫卡忒扮演重要角色（2.51-61，2.438-440）。她向德墨特尔报信女儿被劫，随后做了珀耳塞福涅的伴从，从而与地下世界相连。自公元前五世纪起，赫卡忒也常与珀耳塞福涅混同，被视为冥府和死者的庇护神。她流连坟间，周遭狗吠声不断，有多种化身，时而是幽灵，时而是动物（比如狗）。在后来兴起的文学作品和巫术文献里，赫卡忒是女巫的守护神。

行1　路旁的（*Εἰνοδίαν*）：第一首祷歌开篇第一个字。赫卡忒被称为引路女神或路旁女神，如见索福克勒斯残篇535.2，欧里庇得斯《伊翁》1038，《海伦》570。

三岔路口（*τριοδῖτιν*）：神话中的赫卡忒通常有三张脸，或三个身体，此外呼应第2行的"天地海"（参神谱412-415，427）。

行2　属天属地属海（*οὐρανίαν χθονίαν τε καὶ εἰναλίαν*）：同见库瑞忒斯（祷38.2）。

轻衣绯红（*κροκόπεπλον*）：同见墨利诺厄（祷71.1）。赫西俄德用来形容格赖埃姐妹中的厄倪俄和大洋女儿忒勒斯托（神谱273，

358）。荷马诗中常用来形容黎明女神厄俄斯，阿尔克曼用来形容缪斯（残篇 46）。

行 3　出没墓间（τυμβιδίαν）：同见梯刻（祷 72.5）。

狂醉的（βακχεύουσαν）：赫卡忒与酒神狂女相连。赫卡忒是属夜女神。狄俄尼索斯也曾化身公牛盛赞黑夜。被形容像酒神狂女，见涅柔斯女儿（祷 24.3）、阿尔忒弥斯（祷 36.2）、德墨特尔（祷 40.15）、水仙（祷 51.15）和报仇神（祷 69.2）。

行 4　珀耳塞斯的闺女（Περσείαν）：参神谱 411。

爱孤独（φιλέρημον）：同见阿多尼斯（祷 56.2）。

在鹿中欢欣（ἀγαλλομένην ἐλάφοισι）：与"穿射群鹿"的阿尔忒弥斯混同（祷 36.10）。

行 5　夜间的（νυκτερίαν）：赫卡忒与夜神相连。

爱着狗们（σκυλακῖτιν）：同见阿尔忒弥斯（祷 36.12）。

不容抗拒（ἀμαιμάκετον）：同见打雷的宙斯（祷 19.11），托名俄耳甫斯《阿尔戈英雄纪》518。

行 6　不束腰带（ἄζωστον）：腰带象征处女的贞洁，新娘在新婚夜由新郎解开腰带。赫卡忒和阿尔忒弥斯都是处女神，不束腰带或解开腰带，另参祷 2.7，36.5。

兽们于她身前吼叫（θηρόβρομον）：或指赫卡忒如兽们般吼叫，参阿尔忒弥斯（祷 36.2）。

叫人不敢直视（ἀπρόσμαχον εἶδος ἔχουσαν）：即"形样叫人不敢抵抗的"，参梯刻（祷 72.4），托名荷马《赫拉颂诗》（12.2）。

行 7　护着公牛（ταυροπόλον）：阿尔忒弥斯的修饰语，除"庇护公牛"以外，或指"驾驭公牛拉的大车"，或"在陶洛人中（Tauris）得到敬拜"，或"猎杀公牛的"。古代阿提卡地区的阿尔忒弥斯节庆以此为名。公元前五世纪雅典大酒神节上，狄俄尼索斯神也表现为公牛的样貌。

掌管世间的秘钥（παντὸς κόσμου κληιδοῦχον）：赫卡忒守护宇宙万

物的钥匙，参品达《皮托竞技凯歌》8.4。秘匙的说法，另见普罗提拉亚（祷2.5），普鲁同（祷18.4），普罗透斯（祷25.1），爱神（祷58.4）。

行8 引路的（*ἡγεμόνην*）：与阿尔忒弥斯混同（祷72.3）。另参自然神（祷10.12）。

水仙（*νύμφην*）：或指少女，同见墨利诺厄（祷71.1），参看祷51。

抚养年轻人（*κουροτρόφον*）：同见神谱450，阿尔忒弥斯（祷36.8），德墨特尔（祷40.2，40.13），和平（祷12.8，19.22，65.9）。

在群山流浪（*οὐρεσιφοῖτιν*）：同见水仙（祷51.9），双年庆神（祷52.10）。

行9 入会礼（*τελεταῖς*）：同见弥塞（祷43.10）。telete 所指甚广。在本祷歌集里，或指具体的宗教行为或秘密宗教仪式，也指宗教经文以及颂唱经文的礼仪。该词出现在求告部分，见普罗多格诺斯（祷6.10-11），群星（祷7.12），众神之母（祷27.11），勒托（祷35.7），时光神（祷43.10），伊普塔（祷49.7），周年庆神（祷53.9），西勒诺斯（祷54.7），帕来蒙（祷75.3-4），忒弥斯（祷79.11-12）。该词出现在文中，见涅柔斯女儿（祷24.10-12），库瑞忒斯（祷38.6），弥塞（祷42.11），伊普塔（祷49.2-3），缪斯（祷76.7），谟涅摩绪涅（祷77.9-10），忒弥斯（祷79.7-10），赫斯提亚（祷84.3-4）。

行10 满心欢悦（*κεχαρηότι θυμῶι*）：同见库瑞忒斯（祷31.7），水仙（祷51.17），托名俄耳甫斯《阿尔戈英雄纪》782。

牧人（*βουκόλωι*）：同见祷31.7，指佯装公牛的狄俄尼索斯神的崇拜者，庇护牧人故而是狄俄尼索斯秘仪的特色，后转指信徒中的执事或祭司，在基督宗教中得到沿用。此处或指俄耳甫斯教派团体中主持仪式的人。

2

普罗提拉亚

[焚安息香]

听我说，太可敬的女神哦，千名的精灵，
你舒缓生育痛楚，温柔看向分娩妇人，
你是女人的唯一救星，护爱孩童，心思可爱，
敦促分娩，协助年轻女子，普罗提拉亚，

5   深情的乳母，守护钥匙，对谁都可亲，
入住每户人家，喜爱家宴；
肉眼看不见解腰带的你，你的大能显示你，
与分娩妇人共磨难，为繁衍同欢乐，
埃勒提埃，在必然的不幸里化解伤痛；

10   临产妇人只呼唤你，灵魂的慰藉者；
只有你来消减分娩的苦楚，
阿尔忒弥斯·埃勒提埃，可敬的普罗提拉亚。
听我说，极乐神，求你赐我婴孩，
求你拯救我，你生来是所有人的救星。

    普罗提拉亚（Prothyraia）："在门前"，或"入门处"，不是具体某个女神的称谓，而是某些女神的修饰语，比如赫卡忒或阿尔忒弥斯，大致泛指古代城邦和人家供奉在门口的女神，如阿里斯托芬所说，"家家门口都有一个赫卡忒的神龛"（《马蜂》802-804）。如果说第一祷歌

献给宇宙的和地下世界的赫卡忒，那么这首祷歌献给守护城邦和家门的赫卡忒-阿尔忒弥斯，也献给助产女神埃勒提埃（Eileithyia）。埃勒提埃是宙斯和赫拉的女儿，赫柏和阿瑞斯的姐妹（神谱922）。她出现在开场祷歌（祷0.13）。在托名荷马的《阿波罗颂诗》中，她帮助勒托生下阿波罗（3.97-116）。在奥维德笔下，她在赫拉克勒斯诞生时始终在门外没有进屋（《变形记》9.273-323）。欧里庇得斯笔下的美狄亚声称，宁可提着盾牌打三次仗也不肯生一次孩子（《美狄亚》250-251），可见分娩在古人眼里的风险。埃勒提埃在诗中与阿尔忒弥斯混同（第12行）。前两首祷歌均与阿尔忒弥斯相连。如果说赫卡忒祷歌指向灵魂的地下幽暗世界，那么普罗提拉亚祷歌转而过渡到诞生、新生的世界。这首祷歌的主题是入门和诞生，作为俄耳甫斯秘仪的开端具有特别的象征意味，与最后一首死神祷歌遥相呼应。

安息香（或苏合香脂）首次出现。

行1　太可敬的女神（*πολύσεμνε θεά*）：同见特梯斯（祷22.9），参西勒诺斯·萨图尔（祷54.1）。

千名的精灵（*πολυώνυμε δαῖμον*）：同见潘（祷11.10），德墨特尔（祷40.1），阿多尼斯（祷56.1）。千名的（*πολυώνυμος*），同见自然神（祷20.13），潘（祷11.10），赫拉（祷16.9），众神之母（祷27.4），阿尔忒弥斯（祷36.1），德墨特尔（祷40.1），安塔伊阿母亲（祷41.1），弥塞（祷42.2），巴萨勒斯（祷45.2），利西俄斯·勒那伊俄斯（祷50.2），双年庆神（祷52.1），阿多尼斯（祷56.1），命运神（祷59.2）。

行2　舒缓生育痛楚（*ὠδίνων ἐπαρωγέ*）：或直译"庇助分娩"，同见阿尔忒弥斯（祷36.4）。

行4　敦促分娩（*ὠκυλόχεια*）：同见众神之母（祷10.19），阿尔忒弥斯（祷36.8）。

行5　守护钥匙（*κλειδοῦχ'*）：普罗提拉亚是每家每户的守护女神，对观赫卡忒（祷1.7）。

行7　解腰带（λυσίζων）：同见阿尔忒弥斯（祷36.5），参赫卡忒（祷1.6注释），埃勒提埃也是处女神。年轻女子除在婚后解下腰带以外，也在崇拜仪式上将腰带解下献给女神。

行10　灵魂的慰藉（ψυχῆς ἀνάπαυμα）：对观健康神是"有死者的慰藉"（祷68.7）。

行11　对观命运神"减免不幸"（祷59.20）。

行12　阿尔忒弥斯·埃勒提埃（Artemis Eileithyia）：两位女神并称，参看题解。有关助产女神埃勒提埃，参品达《奥林波斯竞技凯歌》6.41-42，《涅墨竞技凯歌》7.1-4，埃斯库罗斯《乞援人》674-677，柏拉图《会饮》206d。

3

夜　神
（纽克斯）

［燃火把］

我要来歌唱纽克斯，神和人的始母。
纽克斯，万物的本原，世人也唤作库普里斯。
听我说，极乐神，你闪动夜芒，星光璨然，
喜欢宁静和深沉睡乡的安详，
5　好心，可贵，爱长夜狂欢，你是梦呓的母亲，
缓解忧虑，让劳顿也有稍息，
你带来睡眠，爱所有人，夜里闪亮的御者，
你以一半完成全部，轮番上天下地，
圆满如环，在空气中流浪，追逐也被追逐，
10　你驱赶光明到地下，又轮流消失
在哈得斯，因可畏的必然神主宰万物。
来吧，丰裕迷人的极乐神，
求你倾听有死者的求告，
好心来吧，求你驱散在夜中闪光的恐惧。

夜神（Nux）：音译"纽克斯"。黑夜在古希腊宇宙起源传统中有
重要地位。在赫西俄德笔下，黑夜从混沌（Chaos）中生，又和虚
冥（Erebos）生下白昼和天光（神谱123-124）。夜神单独生下一群

子女，包括涅墨西斯（Nemesis）和命运三女神，以及命运、横死等不讨人喜欢的神（神谱211-225）。在本首祷歌里，除11-12两行以外，纽克斯更像一个善心慈悲的母亲。在俄耳甫斯古神谱中，黑夜是最初的神，也是无上智慧和口说技艺的保护神。据阿里斯托芬的转述，从黑夜生出风卵，从卵中生出爱若斯，再从爱若斯生出世间万物（《鸟》684-703）。在圣辞版神谱中，最初元素是时间神，由他造出的卵生下普法纳斯（Phanes）。纽克斯是普法纳斯的母亲、妻子和女儿。稍后的传统给三种身份的纽克斯三个名称：Adrasteia（不可避免）、Ananke（必然）和Heimarméné（命运）。普法纳斯相应有三重身份：父亲、力量和智慧。1962年发现的德尔维尼（Derveni）手抄件，年代可追溯至公元前四世纪，其中抄录的俄耳甫斯宇宙起源学说以夜神为核心。参赫米阿斯（Hermias）引录的残篇：

> 谁也不敢用眼睛凝视你，
> 普罗多格诺斯，除了神圣纽克斯。
> 然而所有天神都惊叹
> 这意想不到的光，
> 这从永生的普法纳斯散出的靡彩。

燃火把在整部祷歌集里仅此一例，暗指秘仪开端的必经步骤。闪耀的火光与神秘的黑夜相映成趣。继前两首祷歌献给掌握秘钥的两位女神之后，系列祷歌3-14分别献给十二位前奥林波斯神。夜神还出现在开场祷歌（祷0.24），星群祷歌（作为星的母亲，祷7.3）和命运神祷歌（作为命运的母亲，祷59.1）。

行1　神和人的始母（ϑεῶν γενέτειραν…καὶ ἀνδρῶν）：对观普罗多格诺斯和俄刻阿诺斯是"极乐神族与凡人的起源"（祷6.3，83.2）。另参瑞亚"诸神和有死人类的母亲"（祷14.9），众神之母"生下永生神族和凡人种族"（祷27.7）。

行2 万物的本原（*γένεσις πάντων*）：或"孕育一切"，相似说法见天神（祷4.1），群星（祷7.15），潘（祷11.10），另参赫拉克勒斯（祷12.6），闪电的宙斯（祷20.5），代蒙（祷73.2）。此外，宙斯是"万物之父"（祷15.7），赫拉是"万物之母"（祷16.4）。

库普里斯（Kypris）：阿佛洛狄特的别称，同见祷22.7，56.8，65.7。此处纽克斯与阿佛洛狄特混同，均系繁衍神（祷55.2），或许还是情人的保护神。赫西俄德继阿佛洛狄特的诞生之后讲到夜神的子女，其中欺瞒神和承欢神（神谱224）暗合阿佛洛狄特的"欺瞒"和"承欢"两种特性（神谱205-206）。

有些版本删去第2行。

行3 听我说，极乐神（*κλῦθι, μάκαιρα θεά*）：同见珀耳塞福涅（祷29.17）。

闪动夜芒（*κυαναυγής*）：对观天神（祷4.7），涅柔斯（祷23.1）和涅柔斯女儿（祷24.8）。

星光璨然（*ἀστεροφεγγής*）：同见星群（祷5.5）。

行4 喜欢宁静（*ἡσυχίηι χαίρουσα*）：同见月神（祷9.8）。

行5 好心的（*εὐφροσύνη*），或欢乐的，也用来形容星群（祷7.11），月神（祷9.8）。与美惠神中的欧佛洛绪涅（Euphrosyne）同名。

可贵的（*τερπνή*）：也用来形容美惠神之一（神谱909，参祷60.3）。

爱长夜狂欢（*φιλοπάννυχε*）：同见阿佛洛狄特（祷55.2）。

梦呓（Oneiroi）：夜神是睡神和梦神的母亲（神谱212，祷85-86）。

行6 此行的解忧之说，与睡神极为相似（祷85.5），另参阿尔忒弥斯（祷36.5）。

行7 带来睡眠（*ὑπνοδότειρα*）：同见欧里庇得斯《俄瑞斯忒斯》175，对观地下的赫耳墨斯带来长眠（祷57.8）。睡神是夜神的孩子，参第5行，祷85。

爱所有人（*φίλη πάντων*）：同见正义神（祷63.8）。

御者（ἐλάσιππε）：同见日神（祷8.18），品达《皮托竞技凯歌》5.85。

行8　以一半完成全部（ἡμιτελής）：直译"未完成的"。联系行8-11，夜的运转由大地之上和地下的哈得斯这两半构成周期。

上天下地（χϑονία ἠδ' οὐρανία），直译"属天属地"，同见星群（祷7.9），参天神（祷4.5）。

行9　在空气中流浪（ἠεροφοίτοις）：同见月神（祷9.2），水仙（祷51.5），西风神（祷81.1），南风神（祷82.4）；伊9.571，19.87。

行10-11　这两行诗描绘黑夜和白天的交替，对观赫西俄德诗中日与夜同住地下世界，"从不会一块儿待在住所里，总是轮番交替，一个走在宅外，穿越大地，另一个就守在家里"（神谱748-757）。另参巴门尼德残篇288.11。循环之说，对观祷4.3（乌兰诺斯），祷7.9（群星），祷10.21-25（自然神）。

必然神（Anagke）：音译"阿纳克"。阿佛洛狄特是必然神的母亲（祷55.3）。在圣辞版神谱中，她与时间神结合，生下埃忒尔和混沌（俄耳甫斯残篇K版54=B版77）。另参普罗提拉亚（祷2.9），天神（祷4.6），安塔伊阿母亲（祷41.8），命运神（祷59.18），报仇神（祷69.6），慈心神（祷70.5）。

必然神主宰万物：对观爱神（祷58.8），法神（祷64.8），死神（祷87.1）。赫米亚斯在注疏柏拉图《斐德若》（248C）时提到，阿德拉斯忒亚女神"以法的形式建立并确定各种规定，没有谁能违抗。铁鼓交到阿德拉斯忒亚手里。传说她在夜神住所前拨弄铙钹发出警示，以使万物遵循她的法则"（俄耳甫斯残篇K版105=B版209）。

行12　丰裕迷人（πολυόλβιε...ποϑεινή）：同见正义神（祷63.1）。

行13　求神倾听求告，同见克洛诺斯（祷13.9），阿波罗（祷34.27）。

行14　求神好心地来，同见诸多祷歌结尾许愿，如赫拉（祷16.10），库瑞忒斯（祷31.6），弥塞（祷42.11），梯刻（祷72.9），帕来蒙（祷75.4），西风神（祷81.5），俄刻阿诺斯（祷83.8）。

4

天　神

（乌兰诺斯）

［焚乳香］

乌兰诺斯，孕育一切，宇宙的不朽成分，

最古老的神，一切的开始和结束，

宇宙的父，如行星环绕大地，

极乐神们的家，在喧响中循环运行，

5　你守护天地，笼罩万物，

胸怀自然神所向无敌的必然，

幽蓝闪光，不驯服，放光彩，化影无数，

看见一切，时间神之子，极乐无上的精灵，

听我说，求你赏给新信者圣洁的一生。

　　天神（Ouranos）：音译"乌兰诺斯"。在希腊神话里，天空既是宇宙组成元素（参神谱126-128，伊17.425，奥15.329），也作为第一代神王出现于诸神谱系、天地分离和诸神争战等神话。赫西俄德笔下的天神由大地所生，且与大地生十二提坦神、库克洛佩斯、百手神等。大地不堪忍受天空挤迫，与小儿子克洛诺斯合谋偷袭天神，天地就此分离（神谱136-190）。稍后的俄耳甫斯神谱相对自由地沿用这些神话。天神祷歌紧随夜神祷歌，或与黑夜生天地的古版本神谱有关。德尔维尼莎草抄件亦称"天空，黑夜之子"（14.6）。依据圣辞版神谱，普法纳斯和纽克斯（或黑夜）生下天地，普法纳斯在黑夜中散发明光，天神设法将普法纳斯的光传到世间。希耶罗尼姆斯神谱进一步提到，普法纳斯从中诞生的风卵一分为二，上为天，下为地（俄耳甫斯残篇 K 版 57=B 版 80.2-3）。

托名俄耳甫斯的《阿尔戈英雄纪》记叙了俄耳甫斯吟唱的宇宙起源故事："首先是献给古老的混沌神的祷歌，他如何接二连三造出自然元素，天神如何伸向世界尽头，胸膛宽广的大地如何产生，大海之根如何奠立，还有那最古老的、自行满足、大智的爱若斯，以及由他孕生的彼此相异的所有后代；接着唱起可怕的摧毁者克洛诺斯，宙斯如何挥舞天雷，在永生的极乐神中获得至上权力；随后唱起年轻的极乐神族的诞生和分歧，还有布里默（珀耳塞福涅的别称）、巴克库斯和巨人族的伟大工业；最后唱起羸弱的凡人种族的世世代代。"（421-433）

本诗突显天空的宇宙神特质，强调天神孕生万物，pan-panton（一切，或万物）不同寻常地反复出现在第 1 行、第 2 行（两次）、第 5 行，第 8 行，cosmos 重复出现在第 1 行和第 3 行。祷歌结尾许愿与涅墨西斯祷歌接近（祷 61.11-12），乌兰诺斯"胸怀自然神的必然"（第 6 行），表明天神也守护宇宙秩序乃至某种城邦道德。天神还以父亲形象出现在克洛诺斯祷歌（祷 13.6），众神之母祷歌（祷 27.13）和提坦祷歌（祷 37.1）。

行 1　孕育一切（παγγενέτωρ）：同见赫拉克勒斯（祷 12.6），闪电的宙斯（祷 20.5），代蒙（祷 73.2），另参夜神（祷 3.2），群星（祷 7.15），潘（祷 11.10），宙斯（祷 15.7），赫拉（祷 16.4）。

宇宙的成分（κόσμου μέρος）：同见赫淮斯托斯（作为火元素，祷 66.4）。

不朽的（αἰὲν ἀτειρεῖς）：或译"永不朽坏的"，同见天宇（祷 5.1），星群（祷 7.9），命运神（祷 59.17）。

行 2　一切的开始和结束（ἀρχὴ πάντων πάντων τε τελευτή）：原文重复两次 panton，直译"一切的开始，一切的结束"。对观宙斯（祷

15.7），阿波罗（祷34.15）。

行3　宇宙的父（*κόσμε πατήρ*）：父亲的用法，另参打雷的宙斯（祷19.1），普罗透斯（祷25.10），萨巴兹乌斯（祷48.1），俄刻阿诺斯（祷83.1）。

如行星环绕大地（*σφαιρηδὸν ἑλισσόμενος περὶ γαῖαν*）：对观大地（祷26.8-9），另参伊13.204。斯多亚哲人克莱安塞斯（Cleanthe，前330—前232）的《宙斯祷歌》有相似说法："围绕大地转动的整个世界听从你引领到任何地方，赞同你的主权。"（7-8）

行4　极乐神们的家（*οἶκε θεῶν μακάρων*）：赫西俄德称乌兰诺斯为"极乐神们永远牢靠的居所"（神谱128）。对观埃忒耳（祷5.1），赫斯提亚（祷84.5）。

喧响（*ῥόμβου*）：似与酒神秘仪中的声响相呼应。对观祷30.1和祷31.2。

循环运行（*δίναισιν ὁδεύων*）：对观普罗多格诺斯（祷6.5），赫利俄斯（祷8.7："无尽的循环之路"）。

行6　自然神的必然（*φύλαξ...περιβληθείς*）：对观"必然主宰万物"（祷3.11），"自然神最早集万物于普罗透斯一身"（祷25.9），参自然神祷歌（祷10）

行7　幽蓝闪光（*κυανόχρως*）：也用来形容涅柔斯的家（祷23.1），海豚（祷24.8）。

不驯服的（*ἀδάμαστε*）：荷马诗中用来形容冥王哈得斯"不让步"（伊9.158）。天神不可驯服，与他拥抱自然的必然相连。同见自然神（祷10.3），赫拉克勒斯（祷12.2），阿瑞斯（祷65.2）。

化影无数（*αἰολόμορφος*）：同见赫拉克勒斯（祷12.3），宙斯（祷15.10），雅典娜（祷32.11），阿尔忒弥斯（祷36.12），科律班忒斯（祷39.5），利西俄斯·勒那伊俄斯（祷50.5），美惠神（祷60.5），报仇神（祷69.8）。

行8　看见一切（*πανδερκές*）：同见日神（祷8.1），阿波罗（祷

34.8），月神（祷歌9.7），涅墨西斯（祷61.2），正义神（祷62.1）。

　　时间神之子（*Χρονότεκνε*）：另一种读法 *Κρονότεκνε*（克洛诺斯之子）颠倒神话传统中的父子关系，或为"孕育克洛诺斯"之误。在俄耳甫斯神谱中，时间神与赫拉克勒斯混同，系天神之父。

　　无上的（*πανυπέρτατε*）：或"超越一切的"，同见赫拉克勒斯（祷12.6），赫淮斯托斯（祷66.5）。

　　行9　新信者（*μύστηι νεοφάντηι*）：另参祷9.12，43.10。

5

埃忒耳

［焚藏红花］

哦！你是宙斯的高高住所和不朽力量，

你是星辰和日月的故乡，

征服万物，火的气息，点燃生命火花，

高处闪光的埃忒耳，宇宙最美的元素，

光的孩子哦，亮彩灵动，星火璀璨，

我呼唤你，求你永远宁静喜乐。

5

　　埃忒耳（Ether）：或译"天宇""以太"，既指天宇，也指天宇大气，至高至纯的空气。在荷马诗中，伊达山顶的高松"穿过云气直抵空际"（伊14.288，另参奥19.540）。在赫西俄德诗中，埃忒耳是黑夜和虚冥之子，白昼的兄弟（神谱125）。在巴门尼德那里，以太和黑夜并称（残篇8，302.55-59）。在俄耳甫斯神谱中，天宇是重要的原初元素，时间神生埃忒耳和混沌，或埃忒耳和爱若斯（俄耳甫斯残篇K版60=B版96，K版54=B版78，K版37=B版360），再从埃忒耳生风卵，从卵中生最初的神王普法纳斯："伟大的时间神利用神圣的埃忒耳造了白光灿烂的卵。"（俄耳甫斯残篇K版70=B版114，参祷6.1）

　　天宇代表宇宙的火元素，既是日月星辰的基本构成（第2行，祷66.6），又与神王宙斯的雷电直接相连（祷19.2，19.16）。本首祷歌仅六行诗，原文由贯穿始终的一句话组成。焚藏红花在整部祷歌集里仅此一例，或因藏红花的色泽与天火相呼应。

行1 宙斯的高高住所（$\Delta\iota\grave{o}\varsigma\ \acute{v}\psi\iota\mu\acute{\epsilon}\lambda\alpha\vartheta\varrho o\nu$）：宙斯常被称为"住在天上的"（伊4.166，劳作18）。对观天神是"极乐神的住所"（祷4.4），赫斯提亚是"极乐神的住所"（祷84.5）。柏拉图《斐德若》中，宙斯引领诸神和诸灵魂游历"天的穹隆，直到绝顶处"（247a–c）。有注家主张此处当释作"住在高处的宙斯"。

不朽（$\alpha\grave{\iota}\grave{\epsilon}\nu\ \acute{\alpha}\tau\epsilon\iota\varrho\epsilon\tilde{\iota}\varsigma$）：或译"永不朽坏"，同见天神（祷4.1），星群（祷7.9），命运神（祷59.17）。

行2 星辰日月的故乡（$\acute{\alpha}\sigma\tau\varrho\omega\nu\ \grave{\eta}\epsilon\lambda\acute{\iota}ov\ \tau\epsilon\ \sigma\epsilon\lambda\eta\nu\alpha\acute{\iota}\eta\varsigma\ \tau\epsilon\ \mu\acute{\epsilon}\varrho\iota\sigma\mu\alpha$）：直译"星辰日月的组成元素"，或"享有星辰日月的极大份额的"。天宇是日月星辰显现的背景空间。作为最初的神，埃忒耳的辈分高于日月星辰。此外，天宇象征宇宙中的火元素，是星辰日月的基本构成元素，火神赫淮斯托斯也被说成享有"天宇、日月、星辰的份额"（祷66.6–7）。星辰日月的先后排序直接呼应接下来专属祷歌的次序（祷7–9）。

行3 征服万物（$\pi\alpha\nu\delta\alpha\mu\acute{\alpha}\tau\omega\varrho$）：同见伊24.5，9.373（指睡眠）；自然神（祷10.3，10.26）；众神之母（祷27.12）；赫淮斯托斯（祷66.5）。

火的气息（$\pi\nu\varrho\acute{\iota}\pi\nu ov$）：在前苏格拉底哲人定义的宇宙四元素（地水火风）中，埃忒尔代表火元素。

行4 最美的（$\acute{\alpha}\varrho\iota\sigma\tau ov$）：或最好的，同见西勒诺斯（祷54.2），阿多尼斯（祷56.1）。最美的宇宙元素，对观赫拉克利特定义宇宙："从前是，现在是，未来依然是一团永活的火，有尺度地点亮，有尺度地熄灭。"（残篇30）此外或与毕达哥拉斯派和斯多亚派的影响有关，对观祷66.4–5，11.3。

行5 光的孩子（$\acute{\alpha}\gamma\lambda\alpha\grave{o}\nu\ \tilde{\omega}\ \beta\lambda\acute{\alpha}\sigma\tau\eta\mu\alpha$）：直译"闪光的后代"。$\beta\lambda\acute{\alpha}\sigma\tau\eta\mu\alpha$同见赫拉克勒斯（祷12.9），克洛诺斯（祷13.6），忒弥斯

（祷79.2）。后三例都带有补语，比如赫拉克勒斯和忒弥斯是大地的孩子，克洛诺斯是天地之子，在俄耳甫斯神谱中，埃忒耳当系时间神的孩子。

亮彩灵动（σελασφόρον）：同见自然神（祷10.6）。

星火璀璨（ἀστεροφεγγές）：同见夜神（祷3.3）。

行6 宁静喜乐（κεκραμένον εὔδιον εἶναι）：许愿天晴，风调雨顺，参日神（祷8.14），库瑞忒斯（祷38.24-25），北风神（祷80.5-6）。

6

普罗多格诺斯

［焚没药］

我呼唤普罗多格诺斯，双重性别出没天宇的大神，
那从卵中生的，金色羽翅多明耀，
呼吼如公牛，极乐神族和人类的起源，
庆典无数的播种，狂欢不尽的埃利克帕奥斯，
5　不可言说，深藏不露，轰鸣循行的光彩后代，
你驱散迷离双眼的暗云，
翅膀轻颤，四处盘旋穿越宇宙，
引来纯净光彩，为这我唤你普法纳斯，
普里阿普斯神主和眼中生辉的安托泽斯。
10　来吧，足智多谋播种无数的极乐神，
为了圣洁多样的秘仪，求你来到祭司身旁。

普罗多格诺斯（Protagonos）："最先出生的"，普法纳斯的别称，
是俄耳甫斯神谱中独有的神，已知三种版本均提到。依据圣辞版神
谱，本诗中的普罗多格诺斯（第1行）、厄利克帕奥（第4行）、普里
阿普斯和安托泽斯（第9行）均系普法纳斯（第8行）的别称。普法
纳斯是最初的神，有双重性别，独自创造诸神种族。意大利摩德纳博
物馆藏有一件年代可追溯至二世纪的罗马浮雕，上头的普法纳斯形象
具有典型的俄耳甫斯神谱风格，与普罗多格诺斯、宙斯、时间神和潘

神混同。一具年轻神像兼有男性生殖器和女性双乳，站在裂成两半的蛋中间，四周燃烧着火，头发如放射状的日光。带翅，有牛角。一条蛇环绕身体，蛇头伸至头顶，呼应时间神或赫拉克勒斯的形象。四周有各类动物的头：牡羊、狮子、公牛。右手执神雷，左手执权杖，呼应宙斯的形象。脚带叉蹄，影射潘神。最外圈是黄道十二宫图，四个角落由风神守护。所有这些细节均与俄耳甫斯神谱叙事吻合。本首祷歌同样带有典型的俄耳甫斯神谱意味。其中第1-9行由一个长句组成，分别交代普罗多格诺斯的来历形态（第1-3行）、崇拜仪式（第4-5行）和宇宙起源神话（第6-9行）。

普罗多格诺斯还出现在瑞亚祷歌（作为瑞亚的父亲，祷14.1），作为"最先出生的"这一修饰语出现在赫拉克勒斯祷歌（祷12.10），狄俄尼索斯祷歌（祷30.2），双年庆神祷歌（祷52.6）。埃利克帕奥斯也出现在祷52.6。其余别称如普法纳斯、普里阿普斯、安托泽斯未见于其他祷歌。

行1 普罗多格诺斯（*Πρωτόγονον*）：或"最先出生的神"。

双重性别（*διφυῆ*）：同见狄俄尼索斯（祷30.2），科律班忒斯（祷39.5），弥塞（祷42.4），爱若斯（祷58.4），参月神"雌雄同体"（祷9.4）。

出没天宇（*αἰθερόπλαγκτον*）：在圣辞版神谱中，从天宇生风卵，从风卵生普罗多格诺斯。

行2 从卵中生（*ᾠογενῆ*）：俄耳甫斯宇宙起源传统的独有说法，最早见阿里斯托芬《鸟》684-703。稍后的相关记载极为丰富，此处仅举二例。新柏拉图派哲人达玛斯基乌斯记载，"时间神孕生一个卵……雌雄联体，包含万物之源。两肩生金翼"（《论第一原理》1.317.17起）。二世纪末作者雅典纳格拉斯（Athenagoras of Athens）援引道"卵一分为二，上成天，下成地，中生双体神（disomatos）"，这个双体的神就是普法纳斯（《辩护文》18.3-6）。

行3　呼吼如公牛（ταυροβόαν）：普罗多格诺斯与狄俄尼索斯混同（祷30.1，30.3-4注释）。

极乐神族和人类的起源（γένεσιν μακάρων θνητῶν τ' ἀνθρώπων）：同见大洋神（祷83.2），对观纽克斯"孕育神和人"（祷3.1），天神"孕育万物"（祷4.1注释）。此外"孕育万物"的神还有天神（祷4.1），群星（祷7.15），潘（祷11.10），赫拉克勒斯（祷12.6），宙斯（祷15.7），赫拉（祷16.4），打雷的宙斯（祷20.5），代蒙（祷73.2）。

行4　庆典无数的播种（σπέρμα πολύμνηστον）：类似用法见弥塞（祷42.2），利西俄斯·勒那伊俄斯（祷50.2）。播种之说，与最初的神的繁衍力有关，普罗多格诺斯是神和人的起源，每当有神出世就会得到庆典崇拜，故而是众多记忆和经常怀念的对象，另参自然神（祷10.19）。

狂欢不尽（πολυόργιον）：直译"秘仪无数"，όργιον在祷歌集里出现两次，见双年庆神（祷52.5），西勒诺斯（祷54.10）。

埃利克帕奥斯（Erikepaios）：非希腊文词源，同见祷52.6（作为狄俄尼索斯的别称）。有注家释作"春天之主"（Ηρ或派生自"春天"，与最初的神契合），有的释作"食欧石南的"（Ηρικε或与erica有关）。新柏拉图派作者也将埃利克帕奥斯与普法纳斯混同。六世纪史家John Malalas援引俄耳甫斯佚诗："墨提斯、普法纳斯、埃利克帕奥斯。换言之：计谋、光明、创造。"（《年表》4.89）

行5　不可言说（ἄρρητον）：同见赫拉克勒斯（祷12.4），狄俄尼索斯（祷30.3），弥塞（祷42.3），双年庆神（祷52.5）。

深藏不露（κρύφιον）：或译"秘密的"，同见狄俄尼索斯（祷30.3，52.5），阿佛洛狄特（祷55.9）。

轰鸣循行（κρύφιον ῥοιζήτορα）：参看天神在喧响中循环运行（祷4.4）。鸣响与循行相连，似是创世神的特质。对观日神（祷8.6），赫拉（祷16.8），波塞冬（祷17.6），宙斯（祷19.10），佩里吉奥尼俄斯（祷47.5），法神（祷64.6）。

光彩的（παμφαὲς）：欧里庇得斯用来形容火光（《特洛亚妇人》548），或日光（《美狄亚》1251）。

后代（ἔρνος）：同见利克尼特斯（祷46.3），双年庆神（祷52.5），阿多尼斯（祷56.8），但后三例均带有补语修饰。

行6 对观荷马诗中，宙斯"把浓重的迷雾驱散，清除了昏暗，让太阳重新高照，把战场清楚显现"（伊17.649-650）。另参托名俄耳甫斯《阿尔戈英雄纪》521。

行7 穿越宇宙（κατὰ κόσμον）：对观祷21.2，37.6，78.2。

行8 普法纳斯（Phanes）：有"显现，出现"的意思，与光相连。普法纳斯从卵中生，也就撕裂了原初世界的黑暗状态。他显现的时候也使一切显现。

行9 普里阿普斯（Priapos）：生殖繁衍之神，是畜群和果园的保护神。据泡赛尼阿斯记载，他是狄俄尼索斯和阿佛洛狄特之子（9.31.2）。也被用作狄俄尼索斯的别称。

安托泽斯（Antauges）："思索光明的"，普法纳斯的别称。

行11 祭司（ὀργιοφάνταις）：库瑞忒斯也得到秘仪祭司的称号（祷31.5）。

7

星 群

[焚植物香料]

我呼唤满天群星的纯净光芒，
我用谦卑话语求告圣洁的精灵。
属天的星群，黑夜的心爱孩儿，
你们环绕宝座旋转循行，
5   熠熠发光，燃烧不休，孕育万物，
你们教示并指引每一种命数，
司掌凡人通往神圣的道路，
流连空中，照看七星闪亮的轨道，
属天属地，追逐火，不朽坏，
10   永远点缀夜的黑色长衣，
星光摇曳多迷人，好心的夜之神。
来到神圣秘仪的博学赛会吧，
指点我们成就显赫行止的道路。

星群（Astra）：音译"阿斯特拉"。在赫西俄德笔下，星群是黎明的孩子，常修饰天空（神谱380-382）。在本诗中，星群是黑夜的孩子（第3行，祷78.5）。古希腊早期似无星辰崇拜，稍后秘仪将星辰神化，与英雄死后化作星辰的传说有关。奥维德《变形记》中有无数例子（2.401-507等）。赫耳墨斯的母亲迈亚是阿特拉斯（Atlas）之

女，被列入昴星座，也就是普勒阿得斯七姐妹（Pleiades）之一（神谱938-939）。在阿里斯托芬剧中，普通人也可能在死后化作星辰（《和平》832-841）。本首祷歌多次出现hieron（神圣、圣洁，洁净），如见第1行，第2行，第12行等，带有鲜明的宗教氛围，既描绘作为宇宙天体的群星，也突出预示人类命运的占星主题。

星群祷歌与日神祷歌、月神祷歌构成小系列。在整部祷歌集里，星群还出现在埃忒尔祷歌（祷5.2）和赫淮斯托斯祷歌（祷66.6）。

行2　圣洁的精灵（δαίμονας ἁγ[νούς]）：埃斯库罗斯用来指冥府中的神（《波斯人》628），另参劳作122。

行3　属天的星群（Ἀστέρες οὐράνιοι）：对观第1行"满天群星"。

黑夜的心爱孩儿（Νυκτὸς φίλα τέκνα μελαίνης）：同见命运神（祷59.1）。

行4　对观德墨特尔"环绕宝座盘旋行进"（祷40.15），此处宝座当指大地，德墨特尔与大地、众神之母混同："你的王座在宇宙中心。"（祷27.5）另参天神"如行星环绕大地"（祷4.4）。

行5　熠熠发光（ἀνταυγεῖς）：与普罗多格诺斯的别称"安托泽斯"（Antauges）同源（祷6.9），另参祷70.7。

燃烧不休（πυρόεντες）：同日神（祷8.6）。

孕育万物（γενετῆρες ἀπάντων）：参夜神（祷3.2注释）和天神（祷4.1注释）。这个说法与下行星群预示命运相连。

行6　此行当指占星。根据古人的星象学说，星群掌控人类命运。宇宙作为某种整全，天上的事无不与地上的事相关联。

行8　七星闪亮的轨道（ἑπταφαεῖς ζώνας）：指日月和五大行星（水星、金星、火星、木星和土星）的运行轨道（参祷8.9，65.1）。

行9　属天属地（οὐράνιοι χθόνιοί τε）：同见夜神（祷3.7），天神（祷4.5）。

追逐火（πυρίδρομοι）：同见日神（祷8.22），打雷的宙斯（祷

20.2)，爱若斯（祷58.2)。

不朽坏（ *αἰὲν ἀτειρεῖς*)：同见天神（祷4.1)，天宇（祷5.1)，命运神（祷59.17)。

行11　好心的（ *εὔφρονες*)：参夜神（祷3.5)，月神（祷9.8)。

行12　神圣秘仪（ *εὐιέρου τελετῆς*)：同见帕来蒙（祷75.3)，记忆神（祷77.10)，忒弥斯（祷79.12)。

博学赛会（ *πολυΐστορας ἄϑλους*)：或论辩、竞赛，古代城邦的节庆方式之一。人们在赛会上吟咏诗歌、游行欢庆，祭祀诸神。赛会分成体育竞技、悲喜剧竞技，音乐竞技、诗歌竞技等。此处称"博学论辩"，或指某种俄耳甫斯秘密典礼，参加者比谁更精通秘教义理。祷歌中强调星群运行轨迹，或许暗示入会者领悟的秘教奥义与星象兆示的宇宙秩序遥相呼应。

行13　显赫行止（ *εὐδόξοις ἔργοις*)：同见尼刻（祷33.9)。

8

日 神
（赫利俄斯）

［焚捣碎的乳香］

听我说，极乐神，你永恒的眼看穿万物，

金光灿烂的提坦神许佩里翁，你是天上的光，

自发生成，不知疲倦，有生者的甜美景象，

从你的右边生黎明，左边出黑夜，

5　你引领圆舞的四马快车，调和季节，

呼啸赶路燃烧不休，面带荣光的御夫啊，

辗转行进在无尽的循环路，

你使虔诚的人向美，苛责不信者，

你手弹金竖琴，引动宇宙和声运转，

10　善行的向导，养育季节的年轻人，

宇宙的神主，你吹长笛，追逐火，环绕巡行，

带来明光显现多样，散播生命和果实的佩安啊，

永不衰老多纯净，时间的父，永生的宙斯，

宁静喜乐，光照万物，看遍宇宙的眼，

15　你消隐了又释放美好的光彩，

宇宙的主君，你彰显正义，爱水浪，

守护誓言，比谁都高贵，救助所有人，

你是正义的眼，生命的光。御马的大神哦，

在你响鞭下呼啸奔出四马快车，

20 　听我说，请向信者展示丰美的人生。

日神（Helios）：音译"赫利俄斯"，与阿波罗有别，尽管古人提及二者常用相通的修饰语。在赫西俄德笔下，赫利俄斯是提坦神许佩里翁的儿子，月亮塞勒涅和黎明厄俄斯的兄弟（神谱371-374），属于前奥林波斯神。荷马诗中已有日神崇拜的描述（伊3.103-104）。品达在《奥林波斯竞技凯歌》提及罗德岛的日神崇拜（7.20-80）。据阿里斯托芬和柏拉图的说法，日月崇拜仪式本非希腊本地风俗（《和平》406-413，《克拉底鲁》397c，另参《法义》887d-e）。本首祷歌带有鲜明的自然哲学意味，不是强调赫利俄斯神话或日神崇拜仪式，而是关注太阳在宇宙秩序中的功能，诗中重复提及日神看穿一切（第1、14行），带来明光（第6、12、14、15、18行），循环运转（第5-7行）。恩培多克勒或巴门尼德等前苏格拉底哲人开始并称赫利俄斯和阿波罗，很难说清楚俄耳甫斯教与之的相互影响。

除标题以外，诗中未再提及赫利俄斯，但提到日神的多种别称，如提坦神（第2行）、许佩里翁（第2行）、佩安（第12行）、宙斯（第13行）。在俄耳甫斯残篇中，日神也与狄俄尼索斯或潘神混同。日神祷歌与月神祷歌并称，分别被称为时间之父（第13行）和时间之母（祷9.5）。伽勒诺斯在注释赫西俄德的《神谱》时，最早援引这首日神祷歌。

行1 永恒的眼看穿万物（*πανδερκὲς ἔχων αἰώνιον ὄμμα*）：同见阿波罗（祷34.8）。太阳常被视为"世界的眼"，照亮一切，也洞察一切。古人习惯呼唤太阳作证。日神代表正义的眼睛，没有什么可以从他面前逃走。在荷马诗中，太阳最早发现阿佛洛狄特和阿瑞斯偷情（奥

8.270-272，8.302）。在托名荷马的《德墨特尔颂诗》中，只有太阳和赫卡忒（或等同月神）发现哈得斯劫走珀耳塞福涅（2.24-27，2.62-90）。在埃斯库罗斯笔下，被缚的普罗米修斯求告太阳来作证（《普罗米修斯》88-92）。在本祷歌集里，看见一切的神还有乌兰诺斯（祷4.8），月神（祷9.7），阿波罗（祷34.11），宙斯（祷59.13），涅墨西斯（祷61.2，61.8），狄刻（祷62.1）和报仇神（祷69.15）等。

行2 许佩里翁（Hyperion）："穿越高空""在高处"，荷马诗中用来形容太阳（伊8.480）。在神话中，许佩里翁是赫利俄斯的父亲（神谱374，1011；奥12.176；托名荷马《德墨特尔颂诗》2.26，74）。有别于赫西俄德的说法，荷马诗中的许佩里翁不是提坦神。此处祷歌称太阳为提坦神许佩里翁，将赫利俄斯与其父混同。被称为提坦（*Τιτάν*）的还有赫拉克勒斯（祷12.1）和阿波罗（祷34.3）等，另参伊8.478-482；奥1.8，1.24，12.133，12.263等；托名荷马《阿佛洛狄特颂诗》5.369起。

行3 自发生成，不知疲倦（*αὐτοφυής*，*ἀκάμας*）：同见赫拉克勒斯（祷12.9）。太阳每日升起又复沉落，生生不息。不知疲倦，同见伊18.239，18.484等。

行4 此行描述日夜交替，面朝北方，白天从右边升起（东方），夜晚从左边降临（西方）。对观赫拉克勒斯："白天和茫茫黑夜环绕在你头顶。"（祷12.11）

行5 四马（*τετραβάμοσι*）：对应四季，或指在天上循行的日神马车。四季循环之说，参阿波罗（祷34.21）。另见欧里庇得斯《特洛亚妇人》517。

行6 燃烧不休（*πυρόεις*）：同星群（祷7.5）。

行7 无尽的循环路（*ἀπειρεσίου δινεύμασιν οἶμον*）：对观祷4.4（乌兰诺斯），祷19.10（打雷的宙斯），另参祷6.5，10.21等。

行9 金竖琴（*χρυσολύρη*）：阿波罗的专用乐器（祷34.3）。

宇宙和声（*κόσμου τὸν ἐναρμόνιον*）：同见潘（祷11.6），参祷34.20。

或出自毕达哥拉斯派学说，参亚里士多德《论天》290b21-29。柏拉图在《理想国》中想象由八个旋转纺锤和八名塞壬的单音所共同构成的和声（616b-617d）。竖琴乐音，阿波罗祷歌中有更详细的描绘（祷34.16-23）。

行10　善行的向导（*ἔργων σημάντωρ ἀγαθῶν*）：或"指引善行"，对观群星"指引命数"（祷7.6）。

养育季节（*ὡροτρόφε*）：同见库瑞忒斯（祷38.25）。

行11　宇宙的神主（*κοσμοκράτωρ*）：同见潘（祷11.11）。赫利俄斯与潘混同，故而有吹长笛的说法（竖琴与阿波罗相连，长笛与潘相连），潘也被形容带来宇宙和声（祷11.6），带来明光（祷11.11），季节的伴侣（祷11.4），孕育一切（祷11.12）等等。此外阿波罗也与潘混同（祷34.24）。这三个神就维持宇宙秩序而言彼此相连。

追逐火（*πυρίδρομε*）：同见星群（祷7.9），闪电的宙斯（祷20.2），爱若斯（祷58.2）。

行12　带来明光（*φωσφόρε*）：同见阿波罗（祷34.5），赫淮斯托斯（祷66.3）。这两位神与太阳混同。另参月神（祷9.1），潘（祷11.11），珀耳塞福涅（祷29.9）。

佩安（Paian）：在荷马诗中是医神（伊5.899等），后为阿波罗的别名（祷34.1），或因阿波罗"逆转不幸"，"带来胜利"。在本祷歌集里，佩安也用来指潘（祷11.11）、赫拉克勒斯（祷12.10）、狄俄尼索斯（祷52.11）和医神（祷67.1）。

散播果实的（*κάρπιμοι*）：或"带来果实的"，用来修饰佩安，同见潘（祷11.11）。

行13　永不衰老（*ἀιθαλής*）：同见克洛诺斯（祷13.1），时光神（祷43.5），美惠神（祷60.5），健康神（祷68.7）。

时间的父（*χρόνου πάτερ*）：同见赫拉克勒斯（祷12.3）。月神被称为"时间的母亲"（祷9.5）。这个说法与古代太阳历相连。历法与时间，参柏拉图《蒂迈欧》38b-39e。

不死的（ἀθάνατε）：同见赫拉克勒斯（祷12.13）。

宙斯（Zeus）：日神与宙斯混同，有不少相通的修饰语（对观祷15.3-5）。其他与宙斯混同的神还有潘（祷11.12），代蒙（祷73.2-3）。

行14　光照万物（πασιφαής）：同见阿尔忒弥斯（祷36.3）。

行15　对观阿多尼斯"在美好季节的循环中消逝又放光彩"（祷56.5）。

行16　彰显正义（δεῖκτα δικαιοσύνης）：日神"使虔诚的人向美，苛责不信者"（第8行），是"善行的向导"（第10行）。

爱水浪（φιλονάματε）：或指太阳每日西沉落入大海，或指太阳蒸发海水。

宇宙的主君（δέσποτα κόσμου）：对观"宇宙的神主"（第11行）。

行17　比谁都高贵，救助所有人（πανυπέρτατε, πᾶσιν ἀρωγέ）：对观赫拉克勒斯（祷12.6）。

行18　正义的眼（ὄμμα δικαιοσύνης）：对观正义女神狄刻的眼洞察一切（祷62.1，69.15）。

行19　参看第5-7行，波塞冬（祷17.5），另参埃斯库罗斯《波斯人》84，品达《皮托竞技凯歌》10.65。

行20　由于秘教仪式发生在夜里，日神没有被祈求在场。日神带给信徒的毋宁说是精神层面的光照。

9

月　神
（塞勒涅）

[焚植物香料]

听我说，神后啊，带来明光的塞勒涅，
牛角的墨涅，你在夜里奔跑，在空气中流浪，
黑夜举火把的闺女，星光灿美的墨涅，
圆来又缺去，雄雌亦同体，
5　　时间的母亲，光彩夺目，爱马群，带来果实，
琥珀的光，嗔怒的心，夜里如此明亮，
你看见万物，爱守夜，有华美群星的点缀，
深喜宁静和带来繁荣的善心，
你带来欢愉，成就众生，夜的闪亮华装，
10　　你统帅星群，长衣飘，迂回行，大智的处女，
来吧，好心的极乐神，闪着三种光芒，
少女哦，来拯救向你求告的新信者。

　　月神（Selene）：音译"塞勒涅"。Selene（光彩照人的）源自
Selas（光）。在希腊神话中，她或是许佩里翁的女儿，赫利俄斯的姐
妹（神谱371-374），或是赫利俄斯的女儿或妻子。古人已知月光系
反照日光，祷歌中的若干修饰语故与日神祷歌相类。塞勒涅常与阿尔
忒弥斯、赫卡忒混同，这使得原本罕见的月神崇拜也有了错综复杂的

样貌。萨福以降的诗人们讲过月神与恩狄弥翁的故事。对观托名荷马的《月神颂诗》和本首祷歌，不难发现前者强调月神的宗教性力量，而后者偏重月亮在夜空中的天文景象。

行1　神后（$\vartheta\varepsilon\grave{a}\,\beta\alpha\sigma\acute{\iota}\lambda\varepsilon\iota\alpha$）：同见阿佛洛狄特（祷55.16）。

带来明光（$\varphi\alpha\varepsilon\sigma\varphi\acute{o}\varrho\varepsilon$）：同见日神（祷8.12注释）。

行2　墨涅（Mene）："月"，月神的别称。同见第3行。依据俄耳甫斯神谱记载："宙斯孕育另一个无边大地，神们称为塞勒涅，大地上的凡人称为墨涅。"（俄耳甫斯残篇 K 版91＝B 版155）荷马诗中也有分开命名的现象，比如斯卡曼得洛斯河在神族称为克珊托斯（伊20.74-75），赫克托尔的儿子有两个名字（伊6.402-403）。

在空气中流浪（$\acute{\eta}\varepsilon\varrho o\varphi o\tilde{\iota}\tau\iota$）：参夜神（祷3.9），水仙（祷51.5），西风神（祷81.1），南风神（祷82.4）。

行3　举火把（$\delta\alpha\iota\delta o\tilde{\upsilon}\chi\varepsilon$）：同见阿尔忒弥斯（祷36.3），参德墨特尔（祷40.11）。赫卡忒通常也带火把，参托名荷马《德墨特尔颂诗》2.52。火把是酒神狂女的标志之一（祷52）。

行4　雌雄同体（$\vartheta\tilde{\eta}\lambda\acute{\upsilon}\varsigma\,\tau\varepsilon\,\kappa\alpha\grave{\iota}\,\check{\alpha}\varrho\sigma\eta\nu$）：相似说法见阿尔忒弥斯（祷36.7），雅典娜（祷32.10），弥塞（祷42.4）和阿多尼斯（祷56.4）。双重性别，见普罗多格诺斯（祷6.1），狄俄尼索斯（祷30.2），科律班忒斯（祷39.5），弥塞（祷42.4）和爱若斯（祷58.4）。日月相对，阴阳相生。此处强调月神的双重性别，或系受安那托里亚地区的男性月神蒙的影响，参开场祷歌0.40。另参柏拉图《会饮》190b。

行5　爱马群（$\varphi\acute{\iota}\lambda\iota\pi\pi\varepsilon$）：在神话中，月神和日神一样赶着马车穿行天际（祷8.5，8.19）。

时间的母亲（$\chi\varrho\acute{o}\nu o\upsilon\,\mu\tilde{\eta}\tau\varepsilon\varrho$）：对观日神是"时间的父"（祷8.13）。古代历法多见太阴历，希腊文中的月份（Meis）与月亮（Mene）同源。

带来果实（$\varphi\varepsilon\varrho\acute{\varepsilon}\kappa\alpha\varrho\pi\varepsilon$）：同见大地（祷26.3），库瑞忒斯（祷38.5），利西俄斯·勒那伊俄斯（祷50.10）。

行6　嗔怒的心（βαρύθυμε）：同见打雷的宙斯（祷19.11）。此处的嗔怒或与秘仪相连。

行7　看见万物（πανδερκής）：同见日神（祷8.1注释）。

爱守夜（φιλάγρυπνε）：同见西勒诺斯·萨图尔（祷54.5），记忆神（祷77.6）。

行8　深喜宁静（ήσυχίηι χαίρουσα）：同见夜神（祷3.4）。

善心（εὐφρόνηι）：参夜神（祷3.5），星群（祷7.11）。

行9　带来欢愉（χαριδῶτι）：同见阿佛洛狄特（祷55.9）。

行10　长衣飘（τανύπεπλε）：荷马诗中用来形容水仙兰佩提亚（奥12.375）。

大智的（πάνσοφε）：参看自然神（祷10.16）。

行11　闪着三种光芒（φέγγεϊ τρισσῶι）：或指上弦、下弦、满月三种月的形态。另一种读法φέγγεϊ τῶ σῶ，即"自行发光"，但古人已知月光是日光的反射。

行12　少女（κούρη）：作为祷歌结尾，同见忒弥斯（祷79.12）。

新信者（νέους ἱκέτας）：参祷4.9，43.10。

10

自然神

[焚植物香料]

自然神哦，万物的母亲神，多智谋的主母，
属天，古早，有无数创造的女王，
你不可驯服而驯服众生，光彩的向导，
主宰万物，众所尊崇，超乎一切，

5 生生不息，最早出生，有古老显赫的声名，
属夜，多星，光彩灵动，不可约束，
你的轻盈脚步于无声中留下如环踪影，
神们的纯净统领，无限的终结，
万物与你接通，只有你不轻与苟同，

10 自发生成，没有父亲，广大善妙，
美如花，友爱，通晓编织混合，
你引路有大能，给予生命又养育万物，
完满自足，你是正义，是美惠的千名说服，
你统治海洋、天空和大地，

15 对小人苦涩，对被说服者温柔，
大智慷慨，眷顾众生，普天下的后，
你滋养果实，又将成熟的消化殆尽，
万物的父母，抚养又教育，
催促分娩的极乐神，播种和季节的冲动，

20 你精通万般技艺，尊贵的匠神，

你是宇宙的恒有动力，灵巧节制，

在无尽的旋涡中快速转动，

无所不在，循环重生，形魅多端，

在华丽王座得荣耀，独成谋略，

25　　在执权杖的王者头上呼吼，盖过响雷，

无畏必胜，你是命数，是火的气息，

是永恒的生命和不死的天意，

万物归属你，女王啊，你独自造出一切。

来吧女神，求你在烂漫的季节里

30　　带来让万物生长的和平和健康。

　　自然（Physis）：音译"普弗西斯"，与phuo（在，存在）同源。自然从来是多义词。此处代表生命本原，宇宙万物的变化根本，一切生成中蕴藏的神秘不灭的力量。在俄耳甫斯神谱中，最初的神往往自行生成，双重性别，统治宇宙，孕育万物。同一世界并存诸多相类的神，似乎完全不会困扰信徒。有些祷歌将这些神统归到宙斯名下。自然神司掌大地、海洋和天空三领域，根本职责是管理、维护、促进宇宙的繁衍生成。祷歌中的若干表述明显带有斯多亚学说的影响痕迹。

　　继星日月三联祷歌后，自然、潘、赫拉克勒斯构成另一组三联祷歌。潘神和赫拉克勒斯均跳脱传统神话形象，潘取Pan（宇宙整全）之意，赫拉克勒斯及其十二项任务指向时间的循环往复，与永恒相连（详见祷11-12注释）。自然神还出现于天神祷歌（祷4.6），普罗透斯祷歌（祷25.9），大地祷歌（祷26.2，26.9），法神祷歌（祷64.3-4）和死神祷歌（祷87.4）。

行1 万物的母亲神（*παμμήτειρα θεά*）：同见德墨特尔（祷40.1），另参夜神（祷3.1），瑞亚（祷14.8-9），大地（祷26.1），安塔伊阿母亲（祷41.1-2），健康神（祷68.2）。

多智谋的（*πολυμήχανε*）：荷马诗中用来形容奥德修斯（伊2.173）。

行2 属天的（*οὐρανία*）：对观天神"胸怀自然神的所向无敌的必然"（祷4.6）。

古早的（*πρέσβειρα*）：同见夜神（祷0.24），众神之母（祷27.13）。

女王（*ἄνασσα*）：同见第28行，阿德拉斯忒亚（祷0.36），珀耳塞福涅（祷29.20），弥塞（祷42.3），塞墨勒（祷44.10），阿佛洛狄特（祷55.24），健康神（祷68.5），慈心神（祷70.6），缪斯（祷76.6），记忆神（祷77.1）。

行3 本诗有多处类似的矛盾表述，诸如夜与光（第6行），无限与终结（第8行），通与不同（第9行），滋养与消化（第17行），表现出对自然力量的深刻认知。

不可驯服（*ἀδάμαστε*）：同见天神（祷4.7），赫拉克勒斯（祷12.2），阿瑞斯（祷65.2）。

驯服众生（*πανδαμάτωρ*）：同见埃忒尔（祷5.3），众神之母（祷27.12），赫淮斯托斯（祷66.5）。

行4 主宰万物（*παντοκράτειρα*）：同见普鲁同（祷18.17），珀耳塞福涅（祷29.10）。

超乎一切（*πανυπέρτατε*）：第3-4行重复四次pas-pan（一切，万物），另见赫拉克勒斯（祷12.6），赫淮斯托斯（祷66.5）。

行5 生生不息（*ἄφθιτε*）：用来形容救世神，同见宙斯（祷15.1），大洋神（祷83.1）。

最早出生（*πρωτογένεια*）：同见普罗多格诺斯（祷6.1），普罗透斯（祷25.2），狄俄尼索斯（祷30.2），双年庆神（祷52.6）。

行6 光彩灵动（*σελασφόρε*）：同见埃忒耳（祷5.5）。

行7 自然神跳圆舞，譬喻自然的运行秩序。欧里庇得斯以"轻盈的舞步"形容涅柔斯女儿（《特洛亚妇人》2）。

行8 神们的统领（*κοσμήτειρα θεῶν*）：自然神似乎高于诸神，统领之说，同见库瑞忒斯（祷31.4）。

无限的终结（*ἀτελής τε τελευτή*）：或指自然神循环反复地为万物带来终结，对观第9-10行："接通万物而不苟同"，"自发生成而没有父亲"。参看第欧根尼·拉尔修7.137。

行9 万物与你接通（*κοινὴ μὲν πάντεσσιν*）：对观赫拉（祷16.6），死神（祷87.6）。

行12 引路的（*ἡγεμόνη*）：也用来形容赫卡忒-阿尔忒弥斯（祷1.8，72.3）。

大能的（*κράντειρα*）：同见众神之母（祷27.2），梯刻（祷72.1）。

给予生命（*φερέσβιε*）：同见日神（祷8.12）。

养育万物（*παντρόφε*）：同见大地（祷26.2）。

行13 正义（Dike）：对观两首正义神祷歌（祷62-63）。据斯多亚哲人克律西波斯记载，自然神与命运神（祷59）、涅墨西斯（祷61）混同，也与时光三神中的欧诺弥厄和狄刻（祷43.2）混同（残篇1076.8-10）。

千名的（*πολυώνυμος*）：详见普罗提拉亚（祷2.1）。

说服（Peitho）：或魅惑女神佩托（祷55.9）。佩托不在美惠神之列（祷60），但常与美惠神相连。在赫西俄德笔下，她们一同装扮潘多拉（劳作73），另参泡赛尼阿斯9.35.5。

行14 海洋、天空和大地（*αἰθερία, χθονία καὶ εἰναλία*）：对观潘（祷11.2-3，11.13-18）、瑞亚（祷14.9-10）、宙斯（祷15.3-5）、打雷的宙斯（祷19.12-19）、众神之母（祷27.4-8）、阿波罗（祷34.11-14）、阿佛洛狄特（祷55.4-7）、爱若斯（祷58.5-7）、法神（祷64.2-4）等。

行15 被说服（*πειθομένοισι*）：呼应第13行的说服神佩托（Peitho）。

行16 大智的（*πάνσοφε*）：同见月神（祷9.10）。

慷慨的（*πανδώτειρα*），直译"赐予一切"，同见大地（祷26.2），另参德墨特尔（παντοδότειρα，祷40.3）。

普天下的后（παμβασίλεια）：或译"世间王后"，同见瑞亚（祷14.7），赫拉（祷16.2，16.9），大地（祷18.6，11.2），阿尔忒弥斯（祷36.11），塞墨勒（祷44.1），健康神（祷68.1）。

行17 对观大地"焕生且毁灭"（祷26.2），珀耳塞福涅"永远养育他们又毁杀他们"（祷29.15-16）。

行18 万物的父母（πάντων μὲν σὺ πατήρ, μήτηρ）：夜神和天神分别被称为万物的母亲和父亲（祷3.1，4.1）。日神和月神分别被称为时间的父亲和母亲（祷8.13，9.5）。自然神是万物的母亲（第1行）和父亲，另参第12、16、17行。

行19 催促分娩（ὠκυλόχεια）：对观普罗提拉亚－埃勒提埃（祷2.4）和阿尔忒弥斯（祷36.8）。

播种（πολύσπορος）：指生殖繁衍，参普罗多格诺斯（祷6.10）。

行20 尊贵的（πότνια）：旧作ποντία（大海的），同见瑞亚（祷14.1），众神之母（祷27.2、11），阿尔忒弥斯（祷36.11）。

行21 恒有的（ἀιδία）：同见赫拉克勒斯（祷12.3），大地（祷26.6），涅墨西斯（祷61.3），慈心神（祷70.8），大洋神（祷84.6）。

节制的（πολύπειρε）：两种词源解释可能，要么派生自peira（经验），译"经验丰富的"，要么派生自peras（限制），译"多种限制的"。该词也用来形容赫拉克勒斯（祷12.13）和法神（祷64.10），或指自然神设立世界的诸种界限，或自然法则，此处试译"节制"。

行22-23 对观大地的"无尽旋转和浩瀚天行"（祷26.9），或大洋神的环流意象（祷83），大地在赫西俄德诗中是众神的母亲，大洋在荷马诗中是众神始祖。自然神代表宇宙万物的变化根本，支配生命消长循环。自然的环状循环，另参天神（祷4.4）、群星（祷7.4）、日神（祷8.7）和月神（祷9.10）。据第欧根尼·拉尔修记载，自然如"一个神灵，在所有存在中，只她具备不可毁灭和无法孕育的特点，她是世界秩序的组织者，在特定时间阶段，由她自行结束一切，再重新孕育一切"（7.37）。本首祷歌多处呼应斯多亚派学说，诸如自行生成，创造一切，使一切运行，自然代表火的气息、命运和天意等等。

行25　执权杖的（σκηπτούχων）：同见宙斯（祷15.6），普鲁同（祷18.3），双年庆神（祷52.7），阿佛洛狄特（祷55.11）。

行26　火的气息（πυρίπνους）：自然与火元素相连，或与太阳有关。斯多亚派区分两类火：带技艺的和不带技艺的。自然与技艺之火相连（第20行），有利万物生长繁衍。参看西塞罗《论神性》2.22。

行27　天意（Πρόνοια）：大写的天意神，音译"普洛诺亚"，同见开场祷歌（祷0.30）。

行29-30　烂漫的季节（ὀλβιοδώτισιν ὥραις）：直译"带来繁荣的时光神"，同见大地（祷26.11），雅典娜（祷32.16）。此两行中的季节对应时光神，和平和健康分别对应时光三神中的和平神（祷43.2）和健康神（祷58）。相似许愿，见祷32.15-17。另有祷歌求健康和平财富（祷15.10-11），或健康和平幸福（祷19.21-23），或繁荣和平健康（祷23.8），或健康和平晚年（祷29.18-19），或果实和平健康（祷36.14-16），或和平法度财富健康（祷40.19-20）。

11

潘

[焚各类香料]

我呼唤强大的潘，牧神，宇宙万有神，
天空、海洋和威严的大地神后，
还有不灭的火，这一切属于潘的领地。
来吧，跳跃的极乐神，循环行进的季节伙伴，
5　你生有羊蹄，爱酒神狂迷，出没星辰间，
你编织欢快的歌，调整宇宙和声，
向凡人的灵魂捎去可怖幻觉，
放养牛羊的牧人在泉边和你嬉戏，
有远见的猎者啊，爱着厄科，与水仙共舞，
10　你使万物孕育生长，千名的精灵，
宇宙的神主，带来明光和果实的佩安，
爱洞穴，爱记仇，带牛角的真宙斯。
大地的无边平原靠你支撑，
不倦海洋的深深流水为你却步，
15　还有涡流环绕大地的大洋，
点燃生命供我们呼吸的空气，
高高在上洞悉一切的天火的眼。
这些神圣元素在你的号令下分散开，
你凭意愿变幻万物的自然天性，
20　在无边的世界放牧人类族群。

来吧，爱酒神狂迷的极乐神，来到

神圣的奠酒礼，求你赏赐美好的人生结局，

求你驱散恐惧的疯狂直到大地尽头。

　　潘（Pan）："所有，全"，原系阿卡底亚牧神。额头长角，上半身须毛浓密，与人类相仿，下肢像山羊。关于潘的身世，有不同神话说法。在托名荷马的《潘神颂诗》里，水仙德里俄佩（Dryope）生下潘时看见他的怪样，害怕地抛弃他。父亲赫耳墨斯抱走他，带他到永生神中。诸神喜爱他，尤其狄俄尼索斯。潘由此得名：他让所有神心生喜悦（19.27-47，参祷46.7）。潘究竟由谁所生，说法不一，有的说潘的父亲是阿波罗，母亲是奥德修斯之妻佩涅洛佩，有的声称他"没有父亲""自发生成"，从而带有秘教传统的宇宙论特征。据希罗多德记录，希腊人主张潘的出生晚于特洛亚战争，而埃及人把潘神放进原初八神（Ogdoad）的行列（《历史》2.145）。直到古典时期，潘代表宇宙整全，与宙斯混同，还与日神阿波罗混同。稍后基督宗教以潘象征异教多神信仰。

　　在本首祷歌中，潘兼具牧神和宇宙神形象。作为宇宙神，潘与自然神呼应，代表万物起源，司掌生命生成的和谐，犹如最古老的宇宙力量，保证水火风土四元素的均衡运转。本首祷歌起到从自然神祷歌过渡到赫拉克勒斯祷歌的作用，或与埃及神话影响有关。全诗大致分四部分：第一人称的呼唤（第1-3行），第二人称的呼唤（第3-12行），潘的宇宙职能（第13-20）和结尾许愿（第21-23行）。潘神祷歌的咏唱仪式伴有各类香料焚烧，与众神之母（祷27）同，或因二者均代表世界整全形象。潘还出现在阿波罗祷歌（祷34.25）和水仙祷歌（祷51.8）。

行1　宇宙万有神（*κόσμοιο τὸ σύμπα*）：此处称谓暗含潘的名字（pan），参看托名荷马《潘神颂诗》19.47，柏拉图《克拉底鲁》408。

行2-3　这两行谈及天海地火，界定潘神的管辖领地，对观赫淮斯托斯的领域："天宇、太阳、星辰、月亮和明光。"（祷66.6-7）另参祷18.6，10.14注释。火元素，参看祷5.4注释。

行4　来吧，跳跃的极乐神（*ἐλθέ, μάκαρ, σκιρτητά*）：同见双年庆神狄俄尼索斯（祷45.7）。"跳跃的"，同见涅柔斯女儿（祷24.7），库瑞忒斯（祷31.1），狄俄尼索斯（祷45.7）。

行5　爱酒神狂迷（*βακχευτά φιλένθεε*）：这两个词连用，同见第21行。*βακχευτά*单用，同见佩里吉奥尼俄斯（祷47.6）。*φιλένθεε*单用，同见雅典娜（祷32.11）。潘是狄俄尼索斯的伴从，常与西勒诺斯和萨图尔一起构成酒神狂欢歌队（祷54）。欧里庇得斯描绘淮德拉的疯狂时，提起潘神、赫卡忒和其他酒神伴从（《希波吕托斯》141-144）。

出没星辰间（*ἀστροδίαιτε*）：潘或与日神混同，指太阳在群星间的宇宙秩序。

行6　宇宙和声（*ἁρμονίαν κόσμοιο*）：此处或影射潘神发明长笛（祷8.11），同见日神（祷8.9），阿波罗（祷34.20），另参阿里斯托芬《鸟》682，索福克勒斯《菲罗克忒忒斯》213。

行7　有注家将此行释做："救济人不受幻觉侵扰，驱散有死者的恐惧。"（Fayant）潘神不但庇护牧群，还是会附身的精灵，正午时分看见他的人会丧失理性，参墨利诺厄（祷71.11）。

行9　潘是猎者，同见托名荷马《潘神颂诗》19.13-14。

厄科（Echo）：即"回声"。传说水仙厄科不接受潘的求爱。为了报复她，潘令牧人们发疯，将厄科撕成碎片，唯有水仙的声音幸存，总在重复别人话中最后几个音节。在奥维德笔下，厄科神话与潘无关，而与纳喀索斯有关（《变形记》3.351-510）。

水仙（Nymphs）：音译"宁芙"。水仙和潘并称，同见祷0.15，51.8。奥维德讲了潘神和水仙绪任克斯（Syrinx，字面意思是"芦管"）也就是长笛被发明的故事（《变形记》1.689-712）。

行10　孕育万物（γενέτωρ πάντων）：同见夜神（祷3.2注释），参天神（祷4.1注释）。

千名的精灵（πολυώνυμε δαῖμον）：同见普罗提拉亚（祷2.1），德墨特尔（祷40.1），阿多尼斯（祷56.1）。潘有诸多名称，换言之，潘与好些神混同，如宙斯（祷11.12），日神（祷8.12），阿波罗（祷34.1），狄俄尼索斯（祷52.11）和医神（祷67.1）。

行11　宇宙的神主（κοσμοκράτωρ）：同见日神（祷8.11）。

带来明光（φαεσφόρε）：同见日神（祷8.12注释）。

带来果实的佩安（κάρπιμε Παιάν）：同见日神（祷8.12注释）。潘神和日神-阿波罗混同。

行12　爱洞穴（ἀντροχαρές）：同见水仙（祷51.5）。

爱记仇（βαρύμηνις）：也用来形容闪电的宙斯（祷20.4），狄俄尼索斯·巴萨勒斯（祷45.5）。

带牛角的宙斯（Ζεὺς ὁ κεράστης）：潘与宙斯混同。宙斯头上的两只角分别代表日出和西方。宙斯的脸象征光照的天，头发即星辰，双眼是太阳和月亮（俄耳甫斯残篇K版168=B版243）。其他与宙斯混同的神还有日神（祷8.13），代蒙（祷73.2-3）。

行13-18　在这几行诗中，潘被视同宇宙的原动力，组织分配宇宙诸元素（土水气火），确保其各得其所。

——大地：在祷歌集里也被称为"凡人的强大根基"（祷18.7），或"人类的有力依靠"（祷84.5，与赫斯提亚混同）。

——不倦海洋的深深流水：参伊7.422。

——环绕大地的大洋：参祷83.3，神谱790，伊18.608-609，埃斯库罗斯《普罗米修斯》："用滔滔的河水环绕着大地的俄刻阿诺斯。"（138）

神圣元素（τάδε θεῖα）：同见宙斯（祷15.3）。

行19　对观普罗透斯："能叫物质变幻出千万形样。"（祷25.3）

行20　放牧（βόσκων）：呼应潘的牧神身份。

无边的世界（ἀπείρονα κόσμον）：或无边的宇宙，同见祷13.4。

行21　爱酒神狂迷（βακχευτά, φιλένθεε）：同见第5行及注释。

行22　奠酒礼（λοιβαῖς εὐιέροις）：同见打雷的宙斯（祷19.20），命运神（祷59.19），赫淮斯托斯（祷66.10）。

美好的人生结局（γαθὴν...βιότοιο τελευτήν）：类似许愿见祷20.6，参祷64.7。

行23　驱散恐惧的疯狂直到大地尽头（Πανικὸν ἐκπέμπων οἶστρον ἐπὶ τέρματα γαίης）：对观祈求墨利诺厄"驱散灵魂的疯狂直到大地尽头"（祷71.11）。恐惧之说，对观第7行，《美狄亚》1172。Panic（恐惧）源自Pan。直到大地尽头，同见瑞亚（祷14.14），墨利诺厄（祷71.11）。

12

赫拉克勒斯

［焚乳香］

赫拉克勒斯，心甚狂妄，强大勇敢的提坦，
手如坚铁，不可驯服，赫赫英雄战功，
时间的父，化影无数，恒在善心，
狂野的主君，不可言说，世人乞求你，
5　　你有慷慨的心，大力士，弓箭手和预言家，
吞没万物又孕育万物，无上的救主，
你为世人制伏和驯化野兽族群，
你渴求和平前来抚养年轻人，荣耀的光彩，
自发生长，不知疲倦，卓越的大地之子，
10　　最早生出的鳞光闪烁，显赫的埃翁，
白天和茫茫黑夜环绕在你头顶，
十二项光荣任务从东方延伸到西方，
不死者啊，节制又无限，不可约束，
来吧，极乐神，带来治病的全部魔法吧，
15　　求你手握狼牙棒，驱散冷酷的不幸，
求你用荼毒的长翅箭，赶走残忍的死亡。

赫拉克勒斯（Heracles）：意思是"赫拉成全的"。宙斯和阿尔
克墨涅之子（神谱943），赫拉在嫉恨中使计，想要整死他，但他

没有毁灭，反而成就不可能的任务。他的别称Alexikakos，即逆转不幸的人。赫拉克勒斯在祷歌集里排第十二位，暗合神话中的十二项任务。他是最著名的古希腊英雄，最常得到诗人吟唱。荷马诗中频繁提起比特洛亚英雄早一辈的赫拉克勒斯（伊11.690等）。赫西俄德《列女传》残篇以"赫拉克勒斯的盾牌"为主题。品达的《墨涅竞技凯歌》赞誉他是"英雄—神"（3.23）。赫拉克勒斯以勇气、力量和同情心著称。英雄的高贵德性既体现在行善，也通过其肆心得到衬托。他屠杀怪物，建立世界文明秩序。在色诺芬笔下，他选择美德抛弃恶习（《回忆苏格拉底》2.21-34，参伊索克拉底《海伦颂歌》23-24）。传说他在经历辛劳一生后得永生。在索福克勒斯笔下，他误穿荼毒的长袍身亡，从欧忒山顶的火葬堆被带到奥林波斯诸神行列（《特剌喀斯少女》772起），娶福珀为妻，在永生神族拥抱青春。但在荷马诗中，奥德修斯在冥府遇见赫拉克勒斯的亡魂（奥11.601-614）。据希罗多德记载，希腊古人不忘他的双重身份，一边以英雄仪式祭祀他，一边以神的仪式祭祀他（《历史》2.44）。

据色诺芬记载，厄琉西斯秘仪中有赫拉克勒斯崇拜（《希腊志》6.3.6）。在欧里庇得斯笔下，赫拉克勒斯声称自己"很运气，看见过秘教的仪式"（《疯狂的赫拉克勒斯》613）。赫拉克勒斯与秘教传统的关联，首先表现为他与狄俄尼索斯的关联（同系宙斯与凡间女子所生），其次表现为他与俄耳甫斯的关联（同系阿尔戈英雄）。据扬布里库斯记载，毕达哥拉斯用餐前行奠酒礼，献给宙斯、狄奥斯库洛伊兄弟和赫拉克勒斯（《毕达哥拉斯传》155）。

在本祷歌集里，赫拉克勒斯排在提坦神克洛诺斯之前，且与克洛诺斯有不少相通的修饰语。这或许表明在俄耳甫斯神谱中，赫拉克勒斯属于老一代提坦神，代表某种原初自然力量的生灭原则。全诗由一个长句组成。赫拉克勒斯既是最初的宇宙神，和自然神、潘神并称，与永恒神混同，与时间神相连，与日神-阿波罗混同，同时又保留神话英雄的相关特质，与阿瑞斯混同，诗中多次提到英雄战功，十二项任务与天时的周转暗合。

　　行1　心甚狂妄，强大勇敢（ὀμβριμόθυμε μεγασθενές ἄλκιμε）：同见阿瑞斯（祷65.1）。强大勇敢的提坦：同见克洛诺斯（祷13.2）。

　　提坦（Titan）：在赫西俄德笔下指天神和大地所生的六男六女，包括下一首祷歌中的克洛诺斯（祷13.6，神谱133–137）。赫拉克勒斯不在其列。第9行也称他是大地的孩子。在本祷歌集里，提坦用来指日神（祷8.2，78.2）和阿波罗（祷34.3）。此处赫拉克勒斯与日神–阿波罗混同。

　　行2　手如坚铁（καρτερόχειρ）：同见赫淮斯托斯（祷66.3），另参托名荷马的《阿瑞斯颂诗》8.3。

　　不可驯服（ἀδάμαστε）：同见天神（祷4.7），自然神（祷10.3），阿瑞斯（祷65.2）。

　　赫赫战功（βρύων ἄθλοισι）：同见托名荷马《赫拉克勒斯颂诗》15.5。

　　行3　化影无数（αἰολόμορφε）：同见天神（祷4.7）。赫拉克勒斯与其他神混同，有各种别称，参希罗多德《历史》2.43。此处或指赫拉克勒斯与时间相连，与日月交替有关。

　　时间的父（χρόνου πάτερ）：同见日神（祷8.13）。在俄耳甫斯神谱中，赫拉克勒斯是时间神的别称，这个最初的神呈龙形，有三个脑袋：狮子、公牛和人身化的神。类似的混同现象或可参看斯多亚哲人著述，如塞涅卡《论恩惠》4.7.8。

　　恒在的（ἀιδίε）：同见自然神（祷10.21），大地（祷26.6），涅墨西斯（祷61.3），慈心神（祷70.8），大洋神（祷84.6）。

　　行4　不可言说（ἄρρητ'）：同普罗多格诺斯（祷6.5）。此处或指赫拉克勒斯的狂野让人恐惧不敢言说。

　　狂野的（ἀγριόθυμε）：同见狄俄尼索斯（祷30.3），阿波罗（祷

34.5)。神主之说，同见狄俄尼索斯（祷45.2)。

世人乞求你（πολύλλιτε):"众所乞求的"，常用来形容阿波罗，参卡利马科斯2.80，4.316。

主君（παντοδυνάστα):同见狄俄尼索斯（祷45.2)。

行5　有慷慨的心（παγκρατὲς ἦτορ ἔχων):同见赫耳墨斯（祷28.2)。

大力士（κάρτος μέγα):也用来形容宙斯的神力（祷5.1，19.19)。

弓箭手和预言家（τοξότα, μάντι):赫拉克勒斯与阿波罗混同（祷34.6，4)。

行6　对观赫淮斯托斯："至高的神，你吞没、征服和消耗万物。"（祷66.5)此行连用四个πα-开头的修饰语。

吞没万物（παμφάγε):同见打雷的宙斯（祷19.10)。

孕育万物（παγγενέτωρ):同见天神（祷4.1注释），克洛诺斯（祷13.5)，闪电的宙斯（祷20.5)，代蒙（祷73.2)。

无上的救主（πανυπέρτατε, πᾶσιν ἀρωγέ):直译"无上，救助所有人"，同见日神（祷8.17)。

行8　此行与打雷的宙斯（祷19.22)接近。

渴求和平前来抚养年轻人（εἰρήνην ποθέων κουροτρόφον):同见阿瑞斯（祷65.9)，参宙斯（祷15.11)，打雷的宙斯（祷19.22)。抚养年轻人（κουροτρόφον),同见赫卡忒（祷1.8)，日神（祷8.10)，阿尔忒弥斯（祷36.8)，厄琉西斯的德墨特尔（祷40.2)。

荣耀的光彩（ἀγλαότιμον):同见打雷的宙斯（祷19. 22)，阿波罗（祷34.2，67.6)。

行9　自发生长，不知疲倦（αὐτοφυής, ἀκάμας):同见日神（祷8.3)。

卓越的（φέριστον):同见克洛诺斯（祷13.9)，法神（祷64.13)。

大地之子（γαίης βλάστημα):同见克洛诺斯（祷13.6)，忒弥斯（祷79.2)。据新柏拉图哲人达玛斯基乌斯记载，水和土（或大地）中生出名曰Chronos的龙，或赫拉克勒斯（俄耳甫斯残篇K版54，57–

58＝B版75-76）。赫拉克勒斯与日神混同，日出日落，从大地出生又沉落至大地，同一行的"自发生长"与"大地之子"并行不悖。

行10　最早生出的鳞光闪烁（πρωτογόνοις στράψας βολίσιν）：赫拉克勒斯或与时间神混同。在俄耳甫斯神谱中，最初的Chronos有时呈现为龙形（第9行注释）。

显赫的（μεγαλώννμε）：或"声名显赫的"，同见涅柔斯（祷23.3），雅典娜（祷32.3），阿尔忒弥斯（祷36.2），美惠神（祷60.1），报仇神（祷70.1），梯刻（祷72.3），缪斯（祷76.2）。

埃翁（Aion）：手抄件作Παιών，有注家主张系Aἰών之笔误，即永恒神（参开场祷0.28），呼应赫拉克勒斯是"时间的父"（第3行）。也有注家主张系Παιάν之笔误。佩安乃是日神－阿波罗的别称（祷8.12注释，11.11，34.1，52.11，67.1）。此处采用诸神纷说的笔法，揉入不同神的形象，意在塑造无上的赫拉克勒斯形象。

行11-12　白天和黑夜：对观日神"右边生黎明，左边出黑夜"（祷8.4）。茫茫黑夜（νύκτα μέλαιναν），同见伊10.297。赫拉克勒斯像日神一样引领日夜交替。在神话中，他完成十二项任务，从东方到西方行遍天下。赫拉克勒斯（Heracles）和赫拉（Hera）同源，在古印欧语里，hera也指"年"。十二项任务呼应十二个月和黄道十二宫。此处十二项任务也可能理解为十二小时，从东方到西方，也就是从日出到日落。欧里庇得斯在《疯狂的赫拉克勒斯》第一合唱歌中吟咏英雄的"高贵辛劳"（348-441）。

行13　不死者（ἀθάνατος）：同见日神（祷8.13）。在神话中，赫拉克勒斯从有死者荣升神族。

节制又无限（πολύπειρος，ἀπείριτος）：时间神是无限的，与此同时，时间为世人设下诸种限度。节制，同见自然神（祷10.21），法神（祷64.10）。

行14　全部魔法（θελκτήρια πάντα）：在荷马诗中，阿佛洛狄特的腰带里蕴藏着她的全部魔法（伊14.215）。

行15 狼牙棒（*κλάδον*）：原文当指"嫩枝"，但狼牙棒是赫拉克勒斯的标志物，正如他身披涅墨狮子皮。有些注家主张，此处嫩枝或指向驱邪治病，比如乞援人的橄榄枝，或供奉神庙的月桂枝。

行16 荼毒的箭（*πτηνοῖς τ' ἰοβόλοις*）：赫拉克勒斯斩杀勒耳涅的九头蛇怪，他的箭头浸泡到蛇怪的剧毒胆汁，这剧毒杀了马人喀戎，又因喀戎死前设下报仇计谋，最终杀了赫拉克勒斯本人。参看索福克勒斯《特剌喀斯少女》680-718，阿波罗尼俄斯《阿尔戈英雄纪》2.1030-1089。

赶走死亡（*κῆρας...ἐπίπεμπε*）：同见医神（祷67.4）。赫拉克勒斯完成的任务包括下冥府救出另一位英雄忒修斯。在欧里庇得斯笔下，赫拉克勒斯为了救活阿尔刻提斯与死神直接交锋（《阿尔刻提斯》839-860，1141-1142）。死亡神（Keras）还出现在祷14.14，67.4。

13

克洛诺斯

［焚安息香］

极乐神和人的父，你永不衰老，

狡黠多谋，纯粹强大勇敢的提坦神，

你毁灭一切又自行再生一切，

以牢不可破之链掌控无边的宇宙，

5   埃翁之子克洛诺斯，能言善辩的克洛诺斯，

大地和星辰满布的广天的孩子，

你是生成兴衰，瑞亚的夫婿，威严的普罗米修斯，

你住在宇宙每个角落，你是生者的始祖，

狡猾多谋的卓越大神，听我求告，

10   求你赏我一生丰美并无指摘的结局。

    克洛诺斯（Kronos）：乌兰诺斯和该亚之子，最小的提坦神。他和母亲密谋反叛父亲夺取王权。他和瑞亚生下三男三女，为了逆转神谕，他将自己的孩子吞入肚里，唯有小儿子宙斯幸免，最终战胜克洛诺斯和提坦族（神谱132-210，454-506，627-731）。依据普罗克洛斯在注疏《蒂迈欧》时援引的俄耳甫斯残篇，宙斯用蜂蜜灌醉了克洛诺斯，因为当时尚无酒，狄俄尼索斯尚未出世（35b），克洛诺斯和瑞亚是大洋神的孩子（40e）。在德尔维尼莎草抄件中，克洛诺斯是天神之子，沿袭赫西俄德神谱传统（14.1-3）。赫西俄德还把黄金时代描

述为克洛诺斯的统治时代（劳作111），宙斯征服克洛诺斯之后，让他统治极乐岛（劳作169，参品达《奥林波斯竞技凯歌》2.68-70，柏拉图《政治家》269c- 275a5）。希腊古人每年夏末有敬拜克洛诺斯和瑞亚的节庆，叫Kronia。传说奴隶和主人在这一天同席共饮，仿如回归墨科涅神话中的人神聚会（神谱536-536）。夏末正值收割季节，克洛诺斯也称收割神，以镰刀为象征物（Philochorus，328 F 97）。据泡赛尼阿斯记载，古代雅典有神庙同时供奉克洛诺斯、瑞亚和该亚（1.18.7）。

尽管Kronos有别于Chronos，开场祷歌也明确区分了克洛诺斯（祷0.26）和时间神（祷0.29，另参祷4.8），但本首祷歌中的克洛诺斯与时间神混同，与赫拉克勒斯相连（祷12.1，12.9-10），代表时间的生灭循环。据托名赫拉克利特的《荷马的寓意》记载，诗人荷马通过更改一个简单字母，把克洛诺斯（χϱόνον）和时间（χϱόνον）等同起来：时间是万物之父，任何存在绝无可能在无时间的状态下生成（41.6）。克洛诺斯还与神话中的另一提坦神普罗米修斯混同。

本首祷歌在谋篇结构上承前启后，既为宇宙神系列祷歌收尾（祷3-12），又开启传统神王家族系列祷歌（祷13-20）。克洛诺斯祷歌和瑞亚祷歌构成一个对子。在整部祷歌集里，克洛诺斯还是瑞亚（祷14.5）或众神之母（祷27.12）的丈夫，萨巴兹乌斯（祷48.1）和赫斯提亚（祷84.1）的父亲。

行1   永不衰老（Ἀιϑαλής）：同见日神（祷8.13），时光神（祷43.5），美惠神（祷60.5），健康神（祷68.7）。此处克洛诺斯与时间神混同。第3行"毁灭一切又再生一切"，第5行"埃翁之子"，均与时间神有关。

极乐神和人的父（μακάϱων τε ϑεῶν πάτεϱ ἠδὲ καὶ ἀνδϱῶν）：瑞亚被称为"神和人的母亲"（祷14.8-9）。极乐神通常指宙斯为首的奥林波斯神，确系克洛诺斯的后代。在俄耳甫斯神话传统中，克洛诺斯也在诱杀狄俄尼索斯的提坦行列中。宙斯用雷击提坦，再扔进塔耳塔罗斯，传说从提坦的灰烬里生出人类种族（祷37.2）。

行2　狡黠多谋（*ποικιλόβουλε*）：同见赫耳墨斯（祷28.3）。赫西俄德用来形容普罗米修斯（神谱521，参第7行）。此处或指克洛诺斯使计谋阉割天神的神话。

强大勇敢的提坦（*μεγασθενές, ἄλκιμε Τιτάν*）：同见赫拉克勒斯（祷12.1）。

行3　此处说法与时间神混同。自然神同样有滋养和消化生命的力量（祷10.17），另参大地（祷26.2），珀耳塞福涅（祷29.15–16）。

行4　牢不可破之链（*δεσμοὺς ἀρρήκτους*）：参奥8.274。或指战败的克洛诺斯被宙斯关进塔耳塔罗斯（神谱718–719），或指普罗米修斯被宙斯捆绑惩罚（神谱521–522）。牢不可破之链，或可理解为时间之链，克洛诺斯与时间神混同。

无边的宇宙（*ἀπείρονα κόσμον*）：或无边的世界，同见祷11.20。

行5　埃翁之子（*Αἰῶνος*）：埃翁（Aion），或永恒神，参祷0.28，12.10注释。

能言善辩（*ποικιλόμυθε*）：同见赫耳墨斯（祷28.8）。

行6　大地和星辰满布的广天（*Γαίης …καὶ Οὐρανοῦ ἀστερόεντος*）：同见神谱106，470。克洛诺斯是天地之子，同见祷37.1，神谱137。同一说法常见于俄耳甫斯教徒古墓铭文，死者来到记忆女神的沼泽地时，必须对那里的园丁说："我是大地和星辰满布的广天的孩子，我是天神后代……"

孩子（*βλάστημα*）：同见天宇（祷5.5），赫拉克勒斯（祷12.9），忒弥斯（祷79.2）。

行7　瑞亚（Rhea）：提坦女神，克洛诺斯的姐妹和妻子，宙斯的母亲。参看下一首祷歌。

普罗米修斯（Prometheus）：即"先行思考"。在神话中，普罗米修斯是提坦神，或提坦神伊阿佩托斯之子（神谱528），常与造人传说相连（柏拉图《普罗塔戈拉》320d，阿里斯托芬《鸟》686）。另一造人神话版本与赫淮斯托斯相连（祷66.1；劳作60-63，70-71）。

行8 始祖（*γενάρχα*）：克洛诺斯或与时间神混同。又或与普罗米修斯造人神话相连。此行与第4行接近。

行9 狡猾多谋的（*ἀγκυλομήτα*）：同见神谱18，137。值得一提的是，荷马只称克洛诺斯"狡猾多谋"，赫西俄德也称普罗米修斯"狡猾多谋"（神谱546，劳作48）。

卓越的（*φέριστε*）：参赫拉克勒斯（祷12.9），法神（祷64.13）。

行10 对观许愿潘神"赏赐美好的人生结局"（祷11.20）。

14

瑞 亚

［焚植物香料］

尊贵的瑞亚，千影普罗多格诺斯的女儿，
你御着屠牛之狮拉起的神圣大车，
敲响青铜锣鼓，爱神圣疯狂的少女，
执神盾的奥林波斯王者宙斯的母亲，
5　　光彩照人，世人敬爱你，幸与克洛诺斯同床，
丛山和凡人的可怕叫喊让你心欢喜，
普天下的后瑞亚，你爱战斗喧哗，无所畏惧，
善骗者，拯救者，你是世代的起源，
你是诸神和有死人类的母亲，
10　　从你出生大地、高处无边的天，
还有海和风，你轻灵如空气，喜爱奔跑，
来吧，极乐神，来好心救助吧，
求你带来和平和有福的财富，
求你赶走灾祸和死亡直到大地的尽头。

瑞亚（Rhea）：提坦女神，和克洛诺斯生下宙斯、哈得斯、波塞冬等子女（神谱453-455）。本首祷歌排在克洛诺斯祷歌之后，宙斯祷歌之前，与瑞亚的传统神话身份契合。但诗中的瑞亚也带有典型的俄耳甫斯神谱特征，比如她是夜神和普罗多格诺斯的后代（第1行），

常与佛律癸亚地母神库柏勒混同，或称众神之母（祷0.40，27）。据阿波罗多洛斯记载，狄俄尼索斯被赫拉致疯，去佛律癸亚山中，瑞亚为他施洁净礼并教导入会仪轨（3.5.1）。本首祷歌里的瑞亚与托名荷马的《众神之母颂诗》相互呼应，此外可以对观大地祷歌（祷26）和厄琉西斯的德墨特尔祷歌（祷40）。

行1　尊贵的（*Πότνα*）：同见自然神（祷10.20），众神之母（祷27.2，27.11），阿尔忒弥斯（祷36.11）。

普罗多格诺斯的女儿（*ϑύγατερ Πρωτογόνοιο*）：瑞亚是夜神和普罗多格诺斯的女儿（祷3.1，6.3），此处或与大地混同。普罗多格诺斯与诸多神混同，有诸多别称（祷6.4，6.8-9），故而此处称为"千影的"。

千影的（*πολυμόρφου*）：或"千般幻影的"，同见普罗透斯（祷25.3），珀耳塞福涅（祷29.8），科律班忒斯（祷39.5），阿多尼斯（祷56.3），报仇神（祷69.16），缪斯（祷76.3），赫斯提亚（祷84.6）。

行2　此行近似祷27.2。赫拉与众神之母混同。狮子是地母神库柏勒或众神之母的标志性随从之一。

行3　此行描绘库柏勒秘仪场景，参众神之母（祷27.11），库瑞忒斯（祷38.1，38.7）。欧里庇得斯在《酒神的伴侣》中也称瑞亚为"众神的母亲"，并在进场歌记载道，在库瑞忒斯的洞穴中举行宙斯崇拜仪式时，科律班忒斯敲鼓吹笛，并将手鼓依次传给瑞亚和萨图尔等酒神随从（120-134，参58-59）。阿波罗尼俄斯在《阿尔戈英雄纪》中描述库柏勒秘仪：俄耳甫斯带领同伴"全副武装跳起进行曲节奏的圆舞，用剑在盾上发出巨大的碰撞声……从那以后，佛律癸亚人使用铃鼓和大鼓平抚瑞亚女神"（1.1134-1140）。参祷27，31。

爱神圣疯狂（*φιλοιστρομανές*）：同见众神之母（祷27.13），阿尔忒弥斯（祷36.5）。

行4 王者宙斯（*Zηνὸς ἄνακτος*）：同见祷43.1，62.2。

执神盾的（*αἰγιόχοιο*）：宙斯的专用修饰语，参伊2.375等，另参开场祷歌0.16。

行5 光彩照人（*ἀγλαόμορφε*）：同见珀耳塞福涅（祷29.9），阿多尼斯（祷56.7），狄刻（祷62.1），忒弥斯（祷79.7）。

世人敬爱你（*πάντιμε*）：同见正义神（祷63.3），法神（祷64.12），厄里倪厄斯（祷69.1），忒弥斯（祷79.7）。

同床（*σύλλεκτρε*）：参赫拉（祷16.2），医神（祷67.7），谟涅摩绪涅（祷77.1）。

行6 此行或指信徒在秘仪上的吼叫，与第3行的"神圣疯狂"相连。彭透斯被处于狂迷状态的母亲撕成碎片，其间伴随可怕的吼叫（欧里庇得斯《酒神的伴侣》1121起）。

行7 普天下的后（*παμβασίλεια*）：同见自然神（祷10.16注释）。

爱战斗喧哗，无所畏惧（*πολεμόκλονε，ὀμβριμόϑυμε*）：同见雅典娜（祷32.2）。爱战斗喧哗，也用来形容阿瑞斯（祷65.4）。

行8 善骗者（*ψευδομένη*）：或指瑞亚在小儿子宙斯出生的时候骗过克洛诺斯，以一块石头取代新生儿，克洛诺斯误吞下石头，而宙斯平安长大，最终打败父亲（神谱468-392）。由此或可理解同一行的"拯救者"之说。

拯救者（*σώτειρα*）：同见众神之母（祷27.12）。

世代的起源（*ἀρχιγένεϑλε*）：对观克洛诺斯是"众生的始祖"（祷13.8）。

行9 神和人的母亲（*μήτηρ μέν τε ϑεῶν ἠδὲ ἀνϑρώπων*）：相似说法见众神之母（祷27.7），大地（祷26.1），安塔伊阿母亲（祷41.1-2）。对观克洛诺斯是"神和人的父亲"（祷13.1）。男女神并称的笔法屡见于本祷歌集，如见夜神和天神（祷3-4），宙斯和赫拉（祷15-16），涅柔斯和涅柔斯女儿（祷23-24），珀耳塞福涅和狄俄尼索斯（祷29-30），萨巴兹乌斯和伊普塔（祷48-40），阿佛洛狄特和阿多尼斯（祷

67-68），伊诺和帕来蒙（祷74-75）等等。

    行10-11   大地、天、海和风：瑞亚与宇宙四元素（地水火风）相连，参众神之母（祷27.4-8），自然神（祷10.14-16），托名荷马《大地颂诗》30.3-4，阿波罗尼俄斯《阿尔戈英雄纪》1.1098-1099。

    如空气（ἀερόμορφε）：同见赫拉（祷16.1），西风神（祷81.6）。

    行13-14   带来和平（εἰρήνην κατάγουσα）：同见德墨特尔（祷40.19）。

    有福的财富（εὐόλβοις κτεάτεσσι）：同见梯刻（祷72.10）。

    死亡（κῆρας）：同见祷12.16。

    直到大地尽头（ἐπὶ τέρματα γαίης）：同见祷11.23，71.11。

15

宙　斯

［焚安息香］

最尊贵的宙斯，生生不息的宙斯，

我们向你发出救赎的求告见证。

王啊，从你脑袋显露诸种神圣元素，

大地母亲神和疾风呼啸的丛山，

5　　大海和广天收整的星辰。

克洛诺斯之子宙斯，执权杖掷闪电的肆心神，

万物之父，一切的开始和结束，

你摇撼大地，生长净化，震动天下，

带闪电雷鸣霹雳的神王，播种的宙斯，

10　　听我说，化影无数的神，求你带来无瑕的健康，

神圣的和平，无指摘的财富荣誉。

　　宙斯（Zeus）：奥林波斯神王。本祷歌集共有三首献给宙斯（另参祷19，20）。宙斯是赫西俄德《神谱》的主角，诗中详细交代宙斯出生，反叛父亲，发动提坦大战和提丰大战，重新分配荣誉，建立奥林波斯王权。宙斯生养众神与英雄，在俄耳甫斯神谱中，最关键的莫过于和瑞亚（或德墨特尔）生冥后珀耳塞福涅（祷14，29），和塞墨勒生狄俄尼索斯（祷44）。古代盛行宙斯崇拜，神王庇护风调雨顺，家宅平安，家畜兴旺，庄稼丰收，等等。宙斯保护外乡人和乞援人，或与妻

子忒弥斯、女儿狄刻有关（祷43，62，79）。

本首祷歌少提宙斯庇佑人类世界的神话，而着重塑造一位创造世界，确立秩序的宇宙神形象。同样情况见打雷的宙斯（祷19）和闪电的宙斯（祷20）。如果说前十四首祷歌无不指向某位宇宙神，某种原初自然力量，那么本首祷歌承前启后，且从抽象化过渡到人身化的神灵形象，或模拟入会信徒渐次认识秘教奥义的过程。

继前十四首祷歌的宇宙起源叙事之后，紧接着四首祷歌开启奥林波斯神谱叙事，涉及宙斯、赫拉、波塞冬和哈得斯等主神（祷15-18）。这组祷歌均出现地水火风四元素，又各有偏重，如宙斯与火元素，赫拉与风元素，波塞冬与水元素，哈得斯与土元素。再往后的九首祷歌（祷19-27）分别出现单一元素，如火（祷19-20），风（祷21），水（祷22-25），地（祷26-27），或可理解为奥林波斯神在不同领域的大能。

克洛诺斯和瑞亚生养的六个子女中，尚有德墨特尔和赫斯提亚未出场（祷40，84）。德墨特尔与瑞亚、库柏勒混同，以这些女神为核心的厄琉西斯秘仪更宜纳入狄俄尼索斯崇拜祷歌系列（祷40-54）。赫斯提亚与火元素相连，排入祷歌集的收尾系列。

行1 本首祷歌接连三次呼唤宙斯（第1行，第6行，第9行），营造出一种迫切求告的氛围。

最尊贵的（*πολυτίμητε*）：同见珀耳塞福涅（祷29.3）。

生生不息（*ἄφθιτε*）：同见自然神（祷10.5），大洋神（祷83.1）。参品达《皮托竞技凯歌》4.291，普罗克洛斯《颂诗》6.3。

行3-5 从宙斯脑袋生成宇宙元素，呼应神王从脑袋生出雅典娜的神话（神谱924-925）。世界的诞生像一次智性运作过程。在俄耳甫斯神谱中，宙斯吞下普法纳斯，又凭靠肚中的普法纳斯，重新创造世界。依据德维尼斯抄件记载，宙斯吞下并隐藏世间万物，从心中生出万物，以奇妙之举引领万物进入充满欢喜的光明。

显露（ἐφάνη）：或"带来光"，与Phane（普法纳斯）同源，故有注家作"将诸种神圣元素带进光明"。对观托名俄耳甫斯《阿尔戈英雄纪》15。

神圣元素（τάδε θεῖα）：同见潘（祷11.18）。这些元素包括大地大海，但不包括天空，只包括日月群星。另参祷10.14-16，19.9-19；克莱安塞斯《宙斯颂歌》15-16。

大地母亲神（γαῖα θεὰ μήτηρ）：参祷26.1，63.16（译文见65.15）。

疾风呼啸的（ὑψηχέες）：荷马诗中用来形容马（伊5.772，23.27）。

行6　克洛诺斯之子（Κρόνιε）：宙斯的专用修饰语，同见祷44.5，48.1，71.3。

执权杖的（σκηπτοῦχε）：同见普鲁同（祷18.3），众神之母（祷27.4），双年庆神（祷52.7），阿佛洛狄特（祷55.11）。用来指一般王者，见自然神（祷10.25）。

掷闪电的（καταιβάτα）：埃斯库罗斯《普罗米修斯》359起，同样用来修饰宙斯。

肆心的（ὀμβριμόθυμε）：同阿瑞斯（祷0.10，65.1），赫淮斯托斯（祷66.1）。

行7　万物之父（παντογένεθλος）：或"生养万物的"，同见赫拉是"万物之母"（祷16.4），参夜神（祷3.2注释）和天神（祷4.1注释）注释。另参品达《奥林波斯竞技凯歌》8.16，《皮托竞技凯歌》4.167。

一切的开始和结束（ἀρχὴ πάντων πάντων τε τελευτή）："一切的开始，一切的结束"，参阿波罗（祷34.15）。在俄耳甫斯神谱中，宙斯与最初的神普罗多格诺斯混同，是万物的开始、经过和结尾。据德尔维尼莎草抄件记载："宙斯是万物的王，并将永远如是，宙斯是最初的神，带闪电的宙斯是最后的神，宙斯是头，宙斯是中间，从宙斯起，一切皆成。"（17.12）

行8　摇撼大地（σεισίχθων）：一般用来指波塞冬，参品达《柯林斯地峡竞技凯歌》1.52，科努图斯《论神性》42.2。

净化（*καϑάρσιε*）：或与秘教相连。用来形容宙斯，参希罗多德1.44，托名亚里士多德《论世界》7.401b23，阿波罗尼俄斯《阿尔戈英雄纪》4.708，普鲁塔克《道德论集》997a，泡赛尼阿斯5.14.8。

行9 闪电雷鸣霹雳（*ἀστραπαῖε, βροντᾶιε, κεραύνιε*）：参打雷的宙斯祷歌题解。"宙斯"之名在印欧语系的词源中大致理解为"发光"。在赫西俄德笔下，天地所生的库克洛佩斯"送给宙斯鸣雷，为他铸造闪电"（神谱141，同见俄耳甫斯残篇K版179=B版269，普罗克洛斯注《蒂迈欧》28c5-29a2）。宙斯是低空云气的天神，与暴风雨、闪电和雷鸣有关。

行10 化影无数（*αἰολόμορφε*）：同见天神（祷4.7注释）。

健康（Hygeia）：音译为"许癸厄亚"，参祷68。

行11 和平（Eirene）：音译"厄瑞涅"，宙斯与忒弥斯生下的时序女神之一，参祷43.2，神谱901-902。另两位分别是正义（Dike）和法度（Eunomia）。健康、和平和财富并举，参瑞亚（祷14.12-13），波塞冬（祷17.10），打雷的宙斯（祷19.21），涅柔斯（祷23.8），雅典娜（祷32.15-16），德墨特尔（祷40.18-20）。

16

赫 拉

［焚植物香料］

你形如空气，长住在幽蓝洞中，
普天下的后，极乐的赫拉，宙斯的妻，
为凡人送去滋养灵魂的和风，
孕育雨，豢养风，使一切诞生，
5　　没有你就没有生命长成，
你与万物接通，化入世人敬拜的空气，
你独自主宰和运筹这一切，
管教海上狂风的翻腾呼啸。
千名的极乐神，普天下的后，
10　　来吧，脸带喜悦和仁慈地来吧。

赫拉（Hera）：克洛诺斯和瑞亚的女儿，宙斯的姐妹和妻子，婚姻生育的庇护神（神谱454，921；伊14.153起）。赫拉在本诗中是促进生成的"万物之母"，与"万物的父"宙斯（祷15.7）对应。在俄耳甫斯神话中，赫拉常与大地、瑞亚、众神之母和德墨特尔混同，如德尔维尼莎草抄件："大地、众神之母、瑞亚和赫拉是同一个神。"在托名荷马的《阿波罗颂诗》中，赫拉是提丰的母亲（3.326-352），而在赫西俄德笔下，大地和塔耳塔罗斯生提丰，宙斯与提丰大战是王权神话的重要部分（神谱820-880，祷18.2）。

　　神话中的赫拉常与宙斯对着干（伊1.396-406），妒恨折磨宙斯的情人和后代，前如塞墨勒（祷44）、伊诺（祷74），后如赫拉克勒斯（祷12）和狄俄尼索斯（祷30等），另参埃斯库罗斯《普罗米修斯》561起，欧里庇得斯《圆眼巨人》3，柏拉图《法义》672b。在俄耳甫斯神谱中，赫拉唆使提坦杀害狄俄尼索斯幼神（参祷37）。正如赫拉克勒斯与赫拉有渊源（祷12.1），赫拉和狄俄尼索斯也经常同见于秘教仪式。

　　行1　形如空气（*ἀερόμορφε*）：同见瑞亚（祷14.11），西风神（祷81.6）。赫拉与风元素相连，或见柏拉图《克拉底鲁》："赫拉"（Hera）的词源与"空气"（aer）有关（404c）。赫拉之子提丰生一群狂风（神谱869-880，祷23.5-7）。斯多亚哲人也称赫拉形如空气，参第欧根尼《名哲言行录》7.147。据托名克莱蒙的《布道书》记载，赫拉等同空气，宙斯等同天火——"由宙斯，那深入下界的最炽热的天火，延伸出空气，人称赫拉。赫拉产生于最纯净的天火，她是女神，因其纯净，亦因宙斯比她强大。这也是为什么赫拉往往被看作宙斯的姐妹，因他们是同质所生，她还是他的妻，因作为女性她必须顺从他"（*Homelies*，VI，8）。

　　行2　普天下的后（*παμβασίλεια*）：同见第9行，自然神（祷10.16注释）。

　　宙斯的妻（*Διὸς σύλλεκτρε*）：或"与宙斯同床"，同见谟涅摩绪涅（祷77.1），参瑞亚（祷14.5），医神（祷67.7）。

　　行3　滋养灵魂的风（*ψυχοτρόφους αὔρας*）：对观库瑞忒斯作为风神是"永恒的生之吹拂，护养灵魂"（祷38.22）。

　　行4　孕育雨，豢养风（*ὄμβρων μὲν μήτηρ, ἀνέμων τροφέ*）：风雨的关系，参云神祷歌（祷21），南风神祷歌（祷82.3-7）。赫拉此处与空气混同（第1，7行）。

　　使一切诞生（*παντογένεθλε*）：或"万物之母"，对观宙斯是"万物之父"（祷15.7），参夜神（祷3.2注释）和天神（祷4.1注释）。

行6　与万物接通（*κοινωνεῖς γὰρ ἅπασι*）：参自然神（祷10.9），死神（祷87.6）。

行7　此行与健康神（祷68.11）相近，对观伊1.288，尼刻（祷33.6），睡神（祷85.3）。

行9　千名的（*πολυώνυμος*）：详见普罗提拉亚（祷2.1）。

行10　脸带喜悦（*γήθοντι προσώπωι*）：同见伊普塔（祷49.7），阿佛洛狄特（祷55.16），帕来蒙（祷75.4）。此处许愿不求别的，但求赫拉欢喜仁慈地来，或与神话中赫拉"经常坏事"的形象相连。

17

波塞冬

［焚没药］

听我说，波塞冬，支撑大地的黑鬈神，
驭马的好手，你手握青铜三叉戟，
住在海深不可测的根处。
水浪响彻的海王，喧嚷的撼地神，
5　你欢喜搅动波浪如花开，赶着四马快车，
在海上呼啸，激起咸涩的水涛。
命中注定你分得三份中的无边大海，
你与浪花和兽们嬉戏，深海的精灵啊，
求你庇护大地根基和快航的船只，
10　求你带来无瑕的和平健康财富。

波塞冬（Poseidon）：克洛诺斯和瑞亚的孩子，宙斯和哈得斯的
兄弟，海神，震地神，擅长驭马。希腊古人畏惧大海，顾忌波塞冬这
个爱发怒的神。他让奥德修斯回不了家，更常与暴风雨而不是风平浪
静的大海相连。他带有大海易怒多疑的本性，爱挑衅神王宙斯的权
威："我和他一样强大，他竟然威胁强制我。"（伊15.187，参1.396-
406）波塞冬生养一群英雄子女，比如忒修斯，或皮洛斯的初代王涅莱
乌斯（涅斯托尔之父）。依据不同神话版本，他还是珀耳塞福涅的父
亲（祷69）。作为水元素代表，波塞冬与随后系列祷歌中的诸海神相
呼应（祷22-25）。

行1 此行接近开场祷歌"支撑大地的黑鬈神波塞冬"（祷0.5），另参奥9.528，托名荷马《波塞冬颂诗》22.6。赫西俄德称波塞冬是"大地的浮载者和震撼者"（神谱15）。另参第4行"撼地神"之说和第9行许愿。

黑鬈神（ϰυανοχαῖτα）：同见神谱278，奥3.6。暗黑须发，譬喻暴风雨中的大海颜色。古人面对狂怒的大海，想象海神波塞冬的黑鬈发，在恐惧中成立崇拜仪式。

行2 驭马的（ἵππιε）：波塞冬精通驭马术，是驾驭马车的好手，参第5-6行；伊13.23-31，23.306-308；托名荷马《阿波罗颂诗》3.230-238；品达《皮托竞技凯歌》4.147；阿里斯托芬《骑士》551-558。埃斯库罗斯称波塞冬是"海王，马王，用三叉叉鱼的神"（《七将攻忒拜》130）。在索福克勒斯笔下，歌队称颂波塞冬为"马群和船只的神，马嚼子和船舵的发明者"（《俄狄浦斯在科罗诺斯》712-715），波塞冬还和墨杜萨生下神马佩加索斯（神谱278-281）。

手握三叉戟（ἔχων χείρεσσι τρίαιναν）：同见伊12.27。

行3 海深不可测（πόντοιο βαθυστέρνοιο）：或译"胸怀深沉的大海"，同见琉科特埃（祷74.3）。胸怀深沉，一般用来形容大地（祷26.6），参品达《涅墨竞技凯歌》9.25。赫西俄德称"胸怀宽广的大地"（神谱117）。波塞冬的海底宫殿，参巴绪里得斯17.97-129，祷24.2-3。

行4 海王（ποντομέδων）：也见埃斯库罗斯《七将攻忒拜》130，品达《奥林匹亚竞技凯歌》6.103。

喧嚷的撼地神（βαρύκτυπε, ἐννοσίγαιε）：赫西俄德也称波塞冬是"发出巨响的撼地神"（神谱818）。

行6 在海上呼啸（εἰναλίοις ῥοίζοισι）：参看祷16.8。

咸涩的水涛（ἁλμυρὸν ὕδωρ）：同见奥4.511。

行7 宙斯、波塞冬和哈得斯三分世界，参伊15.187-193："分成三份，各得一份，我从阄子拈得灰色的大海作为永久的居所，哈得斯统治昏冥世界，宙斯拈得太空和云气里的广阔天宇，大地和高耸的奥林波斯归大家共有。"另参神谱881-885，阿波罗多洛斯1.2.1。波塞冬在海上乃至天空施展大能，参看奥5.282-296，另参祷18.6-7。

行8 与浪花嬉戏（*κύμασι τερπόμενος*）：同见琉科特埃（祷74.4）。

深海的精灵（*πόντιε δαῖμον*）：参驻海的宙斯（祷63.16），托名荷马《波塞冬颂诗》22.3。

行9 庇护大地根基（*ἕδρανα γῆς σώζοις*）：对观许愿涅柔斯保佑不地震（祷23.7）。

波塞冬和宙斯一起庇护船只，参看劳作665-668。其他庇护船只的神还有库瑞忒斯（祷38.4，38.14-17，23-25）、忒提斯（祷22.9-10）、琉科特埃（祷74.4-9）和帕来蒙（祷75.5-8）。

18

普鲁同

哦！心如坚石的神，你住在地下居所，
住在幽深无光的塔耳塔罗斯草地，
执权杖的地下宙斯，好心收下这份献礼。
普鲁同，你看守整个大地的秘钥，
5　　散播财富，给人类带来一年果实收成，
你命定统治第三份世界，上抵大地神后，
那神族的根基，人类的强大依靠。
你把王座安置在遥远的幽暗国度，
不倦不分明也无生气的哈得斯，
10　　环绕大地之根的黑色的阿喀戎河，
你凭靠死亡做了有死者的王，太殷勤的
欧布洛斯哦，从前娶走纯洁的德墨特尔之女，
你在草原上引诱她，穿越大海，
驾着四马快车深入阿提卡的洞穴，
15　　在厄琉西斯境内，有哈得斯的入口。
你是或隐或显的行为的独一判官，
通灵的神，主导万物，神圣显赫，
为可敬的秘礼者和神圣献礼心欢悦，
求你来吧，好心愉快地来到信者中吧。

普鲁同（Pluto）：即"财富"，此处指冥王哈得斯（第9、15行），克洛诺斯和瑞亚的孩子，宙斯和波塞冬的兄弟。普鲁同原系别的神，约公元前四世纪做了哈得斯的别称。哈得斯既是死者的国度，也指源源不断带来果实的土壤，从而与古人的死生认知相连。冥王和冥后珀耳塞福涅均系主管死生的神（祷41）。诗中说起哈得斯劫走珀耳塞福涅（第11–15行），堪称俄耳甫斯神谱的重要篇章，后续祷歌还将反复提起（祷29.12–14，41.3–7，43.7–9）。依据俄耳甫斯教教义，亡魂终将轮回到大地上转世，某种意义上冥府是生命的源头。古人或许还相信，在祭祀过程中直呼哈得斯会引发神怒，或惹死神关注（祷87.11–12），故而开篇祷歌不称哈得斯，而称"地下世界的王"（祷0.12）。

本首祷歌没有焚香标示，同见阿佛洛狄特祷歌（祷55）。值得一提的是，开场祷歌仅有两个神讳用代称，另一位也是阿佛洛狄特（祷0.11，41）。本诗是系列元素祷歌15–18的最后一首，与土元素相连。哈得斯还出现在开场祷歌（祷0.12），珀耳塞福涅祷歌（祷29.3）和墨利诺厄祷歌（祷71.4）。

行1 住在地下居所（ὑποχϑόνιον ναίων δόμον）：对观珀耳塞福涅是"地下世界的王后"（祷29.6）。

心如坚石（ὀμβριμόϑυμε）：或译"肆心的"，同见宙斯（祷15.6），阿瑞斯（祷65.1）。

行2 塔耳塔罗斯（Tartaros）：另见祷37.3，56.10，57.10，58.7。古希腊神话里地下世界的深处，赫西俄德描述过塔耳塔罗斯的精确方位："一个铜砧经过九天九夜，第十天从大地落到塔耳塔罗斯。"（神谱724–725，另参119，814，851）提坦神和提丰战败后被宙斯关进塔耳塔罗斯（神谱713–733，868；祷37.3）。塔耳塔罗斯似在哈得斯之下，但本祷歌集里常与哈得斯混同。与其他宇宙神一样，塔耳塔罗斯还是拟人化形象，他与大地结合生提丰，引发奥林波斯新一轮战争（神谱822）。

草地（λειμῶνα）：指亡魂游荡的国境，参荷马诗中的"常青草地"（音译为"阿斯福德罗斯草地"，奥11.539，24.13）。

行3　**地下宙斯**（Ζεῦ χϑόνιε）：哈得斯的常见别称，同见劳作465，索福克勒斯《俄狄浦斯在科洛诺斯》1606，参伊9.457等。统治地下世界的宙斯，与天庭做王的宙斯相对，但不能将普鲁同和宙斯混同。这种别称强调哈得斯是地下世界和大地本身的主人。参看波塞冬被称为"驻海的宙斯"（祷63.15）。

执权杖的（σκηπτοῦχε）：同见宙斯（祷15.6），双年庆神（祷52.7），阿佛洛狄特（祷55.11），另参祷10.25。

收下献礼（ἱερὰ δέξο）：此处未详细说明什么献礼，或指祭奠牺牲，或指祷歌本身。同见珀耳塞福涅（祷29.2），利克尼特斯（祷46.8），赫斯提亚（祷84.7）。

行4-5　**大地的秘钥**（γαίης κληῖδας）：据泡赛尼阿斯的说法，哈得斯看守地下王国，避免亡魂流窜人间（5.20.3）。此处或指哈得斯是带来果实和丰收的土地，象征土壤中源源不断的收成宝藏。地下宙斯与地母神相连，参劳作465-469，柏拉图《克拉底鲁》403a，托名荷马《德墨特尔颂诗》2.489。秘钥的说法，参赫卡忒（祷1.7注释），普罗透斯（祷25.1），爱神（祷58.4）。

行6-7　**第三份世界**（ὃς τριτάτης μοίρης）：哈得斯与宙斯、波塞冬三分世界，见荷马神谱传统，参祷17.7注释，伊15.193。在俄耳甫斯神谱中，还有一些神被说成统领天地海诸领域，比如潘（祷11.2）等。

大地神后（χϑόνα παμβασίλειαν）：此处当指作为宇宙元素的大地，赫西俄德称大地为"所有永生者永远牢靠的根基"（神谱117）。

人类的强大依靠（ϑνητῶν στήριγμα κραταιόν）：同见赫斯提亚（祷84.5）。

行8-10 不倦的（ἀκάμαντα）：此处指冥府，也用来形容太阳（祷8.3），海洋（祷11.14），赫拉克勒斯（祷12.9），火（祷66.1，66.12）。

哈得斯（Hades）：既是冥王神，也是冥府或亡者的国度。既属奥林波斯神族，也代表宇宙构成元素，与塔耳塔罗斯混同（第2行）。在古人的认知想象中，冥府往往被视为活人世界的反面：无生气，无表情，遥远幽暗，冷漠不笑，诸如此类，对观荷马诗中奥德修斯的冥府行（奥11）。

阿喀戎河（Acheron）：冥府中河，岸边满布芦苇和淤泥，亡魂必须渡过这条河才能进冥府。本祷歌集还提到冥府中的哀河刻库托斯河（祷57.1，71.2）和恨河斯梯克斯河（祷69.4）。

行11 死亡（θανάτου）：同见珀耳塞福涅祷歌（祷29.15），死神祷歌（祷87）。

行12 欧布洛斯（Euboulos）：即"妙见者"（参祷41.8注释），哈得斯的别称。珀耳塞福涅祷歌和德墨特尔祷歌中还有Eubouleus（欧布勒俄斯），通常指狄俄尼索斯（祷29.8，30.6，41.8，52.4）。

德墨特尔之女（Δημήτερος...παῖδα）：指珀耳塞福涅（祷29，30，41.6）。哈得斯劫走珀耳塞福涅做冥后是俄耳甫斯传统中的重要神话。托名荷马的《德墨特尔颂诗》在近五百行诗中做出长篇叙事。赫西俄德有三行诗提到这件事："宙斯又和丰饶的德墨特尔共寝，她生下白臂的珀耳塞福涅。哈得斯从她母亲身边带走了她，宙斯做主把女儿许配给了他。"（神谱913-915）另参奥维德《变形记》5.294-571等。

行13-15 草原（λειμῶνος）：哈得斯劫走珀耳塞福涅的草原或在西西里岛（托名荷马《德墨特尔颂诗》2.7），故有穿越大海去阿提卡的说法。

四马快车（ετρώροις ἵπποισιν）：托名荷马《德墨特尔颂诗》2.18-19，2.32；奥13.81。对观日神（祷8.19）和波塞冬（祷17.5）的马车。

厄琉西斯（Eleusis）：此处提到"阿提卡的洞穴"（Ατθίδος ἄντρον），"厄琉西斯境内"（δήμου Ἐλευσῖνος），均指涉古老的厄琉西斯秘仪。在神话中，地母神德墨特尔走遍大地寻女不成，最终留在厄琉西斯，授予当地人秘教礼仪（祷40.6）。

哈得斯的入口（πύλαι εἴσ' Ἀΐδαο）：参伊5.646。

行16　判官（βραβευτής）：冥府判官通常指克里特王米诺斯（Minos）、埃阿科斯（Aeacus）和拉达曼图斯（Rhadamanthus），三位均系宙斯之子（柏拉图《高尔吉亚》523a- 524a）。苏格拉底在雅典法庭上提到第四位冥府判官，也就是厄琉西斯英雄特里普托勒摩斯（Triptolemos）（柏拉图《苏格拉底的申辩》41a）。在神话中，哈得斯和珀耳塞福涅常就亡魂是否回归人间做出评判，比如俄耳甫斯下冥府试图带走亡妻，另参祷87.9。

行17　通灵的（ἔνθεε）：即"受神灵启示的"，此处或指"神样的"。

主导万物（παντοκράτωρ）：同见自然神（祷10.4），珀耳塞福涅（祷29.10）。

行18　秘礼者（μυστιπόλοις）：同见普罗透斯（祷25.10），萨巴兹乌斯（祷48.6），健康神（祷68.12），忒弥斯（祷79.12）。

19

打雷的宙斯

[焚安息香]

父亲宙斯，你引动燃烧宇宙的运行，
在天宇高处释放闪电的火光，
用神雷阵阵撼动永生者的住所，
如火的电光点燃了雨云，
5　你抛出狂风骤雨和强劲雷电，
打在燃烧土地上，如箭般笼罩一切，
你让世界燃烧，强大可怕狂暴，
恐怖的飞天武器叫人胆寒发竖，
突如其来划破天边，纯净无敌，
10　你在无尽的盘旋呼啸中吞没一切，
战无不胜，嗔怒难平，狂风中不容抗拒，
尖利冒烟的属天箭矢此起彼伏，
俯冲的强光吓坏大地和海洋，
兽们听到喧响缩作一团，
15　白花花的电光映照一张张脸，
不绝雷声响彻空荡天宇，
你撕破天空的长衫，扔出如火霹雳。
来吧，极乐神，来征服咆哮的海浪，
狂怒的山巅，我们深知你的神力。
20　来吧，求你收下奠酒礼，带来让心欢喜的，

一世繁荣和主宰一切的健康，

抚养年轻人的神圣和平，荣耀的光彩，

还有快乐思想常在怒放的人生。

打雷的宙斯（*Κεραυνοῦ Διός*）：第二首宙斯祷歌（参祷 15 注释）。鸣雷、闪电和霹雳是神王宙斯的三种传统武器，由库克洛佩斯（Kyclopes）制造并送给宙斯（神谱 139-146，501-506；阿波罗多洛斯 1.1.2，1.2.1；祷 15.9）。库克洛佩斯三兄弟的名字分别对应三种武器：布戎忒斯（Brontes）与鸣雷（pronte）谐音，斯特若佩斯（Steropes）与闪电（sterope）同词根，阿耳戈斯（Arges）与霹雳（keraunos）的专用修饰语（argetetos）相连（神谱 504-505，690-691，707，845-846）。鸣雷、闪电、霹雳是宙斯整顿世界秩序不可或缺的武器。本诗展现神王的可畏神力，多少让人想到赫西俄德笔下的提坦大战（神谱 687-710）和提丰大战（神谱 839-868）。打雷的宙斯或许暗示宙斯丧失爱子狄俄尼索斯的愤怒，神王用闪电鸣雷惩罚僭越无度者，除提坦（祷 37）之外，还有提丰和将死人医活的阿斯克勒皮奥斯（祷 67）等等。狄俄尼索斯也诞生于宙斯的雷电发作中（祷 44）。据泡赛尼阿斯记载，奥林匹亚神坛同时供奉打雷的宙斯和下一首祷歌中掷闪电的宙斯（5.14.7-10）。本首祷歌描绘暴风雨中电闪雷鸣的自然景象，笔触遍及天空，大地和海洋（祷 10.14-16，15.3-5）。

行 1-3　这三行描绘神王宙斯驾驭宇宙的马车，在苍穹也就是永生者的居所循环前行。自第 4 行起，宙斯在苍穹之下的云中显现，抛洒鸣雷闪电霹雳，影响大地人间。

行 5-7　这三行描绘神王用雷电打击大地和地下世界，或呼应赫西俄德笔下的提坦大战。此处仅以几行诗为例："他从天空和高高的奥林波斯山接连不断地扔出闪电。串串霹雳伴随着电光雷声从他矫健的手中冲出。火焰洒遍四周，盘旋浓烈。孕育生命的大地在燃烧中呻吟回响，无边的森林也在烈火里纷纷爆裂。"（神谱 689-694）

第 6 行前半句 βάλλων ἐς ῥοθίους（打在海浪上）素有争议，此按韦斯特勘定写法 βάλλων ἐς χθονίους（打在土地上）。

狂风（πρηστῆρας）：同见第 11 行，佩里吉奥尼俄斯（祷 47.5）。

如箭般笼罩（βελέεσσι καλύπτων）：在赫西俄德笔下，百手神投掷的巨石铺天盖地笼罩住提坦（神谱 716-717），或"大地一片沸腾……灼热的蒸汽困住地下的提坦"（神谱 695-697）。

可怕的（φρικώδεας）：也用来形容闪电的宙斯（祷 20.4），云的喧响（祷 21.4），雅典娜的好战（祷 32.7）。

狂暴的（ὀμβριμοθύμους）：或"肆心的"，同见于宙斯祷歌（祷 15.6），阿瑞斯（祷 65.1）等。

行8　宙斯的飞天武器，对观赫耳墨斯的"可敬畏的言辞武器"（祷 28.10）。

行9　纯净无敌（ἀνίκητον ... ἁγνόν）：同见闪电的宙斯（祷 20.4）。

行10　无尽的盘旋（ἀπειρεσίου δινεύμασι）：同见日神（祷 8.7）。

吞没一切（παμφάγον）：同见赫拉克勒斯（祷 12.6），赫淮斯托斯（祷 66.5）。

行11　战无不胜（ἄρρηκτον）：同见阿瑞斯（祷 65.1）。

嗔怒难平（βαρύθυμον）：同见月神（祷 9.6），参闪电的宙斯（祷 20.4）。

不容抗拒（ἀμαιμάκετον）：同赫卡忒（祷 1.5）。

行12　属天箭矢（οὐράνιον βέλος）：形容闪电霹雳，对观赫西俄德诗中"伟大宙斯的箭矢"（神谱 707）。

行13　大地和海洋在宙斯的雷电攻击下的景象，对观赫西俄德："整个大地一片沸腾，还有大洋的流波和荒芜的深海"（神谱 695-

696，参846），"无边的海浪鸣声回荡，大地轰然长响"（神谱678-679，参839-844）。

行14-15　对观库瑞忒斯的战歌令"兽们纷纷藏匿"（祷38.10），另参劳作512。

行17　此行中撕破天空的说法，或呼应普罗多格诺斯从卵里出生的神话，参祷6.2注释。

行20　奠酒礼（$λοιβαῖσι$）：同见潘（祷11.21），打雷的宙斯（祷19.20），命运神（祷59.19），赫淮斯托斯（祷66.10）。

行21　主宰一切的健康（$ϑ' ὑγίειαν ἄνασσαν$）：同见德墨特尔祷歌（祷40.20），参祷68.5。许愿和平健康，同见宙斯祷歌（祷15.10-11），德墨特尔祷歌（祷40.20），参祷10.29-30注释。

行22　此行与赫拉克勒斯祷歌（祷12.8）相近。

抚养年轻人（$κουροτρόφον$）：同见赫卡忒（祷1.8），日神（祷8.10），赫拉克勒斯（祷12.8），阿尔忒弥斯（祷36.8），德墨特尔（祷40.2）。

荣耀的光彩（$ἀγλαότιμον$）：同见赫拉克勒斯（祷12.8.），阿波罗（祷34.2，67.6）。

20

闪电的宙斯

[焚捣碎的乳香]

我呼唤那伟大纯净、喧嚣显赫的神，
那属天燃烧的，追逐火，点燃空气，
让响雷炸开，使闪电穿透浓云，
那纯净无敌的神，可怕，爱记仇，
5　掷闪电的宙斯，万物的父，至高的王，
求他好心赐一个甜美的人生结局。

闪电的宙斯（Διὸς Ἀστραπαίου）：用Ἀστραπαίου形容宙斯，参托名亚里士多德《宇宙论》7.401，同见第5行，祷15.9。本首祷歌与打雷的宙斯祷歌相互映照，构成祷歌对子。两首诗有不少相通用法。古人区分鸣雷之声、闪电之光和霹雳之形。闪电作为不熄的天火，与人间易逝的火种相对。后者是普罗米修斯盗给人类的火。在诗中，宙斯既孕育生命，也能毁灭生命。

行1　我呼唤伟大纯净的神（Κικλήσκω μέγαν, ἁγνόν）：同见爱神祷歌开篇（祷58.1）。

喧嚣显赫（ἐρισμάραγον, περίφαντον）：用来形容宙斯，分别见埃斯库罗斯《乞援人》653，神谱815。

行2　追逐火（πυρίδρομον）：同见星群（祷7.9），日神（祷8.11），爱若斯（祷58.2）。

行3　对观云神"鸣响燃烧，咆哮前行"（祷21.4-5）。

行4　纯净无敌（ἀνίκητον...ἁγνόν）：同见打雷的宙斯（祷19.9）。

可怕的（φρικώδη）：同见打雷的宙斯（祷19.7），云（祷21.4），雅典娜（祷32.7）。

爱记仇（βαρύμηνιν）：也用来形容潘（祷11.12），狄俄尼索斯·巴萨勒斯（祷45.5）。

行5　万物的父（παγγενέτην）：同见祷15.7，另参天神（祷4.1注释），赫拉克勒斯（祷12.6），代蒙（祷73.2）。

至高的王（βασιλῆα μέγιστον）：同见科律班忒斯（祷39.1）。

行6　人生结局（βιότοιο τελευτήν）：参祷11.22，73.9，86.12，87.12等。此处许愿不是在宙斯的雷鸣闪电中死去，而是在死亡降临以前净化灵魂（祷15.8，20.1）。

21

云　神

[焚没药]

天云滋养果实，天上的流浪者，
繁雨的母亲，风吹着你到全世界，
你鸣响燃烧，咆哮前行，追逐水路，
在空气里散布可怕的喧嚣，
5　在穿息之间动荡，与风相遇时长响，
我求告你，露水为衣，清风作气的神，
求你为大地母亲送去丰裕的雨水。

　　云（Nephele）：音译"涅斐勒"。云神没有在俄耳甫斯神谱中扮演什么重要角色。本首祷歌排在两首宙斯祷歌之后，或因宙斯又有"聚云神"的称号，并且诗中表现云的自然现象，探究云和风雨雷电的关系。据第欧根尼·拉尔修记载，自然哲人阿那克萨戈拉斯主张，云相互碰撞产生雷，相互摩擦产生闪电（2.9）。阿里斯托芬在《云》中将前苏格拉底哲人的若干理论拼凑起来，借苏格拉底之口解释，雷电和雨均系云的产物（367-411），尤见进场戏中苏格拉底召唤"鸣雷掣电的神圣的云神"（263-274）。
　　本诗不妨与赫拉祷歌对观（祷16）。在神话中，赫拉与云神密切相连。传说伊克西翁（Ixion）爱上赫拉女神，宙斯用云造出赫拉的幻影，与伊克西翁结合，生下马人的祖先肯塔罗斯（Centaros），参看品达《皮托竞技凯歌》2.25-48，阿波罗多洛斯《书藏》1.20，奥维德《变形记》12.210。本诗还与水仙祷歌（祷51）、南风神祷歌（祷82）有不少相通之处。

行1　滋养果实的（καρποτρόφοι）：同见第7行，水仙（祷51.4），南风神（祷82.7）。

行2　对观南风神"聚云降雨"，是"雨水的父"（祷82.4-5）。

到全世界（κατὰ κόσμον）：或译"穿越宇宙"，参祷6.7，37.6，78.2。

行3　本行写云的咆哮喧响，参看品达《皮托竞技凯歌》："神殿上，冬雨急降，那是咆哮云们无情的兵，还有风也来助阵。"（2.10-12，另参6.11）咆哮指向云与雷鸣的关系。咆哮的神也见珀耳塞福涅（祷29.8），狄俄尼索斯（祷30.1，祷45.4），萨巴兹乌斯（祷48.2），伊普塔（祷49.3）等。

追逐水路（ὑγροκέλευθοι）：云神与水元素相连，另参海神（祷22.6），涅柔斯女儿（祷24.2），水仙（祷51.14），北风神（祷80.3），大洋神（祷83.7）。

行4　对观闪电的宙斯"响雷炸开闪电穿透浓云"（祷20.3）。

可怕的（φρικώδη）：同见打雷的宙斯（祷19.7），闪电的宙斯（祷20.4），雅典娜（祷32.7）。

行6　露水为衣（δροσοείμονες）：同见水仙（祷51.6）。

清风作气（εὔπνοοι αὔραις）：同见水仙（祷51.11）。

行7　此行同见南风神祷歌结尾（祷82.7）。

丰裕的（καρποτρόφους）：或译"滋养果实的"，同第1行。

22

海 神
（特梯斯）

[焚捣碎的乳香]

　　我呼唤大洋神的妻，明眸的特梯斯，
　　黑袍的海后，浪花皱如你的裙边，
　　随微风吹拂，向陆岸轻舞，
　　你拍碎长浪在多礁石的海滩，
5　心平气和成就静美的流波，
　　你眷顾船只，豢养海兽，追逐水路，
　　库普里斯的母亲，黑云的母亲，
　　水仙嬉戏的所有清泉的母亲。
　　听我说，太可敬的极乐神哦，帮帮我们，
10　求你为出海的船只送一程好风。

　　海神（Thalasses）：指女海神特梯斯（Tethys，第1行），乌兰诺斯和该亚的女儿，大洋神俄刻阿诺斯的妻子（祷83，0.26-27）。据赫西俄德记载，他们生下诸河神和三千大洋女儿（神谱134-136，337-370）。在荷马诗中，俄刻阿诺斯和特梯斯被称为"众神的始祖"（伊14.201）。柏拉图《克拉底鲁》予以援引并比较俄耳甫斯传统："轮到荷马说：'众神的始祖俄刻阿诺斯和始母特梯斯……'俄耳甫斯则说：'水流壮丽的俄刻阿诺斯最早与他的同母姐妹特梯斯成婚。'这两种说法正相符合，均与赫拉克利特的主张联系在一起。"（402b-c）注意区分另一女海神忒提斯（Thetis），后者是涅柔斯女儿，阿喀琉斯的母亲（神谱244，1006）。

祷歌集仅有五处用thalassa指大海，更常用pantos，即大地生的深海神彭托斯："荒芜而怒涛不尽的大海。"（神谱131-132）在赫西俄德神谱中，地海子女构成海神家族，包括后续祷歌中的涅柔斯及其女儿们（神谱233-336）。祷歌22-25构成一组水元素系列，特梯斯祷歌紧接在云神祷歌之后。作为呼应，大洋神祷歌（祷83）紧接在三首风神祷歌（祷81-82）之后。

行1　大洋神（Okeanos）：音译"俄刻阿诺斯"，参看专属祷歌83，开场祷歌0.27。

明眸的（γλαυκώπιδα）：也有译作"灰眼的"，或"绿眼的"。古希腊作者的颜色描述带给我们不小难题。同一个字γλαυκω既指大海（伊16.34），也指雅典娜或鹰的眼睛（神谱13，573，587，888等）乃至橄榄叶。此处或强调眼眸中的光彩熠熠，同见雅典娜（祷32.17）。

行2　黑袍的（κυανόπεπλον）：接近大海的暗蓝色调，参祷0.26，勒托（祷35.1）。

行3　微风吹拂（αὔραις ἡδυπνόοισι）：参西风神（祷81.2）。

行6　豢养海兽（θηροτρόφε）：参波塞冬（祷17.8），涅柔斯女儿（祷24.5）。

追逐水路（ὑγροκέλευθε）：也用来形容大洋神（祷83.8），同见云神（祷21.3），涅柔斯女儿（祷24.2），水仙（祷51.14），北风神（祷80.3）。

行7　库普里斯（Kypris）：阿佛洛狄特的别称（同见祷3.2，56.8，65.7），传说她出生后经过最古老的女神圣地库忒拉，故有此别名。阿佛洛狄特的诞生有不同说法。在赫西俄德笔下，天神的生殖器被阉割并抛入大海，从中生出阿佛洛狄特，世人或为避讳，称她为浪花出生的女神（神谱188-206）。

黑云（*νεφέων ἐρεβεννῶν*）：同见伊22.309，另参伊5.864。形容云神的 *ἐρεβεννῶν* 与虚冥（*Ἔρεβος*）同根。前苏格拉底自然哲人主张，云和风来自大海。阿里斯托芬在《云》中称大洋神是云神之父（271，277），另参祷82.4。

行8 水仙（Nymnes）：对观祷51。此处似与大洋女儿混同（祷0.27）。在赫西俄德列出的大洋女儿名单中，有些确与传统水仙重合，指向若干小溪或泉水的名称（神谱337-370）。另参欧里庇得斯《希波吕托斯》225。

行9-10 对观琉科特埃祷歌的许愿（祷17.9-10，74.10）。

太可敬的（*πολύσεμνε*）：同见普罗提拉亚（祷2.1），西勒诺斯·萨图尔（祷54.1）。

23

涅柔斯

［焚没药］

哦！你掌握大海之根，在幽蓝闪光的家中
看浪花中的五十个闺女心欢悦，
她们逐波起舞多美丽，显赫的精灵涅柔斯，
你是大海根基，大地尽头，万物的起源，
5 　你摇撼了德奥的神圣底座，
将狂风阵阵封禁在暗黑的深渊，
来吧，极乐神，求你保佑不地震，
赐给信者和平繁荣，让温柔的手握健康。

涅柔斯（Nereus）：深海神蓬托斯和大地之子。依据赫西俄德的
说法，"他最年长，又称老者，因他忠实宽和，从不忘法则，思想公
正又宽和"（神谱234-235）。涅柔斯有五十个女儿，其中安菲特里
忒嫁波塞冬（神谱930），忒提斯与英雄安喀塞斯生阿喀琉斯（神谱
1006-1007）。涅柔斯的辈分故而高于波塞冬，是海中长者，代表宇宙
的一种原初力量。本首祷歌可与普罗透斯祷歌（祷25）对参。

行1　幽蓝闪光（κυαναυγέτιν）：同见天神（祷4.7），另参夜神
（祷3.3），特梯斯（祷22.2），涅柔斯女儿（祷24.8）。

行2　五十个闺女（πεντήκοντα κόραισιν）：即涅柔斯女儿（祷
24.3），赫西俄德详细列出名录（神谱243-264），荷马笔下也有提及

（伊18.37-49）。古代俄耳甫斯信徒似乎并不供奉涅柔斯，本首祷歌与涅柔斯女儿相连。

行3　显赫的（ $\mu\varepsilon\gamma\alpha\lambda\dot{\omega}\nu\nu\mu\varepsilon$ ）：同见赫拉克勒斯（祷12.10注释）。

行4　大海根基（ $\pi\upsilon\vartheta\mu\dot{\eta}\nu\ \mu\dot{\varepsilon}\nu\ \pi\acute{o}\nu\tau o\upsilon$ ）：参第1行，神谱931。

万物的起源（ $\dot{\alpha}\varrho\chi\dot{\eta}\ \dot{\alpha}\pi\acute{\alpha}\nu\tau\omega\nu$ ）：同见天神（祷4.2），宙斯（祷15.7），普罗透斯（祷25.2），阿波罗（祷34.15），提坦（祷37.4），大洋神（祷83.7）。

行5-7　德奥（Deo）：德墨特尔的别称，同见祷29.5，39.7，40.1，51.16，65.8。

德奥的神圣底座（ $\varDelta\eta o\tilde{\upsilon}\varsigma\ i\varepsilon\varrho\grave{o}\nu\ \beta\acute{\alpha}\vartheta\varrho o\nu$ ）：德墨特尔或与大地混同，又或指公元二世纪帕加马地区的德墨特尔神庙在地震中崩塌。涅柔斯此处被赋予撼地神形象，类似波塞冬（祷17.4），既是海神，也主管地震。古人似乎认为地震起源于狂风，把风锁在大地底下就能避免地震。在荷马诗中，艾奥洛斯送给奥德修斯一只口袋，里头装满各种狂风，只放出西风神（祷81.3-4）送船回乡，不幸奥德修斯的同伴们偷偷打开口袋（奥10.1-75）。提丰大战宙斯，同样有狂风加盟，参看阿波罗多洛斯1.6.3，祷16注释，祷32.12。

保佑不地震（ $\sigma\varepsilon\iota\sigma\mu o\grave{\upsilon}\varsigma\ \mu\dot{\varepsilon}\nu\ \dot{\alpha}\pi\acute{o}\tau\varrho\varepsilon\pi\varepsilon$ ）：参看上条注释。

行8　和平与健康并举，参祷10.30注释，另参波塞冬（祷17.9-10），珀耳塞福涅（祷19.18-19）。

让温柔的手握健康（ $\dot{\eta}\pi\iota\acute{o}\chi\varepsilon\iota\varrho o\nu\ \dot{\upsilon}\gamma\varepsilon\acute{\iota}\eta\nu$ ）：同见珀耳塞福涅（祷29.18），赫斯提亚（祷84.8）。

24

涅柔斯女儿

［焚植物香料］

海中涅柔斯的纯净闺女，有花萼般的脸，
你们在海深处嬉戏起舞，追逐水路，
五十个年轻女孩儿在浪里狂迷，
骑行在众特里同的背上，
5　为这些大海养育的兽们心欢悦，
也为住在特里同水国深处的众生灵。
你们以水为家，在浪里奔腾跳跃，
如幽蓝闪光的海豚，喧响海上的流浪者。
我求告你们为信者带来繁荣。
10　当初你们最先教示神圣的巴克库斯
和纯洁的珀耳塞福涅的威严秘仪，
当初和母亲卡利俄佩，和阿波罗神主。

　　涅柔斯女儿（Nereids）：涅柔斯和大洋女儿多里斯的女儿，象征
水浪万象（祷23注释）。在本首祷歌中，涅柔斯女儿享有极重要的
宗教身份，她们是狄俄尼索斯和珀耳塞福涅秘教的最早启示者（第
10–11行），堪比库瑞忒斯（祷38.6），西勒诺斯（祷54.10），缪斯
（祷76.7）或忒弥斯（祷79.8）。在荷马诗中，吕库尔格斯将狄俄尼索
斯幼神从尼萨山顶赶入大海，涅柔斯女儿忒提斯"将他接到怀抱中"

（伊6.139）。后来的注疏家借此指出，涅柔斯女儿举行第一次入会礼，指引狄俄尼索斯进入诸神世界（如见金嘴迪翁20.352-269，21.170-184）。在托名荷马的《德墨特尔颂诗》中，珀耳塞福涅被哈得斯劫走前，与涅柔斯女儿嬉戏（2.5）。古代多见涅柔斯女儿的崇拜礼，女诗人萨福为了兄弟能够平安回乡，曾祈祷阿佛洛狄特和涅柔斯女儿（残篇5），参看泡赛尼阿斯2.1.8。

行1　闺女（νύμφαι）：或译"水仙"，涅柔斯女儿或与抚养狄俄尼索斯幼神的水仙混同（祷51，46.3，46.5，53.2），故有最先教示秘仪的说法（第10行）。

花萼般的脸（καλυκώπιδες）：或译"玫瑰容颜"，同见美惠神（祷60.6），忒弥斯（祷79.2），托名荷马《阿佛洛狄特颂诗》5.284，《德墨特尔颂诗》2.8。

行2　海深处（βύθιαι）：同见第6行，帕来蒙（祷75.2）。

追逐水路（ὑγροκέλευθοι）：同见云神（祷21.3），海神（祷22.6），水仙（祷51.14），北风神（祷80.3）。

行3　五十个年轻女孩儿（πεντήκοντα κόραι）：对观涅柔斯祷歌中"五十个女儿在浪花中……逐波起舞"（祷23.2-3）。

行4-6　特里同（Triton）：本系波塞冬和安菲特里忒的儿子（神谱930-933），此处是复数，不止一个，是波塞冬的随从，上半身人样，下半身鱼形，也常被表现为海神的号角手。第5行"大海养育的兽们"指众特里同。

行8　海豚（δελφίνες）：与δελφοί同词源，在托名荷马的《阿波罗颂诗中》，德尔斐的阿波罗因化身海豚而得名（3.400, 3.494-496）。海豚之说故而或与第12行的阿波罗相呼应。

行10-12　这三行出现在许愿之后，在祷歌集里实属罕见。

巴克库斯（Bacchus）：原文在第11行，译文移至第10行。涅柔斯女儿与狄俄尼索斯秘教相连，从"在浪里狂迷"（第3行）等说法有所体现，也与她们混同水仙或大洋女儿有关。大洋女儿生下涅柔斯女儿，两组水族少女本系表亲，颇有相通处。水仙养育幼神狄俄尼索斯。在荷马诗中，忒提斯救过狄俄尼索斯（伊6.130-137）。在品达笔下，抚养狄俄尼索斯的伊诺也是涅柔斯女儿（《奥林匹亚竞技凯歌》2.28-30，《皮托竞技凯歌》11.2）。

纯洁的珀耳塞福涅（ἀγνῆς Φερσεφονείης）：同见祷0.6，43.7。冥后与狄俄尼索斯秘教，参祷29，30.6，44.6，46.6，53.3，56.9。

母亲卡利俄佩（Καλλιόπηι σὺν μητρὶ）：同见祷76.10。卡利俄佩是缪斯之一，在赫西俄德笔下是最重要也"最出众"的缪斯（神谱79）。此处称"母亲"，与传说中她是俄耳甫斯的母亲有关。至于诗人的父亲，有说是阿波罗，更常说是色雷斯河神俄格卢斯（Oeagrus）。

阿波罗神主（Ἀπόλλωνι ἄνακτι）：同见祷34.8，79.6。传说俄耳甫斯从冥府游历回来后，极尊崇阿波罗，每天日出登山顶祭拜太阳神。

25

普罗透斯

[焚安息香]

我呼唤普罗透斯，他看守大海的秘钥，
最早出生，显现自然的起源，
能叫神圣物质变化出千般幻影，
他足智多谋，众所尊崇，知晓现在
5　过去和将来发生的一切事端。
他包罗万象，比任何神更懂变形，
无论住在积雪的奥林波斯山的永生神，
还是住在海洋大地和飞过天空的神，
因自然神最早集万物于普罗透斯一身。
10　来吧父亲，来到秘礼者中，凭圣洁心意，
为劳作的繁荣人生带来完美结局吧。

　　普罗透斯（Proteus）：荷马诗中长篇描述这位"说真话的海中老神"（奥4.348，4.401等），他拥有令人难忘的预言和变身能力。Proteus可能是对埃及神名的借用（奥4.477，托名俄耳甫斯《阿尔戈英雄纪》339）。本首祷歌不仅呈现老海神的传统形象，更对其名字做出词源引申，第2行protogene 和第9行prote均指向"最初的"或"最早出生的"。普罗透斯不仅和涅柔斯一样是海中老人，更进一步被奉为最初的宇宙神，是万物的起源（参祷23.4），创世的神主，自然

的千变万化的主人。从某些古代神话与自然哲学思辨来看，水元素确乎被视同万物之源（托名赫拉克利特《荷马的寓意》64-67）。普罗透斯与普罗多格诺斯相连（祷6），与自然神－潘神相连（祷10-11）。

行1　大海的秘钥（$πόντου$ $κληῖδας$）：对观普鲁同掌握大地的秘钥（祷18.4），另参赫卡忒（祷1.7），普罗提拉亚（祷2.5），爱神（祷58.4）。

行2　最早出生（$πρωτογενῆ$）：同见普罗多格诺斯（祷6.1），自然神（祷10.5），狄俄尼索斯（祷30.2），双年庆神（祷52.6）。$πρῶτος$与$Πρωτέως$谐音，本诗中也用来形容自然神（第9行）。

自然的起源（$πάσης$ $φύσεως$ $ἀρχὰς$）：对观海神涅柔斯被称为"万物的起源"（祷23.4），不同的是普罗透斯显现起源，另参天神（祷4.2），宙斯（祷15.7），阿波罗（祷34.15），提坦（祷37.4），大洋神（祷83.7）。

行3　千般幻影（$πολύμορφοις$）："千影的"，同见瑞亚（祷14.1注释）。水元素无形无常，故海神和河神多有变形能力。荷马诗中描绘普罗透斯的"狡猾的变幻伎俩"（奥4.455），先后变成狮子、蛇、野猪、流水和大树，"生长于大地的各种动物，还会变成游鱼和烈火"（奥4.417-418）。阿波罗多洛斯讲过佩琉斯如何征服会变形的女海神忒提斯（3.13.5）。在奥维德笔下，赫拉克勒斯大战变形的河神阿刻罗俄斯（《变形记》9.1-88）。对观潘神"凭意愿变幻万物的自然天性"（祷11.19）。擅长幻化的神还有天神（祷4.7）、大地（祷26.4）、普罗多格诺斯（祷14.2）、雅典娜（祷10.11）。

行4-5　足智多谋（$πολύβουλος$）：同见狄俄尼索斯（祷30.6），荷马诗中用来形容雅典娜（伊5.260，奥16.282）。

知晓现在过去和将来发生的一切事端（$ἐπιστάμενος$ $τά$ $τ'$ $ἐόντα$ $ὅσσα$ $τε$ $πρόσθεν$ $ἔην$ $ὅσα$ $τ'$ $ἔσσεται$ $ὕστερον$ $αὖτις$）：普罗透斯不但拥有预言未来的能力，也通晓过去现在的事端。在荷马诗中，普罗透斯向墨涅拉奥斯提供消息，既有诸位特洛亚英雄的下落，也有墨涅拉奥斯本人的未来：作为海伦的丈夫，宙斯的女婿，他死后不用去冥府（奥4.563-564）。荷马诗中还用来形容先知卡尔卡斯（伊1.70）。赫西俄德用来形容缪斯（神谱38）。另参维吉尔《牧歌》4.393。据阿波罗多洛斯记载，赫拉克勒斯求取金苹果，也曾向涅柔斯打听消息（2.5.11）。

行6-8　住在积雪的奥林波斯山（ἔχουσιν ἔδος νιφόεντος Ὀλύμπου）：参神谱118.794，对观命运神"积雪的奥林波斯山顶再无他神做得到"（祷59.12），另参奥9.520。

天空海洋大地之说，对观开场祷歌（祷0.32-33），潘（祷11.2，11.13-18），瑞亚（祷14.10-11），托名荷马《大地颂诗》30.3-4。

行9　最早（πρώτη）：参第2行注释。

自然神（Physis）：对观天神"胸怀自然神的所向无敌的必然"（祷4.6），自然神"统治天空海洋和大地"（祷10.14）。

行10-11　父亲（πάτερ）：同见天神（祷4.3），打雷的宙斯（祷19.1），萨巴兹乌斯（祷48.1），大洋神（祷83.1）。

秘礼者（μυστιπόλοις）：同见普鲁同（祷18.18），萨巴兹乌斯（祷48.6），健康神（祷68.12），忒弥斯（祷79.12）。

对观地下的赫耳墨斯祷歌结尾许愿："为信者的劳作带来完美结局。"（祷57.12）另参祷11.20，13.10。

大　地

（该亚）

[一切种子，禁蚕豆和植物香料]

该亚女神，极乐神族和人类的母亲，
你养育又赐予，焕生且毁灭，
在美好季节生长开花，结满果实，
不朽宇宙的根基，千般形样的少女，
5　你在阵痛中孕育如是多的果实，
你威严恒在，你的胸怀深沉富丽，
花开不尽的精灵，爱气息温柔的青草，
雨水魅惑你，星的迷宫环抱你，
因循永生的自然神及其可畏运转。
10　来吧极乐神，赐我果实和欢乐无边，
在烂漫的季节好心保佑我丰收。

　　大地（Gaia）：音译"该亚"，在赫西俄德的创世神话中扮演重要角色。作为最初的神，大地生天、山、海。天地结合生提坦神族，地海结合生海神家族。大地参与历代王权征战，先是和小儿子克洛诺斯密谋，推翻天神统治（神谱161起），继而协助瑞亚让宙斯秘密出生长大，推翻克洛诺斯政权（神谱485起），最后帮助宙斯巩固王权（神谱888起）。祷歌集对此一概不提，而强调大地的宇宙神功能。大地不单独属于宙斯兄弟三分世界的任何一份领域，宙斯"摇撼大地"
（祷15.8），波塞冬"支撑大地""庇护大地根基"（祷17.1，17.9），普
鲁同的国度"上抵大地神后，那神族的根基，人类的强大依靠"（祷
18.6-7）。

在托名荷马的《大地颂诗》里，大地带来果实，养育万物，是生
命之母。本诗同样强调大地的繁衍能力，与瑞亚（祷14）、众神之母
（祷27）和厄琉西斯的德墨特尔（祷40）等地母神混同。神化的大
地还出现在开场祷歌（祷0.3），克洛诺斯祷歌（祷13.6），宙斯祷歌
（祷15.4-5），提坦祷歌（祷37.1）和忒弥斯祷歌（祷79.2）。

本首祷歌的献香标示与众不同。一切种子，呼应大地滋养作物。
祷歌未说明这些种子用于焚烧还是供奉在祭坛上。在两种禁用中，植
物香料焚烧或熏烤，无益植物生长。禁用蚕豆或与毕达哥拉斯教义
相连（参波菲利《毕达哥拉斯传》44，亚里士多德残篇195，第欧根
尼·拉尔修8.43-35）。关于古代蚕豆禁忌有不同说法。蚕豆或以无结
中空的根指代亡者世界，或象征血肉生命——放在锅里炖煮的蚕豆形
似阴道，且出口盘结处似完整的婴儿脑袋或人脑。蚕豆在阳光暴晒下
散发血或精液的气味。蚕豆导致胀气和噩梦，等等。毕达哥拉斯派将
吃蚕豆视同人自噬血肉，或吞食父母血肉，严禁碰触蚕豆或走过蚕豆
田。俄耳甫斯残篇（K版291=B版648）提及同一禁忌。据泡赛尼阿
斯记载，蚕豆禁忌或与德墨特尔神话相连（8.15.3-4）。

行1 极乐神族和人类的母亲（μῆτερ μακάρων θνητῶν τ' ἀνθρώπων）:
对观自然神（祷10.1），瑞亚（祷14.8），众神之母（祷27.7），托名
荷马《众神之母颂诗》14.1，托名荷马《大地颂诗》30.1，30.17。本
诗中的大地类似自然神，更接近自然力量，而不是神的形象。另参祷
15.4，63.16。

行2 本行写大地主宰人类的生死，养育又赐予，焕生且毁灭，
对观珀耳塞福涅"永远你养育他们又毁杀他们"（祷29.15-16），另参

自然神（祷10.17），托名荷马《大地颂诗》30.5-7。此处四个动词也指植物的生长周期和季节变迁。

养育一切（*παντρόφε*）：同见自然神（祷10.12），参众神之母（祷27.1），指向春天，万物萌生的季节。参欧里庇得斯《腓尼基妇人》686。

赐予一切（*πανδώτειρα*）：同见德墨特尔（祷40.3），参自然神（祷10.16），指向夏天的繁盛季节。

焕生（*τελεσφόρε*）：或译"成就"，同见月神（祷9.9），意思是"使成熟""带向终结"，指向秋天，果实成熟的季节。

毁灭一切（*παντολέτειρα*）：指向冬天，万物沉睡的季节。

行3　生长开花（*αὐξιθαλής*）：或"使花常开"，同见德墨特尔（祷40.3），阿多尼斯（祷56.6），医神（祷67.5）。

结满果实（*φερέκαρπε*）：同见月神（祷9.7）。

美好季节（*καλαῖς ὥραισι*）：或译"美丽的时光神"，大地神有时光三神簇拥陪伴，参第11行，祷43.9。

行4　不朽宇宙的根基（*ἕδρανον ἀθανάτου κόσμου*）：赫西俄德称大地是"所有永生者永远牢靠的根基"（神谱117）。对观天空是"宇宙的不朽成分"（祷4.1）。

千般形样的（*πολυποίκιλε*）：指大地表皮的千形万象。另参天神（祷4.7）、普罗透斯（祷25.3）、普罗多格诺斯（祷14.1）、雅典娜（祷10.11）。

行6　威严恒在（*ἀιδία, πολύσεπτε*）：直译"恒在的，极受尊崇的"，同见涅墨西斯（祷61.3），参自然神（祷10.21注释）。

胸膛深沉（*βαθύστερνε*）：赫西俄德称大地是"宽胸的"（神谱117）。以深沉形容大海，参祷17.3，74.3。

富丽的（*ὀλβιόμοιρε*）：或"丰饶"，用来形容大地，同见祷34.12。

行7　花开不尽（*πολυανθέσι*）：同见德墨特尔（祷40.17），时光神（祷43.3）。

行8　此行写星辰满布的天空笼罩大地，参看神谱176-177，另参赫淮斯托斯为阿喀琉斯铸造的盾牌外圈（伊18.482）。

行9 对观自然神"在无尽的旋涡中快速转动"（祷10.22）。

行10-11 欢乐无边（ πολυγηϑεῖς ）：多用来指狄俄尼索斯，同见祷44.3，50.4，75.1；另参祷68.4，神谱941，劳作614。荷马诗中用来形容时光（伊21.450）。

烂漫的季节（ ὀλβίοισιν ἐν ὥραις ）：同见自然神（祷10.29），雅典娜（祷32.16）。

27

众神之母
（库柏勒）

［焚各类香料］

永生神们的荣耀母亲，你养育万物，
来吧，大能尊贵的女神，我们向你求告，
你御着屠牛之狮拉起的快车，
在光荣天穹执权杖，千名的威严女神，
5　你的王座安置在宇宙中心，
你主宰大地，用甘美食粮喂养人类，
从你生下永生神族和人类种族，
江河和海洋永远顺从你，
世人唤你赫斯提亚或散财女神，
10　因你乐意带给人万般好处。
来到秘仪中，爱锣鼓喧扬的尊贵女神哦，
征服一切的佛律癸亚救主，克洛诺斯的妻，
天神女儿，古老且养育生命，爱神圣疯狂，
欢喜地来吧，求你保佑这虔敬秘仪吧。

众神之母（Μητρὸς θεῶν）：佛律癸亚地母神库柏勒（Kybele），也称母亲神（Meter），或伟大母亲。她出现在品达笔下："我求告伟大母亲，无上女神，夜里在我门前，女孩儿们总和潘一起歌唱她。"

（《皮托竞技凯歌》3.77–79）公元前六世纪希腊地区盛行库柏勒崇拜，并逐渐混同本地神话中的瑞亚、德墨特尔、该亚和赫拉，甚至阿佛洛狄特和赫斯提亚，以及小亚细亚的伊普塔（祷49）。本诗中她被称为"克洛诺斯的妻"（第12行），"天神女儿"（第13行），"赫斯提亚或散财女神"（第9行）。库柏勒秘仪往往带有狂野歌舞和狂迷出窍现象。库柏勒常与库瑞忒斯相连（祷0.20，31.5，38.20），也与雅典娜相连（祷32）。在阿波罗尼俄斯笔下，俄耳甫斯带领阿尔戈英雄举行库柏勒崇拜仪式（《阿尔戈英雄纪》1.1136–1139）。本首祷歌可与瑞亚祷歌（祷14）、托名荷马的《众神之母颂诗》对观。

行1　永生神们的荣耀母亲（Ἀθανάτων θεότιμε θεῶν μῆτερ）：或译"永生神们所荣耀的众神之母"，参品达《柯林斯竞技凯歌》6.19，自然神（祷10.18）。

养育万物（τροφὲ πάντων）：参大地（祷26.2）。

行2　此行句式与梯刻祷歌开场接近："来吧梯刻，大能的神后，我向你求告。"（祷72.1）

大能的（κράντειρα），同见自然神（祷10.12），梯刻（祷72.1）。

尊贵的（πότνια），同见第11行，自然神（祷10.20），瑞亚（祷14.1），阿尔忒弥斯（祷36.11），索福克勒斯用来形容大地神（《菲罗克忒忒斯》395）。

行3　对观瑞亚"御着屠牛之狮拉起的神圣大车"（祷14.2）。另参索福克勒斯《菲罗克忒忒斯》400–401，托名荷马《众神之母颂诗》14.4。

行4　执权杖的（σκηπτοῦχε）：同见宙斯（祷15.6），普鲁同（祷18.3），双年庆神（祷52.7），阿佛洛狄特（祷55.11）。

千名的（πολυώνυμε）：详见普罗提拉亚（祷2.1）。众神之母与瑞亚、大地、德墨特尔等地母神混同。

行5–6　宇宙中心（κόσμοιο μέσον）：众神之母通常表现为手执权杖坐在大地中心的宝座上。相似说法参赫斯提亚（祷84.2），德墨特尔（祷40.15）。对观大地是"不朽宇宙的根基"（祷26.4，26.8-9）。作为某种地心说的神话表述，参祷4.3。

行7　永生神族和凡人种族（ἀθανάτων τε γένος θνητῶ）：对观瑞亚是"诸神和有死人类的母亲"（祷14.9），大地是"极乐神族和有死人类的母亲"（祷26.1），安塔伊阿母亲是"永生神和有死人类的母亲"（祷41.1-2）。

行8　库柏勒不但支配海洋，也是天庭的神后（祷27.3），主宰大地（祷27.6），这些均系繁衍神的常见说法，对观瑞亚（祷14.9-10），潘神祷歌中"天空、海洋和威严的大地女神"（祷11.2），普罗透斯祷歌中"住在海洋大地和飞过天空的神"（祷25.7）。

行9-10　赫斯提亚（Hestia）：克洛诺斯和瑞亚的女儿，宙斯和德墨特尔的姐妹。此处与众神之母混同，另参索福克勒斯《特里普托勒摩斯》残篇615，与大地混同，参欧里庇得斯残篇944。赫斯提亚散播福泽赐福人类，同见祷84.4，另参德墨特尔（祷40.2）。

散财（ὀλβοδότιν）：或散播福泽，同见开场祷歌0.35注释。

行11　锣鼓喧扬（τυμπανοτερπής）：众神之母库柏勒和狄俄尼索斯共同出现在公元前五世纪的秘教场景中，常伴有锣鼓、铙钹、响板等乐器演奏（祷30.1）。对观瑞亚"敲响青铜锣鼓"（祷14.3）。音乐和秘教的关系，参祷11，31.3，52.7；托名荷马《众神之母颂诗》14.3-4。

行12　征服一切（πανδαμάτωρ）：同见埃忒耳（祷5.3），自然神（祷10.3，10.26），赫淮斯托斯（祷66.5）。

佛律癸亚（Φρυγίης）：同见萨巴兹乌斯（祷48.5），伊普塔（祷49.5）。对观弥塞祷歌中称狄俄尼索斯神主"在佛律癸亚随母亲神参加秘仪"（祷42.6），库柏勒是佛律癸亚地区的母亲神，另参斯特拉波10.3.12。

克洛诺斯的妻（Κρόνου συνόμευνε）：众神之母与瑞亚混同，参看下一行称她为女提坦，天神乌兰诺斯的女儿。瑞亚也被称为"拯救者"（祷14.8）。

行13　天神女儿（*Οὐρανόπαι*）：同见忒弥斯（祷79.1）。

古老的（*πρέσβειρα*）：同见夜神（祷0.24），自然神（祷10.2）。

爱神圣疯狂（*φίλοιστρε*）：同见瑞亚（祷14.3），阿尔忒弥斯（祷36.5）。秘教神主有疗治疯狂的神力，狄俄尼索斯尤其如此（祷71.11）。赫拉与库柏勒混同，有致人疯狂的能力，如对赫拉克勒斯、伊诺（祷74）或狄俄尼索斯（祷14.8注释）。

28

赫耳墨斯

［焚乳香］

听我说，赫耳墨斯，宙斯之使，迈亚之子，
你有慷慨的心，纷争的判官，有死者的主人，
亲切，狡黠，弑阿尔戈斯兽的神，
飞鞋信使，人类的朋友，传译神的话语，
5　你精力充沛，喜爱体操、计谋和佯装，
解说万物，庇护商客，除却忧愁，
手握无懈可击的和平金杖，
克律科斯神主，你宽厚乐助，能言善辩，
不幸中的救助者，爱多难的人类，
10　你有世人尊崇的可畏惧的言辞武器。
听我求告，为着我辛劳一生，
求你赏赐美好结局、言说乐趣和记忆。

　　赫耳墨斯（Hermes）：宙斯和迈亚的孩子（神谱938-939）。在荷马诗中，他擅长飞行交通，送信让卡吕普索放行奥德修斯（奥5.43-54），引导普里阿摩斯深夜进敌营（伊24.336起），在冥府引导死者（奥24.1起）。在赫西俄德笔下，他出生在第四日（劳作770）。他狡黠智慧，能言善辩，擅长扭转局面，交流沟通。他是神和人的中介，宙斯的信使，旅者的向导，兼有多种职责。他守护牧人（神谱444），

是演说者、使者、商人、小偷和旅者的保护神，发明竖琴、打火棒和
祭祀仪式（托名荷马《赫耳墨斯颂诗》4.567-571）。本诗中汇集赫耳
墨斯的众多职能和专用修辞语。在俄耳甫斯传统中，赫耳墨斯的主要
职能是在冥府中为死者引路，参地下的赫耳墨斯祷歌（祷57）。本首
祷歌引出珀耳塞福涅祷歌（祷29）和狄俄尼索斯祷歌（祷30），也是
俄耳甫斯秘教传统中至为重要的两位神主，这与赫耳墨斯作为向导和
过渡之神的身份吻合。

行1　宙斯之使（*Διὸς ἄγγελε*）：在荷马诗中既指赫耳墨斯，也指
其他神使，比如梦神（伊2.26）或伊利斯（伊2.789）等。

迈亚（Maia）：阿特拉斯（Atlas）的七个女儿之一，也称普勒阿
得斯姐妹（Pleiades），或昴星（神谱938，劳作383）。她们代表七个
地区的水仙，出现在古代各地英雄谱系中，比如迈亚是阿卡底亚地区
的水仙。阿特拉斯"在大地边缘支撑无边的天"（神谱517-518），神
话中的父女关系呼应七星从山峦升起的自然景象。对观地下的赫耳墨
斯的父母是狄俄尼索斯和阿佛洛狄特（祷57.3-5）。

行2　有慷慨的心（*παγκρατὲς ἦτορ ἔχων*）：同见赫拉克勒斯（祷
12.5）。

纷争的判官（*ἐναγώνιε*）：既指一般纷争，也指赛会竞技，参西
蒙尼德斯残篇555，品达《皮托竞技凯歌》2.10，《涅墨竞技凯歌》
6.13，祷7.12-13。

有死者的主人（*κοίρανε θνητῶν*）：对观地下的赫耳墨斯（祷57.2，
57.6）。

行3　狡黠的（*ποικιλόβουλε*）：同见克洛诺斯（祷13.2）。

弑阿尔戈斯兽的（*ἀργειφόντα*）：赫耳墨斯的专用修饰语，如见伊
2.103，2.651，24.25；奥1.38；劳作68；埃斯库罗斯《乞援人》305等。
在神话中，阿尔戈斯（Argos）是百眼怪兽，别称Panoptes，即"看见
一切"，赫拉派它看守宙斯爱上的伊俄，赫耳墨斯用笛声迷惑它，使它

闭上全部眼睛，就此被斩杀（如见奥维德《变形记》1.624-687）。

行4　飞鞋的（πτηνοπέδιλε）：荷马诗中提到赫耳墨斯的"奇妙的金鞋"，能使他"随着徐徐风流越过大海和无边的陆地"（奥5.45-46，伊24.342）。

人类的朋友（φίλανδρε）：同见阿佛洛狄特（祷55.12），参埃斯库罗斯《七将攻忒拜》902。对观第9行"不幸中的救助者，爱多难的人类"。在荷马诗中，宙斯称赫耳墨斯"喜欢和人类作伴，乐于听从你愿意谛听的话语"（伊24. 334- 335）。

传译神的话语（λόγου θνητοῖσι προφῆτα）：为人类传达神语，传说阿波罗教给赫耳墨斯占卜技艺。

行5　喜爱体操（γυμνάσιν ὅς χαίρεις）：赫耳墨斯是田径比赛等诸种竞技赛会的保护神。他的雕像经常在竞技赛会中得到供奉。古代赫耳墨斯庆典常以少年竞技赛会著称。参看第2行"纷争的判官"注释。

计谋（ἀπάταις）：同见墨利诺厄（祷71.4）。

精力充沛（τροφιοῦχε）：此处手抄本疑误，读法素有争议，有注家主张读作τροπαιοῦχε，即"守护奖杯的"。

行6　解说万物（ἑρμηνεῦ πάντων）：古希腊文的"解释"（hermeneus）一词与Hermes相连，参柏拉图《克拉底鲁》407e-408b。

行7　关于赫耳墨斯之杖，在托名荷马的《赫耳墨斯颂诗》中，阿波罗送给赫耳墨斯一根金杖（4.416-575），似乎就是双蛇杖（或译商神杖）的前身，金杖上雕有双蛇缠绕和一双翅膀。荷马诗中不止一次提到赫耳墨斯的金杖："随意使人双眼入睡，也可把沉睡的人立刻唤醒。"（奥5.47-48，伊24.343-344等）

行8　克律科斯（Korykos）：阿提卡地区的埃瑞忒勒半岛南方岬角，与西奥斯岛相对。希腊文中的korykos原指"褡裢"，转指带有两个连续空间的山洞，在埃瑞特斯就有这样的山洞。此外korykos或转指体操运动员使用的囊袋或球，呼应赫耳墨斯庇护体操运动和体操员（第5行）。

能言善辩（*ποικιλόμυθε*）：同见克洛诺斯（祷13.5）。

行10 言辞武器（*γλώσσης ὅπλον*）：在荷马诗中，奥托吕科斯"狡诈和咒语超过其他人"，乃是"为大神赫耳墨斯所赐"（奥19.394-396）。在赫西俄德笔下，赫耳墨斯为潘多拉设定声音和狡诈心性（劳作77-80）。能言善辩的奥德修斯最能体现言辞武器的问题性。

行11-12 祈求美好的人生结局，参潘神祷歌结尾（祷11.22）。

29

珀耳塞福涅祷歌

珀耳塞福涅，伟大宙斯的极乐孩儿，
独生的闺女，来吧，求你欢喜收下这献礼，
最尊贵的普鲁同的妻，你给予生命，
在大地的深处看守哈得斯大门，
5   发辫迷人的普拉西狄刻，德奥的纯洁花儿，
慈心神的母亲，地下世界的王后，
宙斯在难言的私爱里孕育了你这闺女，
咆哮千影的欧布勒俄斯的母亲，
你与时光神游戏，带来明光，光彩照人，
10   你威严主导万物，盛满果实的少女，
明光的脸，月牙的角，世人只爱你，
春天的女孩儿，爱新草的气息，
从长满绿芽的林间显现圣洁身影，
你被劫走，在秋的婚床上，
15   只有你主宰受苦人类的生与死，
珀耳塞福涅，永远你生养他们又毁杀他们。
听我说，极乐神，让土地长出果实，
让和平怒放，让温柔的手握健康，
让生命得福，活到丰美的晚年，
20   女王啊，渡河去你和大能普鲁同的王国。

珀耳塞福涅（Persephone）：在赫西俄德笔下，她是宙斯和德墨特尔的女儿（神谱912-914），又称"科瑞"（Kore），意思是"少女，处女"。俄耳甫斯神谱基本沿用这一传统，偶尔将德墨特尔与瑞亚混同（第7行注释）。亚历山大的克莱蒙在《异教徒劝勉录》中提到，瑞亚因其子宙斯追求而生珀耳塞福涅，珀耳塞福涅又因其父宙斯追求而生新神王狄俄尼索斯（*Protrepticus*，2.16.1，另参祷71.2-4）。珀耳塞福涅被冥王劫去做冥后（第14行，祷18.12-15），系俄耳甫斯秘教的重要神话。每年春分她回到大地，和母亲德墨特尔生活在一起，到播种季节重回哈得斯身边，象征种子埋在土中，发芽冒出地面，在太阳光下生长，或者灵魂在冥府游荡之后轮回转世。另一关键神话与狄俄尼索斯有关。珀耳塞福涅痛失爱子，宙斯为了惩罚杀害狄俄尼索斯的提坦神，用雷电击毙他们，从提坦的灰烬生出人类种族。俄耳甫斯信徒把人身上无度暴力的天性称为提坦基因，并时常忏悔，参普鲁塔克《论食肉》（*De esu carnium*）I. 7.996c。在意大利图里地区发现的俄耳甫斯信徒古墓铭文："我已赎清做过的恶劣行径，命运神惩罚了我，还有闪电轰击。现在我来到纯洁的珀耳塞福涅身旁，祈求慈心神送我去到纯洁的住所。"冥后与灵魂，参品达残篇133，柏拉图《美诺》81b，另参奥11.633-635。

本诗汇集珀耳塞福涅的多种职能形象，且与月神、赫卡忒和阿尔忒弥斯等女神混同。珀耳塞福涅祷歌和下一首狄俄尼索斯祷歌构成对子。

本诗标题"珀耳塞福涅祷歌"，且无焚香标示，在整部祷歌集里仅有五例，另见库瑞忒斯（祷31），狄俄尼索斯·巴萨勒斯（祷45），涅墨西斯（祷61）和法神（祷64）。珀耳塞福涅频繁出现在祷歌集里。她被劫持，见普鲁同祷歌（祷18.12-15），安塔伊阿母亲祷歌（祷41.5）和时光神祷歌（祷43.7）。她和母亲德墨特尔并称（开场祷歌0.6）。她生下狄俄尼索斯（第8行，祷30.6），阿多尼斯（祷56.9，参祷29.8），慈心神（第6行，祷70.3，参祷29.6）和墨利诺厄（祷71.3）。她作为冥后出现在利克尼特斯祷歌（祷46.6）和周年庆神祷歌（祷53.3）。她带给塞墨勒死后荣誉（祷44.6），委托地下的狄俄尼索斯为亡灵引路（祷57.9–11）。她和巴克库斯神的秘教仪式，见涅柔斯女儿祷歌（祷24.11–12）。

　　行1　珀耳塞福涅（ $Φερσεφόνη$ ）：同见第16行注释，拼写有别于标题的常用写法 $Περσεφόνη$ 。

　　宙斯的孩儿（ $ϑύγατερ Διός$ ）：同见雅典娜（祷32.1），阿尔忒弥斯（祷36.1），时光神（祷43.1），命运神（祷59.16），美惠神（祷60.2），缪斯（祷76.1）。

　　行2　独生的闺女（ $μουνογένεια$ ）：同见雅典娜（祷32.1），厄琉西斯的德墨特尔（祷40.16）。赫西俄德用来指赫卡忒（神谱426，448）。

　　收下献礼（ $δ' ἱερὰ δέξαι$ ）：同见普鲁同（祷18.3），利克尼特斯（祷46.8），赫斯提亚（祷84.7）。

　　行3　珀耳塞福涅既是普鲁同的妻（ $Πλούτωνος δάμαρ$ ），又给予生命。或可理解为，她既生活在死者中间，又在春天回到大地。

　　最尊贵的（ $πολύτιμε$ ）：同见宙斯（祷15.1）。

　　给予生命（ $βιοδῶτι$ ）：另参阿佛洛狄特（祷55.12），代蒙（祷73.2）。

　　行4　哈得斯大门（ $Ἀΐδαο πύλας$ ）：对观冥王"看守整个大地的秘钥"（祷18.4）。

　　大地的深处（ $ὑπὸ κεύϑεα γαίης$ ）：同见水仙（祷51.2），托名荷马《德墨特尔颂诗》2.340，伊22.482，神谱300。

　　行5　普拉西狄刻（Praxidike）："宣告正义的"，或"施行正义的"。通常是一组女神，如复仇三神，此处与珀耳塞福涅混同，参托名俄耳甫斯《阿尔戈英雄纪》31。据泡赛尼阿斯记载，彼俄提亚地区的哈利阿托斯盛行普拉西狄刻崇拜（9.33.2）。

发辫迷人的（ἐρατοπλόκαμε）：形容珀耳塞福涅，同见祷56.9，另见塞墨勒（祷44.2），阿佛洛狄特（祷55.10）。

德奥（Deo）：德墨特尔的别称，同见祷23.5。

行6　慈心神（Eumenides）：音译"欧墨尼得斯"，复仇女神厄里倪厄斯的委婉别称（祷70.2-3）。在赫西俄德笔下，厄里倪厄斯由天神所生（神谱185）。在俄耳甫斯神谱中，她们是珀耳塞福涅和哈得斯的孩子，大约与她们住在冥府深处有关。

地下世界的王后（ὑποχθονίων βασίλεια）：同墨利诺厄（祷71.10）。

行7　对观宙斯和珀耳塞福涅"在难言的爱里孕育"狄俄尼索斯（祷30.7）。此处德墨特尔或与瑞亚混同，宙斯与母亲瑞亚乱伦生下珀耳塞福涅。

闺女（κούρην）：音译"科瑞"，珀耳塞福涅的别称，同见第10行"少女"。

行8　咆哮的（ἐριβρεμέτου）：狄俄尼索斯的常见修饰语，参祷30.1，45.4，48.3。

千影的欧布勒俄斯（πολυμόρφου Εὐβουλῆος）：同见阿多尼斯（祷56.3）。另参瑞亚（祷14.1注释）。欧布勒俄斯（Eubouleus），即"秒见者"，指狄俄尼索斯，同见祷30.6，40.10，52.4，也指其他神，比如宙斯（祷42.2注释，72.4注释），再如与狄俄尼索斯混同的阿多尼斯（祷56.3），或普鲁托斯（祷41.8注释），或普鲁同，又称"欧布洛斯"（Euboulos，祷18.12）。在俄耳甫斯神谱中，狄俄尼索斯是宙斯和珀耳塞福涅乱伦所生的儿子，后死于提坦之手。

行9　时光神（Horae）：或"时序女神"，音译"荷赖女神"。在赫西俄德笔下，她们是宙斯和忒弥斯的女儿，共三位（神谱901-902），因为古人常将一年分成三个季节。在托名荷马的《德墨特尔颂诗》中，珀耳塞福涅在哈得斯身边度过寒歇季，在德墨特尔身边度过耕种季和收成季（2.398-403，2.445-447，2.463-465；另参劳作383-

617）。时光神在哈得斯劫持以前"陪伴纯洁的珀耳塞福涅"（祷43.7），在托名荷马颂诗中，时光神由大洋女儿取代（《德墨特尔颂诗》2.5）。她们常与阿佛洛狄特、美惠神结伴游戏（托名荷马《阿佛洛狄特颂诗》194-196，劳作73-75等）。

带来明光（*φαεσφόρε*）：同见日神（祷8.12注释），月神（祷9.1）。珀耳塞福涅或与月神混同。

光彩照人（*ἀγλαόμορφε*）：同见瑞亚（祷14.5），阿多尼斯（祷56.7），狄刻（祷62.1），忒弥斯（祷79.7）。

行10　威严的（*σεμνή*）：形容珀耳塞福涅，同见祷71.2。

主导万物（*συμπαίκτειρα*）：同见自然神（祷10.4），普鲁同（祷18.17）。

盛满果实（*καρποῖσι βρύουσα*）：对观狄俄尼索斯（祷53.10），德墨特尔（祷40.18）。

行11　明光的脸，月牙的角（*εὐφεγγής，κερόεσσα*）：珀耳塞福涅与月神混同，参祷9.2。

世人只爱你（*μόνη θνητοῖσι ποθεινή*）：同见尼刻（祷33.1），美惠神（祷60.5）。

行12-14　哈得斯劫持珀耳塞福涅，参祷18.12-15注释。此处几行诗强调春天与秋天、生与死的对比。正如在神话中，珀耳塞福涅春天回到大地上，秋天重归地下世界，参看第9行注释。

行15　受苦人类（*θνητοῖς πολυμόχθοις*）：同见祷37.4，73.5；欧里庇得斯《厄勒克特拉》1330。参祷68.10。

冥后主宰人类的生与死，对观大地"养育又赐予，焕生且毁灭"（祷26.2），另参命运神（祷59.18）。

行16　此行采取谐音连用笔法。两个动词*φέρβεις*（喂养，滋养生命）和*φονεύεις*（致死，杀死）与珀耳塞福涅之名*Φερσεφόνη*（第1行注释）谐音，试译"生养他们又毁杀他们"。

行17　许愿让大地长出果实，参阿尔忒弥斯（祷36.14），德墨特尔（祷40.18），时光神（祷43.11），利西俄斯·勒那伊俄斯（祷50.10），周年庆神（祷53.10），阿多尼斯（祷56.12）。

行18　许愿和平健康，参自然神（祷10.30注释）。

让温柔的手握健康（ἠπιοχείρωι ὑγείαι）：同见涅柔斯（祷23.8），赫斯提亚（祷84.8）。

行19-20　丰美的晚年（λιπαρὸν γῆρας）：同见奥11.136，19.368，23.283。对观死神祷歌："求你在漫长的岁月里莫来靠近，求你把苍老当作属人的高贵犒赏。"（祷87.11-12）

女王（ἄνασσα）：同见自然神（祷10.2注释）。

渡河（κατάγοντι πρὸς σὸν χῶρον）：直译"带领到你的领地"，或指神话中卡戎在冥河渡亡魂。

30

狄俄尼索斯

[焚安息香]

我呼唤狄俄尼索斯那咆哮的呼喝"欧嗬"的，
巴克库斯神主，最早诞生，双重天性，三次出世，
那狂野神秘不可言说的，一对角，两种形态，
那头缠常青藤的牛脸神，好战怒吼纯净，
5　那食生肉的双年庆的，葡萄为饰，树叶作衣。
足智多谋的欧布勒俄斯，宙斯和珀耳塞福涅
在难言的爱里孕育了你这永生的精灵。
听我说吧，极乐神，温柔好心地来吧，
求你和纤美腰带的养母们一同来保佑我。

　　狄俄尼索斯（Dionysos）：俄耳甫斯秘教神主。据赫西俄德的说
法，"卡德摩斯之女塞墨勒与宙斯因爱结合，生下出色的儿子，欢乐
无边的狄俄尼索斯"（神谱940-941）。在俄耳甫斯神谱中，狄俄尼
索斯的身世更复杂。在本诗中，他是宙斯和珀耳塞福涅的儿子（第
6行，参祷46.6-7），有"三次出生"（第2行），"双重母亲"（祷
50.1），和最初的神普罗多格诺斯有好些相通处，且与扎格勒斯幼神
（Zagreus）混同。传说妒恨的赫拉派提坦神用玩具引诱扎格勒斯幼
神，劫走他，将他撕成碎片，生生吞下（祷37）。雅典娜抢救他的心
脏（祷32）。后来宙斯亲近塞墨勒，使她怀孕生下第二个狄俄尼索斯

（祷44）。狄俄尼索斯被分解的肢体象征生命繁衍力量。宙斯惩罚提坦，用雷击毙他们，从提坦的灰烬生出人类种族。在这些祷歌的创作时代，狄俄尼索斯·扎格勒斯崇拜已然盛行。提坦吞食狄俄尼索斯，这使得从提坦而生的人类具有某种神性，人类有可能追求与神接近。为了回归神性根源，人类必须从与生俱来的提坦因素里解放出来，由此产生各式名目的秘教宗派。相关学说表面上互不相容，实有相同根源。传说俄耳甫斯被碎尸而死，与狄俄尼索斯遭遇相似。自公元前三世纪起，俄耳甫斯被看作狄俄尼索斯秘仪的创立者。

　　狄俄尼索斯堪称最难定义的神，双重天性，三次出生，两种形态，且有纷繁多样的别称。本祷歌集共有八首祷歌献唱给狄俄尼索斯，每一首均有不同的别称。狄俄尼索斯象征过渡和中介，充满互成张力的意象：和平与好战、人与兽、节制与无度、生与死、神圣与凡俗，诸如此类。他代表诸种液态的生命繁衍模式，在神话中常与液态养分相连，诸如酒、血、水、精液、蜂蜜和牛奶等。本诗是狄俄尼索斯系列祷歌的第一首，紧随珀耳塞福涅祷歌，强调狄俄尼索斯的诞生，后续祷歌交代在狄俄尼索斯幼年时代扮演重要角色的诸神，比如库瑞忒斯（祷31，38）、雅典娜（祷32）、阿波罗（祷34）、提坦（祷37）、厄琉西斯的德墨特尔（祷40）。在整部祷歌集里，狄俄尼索斯主题占据中心位置，伴随这一主题的深入展开，祷歌内容相应从宇宙起源认知转向秘教仪式世界（祷45-47，50-53）。

　　行1　咆哮的（ἐρίβρομον）：形容狄俄尼索斯，同见祷29.8，48.3，49.3。

　　呼喝"欧嗬"（εὐαστῆρα）：同见祷31.2。狄俄尼索斯是咆哮神，也是信徒以咆哮礼拜的神。狄俄尼索斯崇拜礼故而充满各种声响：锣鼓铙钹声（祷27.11注释），歌舞声，牺牲被宰杀的嘶喊声，信徒的咆哮声（eua 或 euai，由此产生狄俄尼索斯祭司的名称）。其他以 eua 造字的例子如见 euasteira（祷51.8，69.1），euastes（祷54.5），以上均同

译为"呼喝欧嗬"。另参epeuazousa（祷69.6，79.9），euas（祷49.1），
euasma（祷54.8），suneuaster（祷0.34），等等。这些用语多与库瑞忒
斯、西勒诺斯、水仙、伊普塔等酒神狂欢队伍里的成员相连。

行2　此行中三个修饰语造字先后呈现为一（proto-）、二（di-）、
三（tri-）的次序。

最早诞生（πρωτόγονον）：即"普罗多格诺斯"（祷6.1），用来形
容狄俄尼索斯，同见双年庆神（祷52.6），另参自然神（祷10.5），普
罗透斯（祷25.2）。在本诗中，狄俄尼索斯和普罗多格诺斯有不少相
通处。

双重天性（διφυῆ）：同见普罗多格诺斯（祷6.1），科律班忒斯
（祷39.5），弥塞（祷42.4），爱若斯（祷58.4），参祷9.4（月神"雌雄
同体"）。据阿波罗多洛斯记载，宙斯指示伊诺把狄俄尼索斯当成女
孩抚养（3.4.3）。弥塞似乎可以理解为狄俄尼索斯的女性形态。另参
第三行的"两种形态"，还有一处被称为"三重天性"（祷52.5）。

三次出世（τρίγονον）：对观双年庆神的"三重天性"（τριφυές，祷
52.5）。在神话中，塞墨勒死在宙斯的神火中，神王抢救下她怀着的
胎儿，缝在股内侧直到出世（祷44，45.1）。狄俄尼索斯被提坦杀害
之后，传说要么是瑞亚或德墨特尔，要么是阿波罗或宙斯让他死而复
生。狄俄尼索斯是经历过多次生和死的神。与西塞罗同时代的伊壁鸠
鲁派学者斐罗德莫斯提到狄俄尼索斯的"三次出生"：第一次从母亲，
第二次从宙斯的股内侧，第三次从肢解的残骸里（Philodemus, *De
piet.*, 44）。

巴克库斯神主（Βακχεῖον ἄνακτα）：同见祷54.8，阿里斯托芬
《蛙》1259，托名俄耳甫斯《阿尔戈英雄纪》28。

行3　狂野的（ἄγριον）：也用来形容阿波罗（祷34.5）。

不可言说的，神秘的（ἄρρητον, κρύφιον）：符合秘教氛围的两个
修饰语连用，同见普罗多格诺斯（祷6.5），双年庆神（祷52.5）。不
可言说的（ἄρρητον），也见第7行，珀耳塞福涅（祷29.7），弥塞（祷

42.3)。神秘的（ $κρύφιον$ ），或秘密的，也见利西俄斯·勒那伊俄斯（祷50.3），阿佛洛狄特（祷55.9）。

一对角（ $δικέρωτα$ ）：同见潘（祷34.25），阿多尼斯（祷56.6）。

两种形态（ $δίμορφον$ ）：或指狄俄尼索斯有两种性别（第2行），或指酒神引发的诸种互为矛盾的张力组合，如西西里的狄奥多罗所称，狄俄尼索斯既年轻又年老，既长胡子又娇气如女子（4.5.2-3）。

行4　头缠常青藤（ $κισσόβρυον$ ）：参祷52.12，54.6；托名荷马《狄俄尼索斯颂诗》26.1；欧里庇得斯《酒神的伴侣》520-536。常青藤生长在坟墓边，喜阴影。普鲁塔克在《席间问答》中对比常青藤和葡萄藤，后者象征酒神的激情（647a）。狄俄尼索斯头戴常青藤冠，且饰有葡萄藤（第6行："葡萄为饰，树叶作衣"），象征他介于太阳光照的人世和地下黑暗世界之间。

牛脸的（ $ταυρωπόν$ ）：狄俄尼索斯的专有修饰语，参双年庆神（祷52.2），狄俄尼索斯·巴萨勒斯（祷45.1），另参普罗多格诺斯（祷6.3）。在雅典庆典中，狄俄尼索斯常被表现为头带牛角的未婚夫。在欧里庇得斯笔下，彭托斯把狄俄尼索斯关进马房，事后发现马房里只有一头公牛（《酒神的伴侣》616-620）。

好战的（ $Aρήιον$ ）：对观巴萨勒斯嗜"滴血的剑"（祷45.3），传说狄俄尼索斯参加巨人之战（阿波罗多洛斯1.6.2）。在欧里庇得斯笔下，酒神引发战士的战争恐惧，酒神女信徒发疯般抢劫村落（303-304，751-764）。科律班忒斯是狄俄尼索斯的别称，同样被称为"好战的"（祷39.2）。

纯净的（ $ἁγνόν$ ）：同见宙斯（祷15.8，19.9，20.4），德墨特尔（祷40.11），周年庆神（祷53.4），赫斯提亚（祷84.4）等。

行5　食生肉（ $ὠμάδιον$ ）：对观双年庆神祷歌（祷52.7），参欧里庇得斯《酒神的伴侣》138。据波菲利记载，在希俄斯岛和特涅多斯岛（今名博兹贾岛）盛行"食生肉的狄俄尼索斯"崇拜（《论禁食生肉》[De Abstinentia] 44.7，另参该撒利亚的优比西乌斯《福音的准备》4.16.26）。碎尸和噬生作为秘仪步骤，大约指手撕和啃啮活的牺牲，通常是小公牛或小羊。在狄俄尼索斯秘仪中，酒和舞蹈也意在使入会者进入癫狂状态，渐渐摆脱提坦因素的自我，与神性合为一体。泛希腊时代，食生做法逐渐由某种象征性操作所替代。酒神信徒的狂迷状态也可理解为"在（灵肉）内的"，或"附身的"。

双年庆（ τριετῆ ）：直译"三年的"，希腊古人盖将连续两次庆典放进计算，狄俄尼索斯双年庆典当系两年一期。本祷歌集有三首标题与此相连（祷45，52注释，53注释），另参祷44.7，52.8，53.4-5，54.3。

葡萄为饰（ βοτρυηφόρον ）：参第4行注释，祷52.11，50.5注释。

行6　欧布勒俄斯（Eubouleus）：狄俄尼索斯的别称，同见祷29.8注释，另参祷41.8注释，42.2注释，72.4注释。

足智多谋的（ πολύβουλε ）：同普罗透斯（祷25.4）。

宙斯和珀耳塞福涅（ Διὸς καὶ Περσεφονείης ）：神话里讲到，为了不引起地下冥王哈得斯的注意，宙斯化身为蛇，与珀耳塞福涅偷偷相会。他们还生下墨利诺厄（祷71.2-3）。

行7　此行句式同见祷29.7。

难言的（ ἀρρήτοις ）："不可言说的"，同第3行。

永生的精灵（ ἄμβροτε δαῖμον ）：宙斯和珀耳塞福涅之子狄俄尼索斯出生即得永生，有别于凡人女子塞墨勒怀孕生下的狄俄尼索斯。永生的，也用来形容阿多尼斯（祷0.41，55.26）。

行8-9　温柔的（ ἡδύν ）：同利西俄斯·勒那伊俄斯（祷50.10）。

养母们（ τιθήναις ）：有不少女神被称为狄俄尼索斯的养母，比如水仙（祷42.10，46.3，51.3，53.6，54.5），阿佛洛狄特（祷46.3），伊普塔（祷49.1），伊诺或琉科特埃（祷74.2）。

纤美腰带的养母（ ἐυζώνοισι τιθήναις ）：同见祷53.6，54.5。

31

库瑞忒斯祷歌

　　库瑞忒斯跳跃着，踩出战歌韵律，
　　起圆舞，脚踩地，游走丛山呼喝"欧嚡"，
　　轻快移步，奏响不和谐的竖琴音符，
　　手持武器的守卫，声名光耀的统领，
5　陪伴母亲在山林狂迷，秘仪祭司，
　　求你们好心来吧，听见圣洁话语的呼唤，
　　求你们满心欢悦，待牧人总是亲切。

　　库瑞忒斯（Kouretes）：即"年轻人"。库瑞忒斯有两首专属祷歌（另参祷38）。他们是神话中的年轻战士或半神，瑞亚的儿子或守卫（第5行），与克里特岛相连，在宙斯幼年发挥重要作用。赫西俄德《神谱》未提及他们，但详细记载瑞亚在克里特岛秘密生下宙斯的经过（神谱453-500）。今已佚失的《列女传》提到这群"好动跳舞的神"（残篇123），说他们是萨图尔或山林水仙的表亲。卡利马科斯在《宙斯颂》中提到，瑞亚在伊达山洞生下宙斯，把他托付给阿玛耳忒亚（Amaltheia，即"慈爱的女神"，传说她用羊奶蜂蜜喂养宙斯），女神请库瑞忒斯在幼神四周跳战舞，发出喧响，掩盖婴孩啼哭，瞒过克洛诺斯（52-54）。对观瑞亚祷歌："敲响青铜锣鼓，爱神圣疯狂的少女。"（祷14.3）自公元前六世纪开始，由于瑞亚与佛律癸亚的库柏勒女神混同（祷27注释），库瑞忒斯也相应与科律班忒斯（Korybantes，参祷39）混同，乃至以弗所地区的阿尔忒弥斯秘教中，祭司队伍常以半神库瑞忒斯命名。在别的神话中，库瑞忒斯的武器发出巨响，骗过妒忌的赫拉，让勒托顺利生下阿波罗和阿尔忒弥斯。作为诸说混同的神话现象之一，俄耳甫斯神谱还提到，库瑞忒斯在克里特岛抚养狄俄尼索斯幼神，雅典娜也参与抚养（祷32）。不同的是，宙斯幼神幸免于克洛诺斯的迫害，狄俄尼索斯幼神却遭提坦神杀害。库瑞忒斯的战舞在很大程度上影响改变了狄俄尼索斯狂欢队列的样貌。

行1　跳跃的（ σκιϱτηταί）：也用来形容潘（祷11.4），涅柔斯女儿（祷24.7），狄俄尼索斯（祷45.7）。

柏拉图提及库瑞忒斯穿戴盔甲手持武器的战舞（《法义》796d），另参色诺芬《会饮》2.1.1。

行2　呼喝"欧嗬"（ εὐαστῆϱες）：同见祷30.1注释。信徒的呼吼是狄俄尼索斯崇拜仪式的特色之一。

行3　不和谐音符（ παϱάϱυϑμοι）：或呼应秘仪中的狂迷状态，参看第5行的"在山林狂迷"。

行4　声名光耀的（ ἀγλαόφημοι）：同见缪斯（祷76.2）。

统领（ κοσμήτοϱες）：同见自然神（祷10.8）。

行5　陪伴母亲（ μητϱὸς συνοπάονες, ）：指库瑞忒斯陪伴瑞亚。

祭司（ ὀϱγιοφάνται）：同见祷6.11。库瑞忒斯"最早为人类创制神圣秘仪"（祷38.6）。

行6-7　对观许愿夜神（祷3.14）或水仙（祷51.17），尤其许愿赫卡忒："她总是满心欢悦，待牧人那么亲切。"（祷1.10）

满心欢悦（ κεχαϱηότι ϑυμῷ）：同见赫卡忒（祷1.10），水仙（祷51.17）。

32

雅典娜

[焚植物香料]

威严的帕拉斯，伟大宙斯的独生闺女，
高贵的极乐神，你爱战斗喧哗，无所畏惧，
隐匿而有世人传说，声名显赫，
常住洞穴，在大风的山顶统领群峰，
5　多荫的丛山峡谷使你心迷醉，
你眷爱武器，疯狂折磨人类的灵魂，
强悍的少女，性情叫人怯退，
杀戈耳戈，厌逃婚床，眷护艺术，
你使恶人发狂，让好人明智，
10　生为男性和女性，发动战争有大智，
化影无数的龙，爱狂迷，光彩荣耀，
摧毁弗勒格拉斯巨人的女骑士，
特里托格涅亚，你歼灭坏人送来胜利，
随着白天黑夜不停流逝的辰光，
15　听我求告，求你送来丰盛的和平，
送来荣誉健康和烂漫的季节，
发明才艺的明眸王后，万众求告你。

雅典娜（Athene）：赫西俄德详细描绘了神王宙斯独自生下雅典

娜。第一代神王乌兰诺斯将子女"悉数掩藏在大地隐秘处"(神谱158),并在被袭击时以血滴和生殖器生出后代(神谱207-210)。第二代神王克洛诺斯"囫囵吞下"刚出生的子女(神谱459),又在宙斯的逼迫下吐出腹中物(神谱494-497)。宙斯当政以后娶墨提斯,"她注定要生下绝顶聪明的孩子","人和神的王"。宙斯将怀孕的墨提斯吞进肚里,"独自从脑袋生出明眸的雅典娜"(神谱888-900,924)。参看托名荷马《雅典娜颂诗》28.4-5,品达《奥林匹亚竞技凯歌》7.35-44,阿波罗多洛斯1.3.6。帕特农神庙东楣壁画展示这一诞生场景:宙斯让她从脑袋出生,她浑身盔甲银光闪闪美妙无比。雅典娜的诞生与神王征战息息相关,雅典娜素与战斗相连,带长矛和神盾,勇敢无畏,是克洛诺斯之子的意愿的可怕施行者。

　　本首祷歌表现了雅典娜的战斗形象。有别于战神阿瑞斯(祷65),雅典娜代表智慧和理性。或许因为她的母亲墨提斯(Metis,即机智审慎)"知道的事比任何神和人多"(神谱887),吞下墨提斯的宙斯得到"大智的"(metieta)这一修饰语(神谱56),在本诗中也用来形容雅典娜(第10行)。在俄耳甫斯神谱中,雅典娜凭远见保存下狄俄尼索斯的心脏,避免提坦吞噬(俄耳甫斯残篇K版35=B版315)。普罗克洛斯在注疏柏拉图《蒂迈欧》(35a)时援引这个说法,称这颗心脏为"心智的"(intellectif)。本诗未提及该神话。但诗中的雅典娜和狄俄尼索斯有不少相通处,诸如由宙斯独自所生,大战巨人,出没山林,双重性别,爱狂迷等等。雅典娜常对库瑞忒斯发号施令,故而祷歌31-32紧随在狄俄尼索斯祷歌之后。

　　行1　帕拉斯(Pallas):雅典娜的别称。字面意思不详,或为"挥动(武器)的",也有释为"处女神"。亚历山大的克莱蒙记载,帕拉斯使狄俄尼索斯的心脏继续"跳动"(《异教徒劝勉录》2.18.1)。还有一种说法,帕拉斯原系雅典娜所征服的巨人之名(第12行)。雅典娜之名未见于本诗中。

独生闺女（μουνογενής）：同见珀耳塞福涅（祷29.2），德墨特尔（祷40.16）。宙斯独自生下雅典娜，同见神谱924。

行2 爱战斗喧哗，无所畏惧（πολεμόκλονε, ὁμβριμόθυμε）：两个修饰语连用，同见瑞亚（祷14.7）。这两个修饰语也出现在阿瑞斯祷歌（祷65.1，65.4）。

行3 隐匿而有为世人传说的（ἄρρητε, ῥητή）：直译"不为人说又为人传说的"，类似用法见劳作3-4，索福克勒斯《俄狄浦斯在科洛诺斯》1001。

声名显赫（μεγαλώνυμε）：同见赫拉克勒斯（祷12.10注释）。

常住洞穴（ἀντροδίαιτε）：对观潘（祷11.12），水仙（祷51.5）。此处雅典娜或与众神之母、瑞亚混同。俄耳甫斯神谱中还有一种说法，瑞亚负责收集幼神狄俄尼索斯被肢解的身体。

行4-5 雅典娜是以雅典为例的城邦庇护神，雅典娜神庙往往坐落于山坡高地的卫城。山顶之说，或与狄俄尼索斯崇拜相连，也呼应库瑞忒斯（祷31.2，31.5）、阿尔忒弥斯（祷36.10）的相关说法。

行6 眷爱武器（ὁπλοχαρής）：同见阿瑞斯（祷65.2）。

疯狂折磨人类的灵魂，或与战争的疯狂相连，参阿瑞斯（祷65.6-7）。或与狄俄尼索斯崇拜的疯狂仪式相连（祷30.1-4，欧里庇得斯《酒神的伴侣》32起）。

行8 杀戈耳戈的（Γοργοφόνη）：雅典娜的修饰语，同见欧里庇得斯《伊翁》1478。戈耳戈（Gorgo）是海神刻托和福耳库斯之女，共三姐妹，最小的墨杜萨是"会死的凡人，她的姐妹不知衰老和死亡"（神谱277-278）。传说她的头发由无数毒蛇形成，任何人看她一眼都要化成石头。雅典娜帮助英雄珀耳塞斯杀了墨杜萨。一般认为出自赫西俄德手笔的《赫拉克勒斯的盾牌》讲到，珀耳塞斯趁戈耳戈姐妹沉睡的时候砍下墨杜萨的头（残篇222）。戈耳戈的可怕头像出现在盾牌上（残篇228-237）。不同的是，盾牌上只有两条蛇象征性地垂挂在女妖的腰间。荷马诗中描述雅典娜的神盾（实为宙斯的神盾，神王常借给子女使用，尤其雅典娜），也提到墨杜萨的头颅（如伊5.738，奥11.634，另参阿波罗多洛斯2.4.2，奥维德《变形记》4.774-803）。在欧里庇得斯笔下，戈耳戈作为巨人出现在巨人大战中（《伊翁》987-997）。

厌逃婚床（*φυγόλεκτρε*）：雅典娜是有代表性的处女神，也庇护婴儿，参欧里庇得斯《伊翁》20-26，267-274；泡赛尼阿斯1.18.2；阿波罗多洛斯3.14.6。

眷护艺术（*τεχνῶν μῆτερ*）：雅典娜是文艺和手艺的庇护神。古希腊的泛雅典娜节庆（Panathenaia）每四年举办一次隆重的体育竞技和诗歌赛会。托名荷马的《阿佛洛狄特颂诗》罗列了雅典娜司掌的诸种技艺（5.8-15）。赫西俄德把木匠称作"雅典娜的仆人"（劳作430），她还被宙斯派去教潘多拉"编织针线活儿"（劳作64，参奥20.72），她帮助希腊英雄造特洛亚木马（奥8.492-495），帮助伊阿宋造阿尔戈船（阿波罗尼俄斯《阿尔戈英雄纪》1.18-20，526-527等）。参看第17行："发明才艺的明眸王后。"

行10　男性和女性（*ἄρσην καὶ θῆλυ*）：同见月神（祷9.4），弥塞（祷42.4），参普罗多格诺斯（祷6.1），狄俄尼索斯（祷30.2），科律班忒斯（祷39.5），爱若斯（祷58.4）。参看卡利马科斯《帕拉斯之浴》13-32，埃斯库罗斯《报仇神》736-738。

大智的（*μῆτι*）：与雅典娜的母亲墨提斯（Metis）相连，参看题解。在俄耳甫斯神谱中，墨提斯与最初的神普罗多格诺斯混同。

行11　化影无数（*αἰολόμορφε*）：同见天神（祷4.7注释）。雅典娜擅长幻化（如见奥13.313）。龙或蛇的形象常与雅典娜相连，比如出现在菲狄亚斯雕塑的帕特农雅典娜神像周边。

爱狂迷（*φιλένθεε*）：同见潘（祷11.5，11.21）。

行12　弗勒格拉斯巨人（*Φλεγραίων Γιγάντων*）：据阿波罗多洛斯记载，大地该亚为了报复提坦神，在色雷斯的弗勒格拉斯孕育巨人。巨人最终被宙斯父女打败，雅典娜手执宙斯的神盾，以雷劈打他们

（1.6.1-2）。

女骑士（*ἱππελάτειρα*）：在荷马诗中，雅典娜帮助英雄狄奥墨得斯驾驭战车去攻打阿瑞斯（伊5.793-863）。在品达的《奥林匹亚竞技凯歌》中，雅典娜发明缰绳，让柏勒罗丰驾驭神马佩加索斯（13.63-82）。另参索福克勒斯《俄狄浦斯在克洛诺斯》1070起。据泡赛尼阿斯记载，奥林匹亚地区设有女骑手雅典娜（Athene Hippias）的神坛（5.15.6）。

行13 特里托格涅亚（*Τριτογένεια*）：雅典娜的别称（如见伊4.515，神谱895），词源不详，或理解为"出生于特里同水边的"（赫西俄德残篇12），或"出生于当月第三天的"，或"三次变幻的，三次出生的"，大致因为雅典娜的诞生与狄俄尼索斯相仿，先后经历母亲墨提斯之腹、父亲宙斯之腹和宙斯的脑袋。

送来胜利（*νικηφόρε*）：雅典娜的专有修饰语之一，在古代帕加马地区尤其盛行。雅典娜与尼刻混同，对观下一首尼刻祷歌（祷33）。

行14-17 第14行和第17行的位置素有争议，有注家主张将第17行移至第14行之后，也有注家主张将第14行移至第16行之后，此处仍按原样译出。

行15 丰盛的和平（*εἰρήνην πολύολβον*）：同见祷43.2。

行16 健康（*ὑγίειαν*）：古雅典人将雅典娜当作健康神来崇拜，参祷68，普鲁塔克《伯利克里特传》13.8。

烂漫的季节（*εὐόλβοισιν ἐν ὥραις*）：同见祷10.29注释，26.11。

行17 明眸的（*γλαυκῶφ*）：雅典娜的常用修饰语，如见神谱13，924。该词或与猫头鹰（glaux）相连，同时带有光芒和浅蓝绿色这两层意思。雅典娜是眼眸发亮、目光深邃的女神，在瞬息之间明辨万物真相。

万众求告的王后（*πολυλλίστη βασιλεία*）：同见勒托（祷35.2），安塔伊阿母亲（祷41.9）。

33

胜利神
（尼刻）

[焚乳香粉末]

我呼唤强大的尼刻，世人都爱你，
只有你能缓和人类的战斗冲动，
化解争锋敌对的痛苦纠结，
你在战争中判定无愧胜利的行动，
5 所向披靡送来至美的声名，
你主宰这一切，决定纷争的高贵荣誉，
声名赫赫的尼刻，有庆典常伴。
来吧，迷人的极乐神，求你的眸光
眷顾我们，让显赫行止有好报。

胜利神（Nike）：音译"尼刻"。在赫西俄德笔下，她是大洋女儿斯梯克斯和帕拉斯的女儿（神谱383-384）。尼刻有三个兄弟：泽洛斯（Zelos，即"渴望荣耀"）、克拉托斯和比阿（Kartos & Bia，即威力神和暴力神），另参劳作195-196，埃斯库罗斯《普罗米修斯》开场。据泡赛尼阿斯记载，奥林匹亚有供奉尼刻的神坛（5.14.8），此外出自名匠菲狄亚斯（Phidias）之手的宙斯巨像，右掌托着胜利神（5.11.1-10）。胜利神在古代群雕中常在宙斯王座下起舞（2.4.6）。

胜利神与"送来胜利的"（祷32.13）雅典娜相连。帕特农神庙里的雅典娜像同样出自菲狄亚斯手笔，女神的右掌心托着带翅的胜利神（1.24.7）。雅典卫城南出口附近有一座雅典娜·尼刻（Athene Nike）神庙。尼刻祷歌紧随在雅典娜祷歌之后。本诗中强调尼刻司掌战争中的荣誉，呼应雅典娜"发动战争有大智"（祷32.10-14）。

行1　世人都爱你（*θνητοῖσι ποθεινήν*）：同见珀耳塞福涅（祷29.11），美惠神（祷60.5）。

行6　你主宰这一切（*πάντων γὰρ κρατέεις*）：参赫拉（祷16.7），健康神（祷68.11），睡神（祷85.3）。

行9　显赫行止（*εὐδόξοις ἔργοις*）：同见星群（祷7.13）。

34

阿波罗

［焚乳香粉末］

来吧，极乐的佩安，杀提梯奥斯的福波斯和律科勒斯，

光荣的孟菲斯神主，散播福泽，呼唤"咦唉"，

你有金竖琴，主掌播种耕作，皮托神和提坦神，

古里涅阿神和斯曼托斯神，征服皮同，降谕德尔斐，

5　带来明光的精灵，狂野可爱光荣的年轻人，

你引领缪斯的歌舞，你的神箭飞骋万里，

布拉刻斯和迪迪玛神，倾斜又圣洁，

得洛斯神主，你的眼看穿万物，光照世人，

须发如黄金，有纯粹预见和清白神托，

10　求你好心听我为众生祷告吧。

你在高处凝望无边的天宇，

穿过暮光遥看丰饶的大地，

在夜的安息和星光的昏谧里

探视大地之根，手握宇宙的边界，

15　万物的开始和结束归于你。

你让万物如花开放，用神妙琴声

调和宇宙极点，往返于最低音

和最高音之间，奏出多里安调式，

均衡天空，区分各类生灵种族，

20　你将全宇宙的和声放进人的命数，

调出夏天和冬天的平均律，

冬的高音，夏的低音，

还有开花迷人的春的多里安调。

世人爱唤你神主，

25　也唤你潘，那大风呼啸的双角神，

因你掌管整全宇宙的封印。

听啊，极乐神，拯救求告的信者吧。

　　阿波罗（Apollo）：宙斯和勒托之子，阿尔忒弥斯的兄弟（神谱918-920；祷35，36）。有关阿波罗的职能罗列，参托名荷马《阿波罗颂诗》3.131-132，柏拉图《克拉底鲁》405a，卡利马科斯《阿波罗颂》42-46。他司掌神谕，既会治病也带来疾病，传说医神阿斯克勒皮奥斯是他的儿子（祷67）。他是弓箭手，在荷马诗中射箭把瘟疫带给希腊军营（伊1.43-52）。他保护诗人，喜爱音乐舞蹈节庆，发明竖琴（神谱94-95，托名荷马《缪斯－阿波罗颂诗》）。德尔斐和得洛斯是古代两大阿波罗圣地，斯巴达和其他多里安城市也盛行阿波罗崇拜。尽管在赫西俄德笔下，阿波罗和赫利俄斯属于不同家族谱系（371-374，918-920），但自古典初期，此二神常混同。阿波罗与黄金、明光相连，也被视为太阳神。在俄耳甫斯神谱中，宙斯派阿波罗去埋葬被提坦肢解的狄俄尼索斯（俄耳甫斯残篇K版209=B版322），和雅典娜一样，阿波罗在狄俄尼索斯的重生神话中扮演重要角色，这或许解释了系列祷歌31-34的排序。

　　本诗大致分两部分。前一部分（第1-10行）罗列阿波罗神的诸种别称和常用修饰语，第10行直接求告神主，很像通常祷歌的收尾。第二部分（第11-25行）转而展开某种宇宙论形式的叙事，以宇宙和声收尾，类似于日神祷歌（祷8），潘神祷歌（祷11）或普罗多格诺斯祷歌（祷6）。值得一提的是，托名荷马的《阿波罗颂诗》同样分成得洛斯（3.1–178）和德尔斐（3.179–546）两部分内容，本首祷歌还可以对观托名荷马的第二首《阿波罗颂诗》和《缪斯–阿波罗颂诗》。

在本祷歌集里，阿波罗还出现在开场祷歌（祷0.7），此外他是勒托的儿子（祷35.3–4），阿斯克勒皮俄斯的父亲（祷67.6），他向忒弥斯学习神谕技艺（祷79.6），与缪斯中的卡利俄佩一起教授世人狄俄尼索斯秘仪（祷24.10–12）。有一种传说，诗人俄耳甫斯是阿波罗和卡利俄佩的孩子，相传俄耳甫斯在埃及行游，并在孟菲斯撰写某部《圣辞》（hieros logos），或与阿波罗在本诗中被称为"光荣的孟菲斯神主"（第2行）相连。

行1　佩安（Paian）：阿波罗的别称，在荷马诗中本系为阿瑞斯疗伤的神医（伊5.899）。在本祷歌集里，佩安也指称日神（祷歌8.12）、潘（祷11.11）、赫拉克勒斯（祷12.10）、狄俄尼索斯（祷52.11）或医神（祷67.1）。

提梯奥斯（Tityos）：在荷马诗中，他是大地所生的巨人。赫拉煽动他在前往德尔斐路上的帕诺佩斯（Panopeus）非礼勒托，宙斯将他打入冥府，用酷刑惩罚他（奥11.576–581，7.324）。依据其他神话版本，他是宙斯之子，阿波罗和阿尔忒弥斯为母亲报仇，用箭射杀他（阿波罗多洛斯1.4.1–2）。卡利马科斯在《阿尔忒弥斯颂》中同样以"杀提梯奥斯的"修饰女神（110）。

福波斯（Phoibos）：阿波罗的别称，即"明光的"，同见祷0.7，35.4，67.6，79.6。

律科勒斯（Lykoreus）：即"律科瑞亚的神"，律科瑞亚（Lyckoreia）是帕纳斯山的某处山巅名，或某村落名，指代德尔斐（参斯特拉波9.3.3，泡赛尼阿斯10.6.2–3）。福波斯和律科勒斯并称，参卡利马科斯《阿波罗颂》19，阿波罗尼俄斯《阿尔戈英雄纪》4.1490。

行2 光荣的（*ἀγλαότιμε*）：形容阿波罗，同见祷67.6，另参赫拉克勒斯（祷12.8），宙斯（祷19.22）。

孟菲斯（Memphis）：阿波罗常与埃及太阳神荷鲁斯（Horus）混同，荷鲁斯是法老的守护神，也是以孟菲斯为首都的下埃及主神。参希罗多德2.156.5；普鲁塔克《伊西斯和俄西里斯》356a，375f。

呼唤"咦唉"（*ἰήιε*）：既是阿波罗呼吼，也是崇拜者对阿波罗神的呼唤，参埃斯库罗斯《阿伽门农》146。

散播福泽（*ὀλβιοδῶτα*）：同见开场祷歌0.35注释。

行3 金竖琴（*χρυσολύρη*）：同见日神（祷8.9）。阿波罗的乐器，参阿里斯托芬《地母节妇女》315。传说他把琴艺教给诗人俄耳甫斯。早期竖琴似用中空龟壳制成，凹面罩牛皮，两边接野羊角，用木栓紧，上扣肠衣或筋弦。早期竖琴为三弦，后逐渐固定为七弦。奇特拉琴（Cythra）近似竖琴，琴身通常是木制，比竖琴大，初有七弦，后十二弦。古代作者提到，竖琴归爱好者使用，奇特拉琴只限专业歌人演奏。

主掌播种（*σπερμεῖε*）：参德墨特尔（祷40.5）。

皮托神（*Πύθιε*）：或"皮提亚"。皮托（Pytho）是德尔斐的旧称（参奥8.80，神谱499）。托名荷马的《阿波罗颂诗》对皮托和德尔斐的来龙去脉做了解释（3.300-374）。阿波罗与蛇妖的争战表面是为了争夺圣地神殿，实为奥林波斯神整顿世界秩序斩除妖怪的延续，阿波罗在德尔斐圣地建立神谕和崇拜礼仪。他打败蛇妖，任其尸体腐烂，传说这是希腊文中蛇妖名"皮同"（python，即腐烂）的来源（3.372-374）。皮同也用来指称亚非地区的一种无毒性的蛇。阿波罗杀死皮同之后，也被称为"皮提亚"。某种程度上，阿波罗崇拜与原初的神圣崇拜融为一体。对观下行"征服皮同，降谕德尔斐"。

提坦（*Τιτάν*）：依据严格意义的神谱辈分，阿波罗是提坦神的孙儿，但此处将阿波罗与日神混同（祷8.2），阿尔忒弥斯也被称为女提坦神（祷36.2）。

行4　古里涅阿神（*Γρύνειε*）：依斯特拉波记载，此处两地均系小亚细亚的阿波罗圣地（13.2.5）。古里涅阿是伊奥尼亚人的港口城市，参看希罗多德1.149，色诺芬《希腊志》3.1.6等。相传本地有阿波罗神庙和神谕。

　　斯曼托斯神（*Σμινθεῦ*）：有不同词源解释，或派生自小亚细亚的斯曼托斯古城（Sminthe），当地有阿波罗·斯曼托斯（Apollo Smintheus）神庙。另一种说法是从 sminthos（鼠）派生，指"灭鼠的"，与阿波罗"主掌播种耕作"（第3行）相连（同见伊1.39）。

行5　带来明光的精灵（*φωσφόρε δαῖμον*）：同见日神（祷8.12注释）。

　　狂野的（*ἄγριε*）：同见狄俄尼索斯（祷30.3），另参赫拉克勒斯（祷12.4）。

　　可爱的（*ἐράσμιε*）：同见爱神（祷58.1），美惠神（祷60.4）。

　　光荣的（*κύδιμε*）：同见萨巴兹乌斯（祷48.1）。

　　年轻人（*κοῦρε*）：同见日神（祷8.10），阿波罗始终是青年形象。在赫西俄德笔下，他和大洋女儿一起抚养年轻人（神谱347）。

行6　引领缪斯（*μουσαγέτα*）：参缪斯祷歌（祷43）。据赫西俄德的说法，"因为缪斯，因为强箭手阿波罗，大地上才有歌手和弹竖琴的人"（神谱94-95）。在荷马诗中，诸神宴会上有"阿波罗的七弦琴和用美妙歌声相和的缪斯女神"（伊1.603-604），参看托名荷马《阿波罗颂诗》3.186-206，品达残篇116。

　　弓箭和竖琴均系阿波罗的信物或器具。两者并称，参奥21.405-411，伊9.185起。在托名荷马的《阿波罗颂诗》中，阿波罗出生后开口说的第一句话是："我要让竖琴和弯弓属于我。"（3.131）赫拉克利特残篇51："他们不明白，对立的如何又达成同一，紧绷的调和，犹如弓和琴。"另参柏拉图《会饮》187a。

行7　布拉刻斯（*Βράγχιε*）：或呼应迪迪玛神庙和阿波罗神谕的祭司家族祖先 Branchos。此处拼写素有争议。有注家主张拼作

Bacchios，与Bacchus近似，阿波罗与狄俄尼索斯混同。在俄耳甫斯神谱中，阿波罗最早在德尔斐迎接死而复生的狄俄尼索斯。有别于尼采等后世理论，这两个神并不总是区别清楚，其崇拜仪式颇有相通处，尤其新柏拉图派哲人如普罗克洛斯在注疏《蒂迈欧》（40b）时将日神放进来考虑："柏拉图视年轻的太阳神为王，在俄耳甫斯看来，太阳神通过阿波罗与狄俄尼索斯紧密相连。"（俄耳甫斯残篇K版188=B版334）阿波罗–狄俄尼索斯或呼应埃及神中的荷鲁斯–俄西里斯，参希罗多德2.156.2，普鲁塔克《伊西斯和俄西里斯》355e–356a。

迪迪玛神（*Διδυμεῦ*）：米勒都附近古城迪迪玛有闻名的神庙和阿波罗神谕，参看希罗多德1.15。

倾斜的（*Λοξία*）：或译"拐弯抹角，晦涩难懂"，指阿波罗神谕隐晦难解。

行8 得洛斯的（*Δήλιοι*）：得洛斯是阿波罗的出生地，参看勒托祷歌（祷35.3–5），托名荷马《阿波罗颂诗》3.14–139，奥6.162–165。

你的眼看穿万物（*πανδερκὲς ἔχων...ὄμμα*）：同见赫利俄斯（祷8.1）。阿波罗与日神混同。

光照世人（*φαεσίμβροτον*）：荷马诗中用来形容日神（奥10.138），同见赫淮斯托斯（祷66.2），黎明神（祷78.1）。

行9 须发如黄金（*χρυσοκόμα*）：对观品达《奥林波斯竞技凯歌》6.41，7.32等。

清白的（*καθαρὰς*）：或译"净化的"，阿波罗是洁净神。

行11–14 此处三行将世界从空间分成天空、大地和地下世界，从时间分成黑夜、白天和黄昏时分（如见祷10.14，11.2）。阿波罗与日神混同，白天看见天宇和大地（参欧里庇得斯残篇941，品达残篇133.2，托名俄耳甫斯《阿尔戈英雄纪》303），夜里看见大地之根（祷18.9–10注释），凭此统领整个宇宙的边界。夜的安宁，参夜神（祷3.4），月神（祷9.8）。

行 15　万物的开始和结束（ $\pi\alpha\nu\tau\acute{o}\varsigma...\delta'\ \acute{\alpha}\varrho\chi\acute{\eta}\ \tau\epsilon\ \tau\epsilon\lambda\epsilon\upsilon\tau\acute{\eta}$ ）：对观宙斯是"万物之父，一切的开始和结束"（祷 15.7），另参天神（祷 4.1）。

行 16-23　阿波罗与日神混同，通过演奏竖琴调和季节，保持宇宙的和谐运动。琴音颤动，或指明光神散布的光波颤动。七弦竖琴很早被理解为与七大行星的运行相连。毕达哥拉斯派主张，竖琴和其他弦乐器发出的乐音，对物质世界和听者的心灵具有神妙影响，故而这几行诗出现宇宙和音、高低音与季节等说法，另参柏拉图《理想国》4.443d-e，普鲁塔克《论音乐》23.1139b-f。

行 18　多里安调（ $\Delta\acute{\omega}\varrho\iota\upsilon\upsilon$ ）：同见第 23 行。希腊音乐的不同调式常随各地命名，诸如伊奥利亚调式、爱奥尼亚调式，吕底亚调式等等。此处称多里安调，或与阿波罗崇拜在斯巴达、克里特等多里安地区盛行有关。

行 20　全宇宙的和声（ $\acute{\alpha}\varrho\mu\upsilon\nu\acute{\iota}\eta\iota\ ...\ \pi\alpha\nu\kappa\acute{o}\sigma\mu\iota\upsilon\nu$ ），参日神（祷 8.9），潘（祷 11.6）。

　　人的命数（ $\acute{\alpha}\nu\delta\varrho\acute{\alpha}\sigma\iota\ \mu\upsilon\tilde{\iota}\varrho\alpha\nu$ ）：对观星群"教示并指引每一种命数"（祷 7.6），另参祷 57.7。

行 21-22　阿波罗维系季节的循环和均衡，或与日神混同（祷 8.5 注释）。据狄奥多罗记载，赫耳墨斯以竖琴的三种音调来分配季节（1.16）。

行 25　潘（Pan）：阿波罗和潘、日神混同，均系宇宙神主（祷 11.11，8.11），均别称"佩安"（祷 11.11，8.12）。潘神的长笛声素与大风呼啸相连，参看祷 11.10-12，科努图斯，*Theologiae Graecae Compendium*，27。

行 26　阿波罗支配世界，参潘神分配宇宙诸元素（祷 11.14-18），另参法神"排列星群方位，标记大地和海水之间的准确边界"（祷 64.2-3）。

行 27　许愿拯救信者，参月神（祷 9.12），帕来蒙（祷 75.5），睡神（祷 85.10）。

35

勒 托

［焚没药］

黑袍勒托，双生孩儿的威严母亲，
科伊俄斯的闺女，万众求告的和善王后，
因了宙斯你有美丽的孩儿有福降生，
福波斯和射神箭的阿尔忒弥斯，

5　　她生在俄耳提癸亚，他生在多石的得洛斯。
听我说，尊贵的女神，好心来吧，
求你为众神的庆典带来美好结局。

勒托（Leto）：在赫西俄德笔下，她是提坦神科伊俄斯和福柏的女儿，同见托名荷马《阿波罗颂诗》3.62。赫西俄德说她性情温和："生性温柔的勒托，她对所有凡人和永生神们都和善。她生来如此，在奥林波斯最温柔。"（神谱404-408）参看柏拉图《克拉底鲁》："勒托之所以叫这个名字，因为她是仁慈的女神，愿意满足我们的要求，她的名字也许叫勒娑，外乡人常常这么称呼她，似乎指她和蔼可亲、平易近人和从容的行为方式。"（406a-b）勒托是宙斯的妻子，阿波罗和阿尔忒弥斯的母亲（神谱918-920，伊21.497-504），故而勒托祷歌排在阿波罗祷歌与阿尔忒弥斯祷歌之间。

行1　黑袍的（κυανόπεπλε）：同见神谱406。常用来形容海神，如见特梯斯（祷0.26，22.2），涅柔斯女儿（祷24.8），另参赫拉（祷16.1）。

行2 科伊俄斯的闺女（*Κοιαντίς*）：同见神谱404-408，托名荷马《阿波罗颂诗》3.62，卡利马科斯《得洛斯颂》4.150。

万众求告的王后（*πολυλλίστη βασίλεια*）：同见雅典娜（祷32.17），安塔伊阿母亲（祷41.9）。

行3 美丽的孩儿（*εὔτεκνον*）：同见德墨特尔（祷40.13）。

有福降生（*γονίμην ὠδῖνα*）：同见塞墨勒祷歌中的狄俄尼索斯（祷44.8）。

行4 福波斯和射神箭的阿尔忒弥斯（*Φοῖβόν καὶ Ἄρτεμιν ἰοχέαιραν*）：参神谱14，托名荷马《阿波罗颂诗》1.15-16。勒托的一双子女在"天神的所有后代里最优雅迷人"（神谱919）。在荷马诗中，生养十二子女的尼俄伯嘲笑勒托，遭到阿波罗和阿尔忒弥斯的可怕惩罚（伊24.602-613），参奥维德《变形记》6.146-312。

行5 此行同托名荷马《阿波罗颂诗》3.16。

俄耳提癸亚（Ortygia）：即"鹌鹑"，有时作为得洛斯岛的别称，参看卡利马科斯《阿波罗颂》2.59。据斯特拉波的两处记载，要么与得洛斯岛相对的瑞涅亚岛（Theneia）旧称俄耳提癸亚（10.5.5），要么俄耳提癸亚岛在以弗所附近（14.1.20），阿尔忒弥斯最著名的神殿就在以弗所（祷36）。索福克勒斯在《特剌喀斯少女》提到"那出生自鹑岛的阿尔忒弥斯"（213）。阿里斯托芬在《鸟》中戏称勒托为"鹌鹑的母亲"（870）。

得洛斯（Delos）：阿波罗诞生，参托名荷马《阿波罗颂诗》3.49-126。《奥德赛》提到勒托生阿波罗时停靠的树："我去过得洛斯，在阿波罗祭坛旁见到一棵棕榈的如此美丽的新生幼枝……"（奥6.162-165）。赫西俄德不止一次提到阿波罗的诞生："勒托在第七日生下金剑的阿波罗"（劳作771），每月七日故而是上选吉日。参见品达残篇33c，52e；卡利马科斯《阿波罗颂》4.36-40，197-316；普林尼《自然史》4.66；阿波洛多罗1.4.1；贺拉斯《歌集》121.4.3。

行6 尊贵的女神（*θεὰ δέσποινα*）：同见琉科特埃（祷74.3，74.8）。

行7 众神的庆典（*πάνθειον τελετήν*）：同见祷53.9，参祷54.7。

36

阿尔忒弥斯

［焚乳香粉末］

听我说，神后哦，千名的宙斯女儿，
咆哮的提坦女神，显赫威严的弓箭手，
带火把的光照万物的狄刻缇娜，
你庇护分娩妇人，尽管你未曾分娩过，
5　你解腰带，爱神圣疯狂和追捕，驱散苦楚，
射神箭的奔跑猎女，在夜里流浪，
你看守秘钥，亲切救助胜似男儿，
俄耳提亚，催促分娩，养育年轻人，
永生的地下神女，猎杀野兽，福泽世人，
10　威严统领群山森林，穿射群鹿，
普天下的尊贵王后，美丽的花朵永在，
你常住山林，爱着狗们，化影无数的库多尼娅。
来吧，拯救女神，世人爱你仁慈可亲，
求你赏给我们地上的美好果实，
15　带来迷人的和平，可贵的健康，
求你驱逐疾病和痛苦到群山之巅。

阿尔忒弥斯（Artemis）：宙斯和勒托的女儿，阿波罗的姐妹。
阿尔忒弥斯有多重复杂的形象，有时显得互相矛盾。她既是在山林

奔跑的狩猎女神，又是庇护分娩妇人的城邦神。既射杀鹿群兽类，又是山林动物的守护神——在埃斯库罗斯笔下，女神"对猛狮的弱小崽子这样爱护，也为那些野兽的乳儿所喜爱"（《阿伽门农》104-257，参伊21.470）。既是处女神（托名荷马《阿佛洛狄特颂诗》5.16-20），又是分娩妇女和婴孩的助产神（第4行，第8行）——据阿波罗多洛斯记载，她保护自家兄弟阿波罗的诞生（1.4.1）。某些古代地区的阿尔忒弥斯崇拜与活人祭（尤其以外邦人献祭）相连，参希罗多德4.103.1-2，欧里庇得斯《伊菲革涅亚在陶洛人里》243-245。阿尔忒弥斯有好战狂野的一面，与波塞冬、赫拉敌对（伊21.468-496），也有优雅自然的一面，常与水仙相伴，和阿波罗一样擅长歌舞（托名荷马《阿尔忒弥斯颂诗》27.11-20，《阿波罗颂诗》3.186-206）。在阿提卡地区的崇拜仪式中，阿尔忒弥斯引领少女们跳舞，常与婚礼相连，有保护新娘和新生儿的意味。相比之下，以弗所的阿尔忒弥斯崇拜带有女战神之舞（卡利马科斯《阿尔忒弥斯颂》237-238）。

在本祷歌集里，阿尔忒弥斯与阿波罗并称，出现在开场祷歌（祷1.7），勒托祷歌（祷35.4）。阿尔忒弥斯与赫卡忒（祷1）、月神（祷9）、库柏勒（祷27）混同，诸如"狩猎女神""处女神""夜的流浪女儿""带火把""爱着狗们"等等修饰语均见于前述祷歌。阿尔忒弥斯还和普罗提拉亚（祷2.12）、梯刻（祷72.3）混同。

行1　千名的（πολυώνυμε）：用来形容阿尔忒弥斯，同见阿里斯托芬《地母节妇女》320，卡利马科斯《阿尔忒弥斯颂》7。阿尔忒弥斯在本诗中有好些别称，比如狄刻缇娜（第3行），俄耳提亚（第8行），库多尼娅（第12行），此外阿尔忒弥斯还与好些女神混同（详见题解，祷2.1）。

宙斯女儿（Διὸς κούρη）：同见珀耳塞福涅（祷20.1注释）。

行2　咆哮的（βρομία）：狄俄尼索斯的典型用语（祷30.1注释，

45.4，48.2，50.8）。阿波罗也被称为"布拉刻斯"（Bracchos，祷34.7）。本诗中的阿尔忒弥斯与狄俄尼索斯有不少相通处，诸如爱山林，狂野好战，神圣疯狂，另参伊21.111，品达残篇70b.19–21。

显赫的（μεγαλώνυμε）：同见赫拉克勒斯（祷12.10注释）。

提坦女神（Τιτανίς）：阿波罗也被称为提坦神（祷34.3），或与阿尔忒弥斯与月神混同有关。

行3 带火把（δαιδοῦχε）：阿尔忒弥斯与月神、赫卡忒混同，同见祷9.3，参祷40.11，卡利马科斯《阿尔忒弥斯颂》204。

光照万物（πασιφαής）：同见日神（祷8.14）。

狄刻缇娜（Diktynna）：与"渔网"（diktuon）同源，或与狄刻特山（Dicte）同名。在神话中，她是克里特水仙，常与阿尔忒弥斯相伴，同系狩猎神和处女神，故而经常混同。参阿里斯托芬《蛙》368，欧里庇得斯《希波吕托斯》145–147，卡利马科斯《阿尔忒弥斯颂》189–203，泡赛尼阿斯2.30.3。

行4 阿尔忒弥斯作为助产女神，与普罗提拉亚混同（祷2.2，2.12）。参柏拉图《克拉底鲁》："她没有婚姻经验，不识分娩疼痛，但她帮助妇人们顺利经过这些。"（404b）

行5 解腰带（λυσίζωνε）：同见赫卡忒（祷1.6），普罗提拉亚（祷2.7）。

爱神圣疯狂（φίλοιστρε）：同见瑞亚（祷14.3），众神之母（祷27.13）。

驱散苦楚（λυσιμέριμνε）：对观夜神（祷3.6）。

行6 射神箭的（ιοχέαιρα）：同见开场祷歌0.7，祷35.4。

在夜里流浪（νυκτερόφοιτε）：阿尔忒弥斯与月神相连，同见赫卡忒（祷1.5），月神（祷9.2）等。此处或指月亮在夜里的运行。

行7 看守秘钥（κληισία）：语意不明，对观赫卡忒（祷1.7），普罗提拉亚（祷2.5）。

胜似男儿（ἀρσενόμορφε）：被形容为雌雄同体的女神，见月神（祷

9.4），自然神（祷10.18），雅典娜（祷32.10），弥塞（祷42.4）。

行8　俄耳提亚（Orthia）：阿尔忒弥斯在斯巴达地区和阿提卡地区的别称。阿尔忒弥斯－俄耳提亚（Artemis Orthia）神庙是古代斯巴达最重要的圣地之一。据泡赛尼阿斯记载，在崇拜庆典上，斯巴达少年人要在女神圣坛前任凭同伴鞭打接受考验（3.16.7-11）。此外阿尔戈斯地区有一座阿尔忒弥斯神庙（2.24.5）。

催促分娩（ὠκυλόχεια）：同见普罗提拉亚（祷2.4），众神之母（祷10.19）。

养育年轻人（κουροτρόφε）：同见赫卡忒（祷1.8），日神（祷8.10），赫拉克勒斯（祷12.8），打雷的宙斯（祷19.22），厄琉西斯的德墨特尔（祷40.2，40.13）。

行9　永生的（ἀμβροτέρα）：此处读法素有争议，有注家主张读成ἀγροτέρα（狩猎的，同伊21.471）。

地下的（χθονία）：阿尔忒弥斯与地下世界相连，参赫卡忒（祷1.3），梯刻（祷72.5）。

行10　猎鹿（ἐλαφηβόλε）：阿尔忒弥斯被称为"射鹿的神"（索福克勒斯《特剌喀斯少女》213），阿伽门农被迫献祭女儿，阿尔忒弥斯用一头鹿取代伊菲革涅亚，并让她做女神祭司（欧里庇得斯《伊菲革涅亚在奥利斯》1584-1600），另参托名荷马《阿尔忒弥斯颂诗》27.2。

行11　尊贵的（πότνια）：同见自然神（祷10.20），瑞亚（祷14.1），众神之母（祷27.2，27.11）。

永在（αἰὲν ἐοῦσα）："永远常在"，同见报仇神（祷69.15），大洋神（祷83.1）。

普天下的王后（παμβασίλεια）：同见自然神（祷10.16注释）

行12　爱着狗们（σκυλακῖτι）：同见赫卡忒（祷1.5）。

化影无数的（αἰολόμορφε）：同见天神（祷4.7注释）。

库多尼娅（Κυδωνιάς），即"库多尼阿的女神"，库多尼阿是座小城，位于克里特岛北岸。古代作者记载，库多尼阿本地有狄刻缇娜神庙，参看希罗多德3.59.2，斯特拉波10.4.13。

行14-16 和平与健康并称，参祷10.30注释。健康神被修饰为"美辨的"（καλλιπλόκαμόν），同见珀耳塞福涅（祷70.3），这里试译为"可贵的"。

许愿远离疾病，参赫拉克勒斯（祷12.14），健康神（祷68.13）。

37

提 坦

[焚乳香]

提坦神，天地的出色孩子，
我们父辈的祖先，在地下世界，
住在大地深处的幽暗的塔耳塔罗斯，
你们是一切受苦人类和鸟族，
5   海洋和大地众生族的起源和根本，
从你们开始宇宙的繁衍生成，
我求告你们，求你们驱散暴怒，
地下祖先啊，每回靠近我们的住所。

提坦（Titans）：在赫西俄德诗中，天神被黜之后，给了十二个子女一个"诨名"，或某种诅咒："天神恨他的孩子们；他说这些苗子死命（Τιταίνοντας）往坏里长，总有一天要遭到报应（τίσιν）。"（神谱207-210）Titan的词源来历不详，上述引文有两个谐音字：前一个或指提坦的无度，或形容天神遇袭的紧张，后一个或预示提坦神也将轮到被黜的时刻，宙斯将为天神复仇。在赫西俄德那里，提坦是奥林波斯神的祖先（祷4和祷13注释）。在托名荷马的《阿波罗颂诗》里，提坦还是人类的祖先（3.336）。在俄耳甫斯神谱中，提坦神不满宙斯将狄俄尼索斯立为新神主，用镜子和拨浪鼓等玩具拐走幼神，杀害吞食了他，从宙斯击毙的提坦灰烬中生成人类种族（祷29.6注释，祷30题解，俄耳甫斯残篇K版57-59=B版75-89）。本诗没有提及诱杀狄俄尼索斯，但提坦被关进塔耳塔罗斯等细节（第3行，第7行）似乎影射这个神话。本诗强调提坦是众生灵的祖先（第4-5），但未提到他们与奥林波斯神的关系。

行1　天地的出色孩子（*Γαίης τε καὶ Οὐρανοῦ ἀγλαὰ τέκνα*）：或"该亚和乌兰诺斯的出色孩子"，同见神谱644（指百手神）。

行2　我们父辈的祖先（*ἡμετέρων πρόγονοι πατέρων*）：在俄耳甫斯神谱中，人类从提坦的灰烬中生成。

行3　幽暗的塔耳塔罗斯（*Ταρταρίοισι μυχῶι*）：同见神谱119，另参祷18.2。宙斯打败提坦之后把他们囚禁在塔耳塔罗斯（神谱729-735）。同样，宙斯打败提丰之后也将他丢进塔耳塔罗斯（神谱868）。

行4-5　受苦人类（*θνητῶν πολυμόχθων*）：同见祷29.15，73.5。

万物的起源和根本（*ἀρχαὶ καὶ πηγαὶ πάντων*）：对观赫西俄德的说法，"无论迷蒙大地还是幽暗的塔耳塔罗斯，无论荒凉大海还是繁星无数的天空，万物的源头和尽头并排连在一起"（神谱807-808）。在托名荷马的《阿波罗颂诗》中，赫拉称提坦神为"人和神的起源"（3.335-336）。提坦神不但是人类的祖先，还是天地间众生灵的祖先，相似说法参祷78.11-12，10.14-16。万物的起源：对观天神（祷4.2），宙斯（祷15.7），涅柔斯（祷23.4），普罗透斯（祷25.2），阿波罗（祷34.15），大洋神（祷83.7）。

行7　驱散暴怒（*μῆνιν χαλεπὴν ἀποπέμπεο*）：对观科律班忒斯（祷39.9），帕来蒙（祷75.8）。

行8　此行有争议。有的注家释作："若我的祖先冒犯过你们的住处。"

38

库瑞忒斯

[焚乳香]

库瑞忒斯青铜响彻，穿戴阿瑞斯武装，
属天属地属海，散播多重福泽，
高贵的宇宙救主，带来生命的吹拂，
你们住在萨莫色雷斯的神圣土地，
5   保护海上流浪的水手远离危险，
你们最早为世人创制神圣秘仪，
永生的库瑞忒斯，穿戴阿瑞斯武装，
你们统治大洋，管辖大海和山林，
走遍大地，迅捷的脚步声回响不绝，
10   浑身甲胄铜光闪亮，兽们纷纷藏匿，
你们爆发怒起，呼吼喧嚣冲天，
尘烟在你们脚下炸裂盘旋，
攀升云霄，所有花儿同时怒放。
不死的精灵啊，养育一切又摧残一切，
15   你们在狂怒中折磨人类，
损毁世人的住所财富和性命，
旋涡深沉的大海也在呻吟，
高耸树木连根拔起摔到地上，
天空回荡树叶的凄厉啸音。
20   强大神主库瑞忒斯·科律班忒斯，

萨摩色雷斯王子，也称狄奥斯库洛伊，

滋养灵魂的永恒吹拂，宛如空气，

奥林波斯山顶也唤你们双子天神，

闪亮的救世神，带来和风与晴天，

25　守护季节和果实，神主啊，好心吹拂吧。

库瑞忒斯（Kouretes）：第一首库瑞忒斯祷歌强调庇护幼神宙斯的战舞，库瑞忒斯与克里特岛，与小亚细亚的佛律癸亚的库柏勒相连（祷31）。在第二首祷歌中，库瑞忒斯与科律班忒斯（第20行，祷39）、狄奥斯库洛伊兄弟（第21行）、卡比罗伊（祷0.20）等萨摩色雷斯神混同，象征促进繁衍和保护水手的和风神，对参琉科特埃和帕来蒙（祷74-75）；劳作618-694；托名荷马《狄奥斯库洛伊颂》17.33；斯特拉波10.3.7，10.3.20-21。

本诗紧接在提坦祷歌之后，诗中描述库瑞忒斯的狂怒，既指向自然界的狂风，也隐约暗示宙斯的狂怒，以及神王用雷鸣闪电击毙杀害爱子的提坦的神话现场。

行1　青铜响彻（Χαλκόκροτοι）：对观瑞亚或众神之母"敲响青铜锣鼓"（祷14.3）。库瑞忒斯是一组穿戴甲胄的年轻战士，他们的青铜武器发出的声响，与秘仪喧响正相呼应。参祷31.1-4，27.11注释。

阿瑞斯武装（Ἀρήια τεύχεα）：第7行重复出现，或译"作战的甲胄"，同见伊6.340。

行2　属天属地属海（οὐράνιοι χϑόνιοί τε καὶ εἰνάλιοι）：同见赫卡忒（祷1.2）。对观下文"统治大洋，管辖大海和山林，走遍大地"（第

8-9行）。还有不少神灵通达天地海，如自然神（祷10.14-16注释）。库瑞忒斯是和风神，故有此说。

行3 带来生命的吹拂（ζωιογόνοι πνοιαί）：科瑞特斯与和风相连，参看瑞亚"为凡人送去滋养灵魂的和风"。对观第13-19行大风呼啸的场景描述。

宇宙救主（κόσμου σωτῆρες）：参第24行，对观开场祷歌以"伟大的救世神"统称库瑞忒斯、科律班忒斯和卡比罗伊等萨莫色雷斯的海上庇护神（祷0.21）。

高贵的（ἀγανοί）：只出现四次，其他三次均形容珀耳塞福涅（祷41.5，44.6，46.6）。

行4 萨莫色雷斯（Samothrace）：同见第21行。古代卡比罗伊秘教的重要圣地。卢浮宫馆藏的萨莫色雷斯胜利女神像与保护水手的卡比罗伊祭祀相连。

行5 海上流浪的（ποντοπλανήτων）：同见涅柔斯女儿（祷24.8），帕来蒙（祷75.6）。

行6 最早创制神圣秘仪（τελετὴν πρῶτοι μερόπεσσιν ἔθεσθε）：此处或与科律班忒斯混同，后者是库柏勒秘教祭司（祷23.13）。最早教示秘仪的神有阿波罗、缪斯中的卡利俄佩、涅柔斯女儿（祷24.10-11，76.7）、西勒诺斯（祷54.10）和忒弥斯（祷79.8）。

行8-14 这几行标注库瑞忒斯的司掌领域，遍及大海大地和天空，参第2行，第17-19行，另参瑞亚（祷14.10-11），众神之母（27.4-8）。

行10 铜光闪亮（μαρμαίροντες）：参荷马笔下的特洛亚军队"一层层铜光闪灿跟随首领"（伊13.801）。

对观打雷的宙斯祷歌"兽们听到喧响缩作一团"（祷19.14），另参阿里斯托芬《鸟》777。

行14 不死的精灵（δαίμονες ἀθάνατοι）：参开场祷歌（祷0.32-33注释）。

养育一切又摧毁一切（*τροφέες καί αὖτ' ὀλετῆρες*）：参看自然神
（祷10.17），大地（祷26.2），珀耳塞福涅（祷29.16）。

行15　对观梯刻："也有人惹你发怒，要遭贫困的咒诅。"（祷
72.8）

行17-19　这三行的场景描述不妨对观荷马诗中的用法，大海如
见奥10.511，树木如见伊12.132，另参赫西俄德笔下的战争场景（神
谱694-696）。

行20　库瑞忒斯·科律班忒斯（Kouretes Korybantes）：开篇祷歌
同样并称这两组神和卡比罗伊（祷0.20，参祷39题解）。

行21　狄奥斯库洛伊兄弟（Dioskouroi）：kouroi指"年轻人"，
Dioskouroi和Kouretes同词源，意思是"宙斯的年轻人"。他们是卡斯
托尔和波吕丢刻斯，海伦和克吕泰涅斯特拉的兄弟（伊3.236-244）。
此处与库瑞忒斯混同，库瑞忒斯故而大约也是成双成对的（第23行：
"双子天神"）。在神话中，宙斯化身天鹅与斯巴达王廷达瑞奥斯的妻
子勒达幽会。传说波吕丢刻斯是宙斯之后，得了永生，但他不愿比卡
斯托尔长命，兄弟俩"得到宙斯恩赐的尊荣，轮流一个活在世上一个
死去"（奥11.298-304，参看品达《涅墨竞技凯歌》10.80-82）。狄奥
斯库洛伊兄弟和狄俄尼索斯同是经历死而重生的神。

行22　对观赫拉"为凡人送去滋养灵魂的和风"（祷16.3）。

宛如空气（*ἀεροειδεῖ*）：参瑞亚（祷14.11），赫拉（祷16.1），西风
神（祷81.6）。

行25　守护果实（*φερέκαρποι*）：同见月神（祷9.5）。

39

科律班忒斯

[焚乳香]

我呼唤那永生大地上至高的王，
极乐好战、神容不能直视的科律班忒斯，
平息恐惧的属夜的库瑞忒斯，
驱散幻象、独自流浪的科律班忒斯，
5　那化影无数的王子，那双重天性多种样态的，
那被两个亲生兄弟杀害玷污了血的。
你追随德奥的意愿，变幻神体，
化身成黑暗狂野的飞龙。
听我说吧，极乐神，求你驱散暴怒，
10　为受惊的灵魂赶走痛苦幻象吧。

科律班忒斯（Korybas）：Korybantes 的单数形式，同第 4 行，也写作 Kyrbas（第 2 行），库柏勒秘教祭司，主持秘仪，疗治疯狂（祷 27.13）。此处为避免分歧统一译为"科律班忒斯"，第 3 行的 Koures 系 Kouretes 的单数形式，同样统一译为"库瑞忒斯"。上一首祷歌献唱给成双的库瑞忒斯，本首祷歌则献唱给落单的科律班忒斯。亚历山大的克莱蒙在《异教徒劝勉录》中记载了相关神话。科律班忒斯原系三兄弟。两个兄弟杀死第三个兄弟，"他们给头颅蒙上红布，戴花冠，裹缠停当以后，用一枚青铜盾牌运到奥林波斯山脚下埋葬……后来祭

司禁止餐桌上摆放连根香芹，他们认为，香芹从死去的兄弟流出的血中生成"（2.19）。第三个兄弟在死后化身精灵，在大地上独自流浪并伺机复仇，让遇到的人受惊发疯（参祷69，71）。被谋杀的科律班忒斯呼应被谋杀的狄俄尼索斯，为影射狄俄尼索斯死而重生的系列祷歌（31–38）画上句号。整部祷歌集对提坦杀害狄俄尼索斯的神话几乎只字不提，本诗第6行透露出了蛛丝马迹。

柏拉图不止一次提及科律班忒斯。在《欧绪德谟》中，科律班忒斯入会礼上的新信徒被一群用剑敲击盾牌的舞者围绕在中央（277d）。科律班忒斯还能治疗夜里啼哭的小儿（《法义》7.790d-e）。阿里斯托芬的喜剧不乏戏谑的影射，比如苏格拉底与云神通灵仪式有个必要步骤，前来求问的人被要求坐到"神圣的小榻上"（《云》254），比如《蛙》开场嘲笑犯困的观众像陷入科律班忒斯入会礼的催眠状态（《蛙》8），或嘲笑用敲锣治病的流行做法（《蛙》119），另参《财神》728–736。自公元前六世纪起，科律班忒斯与库瑞忒斯混同。他们是酒神狂欢队伍的成员，参欧里庇得斯《酒神的伴侣》120–133。在农诺斯笔下，他们是瑞亚的随从，也是狄俄尼索斯幼神在佛律癸亚的养父（《狄俄尼索斯纪》9.162–168，13.14，13.16，14.247，14.260），后随狄俄尼索斯参加战争（13.135–141，14.23–25）。在本诗中，科律班忒斯还是黑夜里的善良精灵，与厄琉西斯秘仪相连，引出下一首祷歌。

行1　至高的王（$\beta\alpha\sigma\iota\lambda\tilde\eta\alpha\ \mu\acute\epsilon\gamma\iota\sigma\tau o\nu$）：同见闪电的宙斯（祷20.5）。永生大地上至高的王或指狄俄尼索斯，此处与科律班忒斯混同。

行2　好战的（$A\rho\acute\eta\iota o\nu$）：同见狄俄尼索斯（祷30.4），库瑞忒斯（祷38.1，38.7）。

神容不能直视（$\dot\alpha\pi\rho o\sigma\acute o\rho\alpha\tau o\nu$）：同样与狄俄尼索斯相连的说法。怀孕中的塞墨勒为了看见宙斯的神容而丧生（祷44.5）。

行3　库瑞忒斯（Koures）：库瑞忒斯与科律班忒斯混同，此处同样采用单数形式。此二神并称，参祷38.20。

行4　对观潘神"向凡人的灵魂捎去可怖幻觉"（祷11.7），另参墨利诺厄（祷71.6-9）。

行5　此行三个修饰语大致指向同一层意思，与第8行化身黑龙相呼应。

化影无数（αἰολόμορφον）：同见天神（祷4.7注释）。

双重天性，多种样态（διφυῆ, πολύμορφον）：也用来形容狄俄尼索斯（祷29.8，30.2，42.4），普罗多格诺斯（祷6.1，14.1）。多种样态的，或"千般幻影的"，同见瑞亚（祷14.1注释）。

行7　德奥（Deo）：德墨特尔的别称，也和库柏勒、瑞亚混同。此处提到德墨特尔，或因厄琉西斯是科律班忒斯在神话中经常出没的地区，也是德墨特尔最早传授秘仪的地方，由此引出下一首祷歌。或因库柏勒是佛律癸亚地区的地母神，与狄俄尼索斯的出生和童年密切相连（祷42.6，48.5，49.5）。

行8　黑暗的飞龙（δνοφεροῖο δράκοντος）：此处含义不明，或与某个失传的神话相连。亚历山大的克莱蒙援引某个诗人讲述狄俄尼索斯诞生的诗行，同样谈到龙和公牛（2.16.3）。在下一首祷歌中，德墨特尔驾驭飞龙快车（祷40.14）。另参赫西俄德笔下的提丰（神谱826）。

行9　驱散暴怒（χαλεπὴν δ'ἀποπέμπεο μῆνιν）：对观许愿提坦（祷37.7），帕来蒙（祷75.8）。

40

厄琉西斯的德墨特尔

［焚安息香］

　　德奥，万物的母亲神，千名的精灵，
　　威严的德墨特尔，你养育年轻人，散播福泽，
　　你使谷物生长，带来财富和一切，
　　和平与辛苦劳作使你心欢悦，
5　　你在播种收成和打麦季，在新熟果实里，
　　在神圣的厄琉西斯山谷中，
　　迷人可爱，养育众生灵，
　　你最早给牛套犁耕地，
　　为人类想望丰盛美好的收成，
10　　你使花常开，布洛弥俄斯的光彩同伴，
　　燃火把的纯净神女，迷恋夏的镰刀，
　　在地下显形，对谁都可亲，
　　疼惜美丽孩儿，威严可敬，养育年轻人，
　　你套上飞龙，御着快车，
15　　环绕宝座盘旋行进，一路呼吼，
　　你是独生女儿，生养众多，广受尊贵，
　　在不尽花开和神圣枝叶中幻化形样。
　　来吧，纯洁的极乐神，送来盛夏果实，
　　送来和平和可喜的法度，
20　　福泽世人的财富和主宰一切的健康。

德墨特尔（Demeter）：地母神。克洛诺斯和瑞亚的女儿，她和赫拉一样，既是宙斯的姐妹，也是宙斯的妻子，和宙斯生下珀耳塞福涅（神谱454，912-914）。她在《劳作与时日》中频繁出现，对整年辛劳的农夫而言，收获"德墨特尔的神圣谷物"是莫大的希望和慰藉（32，300，391-394，465-466，597-599）。在俄耳甫斯神谱中，德墨特尔与该亚、瑞亚、库柏勒等繁衍女神混同。德墨特尔在大地上的影响力，大约唯涅柔斯在海中相抗衡。在祷歌集里，德墨特尔常与珀耳塞福涅并称（祷0.6，18.12，29.5，41.5），也与狄俄尼索斯并称（祷51.16），与农作相连（祷65.8），此外还多次别称"德奥"（祷23.5，39.7）。

厄琉西斯的德墨特尔（Δήμητρος Ἐλευσινίας）：德墨特尔是古代厄琉西斯秘仪神主，与俄耳甫斯教渊源甚深。据狄奥多罗记载，缪塞俄斯主持祭祀的年代，赫拉克勒斯曾参加厄琉西斯秘仪（4.25）。本首祷歌避而不谈哈得斯劫走珀耳塞福涅，下一首安塔伊阿母亲祷歌（祷41.3-7）重点交代该核心神话，另参普鲁同祷歌（祷18.12-15）、珀耳塞福涅祷歌（祷29.12-14）和时光神祷歌（祷43.7-9）。在神话中，德墨特尔痛失爱女不肯进食，致使土地大旱寸草不生。她不肯回奥林波斯，在大地上流浪，去到厄琉西斯。她化身为老妇人，抚养国王的小儿子得摩丰（Demophoon），每日秘密将他放入火中烧炼，为使他得不坏之身。但计划失败，德墨特尔离开厄琉西斯前，教示当地人为她立神殿，传授当地君王祭祀仪式。这也是厄琉西斯秘仪的起源神话（托名荷马《德墨特尔颂诗》2.96-274）。厄琉西斯秘仪相传始于公元前十五世纪，直到392年迪奥多西统治时代被官方禁止，持续风行两千余年。

祷歌40-43系列与厄琉西斯秘仪主题相连，并引出与狄俄尼索斯崇拜相连的塞墨勒祷歌（祷44），占据整部祷歌集的核心位置。

行1　德奥（Deo）：德墨特尔的简称。同见祷23.5，29.5，39.7，65.8。据德尔维尼莎草抄件记载，Deo派生自动词de（撕裂，扯断），呼应神话中宙斯对德墨特尔施暴的诸种说法，或与犁地技术的譬喻有关。

万物的母亲神（*παμμήτειρα θεά*）：同见自然神（祷10.1），另参瑞亚（祷14.9），大地（祷26.1），库柏勒（祷27.1，7），安塔伊阿母亲（祷41.1-2），健康神（祷68.2）。

千名的精灵（*πολυώνυμε δαῖμον*）：同见普罗提拉亚（祷2.1），潘（祷11.10），阿多尼斯（祷56.1）。

行2　威严的（*σεμνή*）：同见第13行，众神之母（祷27.4）。

养育年轻人（*κουροτρόφε*）：同见第13行。德墨特尔抚养厄琉西斯小王子得摩丰（参看题解）。同见赫卡忒（祷1.8），日神（祷8.10），赫拉克勒斯（祷12.8），打雷的宙斯（祷19.22），阿尔忒弥斯（祷36.8）。

散播福泽（*ὀλβιοδῶτι*）：同见开场祷歌0.35注释。另参众神之母（祷27.9）。在阿瑞斯祷歌中，同时出现此行中的两个修饰语*κουροτρόφε*和*ὀλβιοδῶτι*，均用来形容和平（祷65.9）。

行3　带来一切（*παντοδότειρα*）：或"给予一切"，参大地（祷26.2）。

行4　和平使你心欢悦（*εἰρήνηι χαίρουσα*）：同见正义神（祷63.9）。

行5　播种，收成，打麦（*σπερμεία, σωρῖτι, ἀλωαία*）：大约对应一年中的农作周期，参劳作458-492，571-581，597-608。对观珀耳塞福涅祷歌中的季节交替描述（祷29.12-13）。

行6　厄琉西斯山谷（*Ἐλευσῖνος γυάλοισιν*）：同见安塔伊阿母亲（祷41.4）。

行7　迷人可爱的（*ἱμερόεσσ', ἐρατή*）：同见健康神（祷68.1）。

行8-9　在托名荷马的《德墨特尔颂诗》中，德墨特尔向厄琉西斯的特里普托勒摩斯（Triptolemos，即"三耕的""三倍勇士的"或

"三倍辛劳的"）等君王传授耕田技术和祭祀仪式（2.470-482），参伊5.499-502，劳作465-469，柏拉图《法义》5.782b，《苏格拉底的申辩》41a。库瑞忒斯（38.6）和缪斯（祷76.7）同样将秘仪传授给世人。在埃斯库罗斯笔下，普罗米修斯将耕田技术传授给世人（《普罗米修斯》426-506）。

行10　布洛弥俄斯（*Βρομίοιο*）：即"咆哮的"，狄俄尼索斯的别名（祷29.8注释）。狄俄尼索斯从宙斯的雷鸣中出生（祷30.1，36.2）。厄琉西斯秘仪中的伊阿科斯（Iacchos），象征信徒在前往圣地路上不住咆哮（祷42.4注释）。德墨特尔和狄俄尼索斯相连，麦子和葡萄是有益人类的两大农作物。

使花常开（*αὐξιϑαλής*）：同见大地（祷26.3），阿多尼斯（祷56.6），医神（祷67.5）。

行11　燃火把的（*λαμπᾰδοποιός*）：德墨特尔点燃火把寻找女儿（托名荷马《德墨特尔颂诗》2.47-50，2.59-63）。月神和阿尔忒弥斯（均与珀耳塞福涅混同）也带火把（祷9.3，36.3）。敬拜繁殖神的仪式通常在夜里进行，燃火把是重要步骤，狄俄尼索斯秘仪同样如此（祷52，54.10）。

纯净的（*ἁγνή*）：同见狄俄尼索斯祷歌（祷30.4）。传说厄琉西斯秘仪的参加者要提前在海中沐浴洁净，用作牺牲的猪也要一同带到海中沐浴洁净。

夏的镰刀（*δρεπάνοις ϑερείοις*）：暗指收成季节里收割庄稼。

行12　地下（*σὺ χϑονία*）：或指德墨特尔下冥府找女儿，或指种子埋在土地中。

对谁都可亲（*πᾶσι προσηνής*）：同见普罗提拉亚（祷2.5）。

行13　美丽的孩儿（*εὔτεκνε*）：也用来形容勒托的子女（祷35.3）。

行14　飞龙快车（*ἅρμα δρακοντείοισιν*）：在神话中，德墨特尔让特里普托勒摩斯驾上飞龙快车，使麦种迅速散播各地，暗指厄琉西斯王子特里普托勒摩斯将耕种技艺和秘教仪式传授给世人（参阿波罗多洛斯1.5.2）。飞龙之说，呼应德墨特尔是地下女神（第12行），也与科律班忒斯化作飞龙相连（祷39.8）。众神之母和瑞亚也驾驭快车（祷14.2，27.3）。

行15　环绕宝座盘旋行进（*ἐγκυκλίοις δίναις περὶ σὸν θρόνον*）：对观星群"环绕宝座旋转循行"（祷7.4），天神"如行星环绕大地"（祷4.3）。此处或指季节的循环变迁，或指厄琉西斯秘仪中信徒围绕香坛狂呼不休的狂迷状态。宝座之说，同见"德奥的神圣底座"（祷23.5），对观库柏勒的王座（祷27.5-9）。

呼吼（*εὐάζουσα*）：与狄俄尼索斯相连（祷30.1注释），呼应德墨特尔是"布洛弥俄斯的同伴"（第10行）。

行16　独生女儿，生养众多（*μουνογενής, πολύτεκνε*）：典型的矛盾笔法。两种说法均与神话相悖。一则德墨特尔是赫拉和赫斯提亚的姐妹，原生的奥林波斯三女神之一（神谱454），二则珀耳塞福涅是"德墨特尔的独生女儿"（祷29.2）。在早期神话中，德墨特尔还与英雄伊阿西翁生下普鲁托斯（神谱969-971，奥2.488-489，托名荷马《德墨特尔颂诗》2.488-489）。据希多罗德记载，埃斯库罗斯在某部今已佚失的诗剧中提及埃及传说，指出阿尔忒弥斯是德墨特尔的女儿（残篇56）。卡利马科斯则说，赫卡忒是德墨特尔的女儿（残篇466）。在俄耳甫斯神谱中，这些女神均与珀耳塞福涅混同。生养众多之说，或指女神"抚养年轻人"（第2行，第13行），或指德墨特尔的谷物散播大地带来丰收（第3-9行）。

广受尊贵（*πολυπότνια*）：参祷14.1，27.2，27.11。

行17　不尽花开（*πολυάνθεμοι*）：同见大地（祷26.7），时光神（祷43.3）。

行18　来吧，纯洁的极乐神（*ἐλθέ, μάκαιρ', ἁγνή*）：同见涅墨西斯（祷61.10）。

对观珀耳塞福涅祷歌的许愿（祷29.17）。

行19　和平与法度（ $εἰρήνην$ $καὶ$ $εὐνομίην$ ）：时光三神中的和平女神厄瑞涅（Eirene）和法度女神欧诺弥厄（Eunomia，祷43.2，60.2）。法度与德墨特尔相连，参祷42.1；希罗多德6.91，6.134。和平之说，同见第6行。和平频繁出现在许愿中（如祷10.30，14.13，15.11，17.10，19.22，23.8，29.18，32.15，36.15），但许愿法度仅此一例。

行20　财富（ $πλοῦτον$ ）：德墨特尔之子普鲁托斯（Plutos）即财神（参看第16行注释，祷73.4及题解），参看第3行。

主宰一切的健康（ $ὑγίειαν$ $ἄνασσαν$ ）：同见打雷的宙斯祷歌（祷19.21），参祷68.5。俄耳甫斯信徒似向德墨特尔女神发出最多项内容的祈祷，其余祷歌至多提及三项内容，比如宙斯祷歌（祷15.10-11），雅典娜祷歌（祷32.15-16），阿瑞斯祷歌（祷65.9），赫斯提亚祷歌（祷84.8）等。

41

安塔伊阿母亲

［焚植物香料］

安塔伊阿王后，千名的女神，
永生神和有死人类的母亲，
从前你在苦痛中找寻，到处流浪，
在厄琉西斯山谷结束禁食，

5　　为了高贵的珀耳塞福涅，去到哈得斯，
让第绍勒斯的无瑕孩儿做向导，
听他说穿了地下宙斯的神圣婚礼，
使欧布洛斯摆脱有死的必然做了神。
来吧女神，万众求告的王后，

10　　求你好心善待虔诚的信者。

安塔伊阿（Antaia）：字面意思是"对面的""敌对的""面对面求告的"，指赫拉克勒斯的对手，或用来形容袭击（祷71.9）。在本诗中，安塔伊阿母亲是德墨特尔的别称，这一用法仅见于俄耳甫斯传统。阿波罗尼俄斯在《阿尔戈英雄纪》中用来指称库柏勒（1.1141），稍后也指称瑞亚和赫卡忒。

本诗主要讲述前一首祷歌未涉及的神话（祷40题解），确系带有敌对意味或情节冲突的内容，也就是珀耳塞福涅被哈得斯劫走，德墨特尔在大地上苦寻女儿不得，终在冥府发现真相。德墨特尔明白是宙

斯安排下这场联姻，为了复仇，她试图让大地遭旱，灭绝人类种族，以使奥林波斯诸神丧失来自人间的祭祀。宙斯只好叫哈得斯让步。但珀耳塞福涅离开前吞下石榴子，这使她一年中有三分之一时间回到冥界，三分之二时光在母亲身边度过（祷29.9注释，祷43）。德墨特尔因失去女儿而与奥林波斯神对抗，参托名荷马《德墨特尔颂诗》2.305-313，2.324-333等。本诗中的叙事笔法在整部祷歌集里颇为罕见。希腊古人也以demetroi（德墨特尔的）形容死者，安塔伊阿或与古时葬礼有关。

行1　千名的母亲神（πολυώνυμε μῆτερ）：同见德墨特尔（祷40.1）。头两行本是一句，译文做了断行。

行2　永生神和有死人类的母亲（μῆτερ ἀθανάτων τε θεῶν ἠδὲ θνητῶν ἀνθρώπων）：参自然神（祷10.1）、瑞亚（祷14.8-9）、大地（祷26.1）和库柏勒（祷27.7）

行3　到处流浪（πολυπλάγκτωι）：同见梯刻（祷72.5），代蒙（祷73.3）。德墨特尔为了寻找女儿四处流浪。

行4　厄琉西斯山谷（Ἐλευσῖνος γυάλοισιν）：同见祷40.6。

禁食（νηστείαν）：在托名荷马的《德墨特尔颂诗》（2.192-211）中，女神在厄琉西斯王宫住下，做得摩丰的养母，她一言不发，不吃不笑，直到有个老妇人逗笑她，绝食的德墨特尔开始服用一种水、麦汁和薄荷油的混合饮料（kukeon）。据亚历山大的克莱蒙记载，老妇人名叫保柏（Baubo），也就是下文中的第绍勒斯的妻（《异教徒劝勉录》2.20-21）。

行5　高贵的珀耳塞福涅（ἀγαυὴν Περσεφόνειαν）：同见祷44.6，46.6。

行6　第绍勒斯（Dysaules）：厄琉西斯统治者，他和保柏有两个儿子，特里普托勒摩斯（祷40.8和40.14注释）和欧布勒俄斯（Eubouleus，第8行注释），一个牧牛一个牧猪。传说哈得斯劫走珀耳塞福涅的时候，欧布勒俄斯和他放牧的猪群正好在场，"说穿了地下宙斯的神圣婚礼"（第7行）。托名荷马的《德墨特尔颂诗》没有提到第绍勒斯。参看泡赛尼阿斯2.14.2-3；亚历山大的克莱蒙2.17.1，2.20.2。

行7　地下宙斯（$\chi\vartheta o\nu iou\ \Delta i\grave{o}\varsigma$）：指哈得斯（祷18.3，70.2）。

行8　欧布洛斯（Euboulos）：同见祷18.12（指冥王哈得斯）。厄琉西斯传统中有个欧布洛斯神奉行赫耳墨斯的职能，把珀耳塞福涅从冥府带回到大地上。此行诗含义不明，或系抄录缺省所致。另参Eubouleus（欧布勒俄斯），如见祷29.8，30.6，40.10，42.2，52.4，72.4，均系狄俄尼索斯的别称，在俄耳甫斯神谱中也指称普罗多格诺斯、宙斯等历代神主（祷42.2注释，祷72.4）。此处显然不是指狄俄尼索斯，或指德墨特尔之子普鲁托斯（祷40.16注释），或指"第绍勒斯的无瑕孩儿"，德墨特尔的冥府向导。依据神话中德墨特尔对得摩丰的做法（祷40题解），此处释作"造就""使他变成不死的"。

行9　万众求告的王后（$\pi o\lambda\upsilon\lambda\lambda\acute{\iota}\sigma\tau\eta\ \beta\alpha\sigma\acute{\iota}\lambda\varepsilon\iota\alpha$）：同见雅典娜（祷32.17），勒托（祷35.2）。

42

弥 塞

［焚安息香］

我呼唤带酒神杖的立法者狄俄尼索斯，
庆典无数的千名后代欧布勒俄斯，
纯洁神圣、不可言说的弥塞女王，
同为男和女，双重天性，救世的伊阿科斯。
5　　你在厄琉西斯的芬芳殿堂里玩耍，
在佛律癸亚随母亲神参加秘仪，
在塞浦路斯和美冠的库忒瑞亚游戏，
或在收成麦子的神圣原野心狂喜，
和黑衣的神圣母亲，威严的伊西斯一起，
10　　在埃及河畔，有养母的队列作伴，
好心的神，快来入会礼的高贵赛会吧。

　　弥塞（Mise）：来历不明的女神，似乎仅见于俄耳甫斯传统，与
小亚细亚的安塔伊阿母亲崇拜相连，或与厄琉西斯的德墨特尔秘仪
相连。据公元前四世纪作者 Asclepiades Tragilensis 记载，第绍勒斯
和保柏有两个女儿，普洛托诺和尼萨，其中尼萨（Nisa）疑似弥塞
（Misa）之误（残篇 391）。
　　在本诗中，弥塞与狄俄尼索斯混同，犹如狄俄尼索斯的女性复
体，共享众多修饰语，加上第 4-10 行的伊阿科斯（Iachos），犹如狄

俄尼索斯神主的三种化身。伊阿科斯是幼神形象，呼应第5-9行提到的三名女神均涉及不同地区的少年死而重生的神话：库柏勒与阿提斯（祷27），阿佛洛狄特与阿多尼斯（祷56），伊西斯与俄西里斯（希罗多德2.144）。

行1 立法的（*Θεσμοφόρον*）：法度与德墨特尔相连，参祷40.19注释。

带酒神杖的（*ναρϑηκοφόρον*）：指狄俄尼索斯，参祷44.3，45.5。

行2 欧布勒俄斯（Eubouleos）：此处或指狄俄尼索斯之父宙斯，而不是狄俄尼索斯本人，参祷29.8注释，41.8注释；西西里的狄奥多罗5.72。也有注家主张读作Euboulea："欧布勒俄斯，庆典无数的千名后代。"

庆典无数的千名后代（*σπέρμα πολύμνηστον，πολυώνυμον*）：同见祷50.2，另参普罗多格诺斯（祷6.4）。

千名的（*πολυώνυμος*）：详见普罗提拉亚（祷2.1注释）。

行3 神圣的（*εύίερόν*）：形容狄俄尼索斯，同见祷24.10。

不可言说的（*ἄρρητον*）：多次形容狄俄尼索斯（祷29.7，30.3，30.7，52.5）。另参普罗多格诺斯（祷6.5）。

女王（*ἄνασσαν*）：同见自然神（祷10.2注释）。

行4 男和女（*ἄρσενα καί ϑῆλυν*）："男性和女性"，同见月神（祷9.4），雅典娜（祷32.10）。

双重天性（*διφυῆ*）：同见普罗多格诺斯（祷6.1），狄俄尼索斯（祷30.2），科律班忒斯（祷39.5），爱若斯（祷58.4）。

救世的（*λύσειον*）：狄俄尼索斯有个别称叫利西俄斯（Lysios），参祷50注释，52.2。

伊阿科斯（Iacchos）：在厄琉西斯秘仪中，信徒在夜里从雅典步行到厄琉西斯，举着火把，载歌载舞，一路说些荤段子。信徒在路上发出的呼吼声（iakkhe）似乎化身成了伊阿科斯神。他引领秘仪队伍，作为德墨特尔－珀耳塞福涅母女和狄俄尼索斯的中介，呈现为小孩模样，有时被说成德墨特尔或珀耳塞福涅的儿子，有时成了第绍勒斯和保柏的儿子（祷41.6注释）。在后一种假设里，伊阿科斯和弥塞系同胞姐弟，又都与狄俄尼索斯混同。普鲁塔克谈及厄琉西斯秘仪，每年Boedromion（九月）第二十天，当地人抬出神秘的伊阿科斯出巡（《卡米拉斯传》19）。在索福克勒斯的《安提戈涅》中，伊阿科斯和狄俄尼索斯混同（1146-1152）。另参阿里斯托芬《鸟》340-353，372-416；希罗多德8.65。

行5　在厄琉西斯的芬芳殿堂（ἐν Ἐλευσῖνος ...νηῶι θυόεντι）：伊阿科斯与厄琉西斯秘仪，参看上条注释。

行6　在佛律癸亚随母亲神（ἐν Φρυγίηι σὺν Μητέρι）：当指库柏勒（祷27）。在伊普塔祷歌中，狄俄尼索斯的养母伊普塔加入伊阿科斯的夜舞（祷49.3）。

行7　塞浦路斯，库忒瑞亚（Κύπρωι...Κυθερείηι）：塞浦路斯的阿佛洛狄特崇拜，参祷22.7注释，55.15，55.24；神谱194-197。

行9　伊西斯（Isis）：埃及女神，罗马时代风行伊西斯崇拜。伊西斯被形容为黑衣的，参看伊西多洛斯的第三首《伊西斯颂》（3.34）。伊西斯被视为狄俄尼索斯的母亲，参普鲁塔克《伊西斯和俄西里斯》365e-f。

行10　养母们（τιθήναις）：指塞墨勒死后抚养狄俄尼索斯的水仙（祷30.9注释，46.2-3，53.6，54.5）。

行11　赛会（ἀέθλους）：对观星群祷歌："神圣秘仪的博学赛会。"（祷7.12）

43

时光神

[焚植物香料]

　　荷赖，忒弥斯和宙斯神王的女儿们，
　　欧诺弥厄、狄刻和丰盛的厄瑞涅，
　　纯净神女，出没春的草场和无尽花间，
　　流连花开的色调和风飘的芬芳，
5　　永不衰老，旋转起舞，温柔脸颊的时光神，
　　你们身着无数花儿的露水轻衣，
　　陪伴纯洁的珀耳塞福涅，当命运神
　　和美惠神带她逶迤舞入明光里，
　　使宙斯和带来果实的母亲心生喜悦。
10　　来到虔诚圣洁的入会仪，眷顾新信者，
　　如约带来果实千呈的无瑕季节吧。

　　时光神（Horai）：音译"荷赖"，又称时辰女神，或时序女神。宙斯和忒弥斯的女儿，命运神的姐妹（神谱901-906）。她们是季节的人身化形象，象征生命与成长的季节（泡赛尼阿斯935.2）。她们共有三姐妹，对应古人有别于我们今天的季节认知：一年大致分为三季（三月到六月、七月到十月、十一月到二月）。在荷马诗中，她们负责掌管天门（伊5.748），照看赫拉和雅典娜的马匹（伊8.432-435）。她们常和阿佛洛狄特、美惠神在一起（劳作73-75，托名荷马《阿佛洛狄

特颂诗》6.5-28）。在本诗中，她们陪伴珀耳塞福涅（祷29.9注释）。

继普鲁同祷歌（祷18.12-15）、珀耳塞福涅祷歌（祷29.14）、安塔伊阿母亲祷歌（祷41.3-7）之后，珀耳塞福涅神话在本首祷歌中得到圆满收尾（第7-9行）。珀耳塞福涅第一次从冥府回到大地，时光神陪伴她，象征季节循环，春回大地，死而重生。春天元素在本诗中一再得到强调。在古代神话中，时光神也常陪伴狄俄尼索斯这个死而重生的神。祷歌结尾祈求女神眷顾新信徒，显得意味深长。某种程度上，参加入会礼的信徒同样经历灵魂的死而重生。后续系列祷歌44-55将围绕诞生主题展开。

在整部祷歌集里，时光神还出现在开场祷歌（祷0.18）、珀耳塞福涅祷歌（祷29.9），作为季节出现在潘神祷歌（祷11.4）、大地祷歌（祷26.3）、阿多尼斯祷歌（祷56.5）等。

行1-2 此两行接近神谱901-902。赫西俄德最早为时光三神命名，声称她们负责监督人类的劳作（神谱903）。人类劳作取决于社会稳定和政制公正（劳作225-247），时光神相应成为社会政治气候的化身。

忒弥斯（Themis）："法则，秩序"，她是提坦女神（祷歌79题解，神谱135），瑞亚的姐妹，宙斯的第二个妻子，在荷马诗中和宙斯并列出现主管人间会议（奥2.68；参伊9.156，298）。

欧诺弥厄（Eunomia）："法度，秩序"，美惠神的母亲（祷60.2）。

狄刻（Dike）："正义"。本祷歌集里有两首专属祷歌（祷62-63），另见开场祷歌（祷0.25），自然神祷歌（祷10.13），报仇神祷歌（祷69.15）。

厄瑞涅（Eirene）："和平"。欧诺弥厄和厄瑞涅出现在厄琉西斯的德墨特尔祷歌结尾（祷40.19注释）。据泡赛尼阿斯记载，雅典古人供奉的时光神只有两个，分别代表开花（Thallo）和结果（Karpo）。

丰盛的厄瑞涅（*Εἰρήνη πολύολβε*）：同见祷32.15。

行3 出没春的草场（*εἰαριναί, λειμωνιάδες*）：同见西风神（祷

81.3 ），参水仙（祷51.4 ）。

无尽花间（ *πολυάνϑεμοι*）：同见大地（祷26.7 ），德墨特尔（祷40.17 ）。

行5 永不衰老（ *ἀειϑαλέες*）：或 "如花常开"，参日神（祷8.13 ），克洛诺斯（祷13.1 ），美惠神（祷60.5 ），健康神（祷68.7 ）。

行7 纯洁的珀耳塞福涅（ *ἁγνῆς Περσεφόνης*）：同见祷0.6，24.11。

命运神（Moirai ）：时光神的姐妹（祷59，神谱904-906 ），象征宇宙秩序的运作。在托名荷马的《德墨特尔颂诗》中，命运和美惠两组女神并没有出现在珀耳塞福涅回人间的场景中（2.375起 ）。时光和命运并列，参看泡赛尼阿斯3.19.4，1.40.4。

行8 美惠神（Charis ）：参祷60，神谱907-911。美惠与时光相携出现，参看劳作73-74，托名荷马《阿波罗颂诗》3.186-206。

逶迤起舞（ *κυκλίοισι χοροῖς*）：指一种循环的圆舞，参祷55.21，另参时光神 "旋转起舞"（ *περικυκλάδες*，第5行 ），或与宇宙时空运转相连。

行9 带来果实的母亲（ *μητέρι καρποδοτείρηι*）：指德墨特尔。

行10 新信者（ *νεομύστοις*）：参祷4.9，9.12。

44

塞墨勒

［焚安息香］

我呼唤卡德摩斯的女儿，普天下的后，
美丽的塞墨勒，发辫迷人，胸怀深沉，
执酒神杖的欢乐无边的狄俄尼索斯的母亲，
火的灿光将她抛入分娩的苦楚，
5 克洛诺斯之子永生宙斯意愿使她燃烧，
高贵的珀耳塞福涅为她分配荣誉，
有死人类逢双年来做祭祀，
庆祝巴克库斯孩儿有福降生，
举行神圣的供桌祭奠和纯净秘仪。
10 我求你，卡德摩斯的女儿，女王哦，
永远有温柔的心对待信者吧。

  塞墨勒（Semele）：卡德摩斯和哈尔摩尼亚的女儿。早期诗人提到她是狄俄尼索斯的母亲，参神谱940-942；伊14.325；托名荷马《狄俄尼索斯颂诗》1.21，7.1，26.2。在神话中，宙斯爱上她，嫉恨的赫拉说服她要求亲见宙斯的本真面容。但人类不得靠近属神的真相，否则会被难言的光烧毁。宙斯事先承诺应许她的任何要求，被迫用雷电将她烧为灰烬。他救出塞墨勒怀着的婴孩，放在自己股内侧，使他稍后顺利出生，他就是狄俄尼索斯。参看欧里庇得斯《酒神的

伴侣》1-42，阿波罗多洛斯3.4.3，奥维德《变形记》3.257-313，祷
48.3注释，50.3注释。

　　有的神话称，狄俄尼索斯幼神被交给塞墨勒的姐妹伊诺养育，这
使伊诺也受赫拉迫害（祷74）。有的神话称，赫耳墨斯把同父异母的
兄弟交给水仙抚养（祷51），西勒诺斯也在场（祷54.1）。还有的神
话称，狄俄尼索斯的养母是伊普塔（祷49）。在俄耳甫斯神话中，狄
俄尼索斯与扎格勒斯幼神（Zagreus）混同，是宙斯和珀耳塞福涅的
儿子。狄俄尼索斯因而有双重母亲和三次诞生（祷30注释，46.6-7，
50.1，52.9）。

　　本诗是第二次诞生主题的狄俄尼索斯系列祷歌第一首。

　　行1　卡德摩斯（Kadmos）：忒拜建城者，在赫西俄德笔下，他
和哈尔摩尼亚（阿瑞斯和阿佛洛狄特的女儿）生养四个子女，包括
塞墨勒、伊诺和阿高厄（神谱975-979）。伊诺（Ino），参祷74，奥
5.333。阿高厄（Agaüe），参欧里庇得斯《酒神的伴侣》22-30等。

　　普天下的后（παμβασίλειαν）：同见自然神（祷10.16注释）。塞墨
勒原系凡人女子，但此处修饰语同诸女神。

　　行2　发辫迷人（ἐρατοπλόκαμον）：同珀耳塞福涅（祷29.5，
56.9），阿佛洛狄特（祷55.10）。

　　胸怀深沉（βαθύκολπον）：同欧诺弥厄（祷60.2），参托名荷马
《德墨特尔颂诗》2.5，《阿佛洛狄特颂诗》5.257。

　　行3　执酒神杖的（θυρσοφόροιο）：狄俄尼索斯的标志物，同见祷
45.5。杖头饰有松果，环绕着常青藤和葡萄藤，有时用阿魏杆做成
（祷42.1，参欧里庇得斯《酒神的伴侣》147）。酒神杖也用来指狄俄
尼索斯秘仪信徒们。柏拉图在《斐多》中援引一句谚语：“手执酒神
杖者多，酒神信徒少。”（69c）狄俄尼索斯偶尔也把酒神杖当武器，
参祷50.8，52.4。

　　欢乐无边的狄俄尼索斯：（Διωνύσου πολυγηθοῦς）：同见祷75.1。

行4　抛入分娩的苦楚（ $\mu\varepsilon\gamma\acute{a}\lambda\alpha\varsigma$ $\dot{\omega}\delta\tilde{\iota}\nu\alpha\varsigma$ $\dot{\varepsilon}\lambda\acute{a}\sigma\sigma\alpha\tau o$ ）：有注家释作："完成伟大的分娩。"依据农诺斯的说法，塞墨勒"眼见要丧生火中，在分娩中幸福地断了气"（《狄俄尼索斯纪》8.402-403 ）。

火的灿光（ $\pi\upsilon\varrho\varphi\acute{o}\varrho\omega\iota$ $\alpha\dot{\upsilon}\gamma\tilde{\eta}\iota$ ）：对观祷47.3。另参欧里庇得斯《酒神的伴侣》："我乃是宙斯的儿子狄俄尼索斯，卡德摩斯的女儿塞墨勒所生，由霹雳火催生出来的。"（3）

行5　克洛诺斯之子（ $K\varrho o\nu\acute{\iota}o\iota o$ ）：同见祷15.6注释。

宙斯意愿（ $\Delta\iota\grave{o}\varsigma$ $\beta o\upsilon\lambda\alpha\tilde{\iota}\varsigma$ ）：同见祷46.6，伊13.524。

行6　高贵的珀耳塞福涅（ $\dot{a}\gamma\alpha\nu\tilde{\eta}\varsigma$ $\Pi\varepsilon\varrho\sigma\varepsilon\varphi o\nu\varepsilon\acute{\iota}\eta\varsigma$ ）：同见祷41.5，46.6。塞墨勒死后下到冥府遇到冥后，也就是神话中头次诞生的狄俄尼索斯的母亲。珀耳塞福涅故而与狄俄尼索斯的前两次出生相连。

行7　此行接近西勒诺斯·萨图尔祷歌："有死的人类在双年庆典供奉你。"（祷54.3）逢双年（ $\dot{a}\nu\grave{a}$ $\tau\varrho\iota\varepsilon\tau\eta\varrho\acute{\iota}\delta\alpha\varsigma$ ）：参祷30.5注释，祷52题解，祷53题解。

行8　有福降生（ $\gamma o\nu\acute{\iota}\mu\eta\nu$ $\dot{\omega}\delta\tilde{\iota}\nu\alpha$ ）：同见勒托祷歌中的阿波罗和阿尔忒弥斯（祷35.3）。

行9　神圣的供桌祭奠（ $\varepsilon\dot{\upsilon}\acute{\iota}\varepsilon\varrho\acute{o}\nu$ $\tau\varepsilon$ $\tau\varrho\acute{a}\pi\varepsilon\zeta\alpha\nu$ ）：以神圣的（ $\varepsilon\dot{\upsilon}\acute{\iota}\varepsilon\varrho\acute{o}\varsigma$ ）形容祭礼，参祷7.12，11.22，66.10，75.3，77.10，79.12。

纯净秘仪（ $\mu\upsilon\sigma\tau\acute{\eta}\varrho\iota\acute{a}$ ϑ' $\dot{a}\gamma\nu\acute{a}$ ）：同见忒弥斯（祷79.10）。这里的双年秘教庆典或许发生在厄琉西斯。

行10　女王（ $\check{a}\nu\alpha\sigma\sigma\alpha$ ）：同见自然神（祷10.2注释）。塞墨勒本系人类，最终得到永生，进入诸神行列。参看神谱："她原是凡人女子，如今母子全得永生。"（942）

卡德摩斯的女儿（ $\varkappa o\acute{\upsilon}\varrho\eta$ $K\alpha\delta\mu\eta\acute{\iota}\varsigma$ ）：同见第1行。

45

狄俄尼索斯·巴萨勒斯·双年庆神祷歌

来吧，极乐的狄俄尼索斯，火里生的牛脸神，
千名的主君，巴萨勒斯，巴克库斯，
滴血的剑和贞洁的狂女们使你心欢喜，
咆哮疯魔的巴克库斯，在奥林波斯山狂吼，
5　手握酒神杖，怒气冲天，众神尊崇你，
住在大地上的人类也敬重你。
来吧，跳跃的极乐神，把欢乐带给所有人。

巴萨勒斯（βασσαρεύς）：同见第2行。该词或出自色雷斯用语 bassara，即"狐狸"，指"披狐狸皮的"，酒神女祭司和酒神的常见装束。参看贺拉斯《颂诗》1.18.11。色雷斯的酒神祭司故而也称 Bassarai 或 Bassarids。该词的最早用法见阿那克里翁残篇411b。传说埃斯库罗斯在某部今已佚失的诗剧中讲述俄耳甫斯在色雷斯被酒神狂女们杀害并撕成碎片。据亚历山大的波菲利记载，色雷斯的酒神信徒"不满足于奉行色雷斯仪式，在祭祀的疯狂中吞噬他们的牺牲"（《论禁食生肉》2.8）。

双年庆神（τριετηρικός）：同见祷30.5注释，祷52题解。狄俄尼索斯已有专属祷歌（祷30）。本诗将狄俄尼索斯和巴萨勒斯、双年庆神相连，开启狄俄尼索斯系列祷歌。诗中表现女信徒在秘仪现场的狂迷状态，欢呼跳舞，挥动酒神杖，乃至撕碎祭神用的动物牺牲（祷30.5注释，52，54）。

行1 　火里生的（*πυρίσπορε*）：同见祷52.2，指塞墨勒被宙斯雷击（祷44注释，祷30注释）。

牛脸神（*ταυρομέτωπε*），同见祷30.4，52.2。

行2 　千名的（*πολυώνυμε*）：用来形容狄俄尼索斯，同见祷50.2，另见普罗提拉亚（祷2.1）。这个说法通常为了突出某个神的显赫，如见潘（祷10.10）等，但用在狄俄尼索斯身上实至名归。据亚里士多德的说法，狄俄尼索斯没有一千个名称也有整整420个名称。本祷歌集里出现了狄俄尼索斯的众多别称：巴克库斯（祷44-54），巴萨勒斯（祷45.2，52.12），利克尼特斯（祷46.1，52.3），佩里吉奥尼俄斯（祷47.1），埃剌菲欧特斯（祷48.3），伊阿科斯（祷42.4，49.3），利西俄斯和勒那伊俄斯（祷50，52.2），双年庆神（祷35，52），欧布勒俄斯（祷29.7，30.6，52.4），埃帕弗里厄或埃瑞克帕奥斯（祷50.7，52.6），安斐尔托（祷53）和萨巴斯（祷49.2）。

主君（*παντοδυνάστα*）：同见赫拉克勒斯（祷12.4）。

行3 　滴血的剑（*ξίφεσιν...αἵματ*）：阿提卡的古陶瓶画常表现酒神狂女们手握长剑追捕牺牲的场景，传说俄耳甫斯死于色雷斯女祭司的剑下。参看普鲁塔克《希腊掌故》299c-300a。

狂女们（*μαινάς*）：指受到狄俄尼索斯的疯狂附身的妇人们。

行4 　咆哮的（*ἐρίβρομον*）：同见祷29.8注释。

疯魔的（*μανικὲ*）：同见双年庆神（祷52.1），水仙（祷51.15）。奥林波斯神共庆酒神狂迷，参看品达残篇70b6-21。

狂吼（*εὐάζων*）：狄俄尼索斯的常见修饰语，参祷30.1注释。

行5 　执酒神杖的（*θυρσεγχής*）：参祷44.3注释，50.8，52.4。

怒气冲天（*βαρύμηνι*）：参潘（祷11.12），闪电的宙斯（祷20.4）。古代神话诗人多有记载狄俄尼索斯的愤怒，参伊6.130-140；欧里庇得斯《酒神的伴侣》；奥维德《变形记》4.1-4.40，390-415；阿波罗多洛斯2.2.2；祷30.4，47等。

众神尊崇你（τετιμένε πᾶσι ϑεοῖσι）：对观开场祷歌，"极乐神中最受尊崇"（祷0.9）。

行7　跳跃的（σκιρτητά）：秘仪过程中进入狂迷状态的表现之一，狄俄尼索斯亲自引领狂迷的信徒队伍（祷52.3-4，52.7-8）。其他跳跃的神有潘（祷11.4），涅柔斯女儿（祷24.7），库瑞忒斯（祷31.1），水仙和潘（祷51.8）。另参祷46.4，0.8。

46

利克尼特斯

[焚乳香粉末]

我祷告呼唤狄俄尼索斯·利克尼特斯，
尼萨的花样幼神，迷人善心的巴克库斯，
水仙和美冠的阿佛洛狄特的心爱养子，
从前你用颤抖的舞步穿行森林，
5　有迷人的水仙作伴，深陷在狂醉中，
依宙斯意愿被带去见高贵的珀耳塞福涅，
她教导你，使你受永生神们的敬畏。
来吧，极乐神，欢喜收下这份献礼。

　　利克尼特斯（Λικνίτης）："簸箕"，引申为"摇篮"，狄俄尼索斯
幼神又称摇篮中的神，是双年庆典的神主（祷52.3）。该词也指盛放
新收谷物果实的簸箕。据普罗克洛斯记载，伊普塔女神头托有蛇缠绕
的簸箕，迎接从宙斯的股内侧出生的狄俄尼索斯（祷49）。传说在酒
神秘仪的高潮时刻，信徒会打开秘密的簸箕或摇篮，篮中盛满果实，
通常还放一枚外形酷似生殖器的鬼笔蕈，寓指出生与繁衍。本首诗中
表现出欢快跳跃的狄俄尼索斯幼神形象，代表自然的复兴，生命从地
下世界回归大地。

行1　祷告（ἐπευχαῖς）：同见梯刻（祷72.1）
行2　尼萨的（Νύσιον）：狄俄尼索斯出生尼萨（Nysa），参祷

52.2。荷马诗中提起狄俄尼索斯的尼萨养母（伊6.132-133）。为了避开赫拉的嫉恨，宙斯把刚出世的狄俄尼索斯变做一只小羊，交给尼萨的水仙，让她们把孩子抚养长大（祷51.15，阿波罗多洛斯3.4.3）。尼萨当系小亚细亚地区的山名，但托名荷马的《狄俄尼索斯颂诗》称尼萨在埃及（7.6-9，参看希罗多德2.146.2）。托名荷马的《德墨特尔颂诗》提到珀耳塞福涅被劫发生在尼萨境内（2.17）。据阿波罗尼俄斯的《阿尔戈英雄纪》记载，狄俄尼索斯的尼萨养母名叫玛克里斯（Makris，4.540，4.1131-1140）。在有的神话中，尼萨的水仙后来升天变作毕星团（Hyades）。

花样幼神（*ἀμφιθαλῆ*）：字面意思是"两边开花的"，或指"父母均在的孩子"。埃斯库罗斯用来指宙斯（《奠酒人》394），阿里斯托芬用来指爱神（《鸟》1737）。

善心的（*εὔφρονα*）：或"好心的"，重复出现在第8行。

行3 水仙（*νυμφῶν*）：见第5行。狄俄尼索斯的养母，见第2行注释。

美冠的阿佛洛狄特（*ἐυστεφάνου τ' Ἀφροδίτης*）：同见奥8.267，参祷42.7，55.7。

养子（*ἔρνος*）：直译"后代"，同见普罗多格诺斯（祷6.5），双年庆神（祷52.5），阿多尼斯（祷56.8）。

行4 利克尼特斯的颤抖舞步，对观狄俄尼索斯的舞蹈（祷45.7，52.7）。

行5 水仙与狄俄尼索斯崇拜，对观"疯魔的尼萨仙子……陪伴巴克库斯和德奥造福人类"（祷51.15-16）。

行6 宙斯的意愿（*βουλαῖσι Διὸς*）：同见祷44.5，伊13.527等。

高贵的珀耳塞福涅（*ἀγαυὴν Φερσεφόνειαν*）：同见祷41.5，44.6。此处珀耳塞福涅不是狄俄尼索斯的母亲，而是最重要的养母（祷30.2注释，祷44注释）。祷歌末尾祷告（第8行）与珀耳塞福涅祷歌（祷29.2）相似。

　　行7　敬畏（ φόβος ）：或"恐惧"。有注家主张读作 φίλος（喜爱）。

　　行8　收下献礼（ ἱερὰ δέξαι ）：同见普鲁同（祷18.3），珀耳塞福涅（祷29.2），赫斯提亚（祷84.7）。

47

佩里吉奥尼俄斯

［焚植物香料］

> 我呼唤赐酒的巴克库斯·佩里吉奥尼俄斯，
>
> 他稳稳地环护卡德摩斯的住所，
>
> 力挽狂摇，平息地震，
>
> 正当电光燃烧，整个世界在翻搅，
>
> 狂风怒啸，他一跃冲起，万物的纽带。
>
> 来吧，狂迷的极乐神，欢喜地来吧。

5

　　佩里吉奥尼俄斯（*Περιχιόνιος*）："环绕柱子的""围着柱子转的"。古代学者注疏欧里庇得斯的《腓尼基妇人》（651），援引公元前三到二世纪的史家Mnaseas记载（残篇18），宙斯雷击塞墨勒，传说卡德摩斯宫殿中的常春藤主动环绕生长，保护狄俄尼索斯幼神。佩里吉奥尼俄斯故而是狄俄尼索斯在忒拜的别称（另参泡赛尼阿斯9.12.3）。在托名荷马的《狄俄尼索斯颂诗》中，海盗们捆绑住年轻的狄俄尼索斯，当酒神的愤怒终于爆发时，那些绳索纷纷断裂，"一枝开花的常青藤伸过来缠住桅杆"（7.40-41），另参农诺斯《狄俄尼索斯纪》45.142-144。此外雅典古陶瓶画常常表现户外的柱顶装有狄俄尼索斯的面具。不过，柱头面具的狄俄尼索斯有别于围着柱子转的狄俄尼索斯。本首祷歌描绘常青藤环绕住卡德摩斯的住所，或象征狄俄尼索斯如植物般的生长力量。

行1　赐酒的（μεθυδώτην）：狄俄尼索斯作为酒神，参祷50注释。

行2　环护（ἐλισσόμενος）：同见托名荷马的《狄俄尼索斯颂诗》7.40。

卡德摩斯的住所（Καδμείοισι δόμοις）：狄俄尼索斯的母亲塞墨勒是卡德摩斯的女儿，参祷44.1注释。

行4　电光燃烧（πυρφόρος αὐγή）：参祷44.4，此处指宙斯的雷电烧死塞墨勒。由此引发地震，参看打雷的宙斯（祷19.5，19.10-11），

行5　狂风（πρηστῆρος）：同见打雷的宙斯（祷19.5，19.11）。

怒啸（ῥοίζοις）：同见赫拉（祷16.8），波塞冬（祷17.6），打雷的宙斯（祷19.10）。

此行后半句的含义不明，有译本作"万物的纽带就要崩断"。"一跃冲起"或指狄俄尼索斯在地震中保护卡德摩斯的王宫，或指他从宙斯的雷击中幸存。参看欧里庇得斯笔下，狄俄尼索斯破坏忒拜王彭透斯的住所（《酒神的伴侣》576-603）。

行6　来吧，狂迷的极乐神（ἐλθέ, μάκαρ, βακχευτά）：参潘（祷11.21），巴萨勒斯（祷45.7）。

48

萨巴兹乌斯

［焚植物香料］

听啊克洛诺斯之子，父亲萨巴兹乌斯，光荣的精灵，
　　你在股内侧缝闭巴克库斯·狄俄尼索斯，
　　咆哮的埃刺菲欧特斯，待他完整成形，
　　去到极神圣的特摩罗斯山，美颊的伊普塔之旁。
5　极乐的佛律癸亚主神，世间的王，
　　求你好心地来吧，来帮助秘礼者吧。

　　萨巴兹乌斯（Sabazios）：字面意思是"发酵的汁"，或让人迷醉的饮料（sabaia）。古代色雷斯－佛律癸亚地区的主神。萨巴兹乌斯崇拜大约在公元前五世纪末传入希腊。阿里斯托芬在多部剧作中提到，如见《马蜂》9-10，《鸟》873-875，《吕西斯忒拉忒》387-390。

　　德摩斯提尼为了反驳对手埃斯基涅斯，用讥讽的语调谈及公元前四世纪风行雅典的崇拜仪式："夜里你穿上兽的皮，你使自己狂醉，洗清你的信徒，搓去他们的泥屑，在仪式之后使他们受洗，使他们说：'我免于不幸，我找到幸福'……白天你摆弄那些鼓胀的蛇，叫它们爬到你头上，你喊着：'诶哦！萨巴兹乌斯神！'你在空气里舞着：'吆诶！阿特斯（Attès）！阿特斯！吆诶！'老妇人都唤你作'歌队领班''最早的向导''戴常青藤的''拿簸箕的'。"（18.259-260）

　　据斯特拉波记载，这段文字描述了同时供奉萨巴兹乌斯和库柏勒的崇拜仪式（10.3.18）。德摩斯提尼文中有诸多狄俄尼索斯秘仪元素，如常青藤、簸箕、穿兽皮、歌舞等等。据西西里的狄奥多罗记载，萨巴兹乌斯常与狄俄尼索斯混同（4.4.1）。亚历山大的克莱蒙也提到，萨巴兹乌斯崇拜呼应神话中宙斯化身为蛇，与珀耳塞福涅结合生下狄俄尼索斯（2.16.2）。无论如何，泛希腊时期的神话作者试图将萨巴兹乌斯纳入希腊神话谱系。在这个过程中，狄俄尼索斯崇拜和萨巴兹乌斯崇拜经常交叉甚至混同，但不能互相取代。

　　在本祷歌中，萨巴兹乌斯与宙斯混同，被称作狄俄尼索斯的父亲，与众神之母库柏勒、伊普塔相连。萨巴兹乌斯祷歌和下一首伊普塔祷歌构成佛律癸亚的主神对子。这或也佐证了，本祷歌集所记录的秘教仪式极可能发生在小亚细亚的佛律癸亚地区。

　　行1　克洛诺斯之子（Kronioio）：同见宙斯（祷15.6），塞墨勒（祷44.5），墨利诺厄（祷71.3）。此处萨巴兹乌斯与宙斯混同，是狄俄尼索斯的父亲。

　　光荣的（ϰύδιμε）：同见阿波罗（祷34.5）。

　　行2-3　咆哮的（ἐριβρομον）：参祷30.1注释。

　　埃剌菲欧特斯（Eiraphiotes）：语意不明，或与“缝合”有关（祷44，50.3），狄俄尼索斯的专用修饰语，参托名荷马《狄俄尼索斯颂诗》1.17；农诺斯《狄俄尼索斯纪》9.3，14.229。

　　行4　极神圣的（ἠγάθεον）：荷马诗中用来形容尼萨的山（伊6.133）。开场祷歌中用来形容代蒙（祷0.31）。

　　特摩罗斯山（Tmolos）：古代吕底亚的山（祷49.6），传说是瑞亚的圣地。在欧里庇得斯笔下，狄俄尼索斯离开特摩罗斯山前往忒拜（《酒神的伴侣》55，65，154，462）。

　　伊普塔（Hipta）：佛律癸亚女神，常与瑞亚、库柏勒混同。在俄耳甫斯教传统中，她是狄俄尼索斯的养母（祷49.1）。

行5 佛律癸亚主神（ *Φρυγίης μεδέων* ）：点明萨巴兹乌斯崇拜的发源地。

行6 秘礼者（ *μυστιπόλοισιν* ）：同见普鲁同（祷18.18），普罗透斯（祷25.10），健康神（祷68.12），忒弥斯（祷79.12）。

49

伊普塔

［焚安息香］

我呼唤伊普塔，巴克库斯的养母，呼吼的少女，
她行秘仪，深喜纯净的萨巴斯进入会礼，
心仪咆哮的伊阿科斯的狂欢夜舞。
请听我求告，地下的母亲，神后啊，
5 不论你在佛律癸亚的伊达圣山，
还是在特摩罗斯山，吕底亚人的美丽舞场。
求你神圣的脸带喜悦，来到秘礼中吧。

伊普塔（Hipta）：小亚细亚母亲神，古代佛律癸亚和吕底亚尤其盛行伊普塔崇拜。在俄耳甫斯神话中，她是狄俄尼索斯的养母，且与萨巴兹乌斯相连。参祷46题解。

行1 巴克库斯的养母（Βάκχου τροφόν）：对观祷48.4，参祷30.9，42.10。

呼吼的（εὐάδα）：信徒在秘教仪式中呼吼，参祷30.1注释。

行2 行秘仪（μυστιπόλον）：此处似指伊普塔引导狄俄尼索斯幼神参加入会礼，参农诺斯《狄俄尼索斯纪》9.98起。

萨巴斯（Sabos）：佛律癸亚神王萨巴兹乌斯之子，也就是宙斯之子狄俄尼索斯的别称（祷48.1）。据普鲁塔克记载，巴克库斯秘教信徒又称saboi（《席间问答》4.6.2）。

入会礼（τελεταῖσιν）：同见祷1.9注释。

行3　伊阿科斯（Iacchos）：狄俄尼索斯的别称（42.4注释）。参祷52.4，54.10。

狂欢夜舞（νυκτερίοις τε χοροῖσιν）：对观祷52.4，54.10，农诺斯《狄俄尼索斯纪》9.114。

行4　地下的母亲（χθονία μήτηρ）：伊普塔与库柏勒混同，参斯特拉波10.3.15。有注家主张，此处当理解为"大地母亲"，塞墨勒死后去了冥府，伊普塔是巴克库斯幼神在大地上的养母。

行5　佛律癸亚的伊达圣山（ἐν Φρυγίηι... Ἴδης ἁγνὸν）：整部祷歌集里，只此一处提到伊达山在佛律癸亚。佛律癸亚本地神还有萨巴兹乌斯（48.5），众神之母（祷27.12），弥塞（祷42.6）等。

行6　特摩罗斯山（Τμῶλος）：同见祷48.4。

吕底亚的舞场（Λυδοῖσι θόασμα）：参欧里庇得斯《酒神的伴侣》65-66，218。

行7　脸带喜悦（γήθουσα προσώπωι）：同见赫拉（祷16.10），阿佛洛狄特（祷55.16），帕来蒙（祷75.4）。

50

利西俄斯·勒那伊俄斯

听啊极乐神，双母的宙斯之子，酿酒的巴克库斯，
庆典无数的千名后代，救主般的精灵，
神族的圣洁孩儿，秘密出生，狂吼的巴克库斯，
你滋养繁荣，你使带来欢乐的果实生长，
5   你从土中爆发，强大而化影无数的勒那伊俄斯，
向世人显形的疗治疼痛的药，神圣的花，
你是驱散人类忧愁的欢乐，美须的埃帕弗里厄，
带酒神杖的疯狂救主，咆哮怒吼，对谁都友好，
只要乐意，你为神和人闪亮升起。
10   带来果实的神，求你温柔地走向信者吧。

利西俄斯（Λύσιος）："解放的，解救的"，或"救主，救星"。狄俄尼
索斯的别称。狄俄尼索斯神主将人类从提坦祖先的罪里拯救出来，这是
俄耳甫斯教的基本教义。在神话中，狄俄尼索斯是过渡之神，最难定义
（祷30注释），无法约束（托名荷马《狄俄尼索斯颂诗》7.13-15），帮助他
人解除束缚（欧里庇得斯《酒神的伴侣》443-450）。奥林匹奥多洛斯在注
疏柏拉图《斐多》（232f）时援引俄耳甫斯："狄俄尼索斯是解救的缘由，
因此他也是救主，俄耳甫斯说：人们为你献上完美的百牲祭，每年如是，
并敬拜你的圣仪，感受祖先罪过的清洗，你是世人的神主，你解救你想
解救的人，免除严苛苦痛和无边激情。"利西俄斯作为狄俄尼索斯崇拜的
名称，参祷52.2，42.4；泡赛尼阿斯1.1.6-7，2.7.5-6，9.16.6。

勒那伊俄斯（*Ληναῖος*）："榨葡萄汁酿酒的"（lenos），进而与"酒神女祭司"（lenai）相连。狄俄尼索斯的另一别称（同见第5行，祷52.2）。雅典献给酒神的勒那伊俄节（Lenaia）与该词同源（祷54.9注释），在每年一月举行。每年葡萄收成以后，将葡萄汁液密封在酿酒器中，来年一月启开。赫西俄德最早提供一种葡萄酒酿制法："收成葡萄运回家。先放在太阳下晒十天十夜，再捂盖五天，第六天存入桶中：欢乐无边的狄俄尼索斯的礼物。"（劳作611–614）另参欧里庇得斯《酒神的伴侣》280–285，阿波罗多洛斯2.14.7，西西里的狄奥多罗3.63.4。本首祷歌连用利西俄斯和勒那伊俄斯两个别称，互相限定，将狄俄尼索斯的酿酒技艺与解救世人相连，一方面突出体现崇拜仪式与酒相连的迷狂特质，另一方面描绘葡萄生长和酿酒过程，呼应狄俄尼索斯神话的死而复生主题。

行1　双母的（*διμάτωρ*）：同见祷52.9。塞墨勒和珀耳塞福涅均系狄俄尼索斯的母亲，参祷30.2注释。

酿酒的（*ἐπιλήνιε*）：与*ληναῖος*同根，指称狄俄尼索斯的酒神身份。

行2　庆典无数的千名后代（*σπέρμα πολύμνηστον, πολυώνυμε*）：同见祷42.2。普罗多格诺斯也被称为"庆典无数的播种"（祷6.4）。

救主（*λύσιε*）：与*λύσιος*同根，同见第8行，指称狄俄尼索斯的救主身份，另参祷42.4，52.2，65.7。

行3　秘密出生（*κρυψίγονον*）：狄俄尼索斯被称为*κρύφιος*（秘密的），同见祷30.3，52.5，也用来形容普罗多格诺斯（祷6.5）。狄俄尼索斯是宙斯的秘密孩子（托名荷马《狄俄尼索斯颂诗》1.7；祷44，52.5），也是秘教神主（祷30.3）。

狂吼的（*εὗιε*）：同见第8行，祷30.4，另参祷30.1注释。

行4　欢乐的（*πολυγηθέα*）：用来修饰狄俄尼索斯，同见祷44.3，75.1，另参祷26.10。

使果实生长（*καρπὸν ἀέξων*）：首先当指葡萄，但狄俄尼索斯在此似是庇护各类果实生长的神。

行5　从土中爆发（ἐηξίχϑων）：或"破土而出"，同见祷52.9。这里指葡萄的生长，狄俄尼索斯要么"撕破土地"让幼苗长出，要么化身为葡萄苗。后一种理解呼应同一行中的"化影无数"。对观"葡萄为饰，树叶作衣"（祷30.5）。

化影无数（αἰολόμορφε）：同见天神（祷4.7注释）。

行6　显形（φανείς）：与phanes同词根，影射普法纳斯－普罗多格诺斯。

疗治疼痛的（παυσίπονον）：用来形容葡萄酒，参阿里斯托芬《蛙》1321，欧里庇得斯《酒神的伴侣》423。

行7　人类的欢乐（χάρμα βροτοῖς）：荷马诗中同样指称狄俄尼索斯（伊14.325）。欧里庇得斯的说法："饮酒的欢乐，使人解愁消苦。"（《酒神的伴侣》425）

美须的（καλλιέϑειρε）：参托名荷马《狄俄尼索斯颂诗》7.4。

埃帕弗里厄（Epaphrie）：同见祷52.9，狄俄尼索斯的别称。或指"起泡沫的"，与酿酒相连。

行8　执酒神杖的（ϑυρσομανές）：参祷44.3注释，45.5，52.4。

咆哮的（βρόμιος）：参祷29.8注释。

行9　神和人（ϑνητῶν ἠδ' ἀϑανάτων）：参祷27.7，64.1。

升起（ἐπιφαύσκων）：或"跃起""在上方"。狄俄尼索斯或如星辰升入天空照亮世界，同见前代神主普法纳斯："穿越宇宙，用盘旋的翅捧出纯净的光彩。"（祷6.6-7）

行10　温柔地（ἡδύν）：同见狄俄尼索斯（祷30.8）。此行求告近似塞墨勒祷歌结尾（祷44.11）。

带来果实的（φερέκαρπον）：同见月神（祷9.5注释）。

51

水 仙

［焚植物香料］

水仙哦，高傲的俄刻阿诺斯的女儿们，
住在大地深处的岩洞，有水行路，
秘密奔跑，欢乐无边，巴克库斯的地下养母，
滋养果实，爱出没草地，纯净迂回，

5　在空气中流浪，喜爱山洞岩穴，
如水泉奔涌，露水为衣，步态轻盈，
溪谷和千花丛中若隐若现，
高山上和潘一同跳跃，呼喝"欧嗬"，
岩石边奔跑呢喃，群山间漫游，

10　流连乡野、泉水和山林的女孩儿，
芬芳的白衣处女，以清风作气，
有羊群和兽们作伴，有光彩的果实累累，
在清冷中快活迷人，滋养众多，促使生长，
哈玛德里阿德少女，爱游戏，追逐水路，

15　疯魔的尼萨仙子，乐善好施，为春天入迷，
陪伴巴克库斯和德奥造福人类。
求你们满心欢喜来到神圣秘仪中，
求你们在生长季节让清水长流。

水仙（Nymph）：音译"宁芙"，自然仙子。神话中将自然元素拟人化作年轻女子形象，属于次要的神。古人向她们祷告和献祭。在本诗中，她们是大洋女儿。她们也常被说成宙斯的女儿。在荷马笔下，奥德修斯返回伊塔卡，亲吻生长五谷的故乡土地，伸出双手向水仙求告："宙斯的女儿，我以为不会再见到你们，现在又来尽礼数，我会像往日一样向你们敬献礼品。"（13.356-358）水仙指涉甚广，包括大洋女儿和涅柔斯女儿（祷24.1），也包括"林仙"（第14行），与森林、树木、丛山、泉水和草场相连，参奥6.122-124，托名荷马《阿佛洛狄特颂诗》5.97-99。在赫西俄德笔下，从乌兰诺斯的血滴生成的"广漠上的自然仙子墨利亚"（神谱187）也名列其中。她们常与潘神和萨图尔作伴（祷0.15，11.9），也常和阿尔忒弥斯、阿佛洛狄特（祷46.3，55.22）、珀耳塞福涅（祷71.1）嬉戏。她们还是酒神秘仪行列的成员（祷54.6），狄俄尼索斯幼神的养母（祷46.2注释），这也解释水仙祷歌为什么纳入狄俄尼索斯系列祷歌中。

在本祷歌集里，水仙多次出现，或与潘神相连（祷0.15，11.9），或与狄俄尼索斯相连（祷46.3，46.5，53.2，54.6），或与阿佛洛狄特相连（祷46.3，55.22，55.25）。

行1 俄刻阿诺斯的女儿（ϑυγατέρες μεγαλήτορος）：或"大洋女儿"俄刻阿诺斯和特梯斯的女儿（祷22注释，祷83，神谱346-370）。荷马诗中有多处提到水仙是大洋女儿（伊6.420；奥6.105，8.154，12.356，16.240）。

行2 大地深处（γαίης ὑπὸ κεύθεσιν）：同见珀耳塞福涅（祷29.4）。第3行称水仙为"地下的"（chthoniai）。

住在大地深处的岩洞（ὑπὸ κεύθεσιν οἰκί' ἔχουσαι）：同见报仇神（祷69.3）。

有水行路（*ὑγροπόροις*）：或"潮湿的旅行者"，参农诺斯《狄俄尼索斯纪》10.123，23.182，25.67，42.118。

　　行3　巴克库斯的养母（*Βάκχοιο τροφοί*）：传说女仙在尼萨抚养狄俄尼索斯（祷30.8注释，46.2注释）。水仙和阿尔忒弥斯一样"抚养年轻人"（祷36.8）。水仙抚养过宙斯（卡利马科斯《宙斯颂》32-48），抚养过阿佛洛狄特之子埃涅阿斯（托名荷马《阿佛洛狄特颂诗》5.256-275）。在索福克勒斯笔下，身世不明的俄狄浦斯一度被传说是水仙和潘（或阿波罗、赫耳墨斯、狄俄尼索斯）秘密所生（《俄狄浦斯王》1099-1109）。

　　地下的（*χθόνιαι*）：水仙住在洞穴中。

　　欢乐无边（*πολυγηθεῖς*）：水仙和狄俄尼索斯养子有同样的修饰语，参祷44.3，50.4，50.7，75.1。

　　行4　滋养果实（*καρποτρόφοι*）：同见云神（祷21.1）。

　　出没草地（*λειμωνιάδες*）：参时光神（祷43.3），西风神（祷81.3），索福克勒斯《菲罗克忒忒斯》1454，阿波罗尼俄斯《阿尔戈英雄纪》2.655。

　　行5　在空气中流浪（*ἠερόφοιτοι*）：参夜神（祷3.9），月神（祷9.2），西风神（祷81.1），南风（祷82.4）。

　　喜爱山洞（*ἀντροχαρεῖς*）：参潘（祷11.12）。

　　行6　露水为衣（*δροσοείμονες*）：同云神（祷21.6）。

　　步态轻盈（*ἴχνεσι κοῦφαι*）：参库瑞忒斯（祷31.3）。

　　行7　若隐若现（*φαινόμεναι，ἀφανεῖς*）：直译"可见和不可见"，参阿佛洛狄特（祷55.10），类似笔法另参普罗提拉亚（祷2.7），普鲁同（祷18.16）。

　　千花丛中（*πολυανθεῖς*）：参大地（祷26.7），德墨特尔（祷40.17），时光神（祷43.3）。

　　行8　潘（Pan）：赫耳墨斯和水仙迈亚的儿子，潘和水仙并称，同见祷0.15，11.9注释，另参托名荷马《潘神颂诗》19.19-27。

跳跃的（σκιρτῶσαι）：同见巴萨柔斯（祷45.7）。

呼喝"欧嗬"（εὐάστειραι）：参祷30.1注释。

行9　群山间漫游（οὐρεσίφοιτοι）：同见赫卡忒（祷1.8），双年庆神（祷52.10）。

行11　清风作气（εὔπνοοι αὔραις）：同见云神（祷21.6）。

行12　牧羊（αἰπολικαί）：在荷马笔下，水仙和潘一样保护牧人和牧群，牧猪奴在分配肉食的时候首先祭奠众水仙和赫耳墨斯（奥9.154-155，14.435-436）。

有果实累累（ἀγλαόκαρποι）：同见德墨特尔（祷0.6），托名荷马《德墨特尔颂诗》4.23。

行13　爱清冷（κρυμοχαρεῖς）：有注家主张读作δρυμοχαρεῖς（爱山林），参阿尔忒弥斯（祷36.10，36.12），利克尼特斯（祷46.4）。

滋养众多，促使生长（πολυθρέμμονες αὐξίτροφοί）：参自然神（祷10.17-18），另参埃斯库罗斯《波斯人》33。

行14　哈玛德里阿德少女（κοῦραι ἁμαδρυάδες）：同见 *Anthalogia Palatina*，6.189。指橡树仙子，或许阿得斯（Hyades，参农诺斯《狄俄尼索斯纪》14.145-147），或与某个名叫 Dryad 的林仙相连。在后一种解释中，hama 即"一起，共生"。哈玛德里阿德是保护林木的水仙，与树同生死。农诺斯有 νύμφαι ἁμαδρυάδες 的用法，参《狄俄尼索斯纪》17.311，46.192。除此处外，整首祷歌更侧重讲与水相连的那伊阿得斯水仙（参祷54.6）。

爱游戏，追逐水路（φιλοπαίγμονες，ὑγροκέλευθοι）：参涅柔斯女儿（祷24.2），另参祷21.3注释。

行15　疯魔的（μανικαί，）：也用来形容狄俄尼索斯（祷45.4，52.1），水仙被纳入酒神女祭司行列（祷52，53.2，参伊6.130-137，品达残篇70b12-14）。

尼萨的（Νύσιαι）：参祷46.2注释，祷52.2。

乐善好施（παιωνίδες）：也用来形容酿酒的狄俄尼索斯，参农诺斯

《狄俄尼索斯纪》39.155。

行16 巴克库斯和德奥（ σὺν Βάκχωι Δηοῖ）：狄俄尼索斯和德墨特尔相连，同见祷40.10。这两位神庇护谷物和植物的生长，水仙象征不可或缺的水（第18行），或系此处并称的原因。

行17 结尾求告参库瑞忒斯（祷31.6），时光神（祷43.10）。

满心欢喜（ κεχαρηότι θυμῷ）：同见赫卡忒（祷1.10），库瑞忒斯（祷31.7）。

52

双年庆神

[焚植物香料]

我呼唤你，千名的极乐神，疯魔的巴克库斯，
牛角酒神，尼萨救主，从火中生，
在股内长大，摇篮神，祭司和秘仪向导，
夜里的欧布勒俄斯，头系飘带，挥酒神杖，
5　不可言说的秘仪对象，三种天性，宙斯的私子，
最早诞生，埃利克帕奥斯，神们的父和子，
食生肉，执权杖，狂舞引动行游队，
为圣洁祥和的双年庆典带来酒神狂欢，
从土中爆发，火光燃烧，埃帕弗里厄，双母的孩子，
10　流浪山间，尖角为饰，兽皮作衣，年年欢庆，
金矛的佩安，母腹中的神婴，葡萄遍饰，
巴萨勒斯，醉心常青藤，被女孩儿们簇拥，
来吧，极乐神，永远欢乐地善待信者吧。

双年庆神（*Τριετηρικός*）：希腊文作"三年庆"，乃算法带来的表
述差别（祷30.5注释），同见祷30.5，44.7，53.4-5，54.3；托名荷马
《狄俄尼索斯颂诗》1.11。这首祷歌再现了其他祷歌提及的诸种酒神
秘仪元素。换言之，诗中的多数修饰语同见于其他酒神祷歌。秘仪
在夜里进行，有火把指引（祷40.11，54.10），信徒手执酒神杖（祷

44.3，50.8），身披狐狸皮（祷45），陷入狂迷乱舞状态（祷50.8），头戴常青藤（祷30.4），在山中撕碎野兽（祷11.9，30.5，45.5），诸如此类。狄俄尼索斯亲自引领秘教游行队伍（thiasos），参祷53.6，欧里庇得斯《酒神的伴侣》135-167。

行1 千名的极乐神（*μάκαρ*，*πολυώνυμε*）：参祷45.2注释。本首祷歌汇集了狄俄尼索斯的众多别称：巴克库斯、勒那伊俄斯、利西俄斯、利克尼特斯、欧布勒俄斯、埃利克帕奥斯、埃帕弗里厄、佩安、巴萨勒斯等等。

千名的（*πολυώνυμος*）：详见普罗提拉亚（祷2.1）。

疯魔的（*μανικέ*）：同见巴萨勒斯（祷45.4），也用来指水仙（祷51.15）。

行2 牛角神（*ταυρόκερως*）：同见祷30.4注释，45.1，另参月神（祷9.2）。

酒神（*ληναῖε*）和救主（*λυσεῦ*）：音译"勒那伊俄斯"和"利西俄斯"，重现祷歌50的两个狄俄尼索斯别称。Lenaios同见祷50.5，Lysios同见祷50.2，50.8，42.4。

尼萨的（*Νύσιε*）：狄俄尼索斯在尼萨由水仙养大（祷46.2，51.15）。

从火中生（*πυρίσπορε*）：狄俄尼索斯从宙斯的雷电中出生（祷30.2，44注释，45.1）。

行3 在股内长大（*μηροτρεφής*）：狄俄尼索斯被缝进宙斯的股内侧（祷48.2）。同见 *Anthalogia Palatina*，11.329.4，斯特拉波15.1.7。

摇篮神（*λικνῖτα*）：音译"利克尼特斯"，重现祷歌46的狄俄尼索斯别称。

秘仪向导（*τελετάρχα*）：同见西勒诺斯（祷54.4）。

行4 欧布勒俄斯（*Εὐβουλεῦ*）：狄俄尼索斯的别称，同见祷29.8注释。

挥酒神杖（*θυρσοτινάκτα*）：参祷44.3注释，45.5，50.8，另参欧里

庇得斯《酒神的伴侣》80，农诺斯《狄俄尼索斯纪》24.158。

行5　秘仪（ *ὄργιον* ）：同见西勒诺斯（祷54.10）。此处或指狄俄尼索斯主持秘仪，或指狄俄尼索斯和普罗多格诺斯一样得到秘仪崇拜（祷6.4）。

不可言说的（ *ἄρρητον* ）：同见祷30.3，30.7。

三种天性（ *τριφυές* ）：狄俄尼索斯祷歌中称"双重性别，三次出世"（祷30.2）。此处语义不明。或指狄俄尼索斯从珀耳塞福涅、塞墨勒和宙斯的股内侧出生，或指狄俄尼索斯被提坦撕碎吞噬，同时具有提坦的、属人类的和属神族的三种天性。

宙斯的私子（ *κρύφιον Διὸς ἔρνος* ）：宙斯的秘密孩子。狄俄尼索斯"秘密出生"（祷50.3），呼应第3行"在股内长大"的说法。"秘密的"（ *κρύφιον* ），同见祷30.3，普罗多格诺斯（祷6.5），阿佛洛狄特（祷55.9）。

行6　最早诞生（ *πρωτογονία* ）：狄俄尼索斯与普罗多格诺斯混同，同见祷30.2注释，两者有相同的别称，如埃利克帕奥斯、欧布勒俄斯或布洛弥俄斯。

埃利克帕奥斯（Erikepaios）：狄俄尼索斯的别称，参祷6.4注释。

神们的父和子（ *θεῶν πάτερ ἠδὲ καὶ υἱέ* ）：矛盾表述，狄俄尼索斯是宙斯的孩子，另一方面，他与普罗多格诺斯混同，故而是诸神的父亲。

行7　食生肉（ *ὠμάδιε* ）：同见祷30.5注释。

执权杖的（ *σκηπτοῦχε* ）：同见宙斯（祷15.6），普鲁同（祷18.3），众神之母（祷27.4），阿佛洛狄特（祷55.11），另参祷10.25。

行8　祥和的（ *γαληνάς* ）：对观西勒诺斯让狂欢的祭队安静下来（祷54.11）。

双年庆典（ *τριετηρίδας* ）：同见题解，参祷30.5注释。

酒神狂欢（ *βακχεύων* ）：两种崇拜礼仪合二为一。

行9　从土中爆发（ *ῥηξίχθων* ）：或"破土而出"，同见祷50.5。

埃帕弗里厄（Epaphrie）：同见祷50.7注释。

双母的孩子（ κοῦρε διμάτωρ）：同见祷50.1注释。

行10　流浪山间（ οὐρεσιφοῖτα）：同见赫卡忒（祷1.8），水仙（祷51.9）。

兽皮作衣（ νεβριδοστόλε）：影射"巴萨勒斯"（穿狐狸皮的，参第12行），重现祷歌45的狄俄尼索斯别称。另参 *Anthalogia Palatina*，9.524.14。

年年欢庆（ ἀμφιέτηρε）：音译"安菲尔特斯"，重现下一首祷歌53的狄俄尼索斯别称。

行11　金矛的佩安（ Παιὰν χρυσεγχής）：佩安是阿波罗的别称，此处与狄俄尼索斯混同。金矛之说，与日神赫利俄斯混同。参祷8.12注释，34.1注释。

母腹中的（ ὑποκόλπιε）：狄俄尼索斯出生前在母腹中已有灵动，参看农诺斯《狄俄尼索斯纪》8.39，30.78；卡利马科斯《阿波罗颂》4.86。

葡萄遍饰（ βοτρυόκοσμε）：参祷30.5，*Anthalogia Palatina*，9.524。

行12　巴萨勒斯（Bassares）：同祷45.2。

醉心常青藤（ κισσοχαρής）：狄俄尼索斯与常青藤相连，参祷30.4注释。

被女孩儿们簇拥（ πολυπάρθενε καὶ διάκοσμε）：指酒神女祭司。欧里庇得斯的《腓尼基妇人》为狄俄尼索斯崇拜礼安排处女歌队（655）。

行13　求告部分，参阿多尼斯（祷56.12），大洋神（祷83.8）。

53

周年庆神

[乳香以外的各类香料和奶的祭奠]

我呼唤周年庆的巴克库斯，地下的狄俄尼索斯，

他从卷发秀美的水仙们的陪伴中醒来，

他长睡在珀耳塞福涅的神圣住所，

守护巴克库斯时光两年一轮的纯净安眠，

5　　直到重新唤醒双年庆典行游队，

和纤美腰带的养母们一起唱祷歌，

因缘季节循环，让时光沉睡又醒来。

来吧，散播新果的极乐神，牛角的巴克库斯，

求你脸带喜悦的光彩，来到众神的庆典，

10　　带来熟透了的累累神圣果实。

周年庆神（Amphietes）："一年的，周年的"，音译"安菲厄特斯"，狄俄尼索斯的别称，最早出自卡利马科斯的《阿波罗颂》（4.278）。狄俄尼索斯象征植物从漫长冬眠中苏醒，在春天回归大地。据普鲁塔克记载，古代佛律癸亚人信奉的某个神在冬季沉睡，到了夏季从狂欢仪式中醒来（《伊西斯和俄西里斯》378f）。作为最后一首献给狄俄尼索斯的祷歌，本诗与上一首双年庆典祷歌正相呼应。不但周年庆典的说法也见于上一首祷歌（祷52.10），本诗第4-5行还出现了双年庆典的说法。周年与双年（乃至"三年"，参祷30.5注释）的并称带

来相应的解释困难：季节更替一年一度，而神话中的狄俄尼索斯神在地下世界沉睡，每两年醒来一次。这或许说明，许多古代城邦既有狄俄尼索斯秘教的周年庆典，也有更为常见的双年节庆。德尔斐的狄俄尼索斯双年庆典在十一月举行，信徒在山中守夜是最重要的活动。

　　本首祷歌禁用乳香，或与地下神祇仪式有关。值得一提的是，除利克尼特斯祷歌焚烧乳香粉末以外，其余狄俄尼索斯祷歌均未用到乳香。焚香仪式和奠酒仪式相连，也见托名俄耳甫斯《宝石录》692起，托名俄耳甫斯《阿尔戈英雄纪》601起。此处奠的不是酒而是奶，古人不奠酒给狄俄尼索斯，如参普鲁塔克《道德论集》132e。乳香本系最常见的香料，正如酒本系最常见的浇奠品，本首祷歌摒弃寻常的焚香和浇奠方式，或强调周年庆神在祷歌集里的特殊地位。

　　行1　周年庆的（Ἀμφιετῆ）：同见祷52.10。

　　地下的（χθόνιον）：狄俄尼索斯仅此一次被称为地下的神，似与哈得斯混同。参看第3行："睡在珀耳塞福涅的神圣住所。"

　　行2　卷发秀美的水仙（νύμφαις εὐπλοκάμοισιν）：同见奥12.132，赫西俄德残篇304.5。在俄耳甫斯教传统中，水仙是狄俄尼索斯的"地下养母"（祷51.3，参祷46.3，46.5），也是酒神秘教女祭司的成员（祷51.15–16）。卷发秀美的，也用来形容勒托（祷0.19）。

　　行3　珀耳塞福涅的神圣住所（Περσεφόνης ἱεροῖσι δόμοισιν）：同见地下的赫耳墨斯（祷57.5）。

　　行4　两年一轮的（τριετῆρα）：或"三年的"，参第5行，祷30.5注释，祷44.7，53.4–5，54.3。

　　行5　双年庆典行游队（τριετῆ...κῶμον）：对观"狂舞引动行游队，为圣洁祥和的双年庆典带来酒神狂欢"（祷52.7–8），另参祷54.3。

　　行6　纤美腰带的养母们（εὐζώνοισι τιθήναις）：同见祷30.9注释，祷54.5。这里指第2行提到的水仙，参祷42.10。

行7 季节的循环（*κυκλάσιν ὥραις*）：同见阿多尼斯（祷56.5）。

时光（*χρόνους*）：也有校勘者读成*χρόρους*（歌队），呼应酒神狂欢队列。时光与季节循环，或与植物生长结果相连，参第8行，第10行，时光神（祷43.11）。

行8 牛角的（*κερασφόρε*）：同见狄俄尼索斯（祷30.3），双年庆神（祷52.2）。

散播新果的（*χλοόκαρπε...κάρπιμε*）：直译"生出新果的，散播果实的"。*Κάρπιμε*，同见日神（祷8.12），潘（祷11.11）。

行9 众神的庆典（*πάνθειον τελετήν*）：同见勒托（祷35.7），西勒诺斯（祷54.7）。

行10 带来累累果实（*καρποῖσιβρυάζων*）：参珀耳塞福涅（祷29.10），德墨特尔（祷40.18）。狄俄尼索斯是带来果实的神，参看祷52.10。

熟透了的（*τελεσσιγόνοισι*）：即"长到尽头的"，参农诺斯《狄俄尼索斯纪》27.317，48.827。

54

西勒诺斯·萨图尔

[焚乳香粉末]

听我说吧，太可敬的巴克库斯的养父哦，
你在西勒诺斯中最优秀，神们崇敬你，
有死的人类在双年庆典供奉你，
你有纯净礼拜，威严的酒神祭队头领和秘仪向导，
5　　呼喝"欧嗬"，爱守长夜，纤美腰带的养母作伴，
头缠常青藤的那伊阿得斯和酒神的伴侣跟随。
求你来到众神的庆典，带上众萨图尔，
半人半兽的伴从，发出巴克库斯神主的呼吼，
求你和酒神的伴侣引领勒那伊俄节的神圣队伍，
10　　在圣洁秘仪中唤醒夜中闪光的神秘对象，
你这爱酒神杖、平息祭队的呼吼神！

　　西勒诺斯（Selenos）常与萨图尔（Saturos）混用，萨图尔又称
"羊人"，通常较年轻，最早记载见赫西俄德《列女传》（残篇123，
参斯特拉波10.3.19）。西勒诺斯也被说成萨图尔们的父亲，或年长萨
图尔的总称，传说是狄俄尼索斯的老师。萨图尔最早是乡间的自然神
或林神，外形半人半兽，塌鼻子，驴耳羊蹄，带浓密的兽毛，生性狂
野，喜爱撒泼，贪酒好色，追求水仙（托名荷马《阿佛洛狄特颂诗》
5.262-263）。

在狄俄尼索斯崇拜中，羊人和狂女（maenads）共同构成酒神狂欢队伍，本诗中的西勒诺斯是领头人。雅典大酒神节的悲剧比赛，通常以一出"羊人剧"（saturos）作为悲剧三联剧的开头或末尾，歌队由萨图尔组成，领唱的歌队长就叫西勒诺斯。我们今天通过欧里庇得斯的《圆眼巨人》还能大致了解羊人剧的样貌。据柏拉图《法义》记载，在狄俄尼索斯秘仪中，男信徒або扮成萨图尔（815c-d）。

本首祷歌是狄俄尼索斯秘教系列的最后一首。诗中表现每年勒那伊俄节庆期间（每年一月，比大酒神节早两个月），威严的祭司充当年长的西勒诺斯，手握酒神杖，在夜间带领一支由众西勒诺斯和萨图尔、水仙和狂女组成的酒神祭队（thiosos），点燃火把一路呼吼，庆祝狄俄尼索斯神的诞生，且在仪式中吟咏祷歌。诗中出现诸多秘教用语，如 $\vartheta i\acute{a}\sigma o\varsigma$（第4行，第11行），$\tau\epsilon\lambda\epsilon\tau\acute{\eta}$（第7行，第10行），$\acute{o}\varrho\gamma\iota o\nu$（第10行），$B\acute{a}\varkappa\chi\eta$（第6行，第9行），$\tau\epsilon\lambda\epsilon\tau\acute{a}\varrho\chi\eta\varsigma$（第4行）等等。

行1　巴克库斯的养父（$\tau\varrho o\varphi\epsilon\tilde{\upsilon}~B\acute{a}\varkappa\chi o\iota o$）：在神话中，赫耳墨斯将幼神狄俄尼索斯交给西勒诺斯抚养，参看欧里庇得斯《圆眼巨人》1-8，贺拉斯《诗艺》239。在奥维德笔下，狄俄尼索斯为了让养父西勒诺斯回到身边，让米达斯王拥有点金术（《变形记》11.85-145）。西勒诺斯故而与神话中抚养英雄的马人喀戎颇有相似处。在柏拉图的《会饮》中，阿尔喀比亚德也把他一度跟随学习的苏格拉底比作西勒诺斯和萨图尔（215b）。

太可敬的（$\pi o\lambda\acute{\upsilon}\sigma\epsilon\mu\nu\epsilon$）：同见普罗提拉亚（祷2.1），特梯斯（祷22.9）。

行2　最优秀的（$\acute{a}\varrho\iota\sigma\tau\epsilon$）：或最好的，同见埃忒尔（祷5.4），阿多尼斯（祷56.1）。

行3　双年庆典（$\tau\varrho\iota\epsilon\tau\eta\varrho\acute{\iota}\sigma\iota\nu~\breve{\omega}\varrho\alpha\iota\varsigma$）：参第9行，祷30.5注释，祷52题解，祷53.5。

行4　威严的（$\gamma\epsilon\varrho\alpha\varrho\acute{o}\varsigma$）：同见伊3.170（指阿伽门农）。

酒神祭队（*θιάσου*）：仅出现在此处和第11行。狄俄尼索斯狂欢队列中的羊人和狂女（男女祭司）的名字会刻上石碑，陈列在当地神庙中。

秘仪向导（*τελετάρχα*）：同见双年庆神（祷52.3）

行5　呼喝"欧嗨"（*εὐαστής*）：同见祷30.1注释，另参第8行。

爱守长夜（*φιλάγρυπνε*）：同见月神（祷9.7），谟涅摩绪涅（祷77.6）。另参第10行的"在夜间唤醒，在夜间闪亮"（*νυκτιφαῆ*）。

纤美腰带的养母作伴（*σὺν εὐζώνοισι τιθήναις*）：此处拼写素有争议。有注家主张读成 *νεάξων σὺν Σιληνοῖς*（与众西勒诺斯为伴的狂迷少年）。

行6　头缠常青藤的（*κισσοφόροισι*）：狄俄尼索斯信徒与常青藤相连，参祷30.4注释。有注家主张读成 *κιστοφόροισι*（头托神圣簸箕的），参祷46题解。

那伊阿得斯（Naiads）：水仙的别称，狄俄尼索斯的养母，参祷51题解。

酒神的伴侣（*Βάκχαις*）：仅出现在此处和第9行，又称"狂女们"（祷45.3）。

行7　众神的庆典（*πάνθειον τελετήν*）：同见祷35.7，53.9。

众萨图尔（*Σατύροις*）：与第2行的西勒诺斯（*Σιληνῶν*）相呼应。

行8　半人半兽的（*θηροτύποις*）：或"兽形的"，参祷24.5注释。

呼吼（*εὔασμα*）：参第5行，第11行；祷30.1注释；欧里庇得斯《酒神的伴侣》129，151。

行9　勒那伊俄节（Lenaian）：参祷50.5。雅典献给狄俄尼索斯的节庆，每年一月举行，比大酒神节早两个月，只在雅典城中举办，持续三四天，公元前五世纪开始常设悲喜剧竞技赛会。

行10　秘仪（*ὄργια*）：同见双年庆神（祷52.5）。

行11　呼吼（*εὐάζων*）：参第5行，第8行，同见德墨特尔（祷40.15），巴萨勒斯（祷45.4）。

爱酒神杖的（*φιλόθυρσε*）：参祷44.3注释，45.5，50.8，52.4。

平息（*γαληνιόων*）：动词用法参祷22.5，52.8。

55

阿佛洛狄特

属天爱笑的阿佛洛狄特，有祷歌无数，
你从海中生，威严的繁衍神，爱长夜狂欢，
夜来为情人牵线，编织计谋，必然神的母亲，
万物从你而生，世界臣服在你裙下，
你号令三方国界，孕育一切生命，
统治天空和丰盛果实的大地，
还有深沉大海，巴克库斯的威严同伴，
你喜爱节庆，庇护姻缘，生养爱神，
有魅惑神同在，眷念爱床，神秘又带来欢愉，
若隐若现，发辫迷人，显赫父亲的女儿，
婚宴的同伴，在诸神中执权杖，母狼，
人类的朋友，你最迷人，给予生命后代，
你以爱欲疯狂的迷药降服人类，
使无数兽类深陷不可约束的欲望。
来吧，塞浦路斯神女，无论你在奥林波斯，
神后啊，美丽的脸满带喜悦，
还是走遍叙利亚流满乳香的国度，
还是驾驭黄金马车驰骋平原，
统辖神圣埃及丰饶多河的土地，
还是乘天鹅牵引的船，浮沉海中浪，
为海兽的循环圆舞心欢悦，
还是神圣大地上有黑眼眸的水仙作伴，

5

10

15

20

步履轻快在多沙的岸边跳跃。

来吧女王，在生养你的塞浦路斯，

25   不驯的少女和新娘年年为你唱祷歌，

极乐神啊，为你和永生纯洁的阿多尼斯。

来吧，最标致美丽的极乐女神，

我以虔诚的心和圣洁的话呼唤你。

阿佛洛狄特（Aphrodite）：或与phros（水沫）相连，性爱与性美之神。在荷马诗中，她是宙斯和狄俄涅的女儿（伊5.370-372），参看序歌（0.19注释）。赫西俄德没有提及这一亲缘关系，而是长篇讲述天神遭到小儿子克洛诺斯偷袭，被割下生殖器抛入海上漂流，阿佛洛狄特从中诞生。赫西俄德为之多重命名："阿佛洛狄特，因她在水沫中生成；或库忒瑞娅，因她从库忒拉经过；或塞浦若格尼娅，因她生于海浪环护的塞浦路斯；或爱阴茎的，因她从天神的生殖器生成。"（神谱197-200）阿佛洛狄特一降生就在神和人中获得荣誉："少女的絮语、微笑和欺瞒，享乐、甜蜜的承欢和温情。"（神谱205-206）托名荷马的《阿佛洛狄特颂诗》开篇罗列女神的大能（5.1-44），连神王宙斯也不得不服从爱情的力量（伊14.197-223），唯有三名处女神不受阿佛洛狄特管束（雅典娜、阿尔忒弥斯和赫斯提亚）。阿佛洛狄特辈分早于宙斯等奥林波斯众神，象征生命的繁衍，参看卢克莱修《物性论》1.1-49。此外阿佛洛狄特庇护婚姻和生育，保护水手，在古代崇拜中常与赫耳墨斯（祷57.3）、阿瑞斯（祷65）或赫淮斯托斯（祷66）相连。据泡赛尼阿斯记载，她与狄俄尼索斯崇拜相连（7.25.9）。祷歌中称她为狄俄尼索斯的"威严同伴"（第7行，另参第2、13行，祷56注释）。

普罗克洛斯在注疏柏拉图《克拉底鲁》（406c-d）时援引了俄耳

甫斯的两个阿佛洛狄特诞生神话。第一个神话对应赫西俄德版本，阿佛洛狄特出生自被黜的乌兰诺斯："他的生殖器官高高落入海中漂流，生出白沫，盘旋不休，在季节循环中，时间神孕生庄严的处女神。"第二个神话对应荷马版本，即宙斯和狄俄涅生阿佛洛狄特。"欲望强烈控制他，强大的父神宙斯射出精沫，大地接受它。随着时间流逝，在新叶重生的美丽季节，阿佛洛狄特孕育而生，那醒来爱笑的女神……"两个诞生神话呼应柏拉图《会饮》区分的属天与属民的阿佛洛狄特（180d-181c）。

　　这首祷歌既响应狄俄尼索斯秘教狂欢队列主题，又重启奥林波斯主神祷歌系列，后续祷歌均与阿佛洛狄特密切相连，比如阿多尼斯、爱神、美惠神和地下的赫耳墨斯均系她的孩子或伴从。阿佛洛狄特还是狄俄尼索斯的养母（祷46.7）。在整部祷歌集里，阿佛洛狄特还出现在开场祷歌（祷0.11，0.41），海神祷歌（祷22.7），利克尼特斯祷歌（祷46.3），阿多尼斯祷歌（祷56.8），地下的赫耳墨斯祷歌（祷57）和阿瑞斯祷歌（祷65.7）。

　　行1　属天的（ Οὐρανία ）：音译"乌拉尼亚"，同开场祷歌（祷0.41）。阿佛洛狄特是天神乌兰诺斯的女儿。

　　爱笑的（ φιλομμειδής ）：用来形容阿佛洛狄特，同见神谱200；托名荷马《阿佛洛狄特颂诗》5.49，5.56，5.65，5.155。

　　有祷歌无数（ πολύμνε ）：同见缪斯（祷76.12），对观"不驯的少女和新娘年年为你唱祷歌"（第25行）。

　　行2　从海中生（ ποντογενής ）：阿佛洛狄特的名字与水沫相连，参看题解。

　　爱长夜狂欢（ φιλοπάννυχε ）：同见夜神（祷3.5）。另参第3行。

　　行3　编织计谋（ δολοπλόκε ）：用来形容阿佛洛狄特，同见萨福残篇1.2，忒奥格尼斯1385，西蒙尼德斯残篇36.1.9。

　　必然神的母亲（ μῆτερ Ἀνάγκης ）：必然神，音译为"阿纳克女神"，同见祷3.11，55.3。在俄耳甫斯神谱中，她化身为带翅的蛇，与时间神结合，生下天宇和混沌（俄耳甫斯残篇B版77，110-113）。必然神常与涅墨西斯（祷61）混同，也与命运神混同（祷59.18），另参报仇神（祷69.6），慈心神（祷70.5）。

行4-7　阿佛洛狄特是必然之母，在这几行诗中得到补充解释。

天空、大地和大海：阿佛洛狄特的大能遍及三界，参瑞亚（祷14.9-10），众神之母（祷27.4-8），自然神（祷10.14-16）；另参托名荷马《阿佛洛狄特颂诗》5.2-5，欧里庇得斯《希波吕托斯》447-451，卢克莱修《物性论》1.1-27。

巴克库斯的同伴（*Βάκχοιο πάρεδρε*）：狄俄尼索斯和阿多尼斯混同（祷56注释）。

行8　节庆（*θαλίαισι*）：参祷2.6，33.7，68.9。

庇护姻缘（*γαμοστόλε*）：阿佛洛狄特的专用修饰语，参*Anthalogia Palatina*，6.207.9。

生养爱神（*μῆτερ Ἐρώτων*）：或"爱神的母亲"，Erotes是Eros（爱若斯）的复数，神话中是一群带翅的爱神。参看祷58注释。阿佛洛狄特生爱神，参看品达残篇122.4。

行9　魅惑神（Peitho）：音译"佩托"，字面意思是"说服，令人信服"。俄刻阿诺斯和特梯斯之女，在大洋女儿中排名第一（神谱349），此处或与阿佛洛狄特混同，对观自然神（祷10.13）。阿佛洛狄特常与魅惑相连，在荷马诗中，赫拉为诱惑宙斯，请阿佛洛狄特给她爱情和媚惑（伊14.198）。阿佛洛狄特能唤醒一切神人兽的爱欲（托名荷马《阿佛洛狄特颂诗》7）。在萨福笔下，魅惑神是阿佛洛狄特之女（残篇90.7）。在赫西俄德笔下，魅惑神和美惠神一起装扮潘多拉（劳作73，另参品达残篇123）。

神秘的（*κρυφία*）：同见普罗多格诺斯（祷6.5），狄俄尼索斯（祷30.3，52.5）。此处或指情事秘密。《神谱》中提到阿佛洛狄特的几桩情史：和阿瑞斯生阿尔摩尼亚、普佛波斯和代伊摩斯（934-937），和美少年普法厄同相爱（989-991），和英雄安喀塞斯生埃涅阿斯（1008-1010）。

带来欢愉（χαριδῶτι）：同月神（祷9.9）。

行10　若隐若现（φαινομένη, τ' ἀφανής）：参水仙（祷51.7）。

发辫迷人的（ἐρατοπλόκαμε）：同见珀耳塞福涅（祷29.5，56.9），塞墨勒（祷44.2）。

显赫父亲的女儿（εὐπατέρεια）：参命运神（祷59.16），忒弥斯（祷79.1）。阿佛洛狄特是天神乌兰诺斯的女儿。

行11　执权杖的（σκηπτοῦχε）：同见宙斯（祷15.6），普鲁同（祷18.3，），众神之母（祷27.4），双年庆神（祷52.7），另参祷10.25。

母狼（λύκαινα）：阿佛洛狄特或与赫卡忒、月神、阿尔忒弥斯混同，参*H.mag.*，9.59，12.24。

行12　人类的朋友（φίλανδρε）：同见赫耳墨斯（祷28.4）。

给予生命（βιοδῶτι）：同见珀耳塞福涅（祷29.3）。

行13-14　阿佛洛狄特征服众生的能力，参托名荷马《阿佛洛狄特颂诗》5.1-6，欧里庇得斯《希波吕托斯》1268-1281。

行15　塞浦路斯神女（Κυπρογενὲς θεῖον γένος）：直译"出生塞浦路斯的神族后代"。塞浦路斯是阿佛洛狄特的重要圣地，同见第24行。在荷马诗中，阿佛洛狄特前往"塞浦路斯，来到帕福斯，那里有她的香坛和领地"（奥8.362-363）。参祷42.7；托名荷马《阿佛洛狄特颂诗》5.58，5.292。

行16　神后（θεὰ βασίλεια）：同见月神（祷9.1）。

脸带喜悦（γήθουσα προσώπωι）：同见赫拉（祷16.10），参伊普塔（祷49.7），帕来蒙（祷75.4）。

行17　叙利亚（Σύριος）：阿佛洛狄特与通常称为"叙利亚女神"（Dea Syria）的阿斯塔尔特斯（Astartes）混同，参欧里庇得斯《酒神的伴侣》144，希罗多德1.150。阿斯塔尔特斯崇拜礼在公元前一世纪前后传入希腊的得洛斯岛，并被称为"圣洁的阿佛洛狄特"。她和库柏勒颇为相似，象征繁衍丰盛。她是野兽的主人，传说大鹰和雄狮在其神庙出入自由。

行18-19 阿佛洛狄特与埃及女神伊西斯混同，参祷42.8-10。希腊化时代的伊西斯神像常与德墨特尔、狄刻、阿佛洛狄特接近，有时甚而和阿佛洛狄特一样呈现为裸体。阿普列乌斯在《金驴记》中列数了与月神、伊西斯混同的女神名录，其中包括阿佛洛狄特（11.2，11.5）。

行20 海中浪（πόντιον οἶδμα）：同见帕来蒙（祷75.8）。

行21 循环圆舞（κυκλίαισι χορείαις）：同见时光神（祷43.8）。命运神和美惠神在珀耳塞福涅重回大地时跳起圆舞。

行22 神圣大地（ἐν χθονὶ Δίηι）：同见神谱866，劳作479。

水仙（νύμφαις）：与阿佛洛狄特相连，同系狄俄尼索斯的养母，见祷46.3。

黑眼眸的（κυανώπισιν）：形容水仙，同见阿那克里翁残篇12.2。

行24-26 这几行描绘塞浦路斯岛上献给阿佛洛狄特和阿多尼斯的崇拜仪式。另参第15行。对观弥塞"在塞浦路斯和美冠的库忒瑞亚游戏"（祷42.7）。

女王（ἄνασσα）：同见自然神（祷10.2注释）。

永生纯洁的阿多尼斯（ἄμβροτον ἁγνὸν Ἄδωνιν）：同见祷0.41。

56

阿多尼斯

［焚植物香料］

听我求告，最好的神，千名的精灵，
你发丝动人，爱孤独，诉歌曼妙如花开，
千影的欧布勒俄斯，万物的显赫养父，
同为少女和少年，永远似春天的阿多尼斯，
5　你在美好季节的循环中消逝又放光彩，
让花草生长的双角神，世人爱你，哭悼你，
欢乐的猎者，光彩照人，长髯浓密，
灵魂的爱，库普里斯的嫩芽，爱若斯的孩儿，
你在发辫迷人的珀耳塞福涅的床榻诞生，
10　有时住在幽暗的塔耳塔罗斯深处，
有时以新果般丰美的身影去到奥林波斯。
来吧极乐神，把大地的果实带给信徒。

阿多尼斯（Adonis）：源自闪族语adon，即"主人"，近东地区的植物神、繁殖神。古巴比伦的塔姆兹（Tammuz）为地母神伊什塔尔（Ishtar）所爱，少年早夭，女神亲自为他设立崇拜仪式，与阿多尼斯近似。此外还可对观库柏勒女神与阿提斯（祷27注释）。阿多尼斯崇拜大约在公元前五世纪传到塞浦路斯，此后逐渐在希腊盛行。据阿波罗多洛斯记载，塞浦路斯国王女儿密拉（Myrrha）夜里发疯，宣称自

己比阿佛洛狄特还美。女神听了便咒她，使她爱上父亲。密拉在养母
的帮助下连续几夜与父亲同寝，直到第十二夜父亲发现真相。他大怒
中疯狂追逐密拉，想要扼死她。密拉向阿波罗求援。阿波罗使她化身
成一株没药树。从她眼里流出的泪渐成芬芳的香料。九个月后，没药
树皮壳融化，从中出生一个婴孩，就是阿多尼斯（3.13.3-4，参奥维
德《变形记》10.298-518）。阿多尼斯极美，诸神纷纷抢夺他，包括
阿佛洛狄特和珀耳塞福涅。在神话中，经宙斯裁夺，每年三分之一时
光他和阿佛洛狄特在一起，三分之一时光和珀耳塞福涅在一起，剩
下时光归自己支配，对观珀耳塞福涅神话（祷41注释）、双年庆神祷
歌（祷53.4-5注释）。阿多尼斯未成年就死了。传说阿尔忒弥斯（或
阿瑞斯）派出一头野猪，使他受致命创伤。阿佛洛狄特为他创立纪念
节日。每年春天，希腊妇人们在瓦罐里播下花种，尽心照料，很快开
花又很快凋谢，象征阿多尼斯美丽却短暂的生命，希腊妇人们对着
"阿多尼斯的园子"哭泣哀悼，参看第2行、第6行，柏拉图《斐德
若》276b，路吉阿诺斯《古叙利亚神》6-7。在本首祷歌中，阿多尼
斯和狄俄尼索斯混同，共用好些修饰语。另参普鲁塔克《席间问答》
671b。阿多尼斯尤其与弥塞混同，他们都有欧布勒俄斯的别称（祷
42.2），都与阿佛洛狄特相连（祷42.7）。

　　行1　千名的（*πολυώνυμε*）：用来形容狄俄尼索斯，同见祷42.2，
45.2，50.2，52.1。千名的精灵，同见普罗提拉亚（祷2.1），潘（祷
11.10），德墨特尔（祷40.1）。

　　最好的（*ἄριστε*）：同见埃忒尔（祷5.4），西勒诺斯（祷54.2）。

　　行2　发丝动人（*ἀβροκόμη*，）：对观"美须的"狄俄尼索斯（祷
50.7）。

　　爱孤独（*φιλέρημε*）：同见赫卡忒（祷1.4）。

　　行3　欧布勒俄斯（Eubouleus）：阿多尼斯与狄俄尼索斯混同，
同见祷29.8，30.6，42.2，52.4。千影的欧布勒俄斯，同见祷29.8，另

参瑞亚（祷14.1注释）。

万物的养父（τροφεῦ πάντων）：阿多尼斯是植物和作物的庇护神。

行4 同为少女和少年（κούρη καὶ κόρε）：对观狄俄尼索斯（祷30.2），弥塞（祷42.4）。另参普罗多格诺斯（祷6.1），月神（祷9.4）。

行5 消逝又放光彩（σβεννύμενε λάμπων τ）：阿多尼斯每年死而复生，对观日神"消逝又释放美好光彩"（祷8.15）。

美好的季节（καλαῖς ὥραις）：同见时光神（祷26.3）。

季节循环（κυκλάσιν ὥραις）：同见周年庆神（祷53.7）。

行6 让花草生长（αὐξιθαλής）：阿多尼斯与植物生长相连，同见大地（祷26.3），德墨特尔（祷40.3），狄俄尼索斯（祷50.4-5），医神（祷67.5）。

双角神（δίκερως）：同见狄俄尼索斯（祷30.3），潘（祷34.25）。

哭悼（δακρυότιμε）：世人哀悼阿多尼斯的美好生命早早逝去，参看题解。

行7 光彩照人（ἀγλαόμορφε）：同见瑞亚（祷14.5），珀耳塞福涅（祷29.9），狄刻（祷62.1），忒弥斯（祷79.7）。

长髯浓密（βαθυχαῖτα）：赫西俄德用该词形容阿波罗之子阿里斯泰俄斯（神谱977，参残篇215-217，品达《皮托竞技凯歌》9.59，阿波罗尼俄斯《阿尔戈英雄纪》2.506）。

行8 库普里斯（Cypris）：阿佛洛狄特的别称，同见祷3.2，22.7，65.7，对观祷46.3。

爱若斯的孩儿（ἔρνος Ἔρωτος）：阿多尼斯是阿佛洛狄特和爱若斯之子。

行9 珀耳塞福涅（Φερσεφόνης）：阿多尼斯与狄俄尼索斯混同（祷30.6-7，30.2-3）。珀耳塞福涅和阿佛洛狄特一样抚养过狄俄尼索斯（祷46.2-3）。

发辫迷人的（ἐρασιπλοκάμου）：同见珀耳塞福涅（祷29.5），塞墨勒（祷44.2），阿佛洛狄特（祷55.10）。

行10 幽暗的塔耳塔罗斯（*Τάρταρον ἠερόεντα*）：同见神谱721。

行11 阿多尼斯有时住在地下世界，有时升至奥林波斯诸神世界，如此循环往复，象征植物有规律地枯荣。据亚历山大的西里尔注疏《以赛亚书》时记载，彼时有戏剧再现阿佛洛狄特和阿多尼斯从冥府返回大地的情景，其中歌队舞蹈表现阿佛洛狄特的喜悦（18.1-2）。

行12 把果实带给（*φέρων καρπούς*）：狄俄尼索斯也是带来果实的神，与狄俄尼索斯混同（祷50.10，祷53.10），另参珀耳塞福涅（祷29.17）。

地下的赫耳墨斯

［焚安息香］

你常在科库托斯河边必然神的不归路，
引渡有死者的灵魂去大地幽深处，
赫耳墨斯啊，狂欢舞者狄俄尼索斯
和笑眼的帕福斯少女阿佛洛狄特生下你，
5　　你穿行在珀耳塞福涅的神圣住所，
为命运哀戚的灵魂做地下向导，
带领大限来临的人类走向命定渡口，
你用神妙的手杖惑魅他们，带来长眠，
又从沉睡中将他们唤醒，
10　　珀耳塞福涅给你荣誉，在宽阔的塔耳塔罗斯
只派你为人类的永恒灵魂引路。
极乐神，求你为信者的劳作带来完美结局。

地下的赫耳墨斯（Chthonic Hermes）：第一首赫耳墨斯祷歌谈到赫耳墨斯的诸种职能，诸如过渡交通的神，宙斯的信使，保护商人、小偷、使者和言说者等等，除此之外，赫耳墨斯还是死人世界和活人世界的使者，有一项重要任务便是在冥府引渡亡魂（祷28.2），这也是本诗的主要内容（第2行，第5-11行）。正如哈得斯被称为"地下的宙斯"（祷18.3），"地下的赫耳墨斯"与赫耳墨斯互相区别开来，

参奥24.375-386，托名荷马《德墨特尔颂诗》2.375-386。在拉丁诗人维吉尔和奥维德笔下，赫耳墨斯是冥府风景不可或缺的一部分。俄耳甫斯下冥府找妻子，正是赫耳墨斯负责做向导，引领他们回到人间（祷87.9，《变形记》11.1-85）。俄耳甫斯神谱同样称赫耳墨斯为地下亡魂的向导（残篇K版223=B版339）。

如果说第28首赫耳墨斯祷歌引出珀耳塞福涅和狄俄尼索斯等系列秘教神祷歌（祷28-56），那么本首祷歌引出以阿佛洛狄特和阿多尼斯（祷55-56）为首的系列神祷歌（祷58-87）。经过入会礼的信徒拥有被唤醒的新生灵魂，在地下的赫耳墨斯引路下，与庇护人类命运的诸神重新建立联系。

行1 科库托斯河（Kokytos）：即"哀河"，冥府四大河之一，同见祷71.2。《奥德赛》最早提到这四条河，称其交叉处有一块巨石，奥德修斯走进冥府以前先在那里献祭（奥10.513-515）。冥府四大河对应四元素，科库托斯河对应土，斯梯克斯（Styx，祷69.4，33题解）对应水，阿喀戎河（祷18.10）对应气，毕利弗来吉东河（Pyriphlegethon，即火河）对应火。

必然神（ἀνάγκη）：对观"可畏的必然神主宰万物"（祷3.11），另参祷55.3。

不归路（ἀνυπόστροφον οἶμον）：亡魂下冥府是单向道路，只是神话充满例外，不少英雄或神灵从冥府回到大地，比如诗人俄耳甫斯，或俄耳甫斯教传统中的珀耳塞福涅（祷43.7-9）、狄俄尼索斯（祷53.4-5）和阿多尼斯（祷56.5，56.11）。

行2 普罗克洛斯在注疏柏拉图《理想国》时援引俄耳甫斯的说法，也就是动物和人类的灵魂有不同命运："兽们和带翅鸟类的灵魂往外冲，神圣的生命放弃它们，也没有谁引领它们去哈得斯的住所，它们只能在原地游离徘徊，毫无目的，直到其他兽类附在上头，为它们注入一丝生的气息。相反，一个人离开太阳光，库勒涅的赫耳墨斯

就会在冥府引领他的永生灵魂，直到隐秘可怖的大地深处。"（2.339）

大地幽深处（ὑπὸ νέρτερα γαίης）：同见祷78.5。

行3　狂欢舞者狄俄尼索斯（βακχεχόροιο Διωνύσοιο）：同见祷75.1。狄俄尼索斯和阿佛洛狄特是赫耳墨斯的父母，此处说法在古代神话中堪称绝无仅有。赫耳墨斯是宙斯和迈亚之子（祷28.1注释）。在神话中，赫耳墨斯还负责将狄俄尼索斯幼神托付给尼萨水仙和西勒诺斯（祷46.2注释）。值得一提的是，在普罗多格诺斯祷歌中，作为别称的普里阿普斯是狄俄尼索斯和阿佛洛狄特之子（祷6.9注释）。

行4　帕福斯少女（Παφίης κούρης）：帕福斯（Paphos）是塞浦路斯岛的主要城市，拥有最古老的阿佛洛狄特圣地。

笑眼的阿佛洛狄特（ἑλικοβλεφάρου Ἀφροδίτης）：同见神谱16，托名荷马《阿佛洛狄特颂诗》5.19。

行5　穿行（ἀμφιπολεύεις），或走遍，同见阿佛洛狄特（祷55.17）。

珀耳塞福涅的神圣住所（Περσεφόνης ἱερὸν δόμον）：同见双年庆神（祷53.3）。

行6　灵魂的向导（ψυχαῖς πομπός）：或引渡灵魂，参托名荷马《赫耳墨斯颂诗》4.572。

行7　此行或影射在冥府渡亡魂的卡戎（祷29.20注释），或泛指冥府本身。

行8-9　神妙的手杖（εὐιέρωι ῥάβδωι）：对观"无懈可击的和平金杖"（祷28.7）。赫耳墨斯的手杖有大能，在荷马诗中，"随意使人双眼入睡，也可把沉睡的人立时唤醒"（奥24.3-4）。沉睡与死亡相连，或譬喻俄耳甫斯教入会者的灵魂获得新生。

行10　宽阔的塔耳塔罗斯（Τάρταρον εὐρὺν）：同见祷58.7。此处泛指冥府（祷18.2）。

行12　对观普罗透斯祷歌结尾："为劳作的繁荣人生带来完美结局。"（祷25.11）

58

爱 神
（爱若斯）

[焚植物香料]

我呼唤伟大纯净、迷人温柔的爱神，
强大的弓箭手，带翅的追火者，飞快冲动，
神族和有死人类的游戏伙伴，
你有创见，有双重天性，掌管世间的秘钥，
5　　统领天宇、海洋、大地和孕育一切的风，
那带来新果的女神为人类养育的风，
管辖宽阔的塔耳塔罗斯和水浪响彻的深海，
你独自掌握世间万物运行的舵。
来吧，极乐神，求你思想纯净来到信者中，
10　　求你为我们驱散坏而古怪的爱欲冲动。

　　爱神（Erotos）：拉丁神话中的爱神是带翅的小孩，任性残忍，射出爱情弓箭叫人不能招架（第1-3行）；本首祷歌更强调爱神作为宇宙神的力量。在赫西俄德笔下，爱若斯是最初的神，名列混沌和大地之后，代表结合本原，贯穿诸神世界的繁衍生成始末（神谱120-122）。在萨福笔下，爱神是天地之子，享有极高的地位（残篇198）。在俄耳甫斯古神谱中，爱若斯与最初的神普罗多格诺斯或普法纳斯混同（祷6.2，6.5-7；俄耳甫斯残篇K版74，83=B版141.3-

5）。阿里斯托芬的《鸟》中留下最古老的俄耳甫斯神谱记载，爱若斯被称为万物的起源，远在天地之先，"黑夜生出一只风卵，爱若斯从中诞生，像旋风一般，背上有灿烂金翅，在茫茫幽土里，他和黑暗无光的混沌交合生下我们（指鸟族），头一次把我们带进光明"（693-702）。据泡赛尼阿斯记载，位于雅典北部的普甫勒亚（Phlya）圣地素有大地女神崇拜，比厄琉西斯秘仪更古老，人们在秘仪中献唱相传出自俄耳甫斯手笔的爱神祷歌（1.31.4，俄耳甫斯残篇 K 版304=B 版 531）。爱神在阿佛洛狄特诞生时陪伴她（神谱 201-202），和阿佛洛狄特生阿多尼斯（祷 56.8），和魅惑神生健康神（祷 68 注释，55.9）。在别的版本里，爱神是阿佛洛狄特之子（祷 55.8），或助产女神埃勒提亚之子（祷 2.9，2.12；参泡赛尼阿斯 9.27.1-4），或彩虹女神伊里斯和西风神泽费洛斯之子（第 5 行，祷 81）。

行 1　我呼唤伟大纯净的神（Κικλήσκω μέγαν, ἁγνόν）：开场同见闪电的宙斯祷歌（祷 20.1）。

迷人的（ἐράσμιον）：或"可爱的"，与爱神（erotos）同源。也用来形容阿波罗（祷 34.5），美惠神（祷 60.4）。

行 2　带翅的（πτερόεντα）：爱若斯的传统形象，对观普罗多格诺斯（祷 6.2，6.7）。

追火者（πυρίδρομον）：同见星群（祷 7.9），日神（祷 8.11），闪电的宙斯（祷 20.2）。爱若斯在此是天空之神，掌管宇宙运行。古代崇拜仪式常将爱若斯表现为手握火炬伫立天庭的形象。

飞快（εὔδρομον）：或"奔跑者""快跑的"，同见日神（祷 7.9），阿尔忒弥斯（祷 36.6）。

冲动（ὁρμῆι）：呼应第 10 行的 ὁρμάς，另参尼刻（祷 33.2），涅墨西斯（祷 61.7）。

行 3　早期诗人已说起爱神以游戏的方式在神和人中施大能，参阿尔克曼残篇 58，阿那克里翁残篇 358。游戏之说，参珀耳塞福涅和时光神（祷29.9，43.7），水仙（祷51.14）。

行4 双重天性（*διφυῆ*）：同见普罗多格诺斯（祷6.1），狄俄尼索斯（祷30.2），科律班忒斯（祷39.5），弥塞（祷42.4）。

掌管世间的秘钥（*πάντων κληῖδας ἔχοντα*）：同见赫卡忒（祷1.7）。

行5-6 天宇、海洋和大地（*αἰθέρος οὐρανίου*，*πόντου*，*χθονός*）：对观自然神"统治海洋天空和大地"（祷10.14），阿佛洛狄特"号令三方国界"（祷55.4-7）。

孕育一切的风（*πνεύματα παντογένεθλα*）：阿里斯托芬《鸟》中的风卵，对观697。爱若斯也被说成是时间和诸风神的孩子（俄耳甫斯残篇B版360）。孕育一切的（*παντογένεθλα*），同见宙斯（"万物之父"，祷15.7），赫拉（"万物之母"，祷16.4）。

带来新果的女神（*θεὰ χλοόκαρπος*）：指德墨特尔（祷40.5），或珀耳塞福涅（祷29.10，29.12，29.17）。

行7 宽阔的塔耳塔罗斯（*Τάρταρος εὐρὺς*）：同见祷57.10。塔耳塔罗斯被列入爱神的管辖领域，或许呼应俄耳甫斯在冥府寻找亡妻，感动哈得斯和珀耳塞福涅（奥维德《变形记》11.1-85）。

水浪响彻的深海（*πόντος θ' ἁλίδουπος*）：同一修饰语也用来形容波塞冬（祷17.4）。

行8 独自掌握世间万物运行的舵：对观法神"独自掌控世间生灵运行的舵"（祷64.8），死神"手握有死生命的舵"（祷87.1）。

行9 思想纯净（*καθαραῖς γνώμαις*）：同见正义神（祷63.4）。

59

命运神
（莫伊拉）

[焚植物香料]

能力无限的莫伊拉，黑夜的心爱女儿，
听我祈祷，住在天湖的千名女神，
在温暖的夜里，清冽的湖水
揉碎在玉石洞穴的昏暗深处，映着幽光，
5   你们从那里飞过人间的无边大地，
飞向可靠和虚妄的希望同在的人类，
裹一身暗纱，行进在命数的平原，
信念神驾驭马车走过全地，
临近正义、希望和关切的界限，
10   试探原初礼法和法度的无边力量。
唯有莫伊拉能洞察我们的人生，
积雪的奥林波斯山顶再无他神做得到，
宙斯的无瑕的眼除外。凡尘种种，
莫伊拉和宙斯的意志随时知晓一切。
15   求你们来吧，好心温柔地来吧，
阿特洛珀斯、拉刻西斯和克洛托，显赫父亲的女儿，
轻如空气不可见，不动摇，不朽坏，
你们给予一切又全夺走，人类的必然神。
莫伊拉，求你收下圣洁的奠酒礼和祷告，

20   求你好意走到信者中，减免不幸。
    以上是俄耳甫斯编织的莫伊拉之歌。

    命运神（Moirai）：音译"莫伊拉"，即"份额""部分"，指每个人注定的份额或命数。希腊古人对命运的认知相当繁复，这也表现在神话中的诸说纷纭现象。在赫西俄德笔下，命运神既是宙斯和忒弥斯的女儿，从宙斯那里获得荣誉分配，与时光神互为姊妹（神谱905-906 = 217-218，参祷43），又是夜神家族成员（神谱217-222，参祷3）。在俄耳甫斯神谱中，命运神由最初的神所生（俄耳甫斯残篇K版126=B版176），比如本诗称夜神的女儿（第1行），或天地的孩子，百手神和库克洛佩斯的姐妹（俄耳甫斯残篇K版57=B版82），或克洛诺斯的女儿，厄里倪厄斯和阿佛洛狄特的姐妹（俄耳甫斯残篇B版51）。据泡赛尼阿斯记载，雅典人称阿佛洛狄特为命运三神的最年长者（1.19.2），在墨伽拉的宙斯神庙里，宙斯像上方有命运和时光两组女神（1.40.4，3.19.4），在忒拜城中，命运神圣坛与忒弥斯、宙斯的圣坛比邻（9.25.4）。
    在荷马诗中，命运有时完全为奥林波斯诸神掌控，有时甚至不为神王宙斯的意愿转移，如阿喀琉斯谈宙斯给人类分配命运（伊24.524-532），另参埃斯库罗斯笔下有关"凡人的命运"的叹息（《阿伽门农》1327-1330）。梭伦稍后将命运神和诸神的意愿合而为一："莫伊拉给人幸和不幸；永生神们的意愿不可避免。"（1.63）人类在命运面前似乎有所选择，比如阿喀琉斯要么早夭而声名不朽，要么长寿而暗淡无名（伊9.410-416），欧赫诺尔要么病死在家中，要么战死在特洛亚战场（伊13.663-670）。在柏拉图笔下的大地神话中，转世的灵魂要选择代表各种生活方式的签牌（《理想国》617d-621）。亚里士多德援引俄耳甫斯的一行诗："生灵的生成如织一张网。"命运神既

迷人又使人困惑。命运神守护自然秩序和城邦秩序赖以维系的诸种界限法度，也惩罚僭越无度的人和行为，与后续祷歌中的涅墨西斯（祷61）、正义神（祷62-63）、法神（祷64）、报仇神（祷69-70）相连。在本祷歌集里，命运神还出现于时光神祷歌（祷43.7）和报仇神祷歌（祷69.16）。此外，命运神与阿佛洛狄特有微妙的关联（第1行，第16行，第18行等）。

行1　黑夜的心爱女儿（ *Νυκτὸς φίλα τέκνα μελαίνης* ）：同见星群（祷7.3）。命运神有不同身世说法。在夜神祷歌中，夜神与阿佛洛狄特混同，被称为"库普里斯"（祷3.2）。在阿佛洛狄特祷歌中，阿佛洛狄特又被称为"必然神的母亲"（祷55.3），而命运神与必然神混同（第18行）。

行2　千名的（ *ολυώνυμοι* ）：详见普罗提拉亚（祷2.1）。命运神或许不像狄俄尼索斯那样有许多别称，但她们有三姐妹和三种名称（第16行）。

天湖（ *λίμνης οὐρανίας* ）：命运神住在天上，下一行又有洞穴之说，或可理解为奥林波斯山顶。

行3-4　清冽的湖水（ *λευκὸν ὕδωρ* ）：或译"白色的水"，或与月光的辉映相连，命运神与月神混同（俄耳甫斯残篇B版407）。清水之说，参伊23.282，奥5.70，劳作739。

玉石洞穴（ *εὐλίθου ἄντρου* ）：与洞穴相连的神，还有潘（祷11.12），雅典娜（祷32.3）等。

行5　飞行（ *πεπότησθε* ）：对观"住在海洋大地飞过天空的神"（祷25.8），法神从天上出发，把礼法带给人类种族（祷64.5）。命运神也乘坐马车出行，由荣誉神充当驭车手（参看第8行）。

人间的无边大地（ *βροτῶν ἐπ' ἀπείρονα γαῖαν* ）：同伊7.446。

行6　可靠和虚妄的希望（ *δόκιμον... ἐλπίδι κοῦφον* ）：对观"希望的界限"（第9行）。在赫西俄德笔下，希望有可能高贵美好，促发人劳作向善，也有可能是"懒人指靠的虚妄希望"，或"穷人相伴的可悲希望"（劳作498，500）。可靠的（*δόκιμον*），与*δόξα*同源，见第9-10行注释。

行7-8 裹一身暗纱（*πορφυρέηισι καλυψάμεναι ὀθόνησι*）：对观海伦用白面纱裹住自己（伊3.141）。

命数的平原（*μορσίμωι ἐν πεδίωι*）：指人类生活的大地，命运马车穿行而过。

驾驭马车（*ἅρμα διώκει*）：参日神（祷8.19），波塞冬（祷17.5）。

信念神（Doxa）：或译"意见神"，如见柏拉图《克拉底鲁》420b。原文在第9行，译文移至此。

行9-10 正义，希望和关切的界限（*δίκης τέρμα καὶ ἐλπίδος ἠδὲ μεριμνῶν*）：界限常指大地的尽头，如参祷11.23，14.14，71.11，83.7。

原初礼法（*νόμου ὠγυγίου*）：或"古老的礼法"，同见祷64.10。

法度（*εὐνόμου*）：与时光神中的法度女神欧诺弥厄（Eunomia）同源，参祷43.2，40.19，60.2。

此处有双重理解可能。作为宇宙神，命运神代表宇宙整全结构，超越了人世间的正义（dike）、希望（elpis）、礼法（nomos）等共同体概念。在这种情况下，信念神（Doxa）为命运神驭车。反过来，doxa或可理解为"不可靠的意见"或"幻想"，其所驾驭的马车象征人类试图僭越法则限度，在这种情况下，命运神飞向人类带有惩罚意味。两种理解并行不悖，译文尽可能保留相关语义的模糊性。

行11 洞察（*καθορᾶι*）：参狄刻（祷62.3），慈心神（祷70.4）。

行12 积雪的奥林波斯山顶（*κάρη νιφόεντος Ὀλύμπου*）：同见神谱118。

行13 宙斯的眼（*Διὸς ὄμμα*）：对观狄刻的眼（祷62.1，69.15）。

无瑕的（*τέλειον*）：形容宙斯，参品达《奥林波斯经济颂歌》13.164。

行15 好心的（*μαλακόφρονες*）：同见报仇神（祷69.17）。

行16 赫西俄德最早留下命运三神的名字（神谱218，905）。

阿特洛珀斯（Atropos）：即"不可动摇的"。

拉刻西斯（Lachesis）：即"抽签，注定命运"。

克洛托（Klotho）：即"执线者"。

在荷马诗中，主司命运的女神名叫"克洛托"（奥7.197）。柏拉图《理想国》卷十的大地神话中提到命运三神的分工："她们是必然的女儿，命运三神，身着白袍，头束发带。她们分别是拉刻西斯、克洛托、阿特洛珀斯，和海妖们合唱着。拉刻西斯唱过去的事，克洛托唱当前的事，阿特洛珀斯唱未来的事。"（617c）

显赫父亲的女儿（εὐπατέρειαι）：同见阿佛洛狄特（祷55.10），忒弥斯（祷79.1）。命运神是夜神的女儿（第1行），此处的显赫父亲当指宙斯。命运神的身世说法，参题解。

行17　轻如空气不可见（ἀέριοι ἀφανεῖς）：同见报仇神（祷69.9），西风神（祷81.6）。

不动摇（ἀμετάτροποι）：与命运三神中的阿特洛珀斯（Ἄτροπος）同词源，参农诺斯《狄俄尼索斯纪》38.218。

不朽坏（αἰὲν ἀτειρεῖς）：同见天神（祷4.1），天宇（祷5.1），星群（祷7.9）。

行18　给予一切（παντοδότειραι）：同见德墨特尔（祷40.3），给予一切又全夺走，对观大地女神"养育又赐予，焕生且毁灭"（祷26.2），珀耳塞福涅养育人类又毁杀人类（祷29.16）。

人类的必然神（θνητοῖσιν ἀνάγκη）：命运神与必然神混同。对观阿佛洛狄特被称为"必然神的母亲"（祷55.3）。命运神不是致命的，而是必然的，标志生命和人的自由限度，同时施行分配生命的职能。普罗克洛斯在注疏柏拉图《理想国》时对比了赫西俄德和俄耳甫斯神谱中的命运神："俄耳甫斯在莫伊拉之前设立另一个必然神，称之为目光可怖的阿纳克（Anankè），这个女神由最初的神所生。"（2.207）

行19　奠酒礼（λοιβῶν）：同见潘（祷11.21），打雷的宙斯（祷19.20），赫淮斯托斯（祷66.10）。

行20 好意（εὔφρονι βουλῆι）：或"有愉快的意图"，同见慈心神
（祷70.1），忒弥斯（祷79.11），参阿波罗（祷34.10）。

行21 此行诗出现在手抄件中，且遵守祷歌格律规范，在整部
祷歌集里绝无仅有。要么强调本诗出自诗人俄耳甫斯手笔，以区别于
今已佚失的其他同名祷歌，要么本诗原本不在祷歌集里，乃是手抄者
篡插所致，最后一行诗同样出自手抄者。

60

美惠神

[焚安息香]

听我说，显赫光彩的美惠神哦，
宙斯和胸怀深沉的欧诺弥厄的女儿，
阿格莱娅、塔利厄和丰盛的欧佛洛绪涅，
欢乐的母亲，可爱友善纯净，
5　　化影无数，如花常开，世人爱你们，
轮番求告你们，玫瑰容颜的迷人女神，
来吧，来播撒福泽，永远善待信者。

　　美惠神（Charites）：音译"卡里忒斯"。这首祷歌表明，俄耳甫斯信徒并非一味追求悲伤狂迷的精神。美惠三神散播欢乐，在自然中嬉戏，终日轻歌曼舞，偶有阿波罗的乐音相伴。在赫西俄德笔下，她们是宙斯和大洋女儿欧律诺墨（Eurynome，即"广阔的空间"）的女儿，参神谱907-911，伊18.398。在这里，她们的母亲是时光神之一（第2行注释，俄耳甫斯残篇K版181=B版254）。她们常与缪斯、阿佛洛狄特、爱若斯、阿波罗和狄俄尼索斯相伴。在欧里庇得斯笔下，宙斯派她们和缪斯去安抚丢了女儿的德墨特尔（《海伦》1338-1345，参祷27，43.7-8）。美惠神尤其是阿佛洛狄特的女伴（托名荷马《阿佛洛狄特颂诗》5.60-64），阿佛洛狄特在战场上被狄奥墨得斯刺破的长袍乃美惠神编织而成（伊5.337-338）。宙斯派阿佛洛狄特往潘多拉的头上倾注魅力（charis，与Charites同根），美惠神和魅惑神、时光神纷纷装扮潘多拉（劳作65，73-75）。古希腊的美惠神崇拜又称Charistesia，一般有诗歌赛会和夜间舞蹈活动，盛行于雅典、斯巴达、埃利斯等地。最著名的美惠神庙位于俄尔喀墨涅，传说也是诗人赫西俄德的埋骨之地，不远处有狄俄尼索斯神庙和阿佛洛狄特圣泉。

本首祷歌同样列入阿佛洛狄特系列祷歌中。在整部祷歌集里，美惠神还出现在开场祷歌（祷0.18）和时光神祷歌（祷43.8）。此外在自然神祷歌中有 χαρίτων 的说法（祷10.13）。

行1 显赫光彩的（μεγαλώνυμοι，ἀγλαότιμοι）：或"声名显赫的，荣耀光彩的"，参缪斯（祷76.1）。显赫的（μεγαλώνυμοι），同见赫拉克勒斯（祷12.10注释）。光彩的（ἀγλαότῑμος），也用来形容时光神中的和平女神，如见祷12.8，19.22。

行2 欧诺弥厄（Eunomia）：时光神中的法度女神（祷40.19，43.2）。这里进一步强化美惠神与时光神的联系。两首祷歌有诸多相似的修饰语用法。两组女神都出现在潘多拉的诞生现场（劳作73-76），乐于恩赐，都与狄俄尼索斯相连（欧里庇得斯《酒神的伴侣》420-423）。

胸怀深沉的（βαθυκόλπου）：同见月神（祷44.2）。

行3 赫西俄德最早留下美惠三神的名字（神谱909）。

阿格莱娅（Aglaia）：即"光彩夺目"，最年轻的美惠神，嫁给赫淮斯托斯（神谱945）。Ἀγλαΐα 与第1行的 ἀγλαότῑμος 同词源。

塔利厄（Thalia）：即"节庆"，与缪斯之一（祷76.8，神谱77）和涅柔斯女儿（神谱245）谐音。Θαλία 与第5行的 ἀειθαλής 同词源。

欧佛洛绪涅（Euphrosyne）：即"美好或欢快性情"（参祷3.5；劳作560，775）。Εὐφροσύνη 与第4行的 εὔφρων 同词源。

荷马诗中多次提到美惠神，但说出具体名字只有一次，赫拉允诺把帕西特娅许配给睡神（伊14.269），但在赫西俄德那里，帕西特娅是涅柔斯女儿（神谱246）。据泡赛尼阿斯记载，雅典的美惠神另有别称（9.35.1-7）。

丰盛的（πολύολβε）：也用来形容和平女神厄瑞涅（祷32.15，43.2）。

行4　可爱的（ἐράσμιαι）：同见阿波罗（祷34.5），爱若斯（祷58.1）。

友善纯净（εὔφρονες，ἁγναί）：同见祷84.4。纯净的，也用来形容时光神（祷43.3）。

行5　化影无数（αἰολόμορφοι）：同见天神（祷4.7注释）。

如花常开（ἀειθαλέες）：或"永不衰老"，同见日神（祷8.13），克洛诺斯（祷13.1），时光神（祷43.5），健康神（祷68.7）。

世人爱你们（θνητοῖσι ποθειναί）：同见珀耳塞福涅（祷29.11），尼刻（祷33.1）。

行6　轮番（κυκλάδες）：或译"循环"，时光神（或季节）也常被形容为循环的，参祷43.5，53.7，56.5。

玫瑰容颜（καλυκώπιδες kalykopis）：同见涅柔斯女儿（祷24.1），忒弥斯（祷79.2）。

迷人的（ἱμερόεσσαι）：同见德墨特尔（祷40.7），健康神（祷68.1）。

行7　播撒福泽（ὀλβοδότειραι）：同见帕来蒙（祷0.35注释）。

61

涅墨西斯祷歌

［焚安息香］

涅墨西斯哦，我呼唤你，至高的神后，
你眼观万物，洞悉多少人类族群的生活，
恒在威严的女神，独爱正义，
变幻千种颜色永是灵动的言说，
5　世人畏惧你，颈负你强加的轭，
你留意众人的心思，不放过
无度的灵魂和无约束的冲动言辞。
你看见一切听见一切，你审判一切，
你掌控属人的审判，出众的精灵。
10　来吧，纯洁的极乐神，永远庇护信者，
求你赏赐我们向善的精神力量，
求你驱散不洁无度善变的可恨念头。

　　涅墨西斯（Nemesis）：派生自nemo，即"分配"，也译义愤神，或报应神、敬畏神等。在俄耳甫斯神谱中，涅墨西斯代表世界生成的原初力量，在人与神、人与人的交流中发挥作用，以惩罚、复仇或报应的方式纠正人类的僭越无度，维护世界秩序的基本平衡。在赫西俄德笔下，她是黑夜的女儿，和欺瞒神、承欢神、衰老神、不和神同属夜神家族的暗黑力量，被说成"凡人的祸星"（神谱223-225，品品

达《皮托竞技凯歌》10.44），但她也代表"正义的愤怒"，守护人类社会的良好秩序，在黑铁种族终末时，她和羞耻神（Aidos）最后放弃人间回归神族（劳作197-200）。《伊利亚特》同样并称羞耻和义愤二神（13.121，参11.649）。亚里士多德在《尼各马可伦理学》中并提这两个概念（1108a32）。

涅墨西斯的别称"阿德拉斯忒亚"（Adrasteia，即"不可避免"），参祷0.36。希腊古人在说出傲慢无礼的话之后习惯说："向阿德拉斯忒亚告饶。"阿德拉斯忒亚女神折磨放肆无度的人。在埃斯库罗斯笔下，大洋女儿对普罗米修斯说："那些向报应神告饶的人才是聪明的！"（《普罗米修斯》936，参柏拉图《理想国》451a）在仅存残篇的《库普利亚》中，涅墨西斯本系宙斯的女儿，反遭化身天鹅的神王追求，她把生下的蛋给了斯巴达王后勒达，从蛋中生出海伦，特洛亚战争爆发，故而与涅墨西斯代表的义愤相连（残篇7，阿波罗多洛斯3.10.7，泡赛尼阿斯1.33.7）。阿提卡地区的拉姆诺斯素有涅墨西斯崇拜传统。据泡赛尼阿斯记载，声名传世的雕刻家菲狄亚斯（Phidias）依据上述神话为本地神庙塑过涅墨西斯像，希波战争期间被波斯人当战利品抢走了（1.33.2-8）。

在赫西俄德的夜神家族谱系中，命运神被列在涅墨西斯的前头，其职能与涅墨西斯相近："追踪神们和人类犯下的罪恶，决不会停息可怕的愤怒，直到有罪者受到应得的严酷处罚。"（神谱220-222）本首祷歌同样放在命运神祷歌之后，后续有狄刻祷歌、正义祷歌和法神祷歌。涅墨西斯并不显得冷酷无情，更像某种抽象概念的人身化形象，指向分配的正义和限度的必然。

行2　眼观万物（$\pi\alpha\nu\delta\epsilon\rho\varkappa\eta\varsigma$）：参第8行，天神（祷4.8），日神（祷8.1），狄刻（祷62.1）。

洞悉人类族群的生活（$\dot{\epsilon}\sigma\rho\tilde{\omega}\sigma\alpha\ \beta\dot{\iota}o\nu\ \vartheta\nu\eta\tau\tilde{\omega}\nu\ \pi\omega\lambda\nu\varphi\dot{\iota}\lambda\omega\nu$）：对观狄刻（祷62.3），慈心神（祷70.4）。

行3　恒在威严的（ *ἀιδία, πολύσεμνε,* ）：同见大地（祷26.6），参自然神（祷10.21注释）。

独爱正义（ *μόνη χαίρουσα δικαίοις* ）：参正义神祷歌（祷62.2），涅墨西斯祷歌与狄刻祷歌有许多相通的修饰语。这里说的正义审判与下文强调的言说（logos）密切相关。

行4　言说（ *λόγον* ）：涅墨西斯随机应变，惩罚人类的善变念头和虚假言说。涅墨西斯惩罚世人，因为他们说着他们没有想的，或者想着他们没有说的，或者说仅仅为了什么也没说（参第7行）。也有注家主张读成 *τροχὸν* （轮），呼应墨索墨得斯在《涅墨西斯颂》中提到的命运之轮（7）。

行5　畏惧（ *δεδίασι* ）：涅墨西斯也称敬畏神，畏惧促使人正直行事，正如同一行中轭的譬喻（参劳作815）。对观正义神疼惜好人（祷63.6）。

行7　无约束的言辞冲动（ *λόγων ἀδιακρίτωι ὁρμῆι* ）：参第4行。在墨索墨得斯的《涅墨西斯颂》中，涅墨西斯是"正义的女儿"，"仇恨人类的毁灭性的无度"（1–13）。

行8　看见一切听见一切（ *πάντ' ἐσορᾶις καὶ πάντ' ἐπακούεις* ）：参第2行。在荷马诗中，日神"眼观万物耳听万事"（伊3.277）。

审判一切（ *πάντα βραβεύεις* ）：正义神也是判官（祷63.4）。参墨索墨得斯《涅墨西斯颂》14。

行9　出众的精灵（ *πανυπέρτατε δαῖμον* ）：同见天神（祷4.8）。

行10　来吧，纯洁的极乐神（ *ἐλθέ, μάκαιρ', ἁγνή* ）：同见德墨特尔（祷40.18），参黎明神（祷78.13）。

永远庇护（ *ἐπιτάρροθος αἰεί* ）：同见健康神（祷68.12）。

62

狄 刻

［焚乳香］

我歌唱狄刻的眼，她洞见万物光彩照人，
驻守在王者宙斯的神圣宝座，
从天庭看察多少人类种族的生活，
爱记仇，用正义惩罚不义者，
5　　凭着平等与真相，去调和那不和的。
每当有人以不轨的想法主导
可疑的审判，图谋不正当的好处，
你独自前行，纠正不义者，唤醒正义，
你是不义的敌人，正义的温柔同盟。
10　　来吧女神，求你走向正派思想者，
永远公平，直待我们命定的时日到来。

　　狄刻（Dike）：宙斯和忒弥斯的女儿，时光神之一，另两位是法
度神欧诺弥厄（祷43.2，60.2）与和平神厄瑞涅（祷40.19）。赫西俄
德在《劳作与时日》中长篇谈到她：狄刻在不义城邦"被强拖，喧哗
四起……她悲泣着，紧随在城邦和人家中，身披云雾，把不幸带给人
们：他们撵走她，不公正地错待她"（220-224）；世人不识狄刻的身
份和大能："有个少女叫狄刻，宙斯的女儿，深受奥林波斯神们的尊
崇和敬重。每当有人言辞不正，轻慢了她，她立即坐到父亲宙斯、克

洛诺斯之子身旁，数说人类的不正心术，直至全邦人因王公冒失而遭报应"（256-262）。在俄耳甫斯神谱中，狄刻是强大的女神，与宙斯平分宝座，担负重要的职能。狄刻有时是宙斯的女儿，有时是法神（Nomos）和虔敬神（Eusbeia）的女儿（祷63-64）。据托名德摩斯提尼记载，狄刻的重要性同样表现在俄耳甫斯与厄琉西斯秘教的关系："你们每个人必须信任狄刻正直威严的眼，在俄耳甫斯看来，最神圣的秘仪由她为我们设立，她守在宙斯王座旁边，看察人类的行为。"（Contre Aristogiton，I.11）

在整部祷歌集里，狄刻还出现在开场祷歌（祷0.25），报仇神祷歌（祷69.15），与自然神混同（祷10.13），是时光三神之一（祷43.2）。本首祷歌可与下一首正义神祷歌对观参读（祷63）。

行 1　狄刻的眼（Ὄμμα Δίκης）：对观祷69.15，*Anthalogia Palatina*，7.357.2。

洞见万物（πανδερκέος）：同见涅墨西斯（祷61.2），参日神（祷8.1），阿波罗（祷34.8）。

光彩照人（ἀγλαομόρφου）：同见瑞亚（祷14.5），珀耳塞福涅（祷29.9），阿多尼斯（祷56.7），忒弥斯（祷79.7）。

行 2　宙斯的神圣宝座（Ζηνὸς ...θρόνον ἱερὸν）：狄刻坐在宙斯身旁，参劳作259，埃斯库罗斯残篇530.10-11，索福克勒斯《俄狄浦斯在科洛诺斯》1382，*Anthalogia Palatina*，9.455.6。

行 3　涅墨西斯（祷61.2）和慈心神（祷70.4）也有同样的职能。宙斯派狄刻看察人间，报告人类所犯的错误。在荷马诗中，诸神喜向宙斯打小报告，阿瑞斯"坐在宙斯身边"，抱怨雅典娜和狄奥墨得斯（伊5.869），大洋女儿忒提斯坐到宙斯面前，倾诉希腊人错待爱子阿喀琉斯（伊1.493起，2.510起）。神们也常从使者那里得到人类犯错的报告，比如水仙向日神告状，奥德修斯的同伴们吃掉他的牧群（奥12.374），阿波罗从乌鸦那里获得通报（品达《皮托竞技凯歌》3.27），伊里斯给赫拉捎带消息（卡利马科斯4.216）。除狄刻以外，常与宙斯同出入的神还有泽洛斯、尼刻、克拉托斯、比亚（神谱388）、忒弥斯（品达《奥林匹亚竞技凯歌》8.21）和敬畏神（索福克勒斯《俄狄浦斯在科洛诺斯》1267）。

行4　爱记仇（ τιμωρός）：同见报仇神（祷69.7），慈心神（祷70.5），参第6-8行。在柏拉图的《法义》中，狄刻跟在宙斯身后到来，"惩罚那些偏离神道的人"（715a-716e）。

不义，正义（ ἀδίκοις ... δικαία）：这个对子重复出现在第8行和第9行。

行5　平等（ ἐξ ἰσότητος）：同见正义神（祷63.2）。在欧里庇得斯笔下，伊俄卡斯特斥责儿子的野心，赞美平等神（Isotes，《腓尼基妇人》536）。

行9　正义的温柔同盟（ εὔφρων δὲ σύνεσσι δικαίοις）：参索福克勒斯《埃阿斯》705。

行11　命定的时日到来（ πεπρωμένον ἦμαρ ἐπέλθοι）：奥德修斯鼓励同伴："我们尽管忧伤，但还不会前往哈得斯的居所，在命定的时日之前。"（奥10.174-175）

63

正义神

［焚乳香］

哦，你对凡人最公正，丰盛又迷人，
凭靠平等，独爱正直的人，
众人敬爱你，有福高傲的正义神，
你的思想纯净，有求必应做出审判，
5　不容摧毁的意识永在摧毁
不肯屈服在你轭下的人，
他们贪婪加码，让天平倾斜。
你不分扰，讨人爱，爱所有人，爱节庆，
和平与安稳人生使你心欢悦，
10　永远憎恶不正派，喜爱平等，
你生成卓越智慧，实现高贵目标。
听我说吧，女神，求你惩治坏习，
让我们均衡走在高贵的人生路，
求你保佑吃大地果实为生的人类，
15　也保佑神圣的大地母亲和驻海的宙斯
在他们怀中养育的一切生灵。

正义神（Dikaiosyne）：与dike同根同义，在现代语文中通译"正义"。在古希腊文中，这两个词或有细微的语义差别，比如dike带审判

意味，而dikaiosyne倾向于指公正或正直。狄刻祷歌和正义神祷歌相继出现，足见正义概念在俄耳甫斯教传统中的重要意义。如果说狄刻是具象化的少女神，那么正义神更像某种抽象概念的拟人化，其成形时期稍迟，似与狄刻没有神话联系。据赫米阿斯记载，俄耳甫斯神谱中有三个夜神，正义神是其中一个夜神的女儿（俄耳甫斯残篇K版99=B版246）。还有一种说法，正义神是法神和虔敬神的女儿（俄耳甫斯残篇K版159=B版248）。本首祷歌没有谈及正义神的身世，不过，在开场祷歌中，正义神和虔敬神并称（祷0.14），或可视为一种线索。

　　行1　丰盛又迷人（πολύολβε, ποθεινή）：参夜神（祷3.12）。

　　行2　凭靠平等（ἐξ ἰσότητος）：参狄刻（祷62.5）。

　　独爱正直的人（θνητοῖς χαίρουσα δικαίοις）：涅墨西斯"独爱正义"（祷61.3）。

　　行3　众人敬爱你（πάντῑμη）：同见瑞亚（祷14.5），法神（祷64.12），报仇神（祷69.1），忒弥斯（祷79.7）。

　　行4　思想纯净（καθαραῖς γνώμαις）：同见爱神（祷58.9）。

　　审判（βραβεύεις）：参涅墨西斯（祷61.8）。

　　行5　不容摧毁，摧毁（ἄθραυστος ...θραύεις）：反义词连用。

　　行6　轭（ζυγόν）：或枷锁，同见涅墨西斯（祷61.5）。

　　行7　让天平倾斜（πλάστιγξι παρεγκλίναντες）：对观荷马诗中宙斯架起黄金天平（伊8.68–74）。本诗强调公平和均衡，另参墨索墨得斯《涅墨西斯颂》11，13。

　　行8　不分扰（ἀστασίαστε）：同见法神（祷64.4）。

　　爱所有人（φίλη πάντων）：同见夜神（祷3.7）。

　　爱节庆（φιλόκωμε）：或与狄俄尼索斯崇拜相连，参 *Anthalogia Palatina*. 5.175.7。

　　行9　和平使你心欢悦（εἰρήνῃ χαίρουσα）：同见德墨特尔（祷40.4）。

　　行10　喜爱平等（ἰσότητι δὲ χαίρεις）：参祷62.5。

行11　卓越智慧（ σοφίης ἀρετῆς ）：同见报仇神（祷69.11 ）。

行14-16　吃大地果实的（ οἳ ἀρούρης καρπὸν ἔδουσι ）：同见伊 6.142。本诗不仅为人类祷告，也为一切生灵祈福（参祷85.2 ）。对观赫西俄德的区分："克洛诺斯之子给人类立下规则：原来鱼、兽和有翅的飞禽彼此吞食，全因没有正义。他给人类正义：这是最好的。"（劳作276-279 ）

驻海的宙斯（ πόντιος εἰνάλιος Ζεύς ）：或指波塞冬，对观哈得斯的别称"地下的宙斯"（祷18.3，41.7，70.2 ）。

64

法神祷歌

我呼唤神和人的圣洁王子，
属天的法神，他排布星群方位，
封印深海与大地之间的准确分界，
不偏离不分扰，凭法则守护自然的安稳，
5　他从高处席卷广天，健步行进，
如一阵风驱散不义的欲求，
为有死的人生带来美好结局，
他独自掌控世间生灵运行的舵，
他是刚正思想的伴侣，永不偏移，
10　古老，节制，与守法的人家和平相处，
给不识法度的人带去沉重的苦难。
来吧，散福迷人的极乐神，众人敬爱你，
卓越的神，求你好心，让我们记住你。

法神（Nomos）：音译"诺秣斯"，或译"礼法"或"天条"。在欧里庇得斯笔下，落难的赫卡柏对阿伽门农说："我是奴隶，又是孱弱，但神们是强的，还有主宰他们的天条（nomos），因为凭了这天条我们相信有神，我们生活着辨别得非与是。"（《赫卡柏》798-801）Nomos象征某种宇宙中的组织原则，使自然元素和人类众生各得其所，包含自然秩序和城邦礼法。品达诗中最早将Nomos神化（残篇169a），柏拉图在《高尔吉亚》（484b）中加以援引。前苏格拉底哲人

如赫拉克利特多有论及（残篇33，44，114等），并影响后来的斯多亚哲人，参看克莱安塞斯《宙斯颂诗》2，克律西波斯《论慈悲》11-14。在俄耳甫斯神谱中，法神是虔敬神（Eusbeia）的丈夫，正义神的父亲（祷0.14）。法与正义相连，见巴门尼德残篇288.28。

本诗未标注焚香，这似乎意味着颂唱法神祷歌无需附带敬拜仪式。法神祷歌位于系列祷歌61-64的末尾，前两首涅墨西斯祷歌和狄刻祷歌面向诸人类种族（祷61.2，62.3），第三首正义神祷歌面向人类和众生灵（祷63.14-15）。前三首祷歌献给女神，法是男神，指向一切有生无生的宇宙元素及其界限（呼应祷61.6-7，63.7）。诗歌前四行强调宇宙自然秩序。第5-6行从天空过渡到大地人间。第7-11行强调人间生活的礼法根本。

在祷歌集里，法神还出现在命运神祷歌（祷59.10）。此外，时光神中的法度女神欧诺弥厄（Eunomia）与nomos同源（祷43.2，60.2）。

行1 我呼唤神和人的王子：参品达残篇169a。法神支配人也主宰神，参欧里庇得斯《赫卡柏》799。

行2-3 法神的庇护领域同样遍及天空大地和大海。

封印（σφραγῖδα）：对观阿波罗"掌管整全宇宙的封印"（祷34.26）。原文在第2行，译文移至此。

行4 不分扰（ἀστασίαστον）：同见正义神（祷63.8）。

安稳（τὸ βέβαιον）：同见祷63.9。原文在第3行，译文移至此。

行7 美好的人生结局（βιοτῆς τέλος ἐσθλόν）：参潘（祷11.22）。

行8 独自掌控世间生灵运行的舵：对观爱神（祷58.8），死神（祷87.1）。

行10 古老的（ὠγύγιος）：或"原初的"，用来形容法度，见祷59.10。

节制的（πολύπειρος）：同见自然神（祷10.21），赫拉克勒斯（祷12.13）。

行 11　对观雅典娜"使恶人恐慌，让好人明智"（祷 32.9），狄刻是"是不义的敌人，正义的温柔同盟"（祷 62.9）。

沉重的苦难（ *κακότητα βαρεῖαν* ）：同见伊 10.71。

行 12　散福的（ *φερόλβιε* ）：同见健康神（祷 68.2）。

迷人的（ *πᾶσι ποθεινέ* ）：同见夜神（祷 3.12）。

众人敬爱你（ *πάντιμε* ）：同见瑞亚（祷 14.5），正义神（祷 63.3），报仇神（祷 69.1），忒弥斯（祷 79.7）。

行 13　结尾祈求神灵保佑，参大地（祷 26.11），狄俄尼索斯（祷 30.9），托名荷马颂诗 22.7。

卓越的（ *φέριστε* ）：同见赫拉克勒斯（祷 12.9），克洛诺斯（祷 13.9）。

65

阿瑞斯

[焚乳香]

战无不胜，心甚狂妄，强大勇敢的精灵，
你爱武器，不驯服，杀戮人类，摧毁城墙，
阿瑞斯神主，盔甲响亮，浑身沾血污，
爱厮杀流血和战争喧嚣，可怕的神，
5   迷恋剑与长矛的无诗艺的撞击，
求你停止狂怒不和，解除纠缠我心的苦楚，
求你服从库普里斯的欲求和利埃俄斯的狂欢，
以武器的气力换取德奥的劳作，
渴求和平前来抚养年轻人，散播福泽。

阿瑞斯（Ares）：战神，宙斯和赫拉的儿子（神谱921-923）。阿瑞斯与雅典娜均与战争相连，但似乎代表战争的两面。雅典娜"发动战争有大智"（祷32.10），阿瑞斯狂妄嗜血，无度杀戮。在赫西俄德笔下，青铜时代的人类深受阿瑞斯的影响，有暴戾的心，这使他们被命运驱使，永不停息互起战争（劳作43-155）。在荷马诗中，阿瑞斯几次与雅典娜在战场上交锋落败（伊21.391-414，5.755-863），雅典娜还说服阿瑞斯抑制怒气（伊15.100-142，参赫西俄德《赫拉克勒斯的盾牌》446-449）。阿瑞斯不仅在雅典娜和阿波罗面前无能为力，还被两个英雄囚禁（伊5.385-391），他败给狄奥墨得斯，跑去告状，宙斯反而教训他，声称"在所有奥林波斯神中最恨这个小斯"（伊5.888-898），母亲赫拉也骂他是"愚蠢的不守法的东西"（伊5.761）。阿瑞斯一方面是战争灾祸的化身，另一方面也是勇气的化身。同样在荷马诗中，战士被称为"阿瑞斯的侍从"，或"阿瑞斯的后裔"（伊2.110，2.540）。萨福写过少年美貌的新郎犹如阿瑞斯（残篇111）。在托名荷马的《阿波罗颂诗》中，阿瑞斯加入诸神的歌舞行列（3.200）。阿瑞斯的含糊形象也表现在他的子女身上。在赫西俄德笔下，他和阿佛洛狄特生下两男一女，普佛波斯（Phobos，即"溃逃"）和得伊摩斯（Deimos，即"恐慌"）和父亲一样暴力好战，哈尔摩尼亚（Harmonia，即"和谐"）是忒拜建城者卡德摩斯的妻子（神谱933-937）。托名荷马的《阿瑞斯颂诗》表现出不太一样的阿瑞斯："他给予勇气，使人常处不受侵犯的和平法则，驱散苦痛，避免敌人来袭和暴死女神。"（8.15-17）在本首祷歌中，阿瑞斯被明确要求收敛本性和职能，服从阿佛洛狄特的享乐和狄俄尼索斯的狂欢，用德墨特尔的劳作取缔战争换来和平。

行1　战无不胜（Ἄρρηκτε）：同见打雷的宙斯（祷19.11）。

心甚狂妄（ὀμβριμόθυμε）：或译"肆心"，同见开场祷歌"肆心的阿瑞斯"（祷0.10），赫拉克勒斯（祷12.1），宙斯（祷15.6），赫淮斯托斯（祷66.1）。阿瑞斯也被称为"暴戾的"（ὀβριμόθυμος），参托名荷马《阿瑞斯颂诗》8.2，伊13.444，神谱140。

心甚狂妄，强大勇敢（ὀμβριμόθυμε μεγασθενές ἄλκιμε）：同见赫拉克勒斯（祷12.1）。

行2　爱武器（ὁπλοχαρής）：同见雅典娜（祷32.6）。

不驯服（ἀδάμαστε）：同见天神（祷4.7），自然神（祷10.3），赫拉克勒斯（祷12.2）。

杀戮人类（βροτοκτόνε）：欧里庇得斯用来形容活人祭："杀人的献祭。"（《伊菲革涅亚在陶洛人里》384）

行3　浑身沾血污（φόνοις πεπαλαγμένος αἰεί）：同见奥22.402。在

荷马诗中，阿瑞斯经常被称为"人类的毁灭者，手里有血污的战神"（伊5.31，5.455）。

行4 爱厮杀流血（ *αἵματι ἀνδροφόνωι χαίρων* ）：参狄俄尼索斯·巴萨勒斯（祷45.3）。

爱战争喧嚣（ *πολεμόκλονε* ）：同见瑞亚（祷14.7），参雅典娜（祷32.2）。

可怕的（ *φρικτέ* ）：同见代蒙（祷73.1）。

行5 无诗艺的（ *ἄμουσον* ）：或"与缪斯无关的"，战争与艺术相对峙，对观缪斯祷歌（祷76）。在荷马笔下，愤怒的阿喀琉斯拒绝出战，在营帐中弹琴歌唱（伊9.185-194）。另参狄俄尼索斯·巴萨勒斯（祷45.3）。

行7 库普里斯（Kypris）：阿佛洛狄特的别称，同见祷3.2，22.7，56.8。在赫西俄德笔下，她是阿瑞斯的妻子。在荷马诗中，她与阿瑞斯私通，被丈夫赫淮斯托斯捉奸并被诸神当场取笑（奥8.266-366，参伊5.416等）。俄耳甫斯神谱似乎还流传阿瑞斯劫持阿佛洛狄特的说法（俄耳甫斯残篇K版397a=B版413）。

利埃俄斯（Lyaios）：即"救星"，狄俄尼索斯的别称，参祷50。阿瑞斯的战斗狂热与酒神崇拜的疯狂状态颇有几分相似，参欧里庇得斯《酒神的伴侣》714-768。在有的神话中，阿瑞斯、狄俄尼索斯和俄耳甫斯均与色雷斯相连。潘（祷11.5，11.12）和雅典娜（祷32.6）同样将战斗和疯狂联系在一起。

行8 德奥的劳作（ *ἔργα τὰ Δηοῦς* ）：德墨特尔的劳作，回应传统说法，以镰刀换战刀。参希罗多德1.87.4。

行9 渴求和平前来抚养年轻人（ *εἰρήνην ποθέων κουροτρόφον* ）：同见赫拉克勒斯（祷12.8），参宙斯（祷15.11），打雷的宙斯（祷19.22）。德墨特尔同样抚养年轻人（祷40.2，40.13）。和平是时光三神之一（祷43.2）。没有战争的和平年代，人类把刀枪换成犁头，土地就能收获德墨特尔的神圣谷物。时光神与带来丰收相连，同见祷26.11。

散播福泽（ *ὀλβιοδῶτιν* ）：同见德墨特尔（祷40.2）。

66

赫淮斯托斯

［焚捣碎的乳香］

肆心强大的赫淮斯托斯，不倦的火，
火光中灿耀的精灵，你照亮世人，
带来明光，手如坚铁的永生匠神，
你是创造者，宇宙的成分和完美元素，
5 你吞没、征服、超越和消耗万物，
天宇、太阳、星辰、月亮和纯洁的光，
这些是向世人显示的赫淮斯托斯的份额。
你占有一切家屋、城邦和国族，
住在所有人身上，丰饶强大的赏主，
10 听啊，极乐神，求你收下神圣的奠酒礼，
善心地来吧，使我们有劳作的欢喜。
求你平息不倦的火的愤怒疯狂，
求你调节我们身体里的自然烧灼。

　　赫淮斯托斯（Hephaistos）：火神，匠神，宙斯和赫拉之子。在荷马诗中，赫淮斯托斯两次被父母推下奥林波斯。一次是他刚出生时，赫拉嫌他跛足，把他推下山（伊18.394-405，托名荷马《阿波罗颂诗》3.311-321），一次是他试图援助赫拉反抗神王，被宙斯抛出天门，掉在利姆诺斯岛（伊1.590-594）。赫淮斯托斯的妻子是阿佛洛狄

特（奥 8.266 起，祷 65.7），或美惠神之一（伊 18.382），或阿格莱亚（神谱 945-946）。赫拉独自生下赫淮斯托斯，呼应宙斯独自生下雅典娜（神谱 927-929，托名荷马《阿波罗颂诗》3.315-316）。

赫淮斯托斯和雅典娜传授技艺给人类，共同庇护手艺人，受到铁匠陶工的祭拜。赫淮斯托斯精通工艺机械，制出黄金侍女、自转三角鼎、自动鼓风的风箱、看门的金银狗等等（伊 18.372-377，417-421，470-473；奥 7.91-94），以及数不尽的配饰和盾牌，比如赫拉克勒斯的盾牌（《列女传》122-140）、阿喀琉斯的盾牌（伊 18.478-614）等。他是制造潘多拉的主要参与者（劳作 59-82）。他制作的镜子被提坦拿去引诱狄俄尼索斯幼神。"最初的创造者（库克洛佩斯）送给宙斯鸣雷闪电，教给赫淮斯托斯和雅典娜所有技艺。"（俄耳甫斯残篇 K 版 179=B 版 269）古代最重要的赫淮斯托斯圣地在利姆诺斯岛，此外雅典同时供奉雅典娜和赫淮斯托斯，参看奥 6.233，柏拉图《克里蒂亚》109c-d，《普罗塔戈拉》321d-322a，《法义》920d。

在本首祷歌中，赫淮斯托斯象征火元素。荷马诗中早有"赫淮斯托斯的火"（伊 2.426）这个说法，赫淮斯托斯迎战河神克珊托斯，堪称水与火之争（伊 21.328-382）。赫拉克利特残篇多次谈及火元素的重要性（残篇 14，26，30-31，64-67，76，90 等）。前苏格拉底哲人的元素理论影响了斯多亚哲人。后者同样主张，宇宙凭靠周期性的燃烧得以循环再生。火的燃烧不是毁灭而是修复宇宙，促使众生灵永恒复返，维系宇宙生命循环。赫西俄德笔下的提坦大战和提丰大战同样讲述火元素如何烧毁世界又促使新秩序的重生（神谱 687-710，853-868），另参奥维德《变形记》1.253-261，2.161-313。

行 1 肆心强大的（ $\dot{o}\mu\beta\varrho\iota\mu\acute{o}\vartheta\upsilon\mu\varepsilon$, $\mu\varepsilon\gamma\alpha\sigma\vartheta\varepsilon\nu\acute{\varepsilon}\varsigma$）：同见阿瑞斯（祷 0.10，65.1），赫拉克勒斯（祷 12.1）。

不倦的火（ $\dot{a}\varkappa\acute{a}\mu\alpha\tau\upsilon\nu$ $\pi\tilde{\upsilon}\varrho$ ）：或"不灭的火"，同见第 12 行；伊 5.4，15.731。不倦的，也常用来修饰日神，参神谱 958；伊 18.239，18.484。

行2　照亮世人（*φαεσίμβροτε*）：同见阿波罗（祷34.8），黎明神（祷78.1）。

行3　带来明光（*φωσφόρε*）：同见日神（祷8.12注释）。

手如坚铁（*καρτερόχειρ*）：同见赫拉克勒斯（祷12.2）。

行4　宇宙的成分（*κόσμοιο μέρος*）：同见天神（祷4.1）。

完美元素（*στοιχεῖον ἀμεμφές*）：参祷5.4。此处赫淮斯托斯等同火元素，有关四元素，参看祷0.39，4.1，11.2–3等。

行5　此行对观赫拉克勒斯："你吞下万物又创造万物，无上的救主。"（祷12.6）

吞没万物（*παμφάγε*）：同见赫拉克勒斯（祷12.6），打雷的宙斯（祷19.10）。

征服万物（*πανδαμάτωρ*）：同见埃忒尔（祷5.3），自然神（祷10.3），众神之母（祷27.12）。

超越万物（*πανυπέρτατε*）：同见天神（祷4.8），赫拉克勒斯（祷12.6）。

行6　纯洁的光（*φῶς ἀμίαντον*）：也用来形容日神（祷8.13）。

行7　赫淮斯托斯的份额（*Ἡφαίστοιο μέλη*）：参潘神（祷歌11.3）。在荷马诗中，赫淮斯托斯为阿喀琉斯铸造盾牌，上头"绘制大地、天空和大海，不知疲倦的太阳和一轮望月转满，以及密布天空的各种星辰"（伊18.483–485）。对观第4行的"创造者"（*ἐργαστήρ*）与柏拉图《蒂迈欧》中的创世神。

行8　此行强调火在文明社会中的基本作用，参看赫斯提亚"在家宅中央守护不灭的圣火"（祷84.2），对观普罗提拉亚（祷歌2.6）。

行9　住在所有人身上（*σώματά τε θνητῶν οἰκεῖς*）：或指体温，赫拉克利特等同为火元素，参第13行，恩培多克勒残篇62.8–12，西塞罗《论神性》2.15.40。本首祷歌从作为宇宙元素的火，讲到文明社会中的火，再到个体和精神的火。从古希腊自然哲人到斯多亚哲人均主张，灵魂与火元素相连。在俄耳甫斯教传统中，人从提坦被火烧的灰烬中生成（祷37注释），神主狄俄尼索斯同样从火中生（祷45.1，52.2）。

行10 奠酒礼（ἐπιλοιβάς）：同见潘（祷11.21），打雷的宙斯（祷19.20），命运神（祷59.19）。

行12 对观阿瑞斯"求你停止狂怒不和"（祷65.6）。赫淮斯托斯作为火神，既有可能愤怒发威（奥8.304），也有可能平息火气（伊1.595-600）。

行13 身体里的自然烧灼，或指发烧。

67

医　神

（阿斯克勒皮奥斯）

［焚乳香粉末］

你疗救一切，阿斯克勒皮奥斯，佩安神主，
你有魔力平息人类疾病的深切痛苦，
慷慨强大的神，求你带来健康，
赶走诸种疾病和死亡的残酷精灵。

5　你使花开，救助守护，散播福泽，
光荣的福波斯·阿波罗的强大孩儿，
你是疾病的敌人，有无瑕的健康神作伴，
来吧极乐救主，带来美好的人生结局。

　　阿斯克勒皮奥斯（Asklepios）：医神，忒萨利亚地区的英雄－医者。在荷马诗中，他的两个儿子波达勒里奥斯和马卡昂参加特洛亚战争，被誉为"高明的医师"，或"无可挑剔的名医"（伊2.731–732，11.518）。对观开场祷歌："济世慰人的伟大王者阿斯克勒皮奥斯。"（祷0.37）品达最早讲到阿波罗和水仙科洛尼斯（Coronis）生下阿斯克勒皮奥斯。阿波罗听信科洛尼斯与人私通，一箭射死她，当时她已怀孕，阿波罗救下婴孩，托付马人喀戎"教会孩子治疗人类诸种痛苦疾病"。阿斯克勒皮奥斯后来因为把死人救活而遭宙斯雷击（《皮托竞技凯歌》3，参奥维德《变形记》2.600–634）。阿波罗多洛斯还引述过相传由阿斯克勒皮奥斯所疗救的人物名单（3.10.3）。古希腊的埃庇达鲁斯和科斯岛均系重要的阿斯克勒皮奥斯圣地。信徒在神庙里过夜求梦，以期达到治疗效果。前420年左右，埃庇达鲁斯的阿斯克勒皮奥斯崇拜传到雅典，相传索福克勒斯对此功不可没。在柏拉图笔下，苏格拉底在死前吩咐克力同要给阿斯克勒皮奥斯做献祭（《斐多》118a）。医神的象征物是单蛇杖。

行1　疗救一切（ *Ἰητὴρ πάντων* ）：或"世间的疗救者"，同见托名荷马《阿斯克勒皮奥斯颂诗》16.1。

佩安（Paian）：在本祷歌集里，佩安是多位神的别称，比如阿波罗（祷34.1）、赫拉克勒斯（祷12.10）和狄俄尼索斯（祷52.11）。阿波罗是阿斯克勒皮奥斯的父亲。赫拉克勒斯和狄俄尼索斯均系从凡人升入奥林波斯神界（祷12，44），与阿斯克勒皮奥斯死后封为医神有相似之处。

行2　疾病（ *νούσους* ）：同见第4行，第7行。此行说法对观托名荷马《阿斯克勒皮奥斯颂诗》16.4，品达《皮托竞技凯歌》3.51–52。

行3　强大的（ *κραταιέ* ）：参第6行，同赫淮斯托斯（祷66.9）。

行4　死亡（ *κῆρας* ）：在赫西俄德笔下又称"横死神"（神谱217），此处大约指因疾病而导致的死亡，与第8行所暗示的无疾而终形成对比。疾病与死亡，参看索福克勒斯《安提戈涅》361–364，欧里庇得斯《阿尔刻提斯》963–972。参赫拉克勒斯"赶走残忍的死亡"（祷12.16）。

行5　使花开（ *αὐξιθαλής* ）：同见大地（祷26.3），德墨特尔（祷40.3），阿多尼斯（祷56.6）。

行6　福波斯·阿波罗的孩子（ *Φοίβου Ἀπόλλωνος...θάλος* ）：参托名荷马《阿斯克勒皮奥斯颂诗》16.2，品达《皮托竞技凯歌》3.8。

光荣的（ *ἀγλαότιμον* ）：形容阿波罗，同见祷34.2，另参赫拉克勒斯（祷12.8），打雷的宙斯（祷19.22）。

行7　健康神（Hygeia）：音译"许癸厄亚"，医神的女儿，见第

3行和下一首祷歌（祷68）。无瑕的（*ἀμεμφῆ*）：用来形容健康，同见祷15.10，17.10。

　　作伴（*σύλλεκτρον*）：直译"同床"，同见瑞亚（祷14.5），赫拉（祷16.2），谟涅摩绪涅（祷77.1）。在传统说法里，许癸厄亚并非医神的妻子。

68

健康神
（许癸厄亚）

［焚乳香］

迷人可爱，好似繁花，普天下的王后，
听啊，极乐散福的许癸厄亚，万物的母亲。
你让折磨人的病痛消失无踪，
让每户人家繁荣开花，欢乐无边，
5 也使技艺兴旺。女王啊，世人渴求你，
灵魂的杀手哈得斯，只他永远恨你。
你如花常开，广受祈愿，有死者的慰藉，
没有你，世间一切不再有意义，
带来福乐的财富只叫会饮徒伤悲，
10 没有你，人不能步入受苦连连的老年，
你独自主宰和运筹这一切。
来吧女神，求你永远庇护秘礼者，
求你免除难以忍受的疾病痛苦。

健康神（Hygeia）：音译"许癸厄亚"。在神话中，许癸厄亚或是
医神阿斯克勒皮奥斯的女儿，或是医神的妻子（祷55.9），或是爱神
和魅惑神佩托的女儿（俄耳甫斯残篇 K 版202=B 版262）。在本祷歌
集里，佩托与阿佛洛狄特相连（祷55.9）。鉴于阿斯克勒皮奥斯与阿

多尼斯混同（祷67.5），医神和健康神这个对子，或呼应阿佛洛狄特和阿多尼斯这个对子。

古代许癸厄亚崇拜常与阿斯克勒皮奥斯崇拜相连。据泡赛尼阿斯记载，古希腊西锡安城的妇人在许癸厄亚的神像前供奉头发和旧衣物（2.11.6）。公元前五世纪的诗人阿里佛芬（Ariphron）有一首短歌传世，称许癸厄亚为"最受尊崇的极乐神"，并说健康神掌控人类的幸福（残篇813）。雅典人在会饮前首先净手奠酒给宙斯、散财精灵（Agathos Daimon，参祷73）和健康神。此外雅典人也向雅典娜女神祈求健康（祷32.16）。在希波克拉特誓言里，许癸厄亚的名字紧随在阿斯克勒皮奥斯之后。

在整部祷歌集里，健康神也出现在医神祷歌（祷67.7），此外健康也频繁出现在不同祷歌的结尾许愿中（祷10.30，15.10，17.10，19.21，23.8，29.18，32.16，36.15，40.20，84.8）。

行1　迷人可爱（Ἱμερόεσσ', ἐρατή）：同见德墨特尔（祷40.7）。

好似繁花（πολυθάλμιε）：开花譬喻，参第4行（θάλλει），第7行（ἀιθαλής）。阿斯克勒皮奥斯也"使花开"（祷67.5）。类似用法多见于祷歌集，如珀耳塞福涅（祷29.18-19），狄俄尼索斯（祷50.5）。

普天下的王后（παμβασίλεια）：同见自然神（祷10.16注释）。

行2　万物的母亲（μῆτερ ἁπάντων）：或生养万物，同见夜神（祷3.1），自然神（祷10.1），瑞亚（祷14.8-9），厄琉西斯的德墨特尔（祷40.1），安塔伊阿母亲（祷41.1-2）。

散福的（φερόλβιε）：同法神（祷64.12）。

行4　欢乐无边（πολυγηθής）：同见大地（祷26.10注释）。

行5　女王（ἄνασσαι）：同见自然神（祷10.2注释）。用来形容健康，又译"主宰一切的"，同见祷19.21，40.20。

行6　哈得斯（Hades）：健康神与冥王为敌，"死亡和有死者的王，你悉数收下他们"（祷18.11）。

行7　如花常开（ἀιθαλής）：或"永不衰老"，同见日神（祷8.13），克洛诺斯（祷13.1），时光神（祷43.5），美惠神（祷60.5）。

有死者的慰藉（θνητῶν ἀνάπαυμα）：对观普罗提拉亚是"灵魂的慰藉"（祷2.10）。

行9　带来福乐的财富（ὀλβοδότης πλοῦτος）：参看欧里庇得斯《酒神的伴侣》572。财富与健康多处并称，如见祷15.10-11，17.10，32.16，40.20。

会饮（θαλίῃσιν）：或"节庆"。会饮的最后一杯酒通常献给健康神。

行10　对观珀耳塞福涅祷歌："让生命得福，活到丰美的晚年"（祷29.19），医神祷歌："赶走疾病和残酷的死亡精灵"（祷67.4），死神祷歌："使人的晚年成为幸福所赐"（祷87.12）。

受苦连连的（πολύμοχθος）：形容人类，同见祷29.15，37.4，73.5。

行11　此行与赫拉（祷16.7）近似，对观尼刻"主宰一切"（祷33.6），睡神"独自主宰一切"（祷85.3），另参普罗克洛斯祷歌1.17。

行12　秘礼者（μυστιπόλοις）：同见普鲁同（祷18.18），普罗透斯（祷25.10），萨巴兹乌斯（祷48.6），忒弥斯（祷79.12）。

永远庇护秘礼者（μυστιπόλοις ἐπιτάρροθος αἰεί）：参见涅墨西斯（祷61.10）。

69

报仇神
（厄里倪厄斯）

［焚安息香和乳香粉末］

听啊，众人敬爱的咆哮的呼喝"欧嚊"的，
提西佛涅、阿勒克托和圣洁的墨伽伊拉，
夜的少女们，住在隐秘的大地深处
斯梯克斯圣水旁边的幽暗洞穴，
5　世人不敬神的心思总把你们激怒，
你们狂怒傲慢，为施酷刑欢呼，
披兽衣，爱记仇，强势带来深重不幸，
哈得斯的女儿，可怖的地下神，化影无数，
你们轻如空气不可见，迅疾如思绪，
10　太阳的如飞光照和月的微亮……
卓越的智慧，果敢大胆的行动，
还有丰美光彩的青春年华，
没有你们，生的种种乐趣无从说起。
你们永远凝望数不尽的人类种族，
15　如狄刻的眼，伸张正义，永远常在。
来吧，千般幻影的蛇发的命运神，
让我们对生活的看法变得亲和温柔吧。

报仇神（Erinyes）：音译"厄里倪厄斯"。赫西俄德讲到，她们从天神的血滴出生（神谱185）。埃斯库罗斯称她们是夜神的女儿（《报仇神》321-323）。索福克勒斯称她们是"大地和黑暗神的女儿"（《俄狄浦斯在科洛诺斯》40）。她们通常有三姐妹，头缠毒蛇，眼滴鲜血，长翅膀，以思绪的速度行进，在大地上惩罚人类的罪行，无情公正迅速，特别针对家族内的流血纷争，以及违背誓言或立伪誓言的现象。赫拉克利特称她们是"正义的执行者"，甚至不会放过脱离运行轨道的太阳（残篇108）。拉丁诗人维吉尔安排她们在地下世界惩罚有罪的灵魂。在埃斯库罗斯的三联剧中，阿伽门农之子俄瑞斯忒斯为父报仇，犯下弑母罪，被报仇神苦苦追赶很长时间，直到雅典娜出面解除家族诅咒。厄里倪厄斯担任《报仇神》这出剧的歌队，作为古老的神，在法庭上一再指控"被剥夺古老的职权""你们这些年轻的神践踏古老的法律"（731-847），直到雅典城邦为她们设立崇拜仪式，她们的怒气才平息。愤怒的报仇神转变成慈心神，当场宣布对雅典城施恩（938-948）。据泡赛尼阿斯记载，古代盛行某种德墨特尔·厄里倪厄斯崇拜，也就是供奉愤怒的德墨特尔女神（8.25.4-10）。据希罗多德记载，斯巴达设有拉伊俄斯和俄狄浦斯的报仇神神庙（4.149.2）。古人出于忌讳，在祷告时不称报仇神，而称慈心神。这与不直呼哈得斯相似（开场祷歌0.12）。本首祷歌可与下一首慈心神祷歌对观参读。两种焚香敬献给报仇神，或有加倍献礼敬请报仇神息怒的意味。

行1　众人敬爱的（*πάντιμοι*）：同见瑞亚（祷14.5），正义神（祷63.3），法神（祷64.12），忒弥斯（祷79.7）。

咆哮的呼喝"欧嗬"的（*ἐρίβρομοι, εὐάστειραι*）：同见狄俄尼索斯（祷30.1），报仇神与狂女们混同，另参第6-7行，埃斯库罗斯《报仇神》499起，欧里庇得斯《赫卡忒》1077。

行2　此行同托名俄耳甫斯《阿尔戈英雄纪》968，另参巴绪里得斯残篇24.4。古代诗歌中鲜少提及报仇三神的名字。阿波罗多洛斯简略谈及这些名字的词源来历（1.1.4）。提西佛涅（*Τισιφόνη*）即"为谋杀报仇的"，阿勒克托（*Ἀλληκτώ*）即"不停歇的"，墨伽伊拉（*Μέγαιρα*）即"怨恨"，大致包含报仇神的诸种职能特征。另参科努图斯《论神性》11。

行3　夜的少女们（*νυκτέριαι*）：同见慈心神（祷70.10）。

住在大地深处（*ὑπὸ κεύθεσιν οἰκί' ἔχουσαι*）：参水仙（祷51.2），埃斯库罗斯《报仇神》1036。

行4　斯梯克斯（Styx）：地下河流（祷57.1注释，另参祷0.29）。神化的斯梯克斯形象同样与誓言相连。在赫西俄德笔下，奥林波斯神凭靠斯梯克斯河水立誓（神谱775-806），报仇神"在五日照护不和女神生下誓言神，那假誓者的灾祸"（劳作803-804）。

幽暗洞穴（*ἄντρωι ἐν ἠερόεντι*）：同见托名荷马《赫耳墨斯颂诗》4.172。

行6　施酷刑（*ἀνάγκηι*）：同见善心神（祷70.5）。

欢呼（*ἐπευάζουσαι*）：带有酒神狂迷意味，同见忒弥斯（祷79.9）。

行7　披兽衣（*θηρόπεπλοι*）：报仇神的穿着与酒神狂女们相似，参狄俄尼索斯·巴萨勒斯（祷45题解）。

爱记仇（*τιμωροί*）：同见狄刻（祷62.4），慈心神（祷70.5）。

行8　哈得斯的女儿（*Ἀΐδεω κόραι*）：报仇神是哈得斯和珀耳塞福涅的女儿，同见祷70.2。哈得斯用来指代冥王而非冥府，同见祷68.6。

可怖的（*φοβεραί*）：同见慈心神（祷70.8，70.10），埃斯库罗斯《报仇神》990。

化影无数的（*αἰολόμορφοι*）：同见天神（祷4.7注释）。或指报仇神又称慈心神（祷70），或指报仇神与必然神、命运神、狄刻乃至月神混同。对观下文"千种形样的"（第16行）。维吉尔在《埃涅阿斯纪》

中称，报仇神有千种名称（7.337）。

行9　轻如空气不可见（ἠέριαι, ἀφανεῖς）：同见命运神（祷59.17），西风神（祷81.6）。在荷马诗中，报仇神多次被称为"在黑暗中行走"（伊9.571，19.87等）。在赫西俄德笔下，狄刻很像此处的报仇神，"身披云雾，把不幸带给人们"，不只狄刻，宙斯总共派出三万个庇护神，"览察诸种审判和凶行，身披云雾，在人间四处漫游"（劳作223，254–255）。

迅疾如思绪（ὠκυδρόμοι ὥστε νόημα）：在荷马笔下，费埃克斯人的船只"迅疾犹如羽翼或思绪"（奥7.36）。

行10–13　第10行末疑有脱文。也有注家主张，第10行系手抄者的笔误或篡插。相应的，第10–15行的读法亦有争议。有注家主张，此处或暗示从报仇神到慈心神的过渡。

卓越的智慧（σοφίης ἀρετῆς）：同见正义神（祷63.11）。

丰美的（λιπαρᾶς）：此处形容青春，也用来形容晚年（祷29.19）。

行14–15　狄刻的眼（ὄμμα Δίκης）：同见狄刻（祷62.1）。报仇神洞察所有人的行为。参索福克勒斯《埃阿斯》836–837。在埃斯库罗斯笔下，世人畏惧报仇神的惩罚，故而遵守正义（《报仇神》490–565）。

永远常在（αἰὲν ἐοῦσαι）：同见阿尔忒弥斯（祷36.11），大洋神（祷83.1）。

行16　千般幻影的（πολύμορφοι）：或千影的，同见瑞亚（祷14.1注释）。

蛇发的（ὀφιοπλόκαμοι）：同见慈心神（祷70.10）。埃斯库罗斯最早提起报仇神的蛇发，参《奠酒人》1049，泡赛尼阿斯1.28.6。报仇神往往被表现为带翅的女神，头发缠蛇，手握权杖或火炬。

命运神（θεαὶ Μοῖραι）：报仇神与命运神混同。祷歌59与本首祷歌确有不少相通处（住洞穴，洞察一切，形如空气不可见，与正义、意见相连，等等）。命运神是黑夜的女儿（祷59.1），报仇神是哈得斯的女儿，同样与黑夜相连。两组女神均负责守护人间秩序，命运神从天湖上俯瞰视察人间，而报仇神住在地下。在赫西俄德笔下，命运神和复仇神同系夜神的孩子（神谱219，335，391）。在荷马诗中，阿伽门农将他与阿喀琉斯的不和归咎给宙斯、正义神和报仇神（伊19.86-90）。在埃斯库罗斯笔下，报仇神声称是命运神把特权分配给她们（《报仇神》334-339，另参《普罗米修斯》515）。参看《希腊巫术抄件》中的记载："你在坟间有享宴，黑夜、冥府和无边的混沌；你是无可躲避的必然神；你是命运神和报仇神，苦痛、正义和毁灭。"（5.2858-2860）

行17　看法（δόξαν）："意见"，参看祷59.8注释。

温柔的（μαλακόφρονα），此处形容意见，也用来形容命运神（祷59.15）。

70

慈心神

（欧墨尼得斯）

[焚植物香料]

听我说吧，声名显赫的欧墨尼得斯，
求你们慈心，伟大的地下宙斯
和可爱的美辨少女珀耳塞福涅的纯净女儿，
你们从高处看察人类不敬神的生活，
5 爱对不义者记仇，专顾施酷刑，
黑皮肤的女王们，两眼释放电光，
噬血肉的光，可怕眩目的光，
你们独立恒在，面容可怖，叫人退避，
在疯迷中肢解尸体，在夜里丑陋致命，
10 夜的少女们，蛇发卷曲，面容可怖，
我呼唤你们带着圣洁的心意走近。

  慈心神（Eumenides）：音译"欧墨尼得斯"，厄里倪厄斯的别称。雅典人也叫她们"威严女神"（Semnai theai），参埃斯库罗斯《报仇神》1004起。这是为了恭维这些女神，避免给她们不好听的名称，惹她们生气。有别于厄里倪厄斯，古人不会在咒语特别是恶咒中呼唤欧墨尼得斯。索福克勒斯在《俄狄浦斯在科洛诺斯》中详细描绘了向欧墨尼得斯行赎罪礼的过程："'请你们慈悲为怀'——我们称呼她们做慈心神——'接受我这个保证这地方安全的乞援人！'你自己这样祷告，或者由别人替你祷告，要悄没声儿地说，别放大声音，然后告退，不要回头看。你这样做了，我才有勇气帮助你。"（486-491）在埃斯库罗斯笔下，慈心神在和解之后承诺赐福给雅典城邦，"愿土地的果实，牲畜的繁殖随着时光增长，愿人类的种子确保平安"（《报应神》903-912）。在俄耳甫斯神谱中，慈心神被称为珀耳塞福涅的"九个如花的明眸女儿"（俄耳甫斯残篇K版197=B版293）。

行1　听我说吧，显赫的欧墨尼得斯（Κλῦτέ μου, Εὐμενίδες）：开篇呼告同见美惠神（祷60.1）。

声名显赫的（μεγαλώνυμοι）：同见赫拉克勒斯（祷12.10注释）。

行2　慈心（εὔφρονι βουλῆι）：直译"有愉快的意图""有好意图"，同见命运神（祷59.20），忒弥斯（祷79.11）。原文在第1行，译文移至此。

地下的宙斯（Διòς χθονίοιο）：哈得斯的别称，同见祷18.3，41.7。慈心神为冥王冥后所生，或为强调地下女神的身份，同见祷69.8，参俄耳甫斯残篇B版292-293。在埃斯库罗斯笔下，雅典的威严女神也住地下洞穴（《报仇神》1004），同见祷69.3-4。

行3　珀耳塞福涅（Φερσεφόνης）：作为报仇神的母亲，同见祷29.6。

美辫的（καλλιπλοκάμοιο）：也用来形容健康（祷36.15）。

少女（κούρης）：珀耳塞福涅的别称又作"科瑞"，同见祷29.10。

行4　对观涅墨西斯"洞悉多少人类族群的生活"（祷61.2），狄刻"从天庭看察多少人类种族的生活"（祷62.3）。

行5　爱记仇（τιμωροί）：同见狄刻（祷62.4），报仇神（祷69.7）。

施酷刑（ἀνάγκηι）：同见报仇神（祷69.6）。

行6　黑皮肤的女王们（κυανόχρωτες ἄνασσαι）：或指慈心神住在地下世界。黑皮肤的慈心神，同见埃斯库罗斯《阿伽门农》462，《报仇神》52，欧里庇得斯《厄勒克特拉》1345，《俄瑞斯忒斯》321。女王之说，同见自然神（祷10.2注释）。

释放电光（ἀπαστράπτουσαι... αἴγλην）：参打雷的宙斯（祷19.2），另参俄耳甫斯残篇K版194=B版284，K版197=B版293。

行8 恒在的（ἀίδιοι）：同见自然神（祷10.21），赫拉克勒斯（祷12.3），大地（祷26.6），涅墨西斯（祷61.3），大洋神（祷84.6）。

面容可怖（φοβερῶπες）：重复出现在第10行，同见报仇神（祷69.8）。

行9 在疯迷中肢解尸体（λυσιμελεῖς οἴστρωι）：报仇神在狂怒中用尖刺去戳她们所追逐的人的四肢。参埃斯库罗斯《报仇神》329-330，342-343，欧里庇得斯《俄瑞斯忒斯》791，《伊菲革涅亚在陶洛人里》1456。酒神狂女们也会在狂迷中肢解尸体。

行10 夜的少女们（νυκτέριαι κοῦραι）：同见报仇神（祷69.3），参第9行（νύχιαι）。

蛇发（ὀφιοπλόκαμοι）：同见报仇神（祷69.16）。

行11 圣洁的心意（γνώμαις ὁσίαισι）：参普罗透斯（祷25.10）。

71

墨利诺厄

［焚植物香料］

我呼唤墨利诺厄，绯红轻衣的地下水仙，
在科库托斯河口之旁，威严的珀耳塞福涅
在克洛诺斯之子宙斯的圣床生下她，
她受了计谋蒙骗与普鲁同联姻，
5   他撕碎她，在愤怒中撕成了两半魂魄，
她形如空气的幻影叫人害怕发疯，
虚魅无数，说不尽灵异的神游，
有时明白有时消隐，在夜中闪光，
趁着幽暗夜色一次次不安偷袭。
10   来吧女神，我求告你，地下世界的王后，
求你驱散灵魂的疯狂直到大地尽头，
求你向信者露出温柔圣洁的脸。

墨利诺厄（Melinoe）：或指"善心的"，有可能与欧墨尼得斯（*Εὐμενίδες*）相连，或指"黄色""琥珀色"，可能是赫卡忒或月神的别称（祷9.6）。墨利诺厄作为祛除幽灵幻觉的女神，仅仅出现在本祷歌集以及小亚细亚若干古墓铭文中。本首祷歌以文学叙事笔法交代她的出生和职能，在整部祷歌集里堪称绝无仅有。宙斯可能佯装成冥王哈得斯，与冥后珀耳塞福涅结合，这些发生在黑夜的神秘交欢让墨利诺

厄成为"秘密出生的孩子"（祷50.3），某种程度上也是狄俄尼索斯的姐妹（祷30.6-7）。墨利诺厄是生于计谋和幻象的女神，也司掌计谋和幻象。她是珀耳塞福涅的女儿，或冥后的愤怒的化身，有致人疯狂的力量，与上一首祷歌中的慈心神相连（祷70.3，70.6-9）。

墨利诺厄与报仇神-慈心神有不少共同点，均属于冥府中的女神，均系冥后所生，擅长幻影，形容可怖，让人发疯（第6行，同见祷69.8，70.7-9）。此外本首祷歌与赫卡忒祷歌有许多相通的修饰语（轻衣绯红，水仙，夜间神游，惊吓疯狂，等等），还可与月神祷歌放在一起对照参读。

行1 绯红轻衣（κροκόπεπλον）：同见赫卡忒（祷1.2注释）。

水仙（νύμφην）：或指少女，参赫卡忒（祷1.8），水仙（祷51注释）。

行2 科库托斯河口（Κωκυτοῦ προχοαῖς）：冥府中的哀河，同见祷57.1注释。

威严的（σεμνή）：形容珀耳塞福涅，同见祷29.10。

行3 墨利诺厄是宙斯和珀耳塞福涅的女儿，对观狄俄尼索斯由"宙斯和珀耳塞福涅在难言的爱里孕育"（祷30.6-7），阿多尼斯"在发辫迷人的珀耳塞福涅的床榻诞生"（祷56.9）。

克洛诺斯之子（Κρονίοιο）：同见宙斯（祷15.6），塞墨勒（祷44.5），萨巴兹乌斯（祷48.1）。

行4-5 这两行语意不明，历来有诸多解释争议。宙斯骗过冥王，或者佯装成冥王与冥后幽会？冥王发现冥后与宙斯的私情以及冥后怀孕，在愤怒中将墨利诺厄撕成两半？宙斯发现珀耳塞福涅怀孕，在愤怒中撕碎她以使墨利诺厄出生（对比塞墨勒生狄俄尼索斯）？珀耳塞福涅因普鲁同的劫持或宙斯的佯装而愤怒，墨利诺厄乃是母亲珀耳塞福涅的愤怒的某种化身？译文尽可能保留相关语义的模糊性。

计谋（ἀπάταισι）：同见赫耳墨斯（祷28.5）。

　　两半魂魄（*δισώματον*）：直译为"双重身形"，通常指有两个身体或两种性别的怪兽，西西里的狄奥多罗用来形容人马神（4.12.5）。

　　行6　墨利诺厄和赫卡忒一样用鬼影幻象惊吓世人。在欧里庇得斯笔下，手持火把的赫卡忒"送来适意的幻象"（《海伦》569）。对观潘神"向凡人的灵魂捎去可怖幻觉"（祷11.7），科律班忒斯"驱散幻象"（祷39.4）。

　　行8　墨利诺厄与月神混同。参看月神"在夜里奔跑"（祷9.2），"琥珀光泽，易感的心，在夜里多么明亮"（祷9.6），"夜的闪亮华装"（祷9.9），"闪着三种光芒"（祷9.11-12）。

　　在夜中闪光（*νυχαυγής*）：参夜神（祷3.3，3.7，3.14）。在欧里庇得斯笔下，赫卡忒女神"在夜间游行"（《伊翁》1048-1049）。

　　行9　**偷袭**（*ἀνταίαις*）：或译"敌对"，与德墨忒尔的别称Antaia（安塔伊阿，祷41）相连。

　　行10　**地下世界的王后**（*καταχθονίων βασίλεια*）：同见珀耳塞福涅（祷29.6）。

　　行11　对观潘神祷歌结尾许愿："求你驱散恐惧的疯狂直到大地尽头。"（祷11.23）狄俄尼索斯同样既会致人疯狂也会疗救疯狂（祷50.6-8）。另参科律班忒斯（祷39.9-10），梦神（祷86.18）。

　　直到大地尽头（*ἐπὶ τέρματα γαίης*）：同见潘（祷11.23，），瑞亚（祷14.14）。

72

梯 刻

［焚乳香］

　　来吧梯刻，我祷告呼唤大能的你，
　　蜜般温柔的道路神，赏赐有福的财富，
　　声名显赫的引路的阿尔忒弥斯，
　　生于欧布勒俄斯的血，愿望不容抵抗，
5　　你出没墓间，到处游荡，为世人所歌唱。
　　你使有死者的人生变幻无穷，
　　有人得到你的眷顾和丰裕财富，
　　也有人惹你发怒，要遭贫困的咒诅。
　　来吧女神，求你好心降临我的人生，
10　　带来庇护，求你赏赐有福的财富。

　　梯刻（Tyche）："财富"或"幸运"。荷马诗中没有提到她，赫西俄德把她列入大洋女儿行列（神谱360）。在托名荷马的《德墨特尔颂诗》中，她和珀耳塞福涅一起采花，见证了哈得斯劫走少女的经过（2.420）。阿尔克曼说她是法度神欧诺弥厄和魅惑神佩托的姐妹（残篇64）。品达称她为"救世的梯刻"（《奥林波斯竞技凯歌》12.2），或命运神之一（残篇41，泡赛尼阿斯7.26.8），或"保护城邦的"（残篇39，泡赛尼阿斯4.30.6）。在欧里庇得斯笔下，奥德修斯祈求赫淮斯托斯和睡神保佑自己战胜圆眼巨人，并称如果失败的话，就要把

"运气（tyche）" 当成 "指挥一切" 的神后（《圆眼巨人》606-607）。据泡赛尼阿斯记载，公元前六世纪士麦拉城（Smyrna）有最早的梯刻神像，头顶天球，手握象征养育宙斯的阿玛耳忒亚（Amaltheia，参祷31题解）的羊角（4.30.6，7.26.8）。公元前四世纪忒拜城中的梯刻神像怀抱小财神（9.16.1-2）。到了泛希腊和罗马时代，梯刻等同于拉丁文神话中的Fortuna，地位日趋重要，几乎每个城邦都供奉财富女神。到了罗马帝国时代，财富女神又与伊西斯混同。

　　本首祷歌中的诸神混同现象显得尤其突出复杂。梯刻与阿尔忒弥斯混同，而阿尔忒弥斯又与赫卡忒和月神混同。在赫西俄德笔下，赫卡忒是慷慨的女神，从诸多领域庇护世人（神谱411-452）。俄耳甫斯对缪塞俄斯的开场祷歌没有提到梯刻，或间接暗示此种多重关系。此外墨利诺厄也与赫卡忒混同，或可呼应两首祷歌连排（祷71-72）。

　　行1　祷告（ἐπευχαῖς）：同见利克尼特斯（祷46.1）。

　　大能的（κράντειραν）：同见自然神（祷10.12），众神之母（祷27.2）。

　　行2　蜜般温柔的（μειλιχίαν）：同见开场祷歌（祷0.30）和代蒙（祷73.2）。

　　道路神（ἐνοδῖτιν）：对观赫卡忒是 "道路与交叉小径的"（祷1.1）。

　　赏赐有福的财富（ἐπ᾽ εὐόλβοις κτεάτεσσιν）：重复出现在第10行。

　　行3　声名显赫的（μεγαλώνυμον）：用来形容阿尔忒弥斯，同见祷36.2。另参赫拉克勒斯（祷12.10注释）。

　　引路的阿尔忒弥斯（Ἄρτεμιν ἡγεμόνην）：梯刻与阿尔忒弥斯混同。引路的，也用来形容赫卡忒（祷1.8）。阿尔忒弥斯与赫卡忒混同，参祷36题解。另参代蒙（祷73.1）。

　　行4　欧布勒俄斯（Eubulous）：宙斯（祷42.2注释）或狄俄尼索斯的别称（祷29.8注释），也指阿多尼斯（祷56.3）。原文在第3

行，译文移至此。此处或指宙斯，因为阿尔忒弥斯是宙斯的女儿（祷26.1），也因为神话中的宙斯在大地上寻找被提坦杀害的爱子狄俄尼索斯。梯刻-阿尔忒弥斯-赫卡忒的出生或与狄俄尼索斯被分尸的俄耳甫斯神话相连："神圣的赫卡忒，卷发秀美的勒托之女把婴孩的碎尸留在那里，重去到奥林波斯。"（俄耳甫斯残篇 K 版 188＝B 版 317）无论如何，这些相互混同的女神与狄俄尼索斯的重生神话相连，信徒向她们祈祷，寻求庇护，比如求告阿尔忒弥斯协助分娩，梯刻带来财富，诸如此类。

愿望不容抵抗（ἀπρόσμαχον εὖχος ἔχουσαν）：参赫卡忒（祷1.6）。

行5 出没墓间（τυμβιδίαν）：同见赫卡忒（祷1.3）。

到处游荡（πολύπλαγκτον）：或"到处流浪"，同见安塔伊阿母亲（祷41.3），代蒙（祷73.3）。

为世人所歌唱（ἀοίδιμον ἀνθρώποισιν）：对观伊6.358。

行7-8 梯刻既能赏赐财富，也能带来贫困，这也呼应了 Τύχη 带有"偶然"的意味。对观代蒙"能散播财富，慷慨走进人家，也能让受苦人类的生活失去活力"（祷73.4-5）。

行10 此行直译为"满带财富（ὄλβοισι πλήθουσαν），赏赐有福的财富（εὐόλβοις）"。

73

代 蒙

[焚乳香]

我呼唤代蒙，强大可怕的引路神，
蜜般温柔的宙斯，孕育万物，给予生命，
到处流浪的伟大宙斯，复仇的普天下的王，
你能散播财富，慷慨走进人家，

5　　也能让受苦人类的生活失去活力，
只有你身怀悲辛和欢乐的秘钥。
纯净极乐的神啊，求你驱散不幸，
让生命在整个大地上免遭摧残，
求你赏赐高贵甜美的人生结局。

代蒙（Daimon）："精灵"，或"命相神灵"。开场祷歌提到"行善的精灵和作恶的精灵，那些天上、空气和水中、地上、地下和火里的精灵们"（祷0.31-33）。在柏拉图笔下，苏格拉底在雅典法庭上声称有一个从小陪伴他的精灵会对他说话（《申辩》31d），《会饮》中定义精灵：界于不死和有死、神和人之间（202d-203a）。一般认为，daimon（精灵）和theo（神）的概念区分不会早于公元前五世纪。在早期神话诗人如赫西俄德那里，精灵泛指掌管人类时运的守护神，比如黄金种族在死后"做了精灵，在大地上乐善好施，庇护有死的人类"（劳作122-126）。古人出于对祖先和英雄的敬重，相信他们死后还继续留在人间，并且掌握给人类施恩加罚的能力。赫西俄德把这项荣誉给予整整一个种族。赫西俄德还特别提到一个精灵，即财神普鲁托斯（Plutos），德墨特尔和英雄伊阿西翁的儿子，"处处慷慨，漫游在大地和无边海上，他若遇见谁，碰巧降临在谁的手上，这人就能发达，一辈子富足有余"（神谱969-974）。托名荷马的《德墨特尔颂诗》也提到，德墨特尔和珀耳塞福涅为她们喜爱的人类派去"散播财富的普鲁托斯"（2.488-489）。

　　本诗中的 δαίμων 具体有所指，而不是泛指的所有守护神（开场祷歌第32-33行），试音译"代蒙"。Daimon 或指雅典人供奉的散财精灵，又称 Agathos Daimon（祷68题解）；或指财神普鲁托斯，因为第4行同样出现了"散播财富"的说法；或指宙斯，因为第2-3行连续出现神王之名，影射宙斯寻找被提坦杀害的爱子狄俄尼索斯并为他复仇的神话；或指哈得斯，因为冥王与普鲁托斯混同（祷28题解，40.20），且被称为"地下的宙斯"（祷18.3，41.7，70.2）。在俄耳甫斯神谱中，Daimon 除了指代与宙斯混同的大神，还与最早出生的神隐秘相连，与爱神或墨提斯混同。

　　行1　引路（ἡγήτορα）：同见梯刻（祷72.3）。

　　行2　蜜般温柔的宙斯（μειλίχιον Δία）：同见开场祷歌（祷0.30），梯刻（祷72.2）。古代盛行名为 Meilikhios Zeus 的宙斯崇拜。代蒙别称为宙斯，同见第3行，另参日神（祷8.13），潘（祷11.12）。

　　孕育万物（παγγενέτην）：同见天神（祷4.1注释），赫拉克勒斯（祷12.6），闪电的宙斯（祷20.5）。

　　行3　到处流浪（πολύπλαγκτον）：同见安塔伊阿母亲（祷41.3），梯刻（祷72.5）。或指宙斯在大地上寻找被提坦杀害的爱子狄俄尼索斯。

　　复仇的（ἀλάστορα）：或指宙斯为狄俄尼索斯幼神复仇，惩罚提坦老神。

　　普天下的王（παμβασιλῆα）：用于男神仅此一例，参自然神（祷

10.16注释）。宙斯也被称为神王（basileus），见祷15.3，20.5。

　　行4　散播财富（πλουτοδότην）：同见劳作126。对观德墨特尔"散播福泽，带来财富和一切"（祷40.3），哈得斯"给人类种族带来一年的丰盛果实"（祷18.5）。据泡赛尼阿斯记载，古代斯巴达建有散财宙斯（Zeus Plousios）的神庙（3.19.7）。

　　行5　受苦人类（θνητῶν πολυμόχθων）：同见祷29.15，37.4。

　　行6　悲辛和欢乐的秘钥（λύπης τε χαρᾶς κληῖδες）：对观赫卡忒和爱若斯"掌管世间秘钥"（祷1.7，58.4）。

　　行7　纯净的（ἁγνέ）：形容宙斯，同见祷19.9，20.1，41.8，49.2。

　　行9　求告赏赐美好的生命结局，参潘神祷歌结尾（祷11.22）。

74

琉科特埃

［焚植物香料］

我呼唤卡德摩斯之女，威严的琉科特埃，
美冠的狄俄尼索斯的强大养母。
听啊女神，你统治胸怀深沉的大海，
与浪花嬉戏，人类的伟大救星，
5　你支配漂泊船只在海上的起伏冲动，
独自把人类拉出悲哀的死亡，
只要你肯赶去做受敬爱的救星。
来吧，尊贵的女神，前来好意救助吧，
求你庇护装备精良的船只，
10　求你为出海的信者送一程好风。

　　琉科特埃（Leukothea）：即"白色女神"，常译"白衣仙子"，白色或指白浪，也就是平静的海浪。她最早出现在荷马诗中，解救海难中的奥德修斯（奥5.333-353）。琉科特埃也就是伊诺（Ino），卡德摩斯的女儿，塞墨勒的姐妹（神谱975-976）。塞墨勒在宙斯的雷电中丧生以后，伊诺收养狄俄尼索斯。赫拉为了报仇，让伊诺的丈夫发疯杀死大儿子，伊诺带小儿子墨利克特斯（Melikertes）跳海。在神话中，伊诺死后化身成琉科特埃，墨利克特斯化身成幼神帕来蒙（祷75），母子均系海上水手的保护神，参奥维德《变形记》4.416-542。

在亚里士多德笔下，有人问克塞诺芬尼是否要向琉科特埃献祭并唱挽歌，克塞诺芬尼回答，如果把琉科特埃当成女神，那么要向她献祭而不唱挽歌，如果把琉科特埃当成凡人，那么要哀悼她而不向她献祭（《修辞学》1400b5-8）。西塞罗在《论神性》中说，琉科特埃崇拜盛行全希腊（3.15）。据泡赛尼阿斯记载，麦加拉人声称琉科特埃在当地跳海（1.44.8）。拉科尼亚地区的某个小城传说伊诺来过本地，当地人指引她去一处山洞抚养狄俄尼索斯（3.24.4）。女神痛失爱子四处流浪，做了其他孩子的养母，这些说法与厄琉西斯的德墨特尔神话相近，或也部分说明琉科特埃－帕来蒙在俄耳甫斯神谱中的地位。开场祷歌同样并提"白衣仙子伊诺和带来祝福的帕来蒙"（0.34）。

行1　卡德摩斯之女（Καδμηΐδα）：同见月神（祷44.1，44.10）。

行2　狄俄尼索斯的养母（θρέπτειραν Διονύσου）：伊诺是狄俄尼索斯的众多养母之一。据泡赛尼阿斯记载，据欧比亚努斯记载，阿波罗和水仙之子阿里斯忒俄斯和彼俄提亚妇女们抚养狄俄尼索斯，伊诺和诸女仙也前来帮助。

美冠的（ἐυστεφάνου）：常用来形容阿佛洛狄特（祷42.7，46.3）。

行3　胸怀深沉的大海（πόντοιο βαθυστέρνου）：同见波塞冬（祷17.3）。

行4　与浪花嬉戏（κύμασι τερπομένη）：同见波塞冬（祷17.8）。

救星（σώτειρα）：重复出现在第7行（σωτήριος）。

行8-10　尊贵的女神（θεὰ δέσποινα）：同见勒托（祷35.6）。

好意（εὔφρονι βουλῆι）：参命运神（祷59.20）。原文在第9行，译文移至此。另参瑞亚（祷59.20）。

对观求告女海神"为出海的船只送一程好风"（祷22.10）。

75

帕来蒙

［焚乳香粉末］

欢乐的狂迷舞者狄俄尼索斯的弟兄，
你住在喧嚣纯净的海国深处，
我呼唤你，帕来蒙，为这神圣秘仪，
好心地来吧，少小的脸带喜悦，
5　　求你拯救海上和地上的信者，
每当海上流浪的船只遇到风暴，
你闪亮现身，独自解救人类，
在海中浪涛里，平息狂暴愤怒。

　　帕来蒙（Palaimon）：或指"反抗者"，象征风暴海啸，与琉科特埃象征平静的白浪相对；或指"摔跤角力"，与柯林斯赛会相连。伊诺之子墨利克特斯在投海之后化为保护水手的小海神，参祷74题解。在欧里庇得斯笔下，他是"船只的保护者"，同时与宙斯之子狄奥斯库洛伊兄弟（祷38.21）或涅柔斯（祷23）混同（《伊菲革涅亚在陶洛人里》270-274）。在本祷歌集里，帕来蒙同样与这些海神相连，与狄俄尼索斯的伴从库瑞忒斯和科律班忒斯（祷38-39）相连。据泡赛尼阿斯记载，古希腊四大竞技赛会之一的柯林斯赛会起源于帕来蒙葬礼上的纪念赛会，由当时的柯林斯王西绪福斯主持（1.44.8，2.1.8）。不过按照普鲁塔克的说法，柯林斯赛会最初是为纪念英雄忒修斯（《忒修斯传》25.5）。据菲洛斯特拉图斯记载，西绪福斯还建立帕来蒙秘教仪式（*Imagines*,

2.16）。阿波罗多洛斯提到，琉科特埃和帕来蒙常被列入酒神秘教的狂欢队列（3.4.3）。本首祷歌中称帕来蒙是狄俄尼索斯的弟兄（第1行），一来帕来蒙的母亲伊诺和狄俄尼索斯的母亲塞墨勒是姐妹（祷44.1，44.10，75.1），二来伊诺是小狄俄尼索斯的养母（祷75.2），三来帕来蒙和狄俄尼索斯同系在神话中经历过死而复生的幼神。

行1　狂迷舞者狄俄尼索斯（βακχεχόροιο Διωνύσου）：同见祷57.3。

欢乐的狄俄尼索斯：（Διωνύσου πολυγηθοῦς）：同见祷44.3。

行2　住在海国深处（ναίεις πόντοιο βυθούς）：对观海兽"住在特里同水国深处"（祷24.6）。

行3　神圣秘仪（εὐιέροις τελεταῖσιν）：同见祷7.12，77.10，79.12。

行4　好心地来（ἐλθεῖν εὐμενέοντα）：参祷3.14注释。

少小的（νέωι）：伊诺的小儿子墨利克特斯在死时还是小童。

脸带喜悦（γήθοντα προσώπωι）：同见赫拉（祷16.10注释）。

行5　拯救信者（σώζειν μύστας）：参月神（祷9.12），阿波罗（祷34.27），睡神（祷85.10）。

行6　海上流浪的船只（ποντοπλάνοις ναυσὶν）：对观海豚被称为"喧响海上的流浪者"（祷24.8），水手被称为"海上流浪"（祷38.5）。

行7　闪亮现身（ἐναργὴς φαινομένου）：同见伊20.131。

解救人类（σωτὴρ θνητοῖς）：对观库瑞忒斯"保护海上流浪的水手远离危险"（祷38.5）。狄俄尼索斯多次被称为人类的救主（祷42.4，50.2，52.2）。

行8　狂暴的愤怒（μῆνιν χαλεπὴν）：或"暴怒"，同见提坦（祷37.7）和科律班忒斯（祷39.9），或影射宙斯的狂怒并当场用雷电击毙杀害爱子的提坦神。

海中浪涛（πόντιον οἶδμα）：参祷55.20。

76

缪　斯

［焚乳香］

谟涅摩绪涅和响雷的宙斯的女儿们，
皮埃利亚的缪斯，显赫光耀，
你们眷顾世人，多么迷人，有千般幻影，
从你们孕生一切教化的无瑕美质，
5　　你们滋养灵魂，使思想公正，
为心智力量引路的女王们，
从前你们教给世人秘教礼仪，
克利俄、欧特耳佩、塔莱阿、墨尔珀墨涅、
忒耳普克索瑞、厄拉托、波吕姆尼阿、乌腊尼亚，
10　　还有卡利俄佩母亲，强大圣洁的神女。
来吧，纯洁多样的女神们，求你们走向信者，
带来荣耀，可爱的竞争和祷歌无数。

缪斯（Muses）：文艺神，诗神，宙斯和记忆神的九个女儿（神谱53-79，奥26.60）。早期神话诗人常在诗篇开场呼唤缪斯，请求诗神庇护。《奥德赛》开篇唤求缪斯叙说奥德修斯的返乡经历，《伊利亚特》开场呼唤某女神歌咏阿喀琉斯的愤怒和特洛亚战事，但未明说是缪斯（也有认为是缪斯之母记忆神），第二卷点兵篇章开场呼唤缪斯，诗人自称没有她们的庇护无法点清希腊将士和战船（2.483-494）。赫西俄德的两

部传世诗作均在首行呼唤缪斯，其中《神谱》的序歌讲述了缪斯的诞生和三次歌唱（1-114）。托名荷马颂诗中有十首开篇呼唤缪斯。缪斯的诗唱常伴有阿波罗的琴音和奥林波斯诸神的舞蹈（如见伊1.601-604，托名荷马《阿波罗颂诗》3.186-206，《赫耳墨斯颂诗》4.450-452）。据泡赛尼阿斯记载，古代诗人提到缪斯的两种身世，或两代缪斯，年长的缪斯乃天地之女，年轻的缪斯才是宙斯的女儿（9.29.4）。狄奥多罗援引过诗人阿尔克曼的相似记载（4.7.1，阿尔克曼残篇67）。

　　古希腊各地均有缪斯崇拜，比如德尔斐和雅典，最重要的缪斯圣地在彼俄提亚地区的赫利孔山（Helicon），相传有缪斯谷和缪斯神庙，也是神话中缪斯流连之地，赫西俄德讲述在山中放牧遇见缪斯（神谱22-34）。据斯特拉波记载，缪斯崇拜发端于色雷斯，后迁至赫利孔（9.2.25，10.3.17）。传说柏拉图学园设有供奉缪斯的敬拜仪式和缪斯宫（Mouseion，稍后衍生出museum一词）。

　　在俄耳甫斯神谱中，缪斯的重要性并不突出，被提及的原因不外乎如下传说，来自色雷斯的俄耳甫斯通常被认为是缪斯中的卡利普索之子（第10行，祷24.12，参柏拉图《理想国》384e，泡赛尼阿斯9.30.4，俄耳甫斯残篇K版297=B版415）。缪斯与诗人的关系，另参劳作654-659；奥8.62-73，8.486-500。

　　行1　谟涅摩绪涅（Mnemosyne）：记忆神，缪斯的母亲（祷77）。赫西俄德描述缪斯的诞生："谟涅摩绪涅在皮埃里得到宙斯的爱生下她们……连续九夜，慎明的宙斯没有停止拥抱她，他睡在她的圣床，远离永生的神们。随着一年结束……她生下同心同意的九个女儿……在奥林波斯积雪顶峰之傍。"（神谱53-62）

　　参见阿尔克曼8.9，梭伦残篇1.1，托名荷马《赫耳墨斯颂诗》4.429。

　　行2　皮埃利亚的缪斯（*Μοῦσαι Πιερίδες*）：同见劳作1。皮埃利亚是缪斯圣地，也是神话中缪斯的出生地，位于奥林波斯山麓，塞萨利亚平原北边。在荷马诗中，它是神们离开奥林波斯的必经之地，赫拉前往利姆诺斯岛找睡神（伊14.226），赫耳墨斯前往奥古吉埃岛传话给卡吕普索（奥5.50），都经过皮埃里亚。阿波罗寻找神谕所在地，最先去到皮埃里亚（托名荷马《阿波罗颂诗》3.214-216）。

显赫光耀（μεγαλώνυμοι, ἀγλαόφημοι）：参美惠神（祷60.1）。显赫的，同见赫拉克勒斯（祷12.10注释）。光耀的，同见库瑞忒斯（祷31.4）。

行3 迷人，有千般幻影（ποθεινόταται, πολύμορφοι）：参看赫斯提亚"千般幻影，迷人"（祷84.6）。千般幻影的（πολύμορφος）：或千影的，同见瑞亚（祷14.1注释）。

行4-5 教化（παιδείης）：缪斯启发诗教传统，掌管正义思想。参看阿尔希达玛斯记载："俄耳甫斯得到缪斯教示以后，最先揭示文字意义，如其坟墓铭文所示：色雷斯人在此埋葬俄耳甫斯，他是缪斯的使者，无上的宙斯以燃烟的雷电击毙他。他是俄格卢斯的心爱儿子，为人类发明文字和才智，做了赫拉克勒斯的老师。"（《奥德修斯传》24）

行6 女王们（ἄνασσαι）：同见自然神（祷10.2注释）。

行7 教授秘教仪式（τελετὰς...μυστιπολεύτους）：对观库瑞忒斯"最先为世人创制神圣秘仪"（祷38.6），涅柔斯女儿"最先教示巴克库斯神主和纯洁的珀耳塞福涅的秘仪"（祷24.10），忒弥斯"教给神王福波斯示谕的技艺"（祷79.7）。缪斯通常不与秘教相连。但秘教仪式中不可或缺的歌舞由缪斯司掌。此外，俄耳甫斯相传是卡利俄佩之子（第10行注释）。

行8-9 此二行同神谱77-78。赫西俄德最早为九缪斯分别命名，这些名字的词源含义大致对应缪斯的职责。

克利俄（Κλειώ）：即"赞美，给予荣耀"。

欧特耳佩（Εὐτέρπη）：即"使心欢悦"。

塔莱阿（Θάλεία）：即"节庆"。

墨尔珀墨涅（Μελπομένη）：即"且歌且舞"。

忒耳普克索瑞（Τερψιχόρη）：即"爱跳圆舞"。

厄拉托（*Ἐρατώ*）：即"可爱的"。

波吕姆尼阿（*Πολύμνιά*）：即"歌咏，吟唱"。

乌腊尼亚（*Οὐρανίη*）：即"属天的"。

行10　卡利俄佩母亲（*Καλλιόπηι σὺν μητρί*）：即"美好声音的，善于言说的"。卡利俄佩是诗人俄耳甫斯的母亲，同见祷24.12。在赫西俄德笔下，卡利俄佩同样最后出现："最是出众，陪伴受人尊敬的王者。"（神谱79）

强大圣洁的神女（*εὐδυνάτηι θεᾶι ἁγνῆι.*）：有些注家读作大写*θεᾶι Ἁγνῆι*，音译"阿涅"，是卡利俄佩或记忆神的别称。据泡赛尼阿斯记载，在古代迈锡尼，阿涅是珀耳塞福涅的别称，当地圣林供奉珀耳塞福涅、阿波罗和赫耳墨斯的神像，阿涅－德墨特尔秘教与厄琉西斯秘仪相连（4.33.4-5）。

行12　荣耀，可爱的竞争，祷歌（*εὔκλειαν, ἐρατòν, πολύμνον*）：此行中的三个用词对应三位缪斯的名字：克利俄（*Κλειώ*）、厄拉托（*Ἐρατώ*）和波吕姆尼阿（*Πολύμνιά*）

可爱的竞争（*ζῆλόν τ' ἐρατòν*）：对观赫西俄德笔下的竞争："陶工妒陶工，木匠妒木匠，乞丐忌乞丐，歌人忌歌人。"（劳作25-26）参看星群祷歌中的"博学赛会"（祷7.12）。

祷歌无数（*πολύμνον*）：同见阿佛洛狄特（祷55.1）。

77

记忆神

（谟涅摩绪涅）

［焚乳香］

我呼唤谟涅摩绪涅女王，宙斯的妻，
她生养神圣纯洁、歌声清亮的缪斯，
为了疏离摧残人心的不良遗忘，
她保存有死者的灵魂中的一切意愿，
5   平添世人的力量和思考能力，
她温柔又爱守长夜，让人回忆从前，
记住每个人深藏心底的思绪，
她从不迷失，常使人心清明。
来吧，极乐神，求你唤醒信者
10   对神圣秘仪的记忆，永远赶走遗忘。

记忆神（Mnemosyne）：音译"谟涅摩绪涅"，天地的女儿，提坦女神（神谱135，俄耳甫斯残篇K版114=B版179）。记忆在口传诗歌中有特别重要的意味。记忆神有时被当成缪斯之一。据泡赛尼阿斯记载，赫利孔的三位缪斯分别是"操行"（Melete）、"记忆"（Mneme）和"吟唱"（Aoide，9.29.2）。普鲁塔克也说，缪斯的别称是"记忆"（Mneiai，《席间问答》743d）。在柏拉图笔下，苏格拉底在复述某次对话以前求告缪斯和记忆神（《欧叙德墨》275c-d）。在托名荷马的

《赫耳墨斯颂诗》中，赫耳墨斯在开始歌唱以前呼唤记忆神（4.429-430）。有一种观点认为，《伊利亚特》开场的"女神"，乃至《奥德赛》开场的"缪斯"，实指记忆神。

记忆神无疑是俄耳甫斯传统中极重要的神。记忆对于秘教信徒具有特殊根本的意义。这里指的不是寻常生活往事的回忆，而是对人类的神圣起源和生存状况的记忆。信徒在入会礼中要牢记人类兼具神性和提坦因素（祷29.6注释及题解，祷30题解）。正如公元前四到三世纪的希腊佩蒂利亚地区古墓铭文所示，记忆被象征性地表现为死者灵魂获拯救必饮的水：

> 你将在哈得斯的左边看见一汪泉水，
> 有株白柏树伫立在不远处：
> 不要靠近这泉水，在旁边就好。
> 你还将看见另一汪泉，从谟涅摩绪涅的湖
> 涌出冰冷的水：园丁们看守在前面。
> 你要说："我是大地和布满星辰的广天的孩子，
> 我是天空的后代。这一点你们都知道。
> 我如此干渴，我已死。快些给我
> 从记忆之湖涌出的冰冷的水。"
> 这样，他们就会让你喝那圣洁的水。
> 从此你将与其他英雄一起统治。

俄耳甫斯信徒在入会礼中饮下象征记忆的水，以使灵魂保有回归神性起源的记忆。反过来，一旦喝下代表遗忘的水，亡魂将忘记前生，重新转世，陷入不幸的轮回，如参柏拉图《理想国》621a-b等。记忆神祷歌排在黎明神祷歌之前，似乎意味着记忆是信徒在暗夜秘仪结束以前的重要环节。

行1 女王（ἄνασσαν）：同见自然神（祷10.2注释）。

宙斯的妻（*Zηνὸς σύλλεκτρον*）：同见赫拉（祷16.2），参瑞亚（祷14.5），健康神（祷67.7）。

行2　歌声清亮的（*λιγυφώνους*）：赫西俄德用来形容赫斯佩里得斯姐妹（神谱275，518）。

行6　爱守长夜（*φιλάγρυπνε*）：同见月神（祷9.7），西勒诺斯（祷54.5）。

行10　神圣秘仪（*εὐιέρου τελετῆς*）：同见祷7.12，75.3，79.12。

78

黎明神
（厄俄斯）

［焚乳香粉末］

听啊女神，你带来白天光照世人，
灿烂夺目的厄俄斯，染红全世界，
伟大光辉的提坦神的使者，
你来把星光中阴郁行进的黑夜
5　　驱逐到大地的幽深处，
指引世人劳作，生活的友伴，
让有死的人类种族心欢喜，
你把万物尽收眼底，走到高处，
赶跑眼皮轻颤的甜美睡意，
10　　众生为你欢腾，人类和爬行族，
四足动物，鸟族和数不尽的海兽。
一切辛劳的福分是你的赏赐。
纯净的极乐神，用圣光普照信者吧。

　　黎明神（Eos）：音译"厄俄斯"。荷马诗中常用"绯红轻纱的"
（伊19.1等）或"玫瑰手指的"（奥8.1等）形容黎明神打开天门，迎
接太阳神的马车，为白天拉开帷幕。在赫西俄德笔下，她是提坦神
许佩里翁和忒亚的女儿，日神赫利俄斯和月神塞勒涅的姐妹（神谱

371-374）。她为阿斯特赖俄斯生下风神（祷80-82）和星群（祷7.3，神谱378-382）。传说阿佛洛狄特把她视为阿瑞斯身边的情敌，报复她，使她经常陷入无望的爱情（阿波罗多洛斯1.4.4）。比如她找宙斯为提托诺斯求永生，但忘了求得情人的青春，致使提托诺斯长久衰老痛不欲生。提托诺斯本是特洛亚王拉奥墨冬之子。荷马诗中有两处一模一样的诗行："当黎明女神从高贵的提托诺斯身边起床。"（伊11.1=奥5.1）托名荷马的《阿佛洛狄特颂诗》也讲到她带走提托诺斯的经过（5.218-238）。奥维德还讲到她爱上雅典王子刻法罗斯却不得回报（《变形记》7.690-862）。《奥德赛》中提到她爱上猎人奥里昂，致使奥里昂死在阿尔忒弥斯箭下（奥5.121-124），她还爱上忒拜少年刻勒托斯（奥15.250-251）。

　　古代黎明神崇拜似不常见。在奥维德笔下，厄俄斯向神王申诉："全世界我的庙最少。"（《变形记》15.588）本首祷歌与夜神祷歌遥相呼应。秘仪在夜里进行，信徒依次吟咏诸篇祷歌，在开场时呼唤夜神，在长夜尽头呼唤黎明神，祈求神圣曙光降临。这解释了这首祷歌排在整部祷歌集的末尾。诗中提及日神（第3行）和黑夜（第3-5行），与诗集开场一再呼应。尽管祷歌集里有好些神带来明光，如日神（祷8.2），潘（祷11.11），宙斯（15.3），阿波罗（祷34.5），阿尔忒弥斯（祷36.3），赫淮斯托斯（祷66.3），但只有黎明神被祈求"用圣光普照信者"（第13行）。

　　行1　光照世人（φαεσίμβροτον）：同见阿波罗（祷34.8），赫淮斯托斯（祷66.2），两处均与日神混同。参伊24.785。

　　带来白天（ἦμαρ ἄγουσα）：对观日神"从你的右边生黎明，左边出黑夜"（祷8.4），与日神混同的赫拉克勒斯"白天和茫茫黑夜环绕在你头顶"（祷12.11）。

　　行3　伟大光辉的提坦神（Θεοῦ μεγάλου Τιτᾶνος ἀγανοῦ）：此处指日神（祷8.2，34.3）。在赫西俄德笔下，黎明是太阳的姐妹（神谱

371-374 ）。

行4-5　对观夜神"驱赶光明至地下，又轮番逃到哈得斯"（祷3.10-11）。赫西俄德用十来行诗文描述日夜交替的景象："黑夜和白天在此相会，彼此问候，在青铜的门槛上交班……一个给大地上的生灵带来把万物尽收眼底的光，另一个双手拥抱死亡的兄弟睡眠。"（神谱744-761）

大地的幽深处（ὑπὸ νέρτερα γαίης）：同见祷57.2。

行6　黎明为世人的劳作引路，勤劳的人赶早出门干活，参第12行。对观赫西俄德连续三行诗首字叠用eos："清早干活占全天劳作的三成，黎明顶好出门赶路和干活，拂晓将近，许多人纷纷上路，许多耕牛也都给套上了轭。"（劳作578-581）

指引（ἡγήτειρα）：同见代蒙（祷73.1）。

行9　甜美睡意（γλυκὺν ὕπνον）：同见睡神（祷86.3）。

行10-11　人类，爬行族，四足动物，鸟族和海兽之说，对观提坦神"是一切受苦人类和鸟族，海洋大地众生族的起源和根本"（祷37.5）。

79

忒弥斯

[焚乳香]

我呼唤天神的纯净女儿，显赫父亲的忒弥斯，
大地的孩儿，玫瑰容颜的少女，
她最早向世人显示圣明的神谕所，
在德尔斐的洞穴中传神托，
5　在当年皮同做王的皮提亚大地，
教给福波斯神主神托技艺。
众人敬爱你，你光彩照人，威严夜行，
你最早为世人带来神圣秘仪，
在巴克库斯夜里为呼喝"欧嗬"的神主狂欢，
10　因为你才有极乐神族和纯净秘仪的荣誉。
来吧，极乐神，好心快乐地来吧，
少女啊，来到神圣仪式和秘礼者之中。

忒弥斯（Themis）：天地的女儿，提坦女神（神谱135），象征神圣法则或秩序。在荷马诗中，她负责"遣散或召集人间的会议"（奥2.68）。在赫西俄德那里，她是宙斯的第二个妻子，生养时光神和命运神（神谱901-906，另参俄耳甫斯残篇K版144=B版252-253），但夜神也被称为命运神的母亲（神谱217-222，祷59.1）。在埃斯库罗斯笔下，忒弥斯与大地该亚混同，是普罗米修斯的母亲："忒弥斯，又

叫该亚，身兼许多名称，时常把未来的事预先告诉我。"忒弥斯也确乎预言了宙斯与提坦大战（《普罗米修斯》209-211，201-218）。忒弥斯与神谕相连，"为人类预言"（祷0.23），尤其与德尔斐的阿波罗神谕相连（第3-6行，参托名俄耳甫斯《阿尔戈英雄纪》549）。在品达笔下，忒弥斯向宙斯预言，墨提斯生下的儿子终将推翻神王宝座（《柯林斯竞技凯歌》8.31-45）。在埃斯库罗斯的另一部悲剧里，德尔斐神谕的最早主人是大地该亚，其次传给了忒弥斯，再次传给了福柏，福柏作为礼物最后传给阿波罗（《报仇神》1-8）。泡赛尼阿斯有类似说法，大地和波塞冬共同主持德尔斐神谕，大地把她的份额传给女儿忒弥斯，阿波罗与波塞冬作交换（10.5.6）。欧里庇得斯在《伊菲革涅亚在陶洛人里》也提到这个神话（1234-1283）。在阿提卡地区的拉姆诺斯城，忒弥斯和涅墨西斯一同得到敬拜（祷61题解）。泡赛尼阿斯也称，雅典卫城附近有一座忒弥斯神庙（1.22）。

　　本首祷歌一方面强调忒弥斯与秘教传统的关系，另一方面重新开启四元素系列祷歌。如果说忒弥斯作为大地的女儿代表土元素，那么三风神祷歌（祷80-82）对应风元素，俄刻阿诺斯（祷83）是水元素，赫斯提亚（祷84）是火元素。这一系列祷歌与开场系列元素祷歌（祷15-29，火元素开场，土元素收尾）形成环形结构。

　　行1　天神女儿（*Οὐρανόπαιδα*）：同见众神之母（祷27.13）。
　　显赫父亲的（*εὐπατέρειαν*）：同见天神之女阿佛洛狄特（祷55.10），宙斯之女命运神（祷59.16）。
　　行2　大地的孩儿（*Γαίης τὸ βλάστημα*）：同见赫拉克勒斯（祷12.9），克洛诺斯（祷13.6）。
　　玫瑰容颜（*καλυκώπιδα*）：同见涅柔斯女儿（祷24.1），美惠神（祷60.6）。
　　行3　最早（*πρώτη*）：或第一个，同见第8行。在埃斯库罗斯笔下，皮托女先知祈祷女神，第一位是大地该亚，第二位才是忒弥斯

（《报仇神》1-4）。

　　行 4　德尔斐的洞穴（ *Δελφικῶι ἐν κευϑμῶνι* ）：皮托女先知常在山洞岩穴中宣布神托。

　　传神托（ *ϑεμιστεύουσα* ）：另见第 7 行的 *ϑεμιστοσύνας*。这两个词均与忒弥斯（ *ϑέμις* ）的名字同根。

　　行 5　皮同（ *Πύϑων* ）：阿波罗斩杀蛇妖皮同，德尔斐改成阿波罗神谕所。同一行出现形容词用法"皮提亚"（ *Πυϑίωι* ），也就是"皮同的"。参祷 34.3-4 注释，品达《涅墨竞技凯歌》7.34。

　　行 6　福波斯神主（ *Φοῖβον ἄνακτα* ）：在托名荷马的《阿波罗颂诗》中，忒弥斯在阿波罗刚出生时带给他琼脂玉液（3.124-125）。福波斯，同见祷 35.4 注释。

　　行 7　众人敬爱你（ *πάντιμε* ）：同见瑞亚（祷 14.5 ），正义神（祷 63.3 ），法神（祷 64.12 ），厄里倪厄斯（祷 69.1 ）。

　　光彩照人（ *ἀγλαόμορφε* ）：同见瑞亚（祷 14.5 ），珀耳塞福涅（祷 29.9 ），阿多尼斯（祷 56.7 ），狄刻（祷 62.1 ）。

　　行 8　忒弥斯被称为最早的预言神，也是酒神秘仪的创立者。对观缪斯"教给世人秘教礼仪"（祷 76.7 ）。

　　行 9　呼喝"欧嗬"（ *ἐπευάζουσα* ）：带有酒神狂迷意味，同见报仇神（祷 69.6 ），参祷 30.1 注释。

　　神主（ *ἄνακτα* ）：同见第 6 行（指阿波罗），此处似指狄俄尼索斯。

　　行 10　纯净秘仪（ *μυστήριά ϑ' ἁγνά* ）：同见塞墨勒（祷 44.9 ）。

　　行 11　好心（ *εὔφρονι βουλῆι* ）：参祷 59.20。

　　行 12　少女（ *κούρη* ）：作为祷歌结尾，同见月神（祷 9.12 ）。

　　神圣仪式（ *εὑιέρου τελετῆς* ）：同见祷 7.12，75.3，77.10。

　　秘礼者（ *μυστιπόλους* ）：同见普鲁同（祷 18.18 ），普罗透斯（祷 25.10 ），萨巴兹乌斯（祷 48.6 ），健康神（祷 68.12 ）。

80

北风神
（波瑞阿斯）

［焚乳香］

你以冬的拂动倾覆世间的深沉雾气，
冰冻的波瑞阿斯，从雪中的色雷斯来，
驱散那追逐水路的迷云浓雾，
以气流扰动水，孕育雨，
5　　吹净天空，为苍穹送去繁花的眼，
让太阳的光长照大地。

北风神（Boreas）：音译"波瑞阿斯"。此处提到的三大风神（祷80-82）均系黎明神的孩子（神谱378-380）。赫西俄德说起另一类"狂风"，由宙斯打败的提丰所生，是"危害人间的大祸害"（神谱869-880）。在荷马诗中，众风神在西风神泽费洛家中宴饮（伊23.198-201），但据说也受艾奥洛斯的控制（奥10.1-75，参祷23.5-7注释）。《奥德赛》中还提到东风（Euros），但没有列入常见的风神榜（奥5.295）。古人崇拜风神，大风不但直接影响农作和航海，也在战争中发挥作用。希罗多德讲过，雅典人求告北风神去攻打波斯人，作为迎战措施，波斯祭司行了牺牲礼，念了镇风咒语（7.189，7.191）。阿喀琉斯为了点燃亡友的火葬堆，"用金杯不断奠酒"给北风神和西风神，"答应供奉丰富的祭礼"（伊23.194-230）。泡赛尼阿斯记载过希腊各地风神的崇拜仪式（1.37.2，2.12.1，8.36.6）。

北风神在风神中最强大狂暴，在神话中通常是带翅的精灵，满头覆盖白雪，住在色雷斯，在希腊古人眼里那是最冷的国度。赫西俄德用了相当长篇幅描述冬天刮北风的景象："冰霜封冻大地，正值北风神呼啸而过，穿越养育骏马的色雷斯和无边大海，惊起浪涛，森林大地也在咆哮……"（劳作504-558）柏拉图在《斐德若》中提到，雅典城外有一座波瑞阿斯祭坛。相传北风神在伊利索斯河边抢走雅典国王的女儿，他们生下的一双儿子后来和伊阿宋远征求取金羊毛，雅典人以这层姻亲关系解释北风神在关键时刻屡屡帮助他们击退波斯人的战舰（229b-c），参见希罗多德7.178-191，泡塞尼阿斯1.19.5，阿波洛多罗斯《藏书》3.15.2，阿波罗尼俄斯《阿尔戈英雄纪》1.211，奥维德《变形记》6.675-721。据泡赛尼阿斯记载，缪塞俄斯有一首佚失的诗作，声称北风神赐给他飞行的力量（1.22.7）。

行2　雪中的色雷斯（χιονώδεος ἔλθ' ἀπὸ Θρᾴκης）：同见欧里庇得斯《赫卡柏》81，托名俄耳甫斯《阿尔戈英雄纪》1373。对希腊古人而言，北风从色雷斯刮来，参看伊9.4-7。

行3　追逐水路（ὑγροκελεύθου）：用来形容云，同见祷21.3注释。

行4　对观荷马诗："雪片或寒冷的冰雹被由气流生育的波瑞阿斯无情驱赶迅速降落"（伊15.170-171）；"产生于太空的北风掀起层层巨澜"（奥5.296）。

行6　对观库瑞忒斯祷歌中的风神既能"在狂怒中折磨人类"，又能"带来和风与晴天"（祷38.15，38.24）。联系上一首祷歌，此处提及日光，或指秘仪长夜尽头，信徒祈祷黎明来临和北风吹净天空，一同迎来日出。

81

西风神
（泽费洛斯）

［焚乳香］

西风从海中生，在空气里流浪，
温柔低语的拂动，平息冬的劳顿，
出没春的草场，为港口挽留，
轻柔的空气，为船只送去悠闲的滑行。
5　好心地来，无可指摘地吹拂，
你形如空气不可见，翅膀真轻盈。

　　西风神（Zephyros）：音译"泽费洛斯"，代表和风、暖风。赫西俄德称之为"清新拂动的西风"（劳作594），或"吹净云天的西风"（神谱379，870）。在荷马诗中，大洋神为极乐灵魂居住的埃琉西昂平原送去柔和的西风（奥4.561–569）。阿喀琉斯的一双神马是西风神和风暴神的儿子（伊16.148–151），风暴神又称"哈耳皮厄"（Harpy），"可比飞鸟，更似驰风，快速的翅膀"（神谱266–269）。在诗人阿尔卡埃乌斯的佚作里，哈尔皮厄的姐妹伊里斯与泽费洛斯生下爱若斯（残篇327）。在俄耳甫斯教传统中，爱若斯是时间神和风神之子（祷58.5–7注释）。据泡赛尼阿斯记载，阿提卡地区有西风神的圣坛，靠近通往厄琉西斯路上的德墨特尔和珀耳塞福涅的神殿（1.37.2）。

行1　从海中生（παντογενεῖς）：参欧里庇得斯《赫卡柏》444，《海伦》1455。有注家主张拼写作 παγγενένεῖς（孕育一切），同见天神（祷4.1注释），希腊古人相信春天刮起的西风促进植物生长繁殖。

在空气里流浪（ἠεροφοῖται）：同见夜神（祷3.9），月神（祷9.2），水仙（祷51.5），南风神（祷82.4）。

行2　温柔低语的拂动（ἡδύπνοοι, ψίθυραί）：参海神（祷22.3）。

平息冬的劳顿（καμάτου ἀνάπαυσιν ἔχουσαι）：直译"为冬日辛劳带来休憩"，参夜神（祷3.6），睡神（祷85.5）。此处或指春天来了，冬天的艰难日子熬过去了，对观赫西俄德的教导："这个月份最难挨，天寒家畜不好过，人也一样。"（劳作558-559）

行3　出没春的草场（εἰαριναί, λειμωνιάδες）：同见时光神（祷43.3），参水仙（祷51.4）。

行4　在荷马诗中，艾奥洛斯收起诸种风，只放出西风，送奥德修斯的船只回乡（奥10.19-75，祷23.5-7注释）。

行6　形如空气不可见（ἠέριαι, ἀφανεῖς, ἀερόμορφοι）：直译"如空气，不可见，形如空气"。如空气不可见（ἠέριαι, ἀφανεῖς），同见命运神（祷59.17），报仇神（祷9.9）。形如空气（ἀερόμορφοι），同见瑞亚（祷14.11），赫拉（祷16.1）。

82

南风神

（诺托斯）

［焚乳香］

你轻灵跳跃，奔走在潮湿空气里，
振动快飞的翅，来往穿行，
来吧，雨水的父，带来南方的云吧，
宙斯给你特权，在空气里流浪，
5　从天上聚云降雨到大地上。
我们求告你，极乐神，欢享这份圣祭，
求你为大地母亲送去丰裕的雨水。

南风神（Notos）：音译"诺托斯"，代表潮湿的热风，与北风神形成对比。在巴绪里得斯诗中，北风刮了一整夜，黎明时分换成南风，为船只引路（13.124-132）。风神祷歌系列（祷80-82）独缺东风，赫西俄德笔下同样只有三风神（神谱379-380，对参奥5.295）。不过，黎明神祷歌或代表东方（祷78.1-5）。

行2　快飞的翅（ὠκείαις πτερύγεσσι）：赫西俄德用来形容哈耳皮厄姐妹（神谱269）。

行3　雨水的父（ὄμβροιο γενάρχα）：同见第5行的ὀμβροτόκους。对观云神是"繁雨的母亲"（祷21.2）。

南方的云（νεφέλαις νοτίαις）：νοτίαις与νότος同源。诗中仅有此处

影射到南风神。

  行4 在空气里流浪（ἠερόφοιτον）：同见夜神（祷3.9），月神（祷9.2），水仙（祷51.5），西风神（祷81.1）。

  行7 此行同见云神祷歌结尾（祷21.7）。值得一提的是，云神祷歌之后是海神祷歌（祷22），南方神祷歌之后是大洋神祷歌（祷83）。女海神与俄刻阿诺斯在神话中是夫妻。

大洋神
（俄刻阿诺斯）

[焚植物香料]

我呼唤生生不息永远常在的大洋父亲，
不死神族和有死人类的起源，
用不尽的水浪环绕着大地的边界，
生成各条河流和所有海洋，
5　还有从大地涌出的纯净水泉。
听我说，丰裕的极乐神，强大的洁净者，
你在大地尽头，天穹开端，追逐水路，
求你好心保佑信者永远有欢乐。

　　大洋神（Okeanos）：音译"俄刻阿诺斯"，或译"环河"，在古人想象中是环绕大地的河。大地由水环绕，接近古埃及人和古巴比伦人的世界想象。在赫西俄德笔下，环河有十条分流，其中"九条支流环绕着大地和无垠的海面"（神谱790），他是天地之子，最年长的提坦神，和特梯斯生养了诸河神和大洋女儿（神谱133，337-370；祷22.1，51.1）。在荷马诗中，大洋神是最古老的神："众神的始祖俄刻阿诺斯和始母特梯斯"（伊14.201，14.302），或"滋生一切的俄刻阿诺斯"（伊14.246，参21.195-197）。
　　柏拉图在《克拉底鲁》中提到大洋神的不同谱系说法："荷马曾说，众生的始祖俄刻阿诺斯和始母特梯斯，这一点我相信赫西俄德。

俄耳甫斯也说，水流壮美的俄刻阿诺斯最早办婚礼，娶同母姐妹特梯斯为妻。"（402 b-c）雅典纳格拉斯据此声称荷马受俄耳甫斯的影响（残篇879III 57K）。在赫西俄德那里，大洋神有别于其他提坦神，他鼓励女儿斯梯克斯最早去奥林波斯山，在提坦大战中站到宙斯的阵营（神谱398）。在埃斯库罗斯笔下，他劝说普罗米修斯与宙斯和解（《普罗米修斯》283-396）。俄耳甫斯神谱似乎保留两种大洋神的说法。依据普罗克洛斯注疏《蒂迈欧》（40e-41a）时的援引，作为提坦神，当其他兄弟纷纷反抗天神时，俄刻阿诺斯显得犹疑不决："留在宫殿里，焦心自问，他的心该归向何方：他是要缴除父亲的力量，残暴地伤害他，与克洛诺斯和其他兄弟一起服从母亲，还是离开他们，安静留下。他心潮澎湃起伏，坐在宫殿里，充满对母亲尤其兄弟们的愤怒。"

大洋神还出现在开场祷歌（祷0.27），作为特梯斯的配偶出现在海神祷歌（祷22.1），作为水仙的父亲出现在水仙祷歌。此外大洋出现在潘神祷歌（祷11.15）和库瑞忒斯祷歌（祷38.8）。

在本诗中，大洋神代表最古老的水元素，前苏格拉底哲人泰勒斯把水元素视同第一元素，另参亚里士多德《形而上学》983b27-9843。大洋神被称为神和人的起源（第2行），对观海神普罗透斯"最早出生，显现自然万物的起源"（祷25.2-3）。大洋神祷歌与最后一首死神祷歌（祷87.12）相连，或指秘教信徒的灵魂历程包含穿越大洋这一世界想象的尽头和开端。

行1 生生不息（ἄφθιτον）：同见自然神（祷10.5），宙斯（祷15.1）。

永远常在（αἰὲν ἐόντα）：同见报仇神（祷69.15），大洋神（祷83.1）。

行2 神族和人类的起源（γένεσιν θνητῶν τ' ἀνθρώπων）：参看伊14.246，同见普罗多格诺斯（祷6.3），对观纽克斯"孕育神和人"（祷3.1）。另参天神（祷4.2），宙斯（祷15.7），涅柔斯（祷23.4），普罗透斯（祷25.2），阿波罗（祷34.15），提坦（祷37.4）。

　　行3　对观"环绕大地的大洋"（祷11.15）。参第7行"在大地尽头，天穹开端"。赫淮斯托斯为英雄阿喀琉斯或赫拉克勒斯制造的盾牌周边，刻有环绕大地的大洋（伊18.607-608，《列女传》314-315）。不过大洋并非众生世界的绝对边界，奥德修斯穿过大洋去了冥府（奥10.508-512），赫西俄德笔下的海神家族成员，诸如戈耳戈姐妹（神谱274-276）、赫斯佩里得斯姐妹（神谱215）、牧犬俄耳托斯（神谱293-294），乃至传说中的金苹果（神谱216）都在大洋彼岸。极乐岛位于大洋之傍（劳作171，参奥4.561-569）。大洋女儿斯提克斯是冥府的主要河流（祷69.4），这或许说明大洋本就与地下世界相连。

　　行4　此行同伊21.196。大洋被视同一切水源的源头。在荷马诗中，"各条河流所有大海，一切泉流和深井的源泉"（伊21.196-197），在赫西俄德笔下，大洋神"总共有三千个细踝的大洋女儿，她们分散于大地之上和海浪深处……还有三千个水波喧哗的河神"（神谱363-368）。

　　行7　追逐水路（ὑγροκέλευθε）：也用来形容海神（祷22.6），同见云神（祷21.3），涅柔斯女儿（祷24.2），水仙（祷51.14），北风神（祷80.3）。

84

赫斯提亚

［焚植物香料］

赫斯提亚神后，强大的克洛诺斯的女儿，
在家宅中央守护伟大不灭的火，
求你在神圣秘仪中庇护虔诚的信者，
使他们永远兴盛丰裕，友善纯净。
5　极乐神们的家，人类的有力依靠，
你有千般幻影，迷人恒在常青，
极乐神，求你微笑好心收下这份献礼，
求你送来繁荣，让温柔的手握健康。

　　赫斯提亚（Hestia）：家灶，或家火。克洛诺斯和瑞亚的大女儿，
宙斯的姐妹。在赫西俄德笔下，克洛诺斯依次吞下自己的孩子又依
次吐出，赫斯提亚最先被吞又最后被吐出（神谱454，497）。俄耳甫
斯神谱延续这个说法（俄耳甫斯残篇K版161=B版202），并将赫斯
提亚混同德墨特尔、大地、瑞亚等地母神形象（祷14），众神之母也
被称为赫斯提亚（祷27.9）。有两首托名荷马颂诗献给赫斯提亚（24，
29）。在《阿佛洛狄特颂诗》中，赫斯提亚拒绝波塞冬和阿波罗献殷
勤，发誓永不结婚，作为保护家宅的处女神得到崇拜（5.21-32）。家
火是家家户户最神圣的所在。赫西俄德在诗中奉劝："经过家灶莫暴
露，千万要避免。"（劳作734）赫斯提亚既是每户人家供奉的护宅
神，也是神庙里的护庙神，德尔斐的阿波罗神庙里设有赫斯提亚神

坛。古代城邦在公共区域燃烧献给赫斯提亚的不灭圣火，新建的殖民地要举行传圣火仪式。古人通常在祭祀的开始和结束敬拜赫斯提亚（托名荷马《赫斯提亚颂诗》29.3-6）。她和宙斯关系密切，古代有"家里的宙斯"（Zeus Ephestios），佯装成外乡客的奥德修斯发誓："我现在请众神之主宙斯、这待客的餐桌和我来到的高贵的奥德修斯的家灶作见证。"（奥 14.158-159）赫斯提亚大致等同为罗马神话中的维斯塔（Vesta）。有别于其他奥林波斯神，赫斯提亚从不上天入地往返奔走，而是静止不动，留守家宅的神圣中心。柏拉图对话中描绘诸神在天上出行，只有赫斯提亚留守诸神的家（《斐德若》247a，参《克拉底鲁》201b-d）。

行2　家宅中央（μέσον οἶκον ἔχεις）：对观托名荷马《阿佛洛狄特颂诗》5.30。希腊古人家通常是圆形屋内正中有个四方空间，绕以四根柱子。柱子上方开天窗，让烟雾散出。神庙与此相似。古人献祭诸神焚烧乳香牺牲，赫斯提亚最先收到供奉，焚烧的烟雾通过家火升至奥林波斯诸神那里。赫斯提亚也保证诸神往下与人沟通。

不灭的火（πυρὸς ἀενάοιο）：同见潘（祷11.2）。

行3-4　这两行素有争议。有注家主张读成第一人称，换言之，让新入会的信徒"永远兴盛丰裕，友善纯净"的，是祷歌的献唱者，或主持秘仪的祭司（祷1.10，31.7），但此种大能归属赫斯提亚女神似乎更适宜。此处译文仍按第二人称处理。

友善纯净（εὔφρονας, ἁγνούς）：同见美惠神（祷60.4）。

本行中的四个修饰语均用来修饰诸神，此处形容信徒，或指经过入会秘仪的信徒也将带有神性。

行5　极乐神们的家（οἶκε θεῶν μακάρων）：同见天神（祷4.4），

人类的有力依靠（θνητῶν στήριγμα κραταιόν）：同见大地是"神族的根基，人类的强大依靠"（祷18.7）。

行6　千般幻影，迷人（πολύμορφε, ποθεινοτάτη）：同见缪斯（祷

76.3）。千般幻影的，同见瑞亚（祷14.1注释）。

恒在（*ἀιδίη*）：同见自然神（祷10.21），赫拉克勒斯（祷12.3），大地（祷26.6），涅墨西斯（祷61.3），慈心神（祷70.8）。

行7 收下献礼（*ἱερὰ δέξο*）：同见普鲁同（祷18.3），珀耳塞福涅（祷29.2），利克尼特斯（祷46.8）。

行8 让温柔的手握健康（*ἠπιόχειρον ὑγείην*）：同见涅柔斯（祷23.8），珀耳塞福涅（祷29.18）。

85

睡　神

［焚罂粟］

许普诺斯，极乐神族和人类的君王，
无边大地养育的众生族的神主，
你独自主宰一切，亲近万物，
用不是铜打造的锁链缠绕每个身体，
5　你舒解烦恼，温柔地减轻劳顿，
为诸种不幸带去神圣的慰藉。
你守护灵魂对死亡的专注，
你生来是遗忘神和死神的兄弟。
来吧极乐神，求你温柔节制地降临，
10　求你好心保佑信者的神圣劳作。

　　睡神（Hypnos）：音译"许普诺斯"，夜神之子，死神的孪生兄弟（祷3.5，3.7；神谱211，756-766；伊14.231）。在荷马诗中，宙斯之子萨尔佩冬死后，"快捷的引路神，孪生兄弟睡神和死神"把英雄的遗体送回故乡举行隆重的纪念葬礼（伊16.671-673，16.681-683）。赫西俄德把死亡比作睡眠，比如黄金种族"死去如沉睡一般"（劳作116），荷马诗中把睡眠比作温柔的死亡（奥13.80，18.201），把死亡比作"铜样的梦境"（伊11.241）。据泡赛尼阿斯记载，奥林匹亚的赫拉神庙中有一口香柏木宝箱，传说公元前七世纪的柯林斯僭主库普赛鲁斯孩童时在里头藏身，宝箱上的浮雕画有睡神怀抱黑白双子，白的睡神，黑的死神（5.18.1）。泡赛尼阿斯还记到，古代特洛曾设有缪斯和睡神的香坛（2.31.3）。

睡神、梦神和死神构成整部祷歌集的最终系列。睡神祷歌和死神祷歌有许多相通处。罂粟作为焚香仅此一例，与睡神相衬。

行1-2　参看托名俄耳甫斯《阿尔戈英雄纪》1004，1010。在荷马诗中，赫拉想要引诱宙斯，去找睡神帮忙让神王入睡："睡神，所有天神和所有凡人的君王。"（伊14.233）另参法神（祷64.1）。第2行将睡神的力量延伸至神和人之外。

无边大地养育的（ὁπόσα τρέφει εὐρεῖα χθών）：同见伊11.741，另参祷64.15-16。

行3　独自主宰一切（πάντων γὰρ κρατέεις μοῦνος）：参赫拉（祷16.7），尼刻（祷33.6），健康神（祷68.11）。

行4　不是铜打造的锁链（ἐν ἀχαλκεύτοισι πέδῃσι）：同见埃斯库罗斯《奠酒人》493。

行5　对观夜神"舒解忧虑，缓减苦楚"（祷3.6）。在索福克勒斯笔下，歌队为饱受患难的菲罗克忒忒斯祈祷睡神，让他从沉睡中得到解脱："睡神！你免除痛苦和不幸，请听我的祈祷，温柔地吹拂向此处，带来和平的神，君王哦！让停留在他双眼上的安详能够延伸。来吧，疗救者！"（《菲罗克忒忒斯》828-832）

行7　对死亡的专注（θανάτου μελέτην）：或译"实践死亡"，或"为死亡做准备"，同见柏拉图《斐多》81a。睡神和死神，参第8行及题解。

行8　遗忘神（Lethe）：对观祷77.3。在赫西俄德那里，遗忘是不和神的孩子，属于夜神的孙儿辈（神谱227）。此处与死神、睡神并称兄弟，或与冥府中的忘川有关。传说亡魂喝过忘川水，忘却前生，才能顺利转世轮回（对观冥府中的记忆泉水，祷77题解）。在奥维德笔下，睡神居住的山洞下有忘川水流过（《变形记》11.602-602）。

行9-10　祷歌集若真在一夜之间献唱给诸神，那么，在快结束的时候召唤睡神显得合情合理。

保佑信者（σώζοντ'…μύστας）：或译"拯救信者"，参月神（祷9.12），阿波罗（祷34.27），帕来蒙（祷75.5）。

86

梦　神

[焚植物香料]

　　我呼唤长翅的极乐神，有害的梦，
　　未来信使，人类的伟大先知，
　　你无声飞进安宁温柔的睡乡，
　　对灵魂悄语，唤醒心智，
5　　在梦里秘密显现极乐神的意志，
　　安静如你对安静的灵魂诉说将来，
　　诸神意愿指引那些虔信行止，
　　让心灵冲动瞥见善美，
　　把人生带到预知的欢愉，
10　　让神亲来教导世人解除不幸，
　　在祈祷和祭祀中远离神怒。
　　虔信的人生总有甜美的结局，
　　坏人的梦里没有警告，
　　梦呓是不良行为的征兆，
15　　让人逃脱不了即来的恶报。
　　来吧极乐神，求你传达诸神的消息，
　　凡事指引我靠近刚正的思想，
　　求你莫再叫我瞧见古怪的凶兆。

　　梦神（Oneiros）：音译"俄涅洛斯"，在赫西俄德那里，他是睡神和死神的兄弟（神谱212）。在奥维德笔下，他是睡神的一千个儿子，其中摩耳福斯善于扮人，伊刻罗斯专扮成动物，潘塔索斯扮成无生命的自然元素，诸如此类（《变形记》11.633- 643）。在荷马诗中，宙斯称梦神为"有害的幻梦"（伊2.8，参第1行）。阿喀琉斯追逐赫克托尔，"犹如人们在梦中始终追不上逃跑者，一个怎么也逃不脱，另一个怎么也追不上"（伊22.199-201）。佩涅洛佩说到梦的两座门："一座门由牛角制作，一座门由象牙制成。经由雕琢光亮的象牙门前来的梦幻常常欺骗人，送来不可实现的话语，经由磨光的牛角门进来的梦幻提供真实，不管是哪个凡人梦见它。"（奥19.562-567）维吉尔后来描述埃涅阿斯从冥府回到人间，就是穿过象牙门（《埃涅阿斯纪》6.893-896）。

　　本首祷歌强调梦的预言功能。梦神是诸神在夜间的信使。梦是最古老的神托形式。在欧里庇得斯笔下，大地"发出黑夜的幻梦，把过去、现在和未来的事告诉凡人"（《伊菲革涅亚在陶洛人里》1259-1282）。在荷马诗中，阿喀琉斯梦见亡友前来预言他将战死在特洛亚（伊23.54-107）。梦和神谕一样晦涩难懂。古代有祭司专门从事释梦的工作。埃庇达鲁斯的祭司通过分析病人的梦寻找病源和治法。公元二世纪的Artemidorus Ephesius留下五卷本的释梦指南《梦的秘钥》（*Oneirocriticos*）。

　　行1　长翅的（ταυυσίπτερε）：神话诗中通常指鸟，如见神谱525，劳作212，奥5.65等。

　　有害的梦（οὖλε Όνειρε）：或"有害的梦神"。荷马诗中，宙斯派梦神给阿伽门农送去一个有害的梦（伊2.8）。梦神向坏人显示凶兆（第13-15行）。

行3　安宁的睡乡（ *ἡσυχίαι...ὕπνου* ）：参祷3.4，9.8，34.13。

行4　灵魂与心智（ *ψυχαῖς ... νόον* ）：灵魂之说，又见第6行。心智之说，参祷76.6，77.4。

行7　诸神意愿（ *θεῶν νόος* ）：对观第5行的"极乐神的意志"（ *γνώμας μακάρων* ），另参"命运神和宙斯的意志"（祷59.14）。

行10-11　此行拼法或系抄写人笔误，有的译家直接做缺省处理。对观荷马诗中的说法："人们用献祭，可喜的许愿，奠酒，牺牲的香气向他们诚恳祈求，使他们息怒，人犯规犯罪就这样做。"（伊9.498-501）

祈祷和祭祀（ *εὐχωλαῖς θυσίαις* ）：参死神（祷87.11）。关于 *θυσίαις* 的用法，参普鲁塔克《道德论集》184e。

行12　结局（ *τέλος* ）：用来指人生，同见潘神祷歌（祷11.22）。

行17　刚正的思想（ *γνώμαις ὀρθαῖς* ）：参法神祷歌（祷64.9）。

87

死　神
（塔那托斯）

［焚乳香粉末］

听我说，你手握有死生命的舵，
把纯净时间赏给你所远离的世人，
你降下睡眠为灵魂打破身体的牵绊，
你斩断自然神铸造的坚牢锁链，
5　将生命引进漫长永恒的沉睡，
你一视同仁，也偶尔不甚公正，
让那如花的年华骤然凝固，
一切命数大限只靠你完成，
只有你不会被祈祷和乞援说服。
10　极乐神，我仍要向你献祭和祈祷，
求你在漫长的岁月里莫来靠近，
求你把苍老当作属人的高贵犒赏。

死神（Thanatos）：音译"塔那托斯"，夜神之子，睡神的兄弟。在欧里庇得斯笔下，赫拉克勒斯想要强行把替夫赴死的阿尔刻提斯从冥府拉回来："我要去等候那穿黑衣的塔那托斯，那阴魂当中的王子，我想可以预见他在坟旁吸饮死人的血。"（《阿尔刻提斯》843-845）塔那托斯有时与哈得斯混同，比如欧里庇得斯称哈得斯是"长翅的冥王"（《阿尔刻提斯》252），有时还与冥府的渡工卡戎混同。死亡还出现在普鲁同祷歌（祷 18.11），珀耳塞福涅祷歌（祷 29.15），另参医神祷歌中的 keras（祷 67.4）。作为整部祷歌集的结尾，秘教团契在长夜尽头白天放光的时刻献唱死神祷歌，显得意味深长，死里复活或再生的主题与开场（祷 1-2）遥相呼应。

行 1　对观爱神"掌握世间万物运行的舵"（祷 58.5），法神"掌控世间生灵运行的舵"（祷 64.8）。

行 3-4　在神话中，西绪福斯曾用塔那托斯的锁链反将死神捆绑住，直到阿瑞斯前来干预。在柏拉图的《克拉底鲁》中，苏格拉底就 somo（身体）一词做出三重词源解释，并援引某种俄耳甫斯教说法，提出身体是灵魂的监狱（soma）："灵魂为了赎罪而遭惩罚。"（400b-c）另参《高尔吉亚》493 a，《斐多》62b。赎罪之说或与提坦诱杀狄俄尼索斯幼神的神话教诲相连（祷 37 注释）。另参波菲利《论禁食生肉》2.48。

行 6　一视同仁（*κοινὸς μὲν πάντων*）：或译"与万物接通"，参自然神（祷 10.9），赫拉（祷 16.6）。

行 7　此处或指俄耳甫斯的年轻妻子俄瑞狄刻的早夭。诗人在冥府中用歌唱感动了哈得斯和珀耳塞福涅，他们破例答允让他带走妻子，但他在回到人间以前不能回头看她，俄耳甫斯最终没能让俄瑞狄刻死里重生，对应第 9 行的说法："死神不被祈祷和乞援说服。"参维吉尔《农事诗》4.453-506，奥维德《变形记》10.1-7，另参祷 58.5-7 注释。

行 9　在阿里斯托芬的《蛙》里，埃斯库罗斯的人物和欧里庇得斯的人物比诗，并援引了埃斯库罗斯在佚作《尼俄伯》中的一行诗："在所有神里，只有塔那托斯不爱礼物。"（1392）

行 12　此行直译为"把活到老当成给予世人的高贵奖赏"。苍老或老年（*γῆρας*）和奖赏（*γέρας*）原系谐音。奖赏，或战利品，同见奥 11.534。此处奖赏或与贯穿整部祷歌集的赛会概念相连，对观星群祷歌结尾的"神圣秘仪的博学赛会"（祷 7.12 注释），弥塞祷歌结尾的"入会礼的高贵赛会"（祷 42.11）。

俄耳甫斯祷歌的若干思考[*]

吕达尔（Jean Rudhardt）

本文讨论的俄耳甫斯祷歌和托名荷马颂诗、卡利马科斯颂诗、普罗克洛斯颂诗一同保存在十五、十六世纪的手抄件中。文学史家通常不大看得起这些祷歌。宗教史家尽管承认这些祷歌为某个古时文化团体的成员所使用，却没有给予太多关注，质疑这些祷歌是否真实体现以及在多大程度上体现俄耳甫斯教义。此处以韦斯特论及俄耳甫斯祷歌为例：

> 这些祷歌自成集子，风格和技巧相类，很可能出自同一作者的手笔。某一私密性的文化团体的成员夜聚屋内，借着火把光亮，在八种焚香气息萦绕中向他们所能想到的神祷告，献唱这些祷歌。他们的仪式很可能类似于把牛奶泼洒在地上祭神的仪式。迄今还能看到的一份图片资料里，三世纪下半叶某个颇有文人气质的市民和他的朋友正在进行活泼欢快并且花费不多的宗教活动。狄俄尼索斯是最重要的主神，有八首祷歌献唱给他，每首祷歌采用不同别称。俄耳甫斯是这些祷歌的假想作者，与传说中他是阿波罗和卡利俄佩的儿子相连。这些祷歌在神名和神话事件上

---

[*]　Jean Rudhardt, "Quelques réflexions sur les hymnes orphiques", in *Orphisme et Orphée, en l'honneur de Jean Rudhardt*, Philippe Borgeaud（éd.）, Droz, Genève, 1991. 本文是1989年研讨会的论文。吕达尔于1991年着手进行俄耳甫斯祷歌的注疏翻译工作，这个计划在他2003年去世时没能实现。值得强调的是，法扬最终推翻了吕达尔在本文中主张的译释理论（详见附录二及中译本导言中的"词语与句法"章节）。

参照"二十四分卷圣辞"，这表明祷歌作者了解更为广泛流行的俄耳甫斯文学并承认其权威性。

研究俄耳甫斯教的一手资料历来奇缺，大都仅有断章残篇。祷歌集是明确归于俄耳甫斯名下的文本，堪称迄今为止相关领域所能找到的最丰富的文献，我始终认为学界长期以来的忽视是不合理现象。我一读再读这些祷歌，慢慢有一种感觉，似乎能够更好地理解它们，有了前人未有的心得体会。当然，这也许只不过是一厢情愿。无论如何，我决心撰写一部专著研究这些祷歌集。我会在书中展开若干大胆假设。这次研讨会让我有机会谈及其中几点假设，敬请大家批评指正。

我的演讲分成三部分。每部分均系纲要性的。首先是语法问题和翻译问题，其次是讨论俄耳甫斯祷歌和若干最重要的俄耳甫斯残篇所共有的思路，最后以此为基础研究阿尔忒弥斯这个似乎处于俄耳甫斯教边缘的女神。

一

俄耳甫斯祷歌是所谓六音步诗撰写而成的祈祷文，和所有祈祷文一样由两个基本部分组成：召神和祈神。在两者之间另有一长段叙述，通常是祷歌的最长部分，但这个部分与召神部分连得很紧，以至于我们往往分不清楚，召神在哪里结束，叙述又从哪里开始。事实上，类似的长段叙述可以看作召神部分的延伸。祈祷者采取各种方法唤起某神注意，促使此神施力，以更好达到祈祷目的。为此，祈祷者用不同称呼语召唤此神，描述此神的种种形象，以及从前或如今此神显能的种种经过。不过，这些描述非常简短，往往以暗示笔法代过。叙述部分呈现为一长串名词或称呼语、分词或关系代词的并排堆砌，中间偶尔也会插入简短的独立分句。

为此祷歌中常常有连续好几行诗由名词和形容词并置构成，这些名词和形容词紧跟在被呼唤的神名之后，被纳入诸如"赫耳墨斯，听我说吧……"这样的呼格句式，或诸如"我呼唤狄俄尼索斯……"这样的宾格句式。通常情况下，这些名词和形容词连在一起构成神名的同位语或称呼语。我从库瑞忒斯祷歌中得到启发，这首祷歌共七行诗，每行诗的句式构成如下所示：

> Σκιρτηταὶ Κουρῆτες, ἐνόπλια βήματα θέντες,
> ποσσίκροτοι, ῥομβηταί, ὀρέστεροι, εὐαστῆρες,
> κρουσιλύραι, παράρυθμοι, ἐπεμβάται, ἴχνεσι κοῦφοι,
> ὁπλοφόροι, φύλακες, κοσμήτορες, ἀγλαόφημοι

依据Quandt勘本，这些诗行由一连串词语并置组成，大致可以直译如下：

> 跳跃的库瑞忒斯，战士的沉稳步伐，
> 大声脚跺地，旋转，山居者，唱着"欧嗬"，
> 竖琴手，旋律纷乱，行进，步履轻盈，
> 执武器者，守卫，立规则者，名声光耀……（祷31.1-4）

此处不讨论每个词语的语义。笔者只想强调，此处并置的每个词语均与其他词语独立开来，直接指称第一行诗中的"库瑞忒斯"。祷歌中有长段内容变成一连串称呼语的枚举，给人单调呆板的印象。这些称呼语似乎只在陈述某种基本思想，彼此没有衔接，也没有整体结构可言。然而，以下几点思考让我以为这仅仅是假象。

首先，应当注意到，许多称呼语由复合形容词构成。这在上述引文中很明显，也大量出现在其他祷歌中。这种复合构成法造出极为丰富的词汇量，其中不乏独此一例（hapax）的情况，足见这种构词法在何等程度上适应整部祷歌集的风格。一个复合短语往往由两个或多

个词干并置构成。这种并置关系足以在各词干之间建立不同的逻辑关系。事实上，组成一个分句的各个语词之间的句法结构同样建立了多样复杂的关系。这么看来，复合短语可以看作省略句或缩合句。有些现代语言不具备无限扩展性地制造新复合短语的功能，比如法语，只能把这些复合短语译成关系从句或分词从句。同一行诗里连续并置的短语，能否如同一短语里并置的词干那样构成连贯的句子呢？鉴于上述种种迹象，笔者提出了这个假设。

其次，在赫利俄斯祷歌的一连串称呼语和同位语中，有 *ἡδεῖα πρόσοφι*（"甜美景象"，祷8.3）和 *ὡροτρόφε κοῦρε*（"养育季节的年轻人"，祷8.10）这两种短语模式。如果说 *Πρόσοφι*（外表，景象）和 *κοῦρε*（年轻人）显然是日神许佩里翁的同位语，那么 *ἡδεῖα*（甜美的）修饰 *πρόσοφι*（景象），*ὡροτρόφε*（养育季节）修饰 *κοῦρε*（年轻人）。

这看似平淡，却反映很重要的一点，即两个并置的词在指向某个被呼唤的神名时，这两个词并不是都直接修饰此神，而是其中一个词用来定义另一个词。如果一个是名词一个是形容词，这类短语比较容易辨析，但古希腊语的名词和形容词往往不易区别。祷歌用同一个词，有时是形容词用法，比如 *μάκαιρα θεά*（"极乐女神"，祷3.3），有时是名词用法 *νῦν σε μάκαιρα καλῶ*（"来吧，极乐神"，祷3.12）。此外还有名词的最高级用法，比如 *βασιλεύτατε*（"至尊的王"，祷48.5），以及难以分辨究竟是名词还是形容词的情况，比如 *ἐν θνητοῖσι βροτοῖσιν*（"在有死人类中"，祷44.7）。此外还有两个名词或两次形容词并置，其中一个名词（或形容词）定义另一个名词（或形容词），简单例子如见 *θεα βασίλεια*（"神后"，祷9.1），*κόσμε ματήρ*（"宇宙的父"，祷4.3），*μόνη...ποτηείνη*（"只欲求""只爱"，祷29.11）。

因此，不排除这样一种可能性：几个并置的词之间具有语义的高度一致性，共同构成一个句法整体。赫拉克勒斯祷歌中的 *καρτερόχειρ ἀδάμαστε*（祷12.2）难道不应理解为"你因手如坚铁而不可驯服"吗？

　　再次，时光神祷歌有一句 *εἰαριναι λειμωνιάδες*（祷43.3）。*Εἰαριναι* 不只指"春天的"，时光神指向所有季节。此句应理解为时光神"在春天出没草场"。祷歌集里多处可见类似的形容词用法，比如赫利俄斯祷歌中的 *δέξιε μὲν γενέτωρ ἠοῦς εὐώνυμε νυκτός*（"从你的右边生黎明，左边出黑夜"，祷8.4）。

　　第四，在水仙祷歌里有一句 *φαινόμεναι ἀφανεῖς*（祷51.7），应理解为"若隐若现"，普罗提拉亚祷歌里有一句为证：*λυσίζων ἀφανής, ἔργοισι δὲ φαίνηι ἅπασι*（"肉眼看不见你，你的大能显示你"，祷2.7）。这行诗还反映很基本的一点，即称呼语词组的构成语式具有从句功能。再看一个例子：*ἐχθρὰ τῶν ἀδίκων, εὔφρων δὲ σύνεσσι δικαίοις*（"你是不义的敌人，正义的温柔同盟"，祷62.9）。

　　第五，以上结论通过下面两个结构不同的例子得到进一步证实。首先是珀耳塞福涅祷歌（祷29.15-16）：

> *ζωὴ καὶ θάνατος μούνη θνητοῖς πολυμόχθοις,*
> *Φερσεφόνη· φέρβεις γὰρ ἀεὶ καὶ πάντα φονεύεις.*
> 只有你主宰受苦人类的生与死，
> 珀耳塞福涅，永远你生养他们又毁杀他们。

还有提坦祷歌（祷37.4-6）：

> *ἀρχαὶ καὶ πηγαὶ πάντων θνητῶν πολυμόχθων,*
> *εἰναλίων πτηνῶν τε καὶ οἳ χθόνα ναιετάουσιν·*
> *ἐξ ὑμέων γὰρ πᾶσα πέλει γενεὰ κατὰ κόσμον.*
> 你们是一切受苦人类和鸟族，
> 海洋和大地众生族的起源和根本，
> 从你们开始宇宙的繁衍生成。

类似的同位语构成从句的例子屡见于整部祷歌集。如果不这么理解，我们很难明白其后紧接着的说明性关系从句。

由此笔者以为，祷歌集随处可见的称呼语和同位语并置情况并非如表面看上去简单呆板。这些并置词语中可能存在某些微妙的关系。并置结构里潜藏着某种句法。

最后，我们来看另一种情况。有些祷歌里的诗行由句法明确的分词从句、关系从句或独立句构成，无论句法还是语义均统一协调。当然有的诗行包含两个语义相悖或互相补充的从句，有的句子由两到三行诗组成。在这些情况下，诗行陈述了某种完整协调的理念。不过也有个别例外，比如明显的倒移句式。笔者据此推测，在称呼语和同位语并置的情况下，诗行构成某种整体。若要在这类短语并置里寻找潜藏的句子，我们可以从诗歌本身的写作特点中汲取别具意味的衔接和清晰明白的征示。此外还可以参考诗的结构和顿挫手法。

以上为我最近研读祷歌时产生的设想，也是我尝试翻译祷歌集所遵循的原则。为了说明我所采取的步骤方法，不妨重新以上文援引的库瑞忒斯祷歌为例。

第一行句法明确没有问题。我把第二行中的顿挫手法视同某种衔接，将整行诗处理为一个完整句式："你们脚踩地起圆舞，每当在山顶呼喝欧嗬时……"译文明确表达出了原文隐含未明的东西。在我看来，这样的翻译方法相当好地传达出了希腊文本的意思，至少我希望如此，但也有不足之处，那就是没有还原出希腊文中那种在我看来有意为之的简短谜样的风格。

若要重新建构相对复杂的主从句，表现不同短语之间的衔接关系，那么必须把每行诗处理成分词从句或关系从句，这样才能将每行诗与被呼唤的神名连在一起，就像界定此神的一个个从句。这个做法并非不合理，因为大多数祷歌的称呼语段落本来就轮流起到分词性或关系性的对等功能。然而，鉴于在法语中一长串分词从句和关系从句的并置难免造成枯燥乏味的风格，而希腊原文中的称呼语并置不会带给人这种印象，我在法文翻译中用独立句取代从句。当然这个做法还有待批评指正。

> 库瑞忒斯跳跃着，踩出战歌韵律，
> 你们脚踩地起圆舞，每次在山巅呼"欧嗬"，
> 奏响不和谐的竖琴音符，一边掠地前行，
> 你们是持武器的守卫，保护秩序声名光耀……

二

宙斯祷歌里有 ἀρχὴ πάντων πάντων τε τελευτή（"一切的开始，一切的结束"，祷15.7）等说法，让人想到自德尔维尼莎草抄件起得到证实的俄耳甫斯教用语。有一首祷歌献给众所周知的俄耳甫斯教神主普罗多格诺斯－普法纳斯－埃利克帕奥斯。还有一首祷歌提到德墨特尔寻找珀耳塞福涅，女神在诗中的事迹与厄琉西斯秘仪传统不尽相同。有些祷歌说，狄俄尼索斯由宙斯和珀耳塞福涅所生，另一些祷歌说，他是宙斯和塞墨勒的孩子。然而，这些祷歌绝少谈及与这些神相连的事件。八十七首祷歌似乎没有留下什么俄耳甫斯教主要神话的痕迹。基于这一点，有些学者怀疑它们是否真正属于俄耳甫斯教传统。

然而，上述观察有哪些真正的要点呢？

首先，这些祷歌的中心部分通常是延展对某神的呼唤，不带任何叙事成分。因此，在其中寻找神话叙事只能无功而返。我们无法从没有叙事成分中得出任何结论。反过来，某首祷歌影射什么神话事件就是别具意味的，手法越是隐秘越显得非同寻常。祷歌的特定读者想必熟谙这些神话事件。我们必须努力识破并理解类似的影射，显然这很难，因为我们不曾参加过秘教入会礼。

其次，接收固定神话版本并非俄耳甫斯教的唯一特征。在不同时代的俄耳甫斯残篇里，笔者自认为发现某种心智活动过程持续存在，

毋宁说某种风格和思想方式。下文加以说明。

在希腊古人的文化活动或生活经验里，比起直接面对雅典娜，更经常面对 Athéna Polias（雅典娜·波利亚斯，或城邦女神雅典娜）、Athéna Eraganè（雅典娜·埃剌格涅，或手艺女神雅典娜）、Athéna Hygieia（雅典娜·许癸厄亚，或健康女神雅典娜）等等，再比如，比起提及宙斯，更经常提及 Zeus Polieus（庇护城邦的宙斯）、Zeus Hikésios（庇护乞援人的宙斯）、Zeus Xenios（庇护外乡客人的宙斯）或 Zeus Ktésios（庇护家庭的宙斯）。神的显现因情景场所发生变化。希腊古人在不同形态下具体察觉某个神的存在。当然他们知道，这是唯一和同一的神在以不同形态向他们显现。他们称之为雅典娜或宙斯，表明他们确实知道这一点。与此同时他们还运用众多称呼语，表明他们意识到此神有多样的形态。神永远超越其诸种显现，超越人所赋予的诸种名称，超越所有象征形象，超越人所理解的神性特征。在这样的超越中，神永不丧失其身份。希腊古人习惯诸神的形态和称呼有多样性，也从不迟疑在外邦神身上认出神性形象或显现，并为这些神命名。我们知道，希罗多德在俄西里斯神（Osiris）身上认出狄俄尼索斯，在阿蒙神（Ammon）身上认出宙斯，在拉特（Alilat）或米利塔（Militta）身上认出阿佛洛狄特。

更有甚者，依据最古老的神谱诗人的教诲，提坦神一代非常强大，但彼此差别不多，下一代的神不像他们那么不寻常，却有更多样的特征，每个神都得到更好的定义。就个性化而言，后一代比前一代更明显。不过，前一代提坦神也并非完全相像，他们各有其名，这些名字本身就留下他们各自天性的痕迹。通过考察这些神的名字，以及他们所生下的后代，我们发现，神们与其后代之间有很大相似。阿斯特赖俄斯和黎明女神厄俄斯生下风神和群星（神谱378-382）。科伊俄斯和福柏生下阿斯忒里亚和勒托。阿斯忒里亚和阿斯特赖俄斯的兄弟珀耳塞斯孕育了赫卡忒，勒托则受宙斯爱慕，生下阿尔忒弥斯和阿波罗，阿波罗又称福波斯（神谱404-406，409-411）。由此，发生在神的后代身上那种模糊混淆的特性，在神的祖先那里得到解释。不同年代的神因相似特性得到整合。旁支神族同样如此。

简言之，希腊古人的文化经历表明他们意识到，单一的神具有某种固有的多样性，与此同时，希腊古人的神谱叙事则预设了，在较有可能接近的若干神之间存在某种久远的统一性。

古典时期的希腊人就喜欢把一些神与另一些神混同，由此表现诸神世界中一与多的奇特关系。希腊古人把埃勒提埃等同为赫拉或阿尔忒弥斯，把赫卡忒当作勒托的女儿，把德墨特尔等同为瑞亚或众神之母，把赫斯提亚等同为大地，把冥王看作另一个宙斯。反过来，同一个神也可能变成多个神，比如柏拉图区分两个阿佛洛狄特。

俄耳甫斯教源于同一种传统，沿袭这种思考方式，但又有所偏离。换言之，俄耳甫斯教更系统性地运用这种方法。以德尔维尼莎草抄件第18列为例：

> 该亚、母亲、瑞亚、赫拉是同一个神。该亚是传统称法；母亲，因万物源于她；Gê 或 Gaia，视各地语言而定；德墨特尔，因她是大地母亲神。两种称呼用语，实为一名，指同一件事。

当然，以上解释出自注疏者，但至少可推断，其所援引的俄耳甫斯诗行想必混同上述这些女神，注疏者感到有必要予以论证。作为依据，他还从某些颂诗中援引一行俄耳甫斯佚诗：“德墨特尔、瑞亚、大地、母亲、赫斯提亚、德奥。”在古典时期的作家笔下，这些神确实常常被混同，但永远是一对一的形式。这行诗的奇特之处在于，这种混同手法得到系统性的扩张。

德尔维尼莎草抄件第13列有一行诗：

Ζεὺς κεφα (λή, Ζεὺς μεσσ) α Διὸς δ' ἐκ (π) άντα τέτ (υκται)
宙斯是开端，宙斯是中间，万物源于宙斯。

此行诗亦见于《宇宙论》的作者所援引的托名俄耳甫斯祷歌（俄耳甫斯残篇OF21a）[①]、波菲利的记录（OF168.2）以及柏拉图对话注疏中（OF21）。宙斯既是万物之源，又在万物中心，这行诗或许意味着宙斯相继呈现为诸多形态。在俄耳甫斯残篇里，尤其二十四分卷圣辞，这类相似和异化的例子屡见不鲜，比如两个福耳库斯（Phorkys，OF117），两个阿佛洛狄特（OF183），克洛诺斯又称赫拉克勒斯（OF54），阿尔忒弥斯和雅典娜被视同科瑞（珀耳塞福涅的别称）的两种形态（OF197）。

等同和重复并非无谓的手法，而是围绕几个中心意图展开：

第一，普罗多格诺斯－普法纳斯－埃利克帕奥斯的命运，这三位还可能等同为爱若斯和墨提斯；

第二，德墨特尔和珀耳塞福涅的神话，德墨特尔亦被看作瑞亚的另一形态（OF145），珀耳塞福涅作为科瑞与阿尔忒弥斯、赫卡忒、雅典娜混同（OF187-188，197）；

第三，宙斯的功业，通过吞下普法纳斯，将普法纳斯归为己身（OF164-167）；

第四，狄俄尼索斯的奇妙命运：他相继由珀耳塞福涅和塞墨勒所生（OF210）；

第五，诸种神话情节以外，从普法纳斯到宙斯和狄俄尼索斯的连续性，这使诸神的不同特性可被看作同一神性存在的多样形态。

简言之，俄耳甫斯教的主要神话与类似的等同重复手法相连，特别强调神性存在中一与多的连带性。

这一思考方式在祷歌中历历可见。形容词 πολυώνυμος（千名的，或多名同义）使用频繁，指称不同的神。对于希腊古人而言，用"德奥"指称德墨特尔，用"帕拉斯"或"特里托格涅亚"指称雅典娜，

---

① B版残篇问世于2005年，故 Jean Rudarht 文中仅参考 K 版残篇，下文简称 OF。

这种做法并非仅仅表明同一神有多种称呼语。这些祷歌的作者显然没有忽略类似的命名，因为祷歌中恰恰大量使用这类命名，但祷歌做到的还不仅仅是这样。祷歌中以某神的名指称别神，把神话传统中相互区别的神名视同近义词。众神之母具有与瑞亚相同的特征（祷14.5，27.12），两者又与大地相似（祷26.1，27.1，14.9）。安塔伊阿母亲其实也是德墨特尔（祷41.3-4），在某些地方与众神之母接近。狄俄尼索斯屡次被称"千名的"，他不仅是巴克库斯·利西俄斯、利克尼特斯、巴萨勒斯，还是埃利克帕奥斯（祷52.6），以及第六首祷歌的普法纳斯-普罗多格诺斯（祷6.4-8）；他还是佩安（祷52.11），以及赫利俄斯和潘（祷8.12-13，11.11-12）——宙斯亦得到同样的称呼（祷8.13，11.12），或如阿波罗，同时也叫作潘（祷34.25）和布拉刻斯（祷34.7）。狄俄尼索斯在祷歌中另有一个神秘名称欧布勒俄斯（祷29.8，30.6，42.2，52.4，72.3），此名与阿多尼斯暗合（祷56.3）。

祷歌中的诸神还表现出另一种特点，与多名同义互补，也让我们进一步理解多名同义。同一神可能有多个名称，也有多种形态。他是 αἰολόμορφος（"化影无数的"，祷4.7，12.3，15.10，32.11，36.12，39.5，50.5，60.5，69.8）或 πολύμορφος（"千般幻影的"，祷14.1，25.3，29.8，39.5，56.3，69.16，76.3，84.6）。所有这些祷歌以不同方式解释人对神的理解的多样性，或神向人显现形态的多样性。这些祷歌表明，有些神具有相似特征，或以相似方式行事。瑞亚和赫拉是 ἀερόμορφοι（"形如空气"，祷14.11，16.1），犹如西风神（祷81.6）的吹拂。赫耳墨斯和阿尔忒弥斯消除忧愁（祷28.6，36.5），如同睡神（祷85.5）。德墨特尔和狄俄尼索斯被形容为 χλοόκαρποι（"带来新果"，祷40.5，53.8）。狄俄尼索斯和库瑞忒斯、月神和大地被形容为 φερέκαρποι（"带来果实"，祷50.10［原文作5.10，疑误］，38.25，9.5，26.3）。有些神甚至具有多种共同称呼语。狄俄尼索斯是跳跃的舞者，库瑞忒斯也是（祷45.7，31.1）；狄俄尼索斯与阿瑞斯相连，库瑞忒斯斯也是（祷30.4［原文作30.9，疑误］，38.1，参祷39.2）；祷告者同时向狄俄尼索斯和库瑞忒斯祈求赐给好风（祷30.9［原文如此，疑误］，38.25）。基于这些共同点，两神相似到了近乎混淆的程度。狄俄尼索斯和阿多尼斯都是 διϰέϱωτες（"双角"，祷30.3，56.6），他们分别是阿佛洛狄特的 ἔϱνος（"嫩芽"）和 ϑάλος（"子女"，祷46.3，56.8），都庇护植物生长繁衍（祷50.4，56.6），都遵循季节循环（祷53.7，56.5），都以各自方式与珀耳塞福涅的神秘分娩相连（祷30.6，56.9）。基于这些共同点，他们都被称为 Εὐβουλεύς（欧布勒俄斯）。

在俄耳甫斯教传统中，正如一般传统，彼此相似的神属于同一家族。赫拉和德墨特尔是瑞亚的女儿，阿尔忒弥斯和赫卡忒是表姐妹，其祖先均系科伊俄斯和福柏。类似的等同关系在俄耳甫斯教传统里得到延展。不仅如此，俄耳甫斯教通过神话叙事发明一种全新的混同模式，即宙斯吞下普法纳斯并获得普法纳斯的全部力量。这个神话类似于宙斯吞下墨提斯。祷歌的思想模式同样潜藏在俄耳甫斯残篇提及的主要神话中。忽略这些因素很可能无从认识祷歌集的真义。

笔者在此想要预防某种可能性的误解。正如上述讨论所示，俄耳甫斯教思想不是一种诸说混合论。彼此相似的神并不相互混淆，每个神依然保留各自的特性。我们从这些神身上可以察觉人无从接近的神性存在的具体呈现。无论如何这不会让我们卷入一神论的研究道路——除非是亚历山大的犹太人圈子散布出的 Διαϑῆϰαι（约），也许还有马克罗比乌斯援引的若干反映三世纪太阳崇拜影响的残篇。在纯粹的俄耳甫斯教传统里，一与多永远共存于神性真实中。

三

祷歌不仅提及众所周知的俄耳甫斯教诸神，还涉及许多其他神。有的神属于泛希腊传统，有的神源自外来文明。这个现象促使某些学者认为祷歌集体现出某种混杂式的宗教，并质疑其中的俄耳甫斯教义深度。但笔者以为，如果说有些神在残篇谈及的神话里占有明显的中心地位，那么残篇也提及其他神。换言之，残篇所显示的俄耳甫斯教义似乎致力于在原有体系里涵盖几乎所有希腊神，只是依据谱系需要稍加调整若干传统说法。不仅如此，俄耳甫斯教还涉及一些外邦神，比如班狄斯（Bendis）、伊西斯（Isis）、俄西里斯（Osiris）和密特拉（Mithra）。正如前文说到的，祷歌只是简单的祈祷文，我们不可能从中找到任何神谱系统的明确解析。不过，由于这些祷歌分别献唱给不同的神，若是假设在吟唱祷歌的人心里这些神之间毫无干系，并且不能与残篇所揭示的诸神整体相比较，那只能说是过于武断。笔者反倒以为，根据如上所述的思考方式，那些不属于俄耳甫斯教基本神话的神以微妙的方式出现在祷歌集里。下文以阿尔忒弥斯这个未必有利于我的理论的例子聊作尝试性说明。

阿尔忒弥斯是第36首祷歌的主角，名字亦出现于第2、35和72首祷歌中，另有些祷歌影射到她但未提名。

在这些祷歌中，阿尔忒弥斯呈现出基本传统特征。她是宙斯和勒托的女儿，出生于俄耳提癸亚岛，她的兄弟阿波罗出生在得洛斯岛（祷35.5）。阿尔忒弥斯祷歌反映出她的两大特点：她是热衷于追猎的弓箭女神，在山林里奔跑追逐鹿群；她还是产妇的守护神，帮助分娩顺利。祷歌依据不同地域传统给了阿尔忒弥斯不同称呼，如斯巴达人称之为俄耳提亚（祷36.8），克里特人称之为库多尼娅（祷36.12）和狄刻缇娜（祷36.3）。在第2首祷歌中，阿尔忒弥斯的名字被用来指称古人在家宅门前设置龛位或神像的普罗提拉亚女神。此外阿尔忒弥斯–埃勒提埃也是古代盛行的用法。

埃勒提埃女神亦见于荷马史诗。但古典时期若不是偶尔提起她在分娩中的职能，埃勒提埃几乎没有真正存在过。人们很容易把她等同为更具丰富特征的女神，如阿尔忒弥斯或赫拉——依据赫西俄德的说法，赫拉却是埃勒提埃的母亲。

狄刻缇娜是水仙，宙斯和卡尔默（Carme）的女儿。她和阿尔忒弥斯很像，都是狂野的狩猎处女神（卡利马科斯《颂诗》3.189–190；

Ant. Lib. 40，狄奥多罗5.76.3，泡赛尼阿斯2.30.3-4）。据说阿尔忒弥斯对她怀着特殊情感（阿里斯托芬《蛙》1356起，普鲁塔克《道德论集》965c-d，泡赛尼阿斯2.3-4）。一说到狄刻缇娜，阿尔忒弥斯就会相应出现。阿尔忒弥斯的神性存在吸收包容了狄刻缇娜（普鲁塔克《道德论集》984a，泡赛尼阿斯10.36.5）。祷歌非常明确地显示这一点。

还有别的女神，祷歌没有明说出来。依据古希腊传统，阿尔忒弥斯往往还与赫卡忒混同。这从好些称呼语用法可见一斑。阿尔忒弥斯是 $κουροτρόφος$（"养育年轻人"，祷36.8），赫卡忒也是（祷1.8）。不过这个修饰语也被用于德墨特尔（祷40.2，40.13）或和平（祷12.8，19.22，65.9）。但只有阿尔忒弥斯和赫卡忒被称为 $σκυλακῖτις$（"爱着狗们"，祷1.5，36.12）。她们都是夜的女神（祷1.8，36.10-12）。赫卡忒还与阿尔忒弥斯·普罗提拉亚（祷2.5）一样是 $κλειδοῦχος$（"掌管秘钥"，祷1.7）。第1首祷歌结尾处称赫卡忒 $Ταυροπόλος$（"守护公牛"，祷1.7），通常也是勒托之女的称呼语（普罗提拉亚也与赫卡忒混同，参见亚历山大的赫西基奥斯《辞典》$'Εκάταια$词条）。

第2首祷歌称阿尔忒弥斯为 $Τιτανίς$（提坦女神），正如第36祷歌里称她的兄弟阿波罗为 $Τιτάν$（提坦神）一样。如何理解类似的称呼呢？

先看阿波罗。在第37首祷歌里，提坦神指天神和大地的孩子，在第13首祷歌里用来指克洛诺斯。这两处用法不矛盾。除阿波罗以外，该词还用来指日神赫利俄斯或赫拉克勒斯——赫拉克勒斯和日神一样被称为时间之父，通过完成十二项任务，以日出日落的形式带来黎明和黑夜（参见祷12.11-12）。

> $Τιτὰν χρυσαυγής,$ $'Υπερίων,$ $οὐράνιον φῶς$
> 金光灿烂的提坦神许佩里翁，天上的光。（祷8.2）

在荷马史诗中，日神也被称作许佩里翁，但不是提坦神。《奥德赛》称日神是许佩里翁的孩子（12.176）。此处许佩里翁（'Υπερίων）从词源含义上指不同两代神。荷马说法与赫西俄德并不相悖。在《神谱》中，赫西俄德说许佩里翁是提坦神，和所有提坦一样属于没有得到明确定义的神，仅以其在天上的运转得到说明。这个前代神的模糊特征通过繁衍后代的叙述得到更明确的说明：他生下太阳、月亮和黎明（神谱371-374）。

祷歌把日神称作许佩里翁和提坦，因而不是单纯地沿用荷马说法。无论如何，祷歌没有把赫利俄斯列入天神和大地的孩子中，在第8首祷歌中，赫利俄斯甚至等同于宙斯，而宙斯作为克洛诺斯和瑞亚的孩子屡见于祷歌（祷14.4，14.9，15.6，44.5，71.3）。对于类似矛盾，笔者认为，唯一可能的解释是赫利俄斯或被等同于其父许佩里翁，正如德墨特尔也被等同于其母瑞亚。这样一来，日神亦可说是提坦神。

祷歌尽管没有明说，却把阿波罗等同于日神。两者同被称为παίαν（"佩安"，祷34.1，8.12），均有看穿万物的眼（祷34.8，34.11，8.1，8.14），均能调整四季协和宇宙（祷34.17，8.9）。他们均是弓箭手和预言者（祷34.4，34.6，12.5）。阿波罗在与赫利俄斯相连时可称为提坦神。

这使笔者设想，阿尔忒弥斯被称为提坦女神，或因她与月亮相连，正如阿波罗与太阳相连。自泛希腊时代起，阿尔忒弥斯与月亮的相似就已存在，塞勒涅常与阿尔忒弥斯混同。祷歌中有多处表述可以为证。月神和阿尔忒弥斯同被称为δαιδοῦχος（"举火把的"，祷9.3，36.3），都在夜间活动（祷9.2，36.6）。月神是φερέκαρπος（"带来果实的"，祷9.5），祷告者也请求阿尔忒弥斯ἄγουσα καλοὺς καρπούς（"带来美好果实的"，祷36.14）。月神是θηλύς τε καὶ ἄρσην（"雌雄同体的"，祷9.4），阿尔忒弥斯则是ἀρσενόμορφος（"胜似男儿的"，祷36.7）。

阿尔忒弥斯的名字明确出现于四首祷歌（祷2，35，36，72），另有两首祷歌（祷1，9）隐约提及她。在本祷歌集里，阿尔忒弥斯远非处于边缘的女神。然而，我们迄今所知的有关她的特征显得平常不过，甚至就是古希腊长期流传的共同特征，比如她与埃勒提埃、狄克提娜、赫卡忒、塞勒涅等女神混同。阿尔忒弥斯究竟是不是俄耳甫斯教的神呢？

　　首先，从残篇来看，俄耳甫斯教旨在包罗尽可能多的古希腊神，并保留这些神最主要的传统特征。在Kern集佚的"二十四分卷圣辞"残篇里，阿波罗是弓箭手、勒托之子（OF62），雅典娜全副铠甲从宙斯脑袋里诞生（OF174），是处女神（OF187），和赫淮斯托斯掌管手艺（OF178、179）。即便是在俄耳甫斯教中起最根本作用的那些神也没有丢失传统常见特征。宙斯是克洛诺斯之子（OF128）、赫拉之夫（OF163）、雷电之主（OF179），狄俄尼索斯是酒神（OF214，216）。神的形象尽管得到深刻修改，却没有丧失最根本特征和相应神话。阿尔忒弥斯同样如此。

　　事实上，有个残篇将阿尔忒弥斯描述成女弓箭手（OF49.40），"二十四分卷圣辞"遵循最普遍的信仰传统，强调她在分娩中的职能。在这一点上，圣辞神谱和第36首祷歌一样强调某种悖论，两处文本为此均使用秘教入会礼意象。

> *ἀτελής (τε) γάμων καὶ ἄπειρος ἐοῦσα*
> *παιδογόνου λοχίης πάσης ἀνὰ πείρατα λύει*
> 她不曾有过婚姻经历，也未尝知晓
> 分娩的苦楚，却促使这一切顺利进行。（残篇187）
> *ὠδίνων ἐπαρωγὲ καὶ ὠδίνων ἀμύητε.*
> 你庇护分娩妇人，尽管你未曾分娩过。（祷36.4）

　　柏拉图亦曾提及这一悖论，但没有指涉秘教入会礼意象（《泰阿泰德》149b）。

　　依据托名荷马颂诗，赫卡忒去到寻找女儿的德墨特尔面前，却说不清珀耳塞福涅到底发生了什么，她带德墨特尔去找赫利俄斯，太阳神把经过告诉她们（《德墨特尔颂诗》57-63）。当母女重逢时，赫卡忒赶去祝贺。托名俄耳甫斯的《冥府游》赋予赫卡忒类似的角色。依据Kern校勘本推断，赫卡忒在珀耳塞福涅被劫以后去找德墨特尔（OF49，75-76），而年少的阿尔忒弥斯（好些残篇将她与赫卡忒混同）似乎参与珀耳塞福涅被劫始末。由于柏林手抄件损缺过甚，我们无从深究个中细节（OF49.40）。

　　另有些文本赋予阿尔忒弥斯-赫卡忒更重要的角色。她们是宙斯和德墨特尔的女儿（OF41-42）。两个女神彼此相似之余也保留各自的特征，这使得阿尔忒弥斯依然是勒托的女儿（OF188）。普罗克洛斯为了解释这一悖论，指出勒托与德墨特尔的形象暗合。俄耳甫斯神话不仅强调神谱的种种微妙关系，普罗克洛斯还讲道，宙斯派这个身份含糊的女儿到地下寻找珀耳塞福涅（OF42）。阿尔忒弥斯因此在俄耳甫斯教的地下世界里扮演特殊角色，但祷歌似乎完全没有提及这一点。不仅如此，祷告者还祈求阿尔忒弥斯 ἄγουσα καλοὺς καρποὺς ἀπὸ γαίης（"赏赐地上的美好果实"，祷36.14），正如祈求珀耳塞福涅 καρποὸς δ'ἀνάπεμπ'ἀπὸ γαίης（"让土地长出果实"，祷29.17）。由此可以推测，阿尔忒弥斯对收成起一定作用，或许因为传统将她与珀耳塞福涅混同。但是类似推测无法证实。

　　相比之下，祷歌中的阿尔忒弥斯和托名俄耳甫斯的《阿尔戈英雄纪》中的阿尔忒弥斯之间有更明确的联系。科尔基斯国王埃厄忒斯的宫殿城墙门前伫立着一座阿尔忒弥斯神像（托名俄耳甫斯《阿尔戈英雄纪》894起）。科尔基斯居民称之为 Ἐμπυλίη（守门的），与第2首祷歌中的 Προθυραία（"在门前"，祷2.13）相去不远。不过，史诗将阿尔忒弥斯等同为赫卡忒，用 ἡγεμόνεια（"首领"，托名俄耳甫斯《阿尔戈英雄纪》909）形容她，正如祷歌用 ἡγεμόνη（"引路"，祷1.8，72.3）形容她。两处均提到她以狗为伴（托名俄耳甫斯《阿尔戈英雄纪》910；祷1.5，36.12）。史诗中的看门女神呈现出骇人的一面，有可怖的声音（托名俄耳甫斯《阿尔戈英雄纪》903），祷歌里的阿尔忒弥斯－赫卡忒同样具有某种风范，使敌人望而却步，发出野兽般的呼吼："兽们于她身前吼叫，难以征服。"（祷1.6）

再来看看残篇。祷歌中称赫卡忒"掌管世间的秘钥"（祷1.7）。依据 Quandt 的说法，普罗克洛斯似乎提到类似用法并在残篇做了解释（OF316）。

笔者认为，祷歌和圣辞版神谱有更为根本的联系，尽管目前我们所拥有的资料过于贫乏，难以真正理解这种联系。依据俄耳甫斯神话，狄俄尼索斯被撕成碎片，只有心脏因雅典娜的介入而保存完好。普罗克洛斯说，这颗完好的心脏是"宇宙的心智"（$νοὺς νοερὸς... ἐγκόσμιος$）。狄俄尼索斯被撕成碎片的部分象征生命本原和身体的更新换代。

> 阿尔忒弥斯统领自然中的一切创生，孕生与自然相关的诸
> 种言辞，将狄俄尼索斯神的可分存在从高处延伸至地下生灵。
> （OF210）

让我们把此段文字的解释工作交给哲学家。不过我们最起码从普罗克洛斯的注疏得到一个提示：神话以某种不为我们所知的方式使阿尔忒弥斯和狄俄尼索斯碎尸事件联系在一起。

普罗克洛斯援引俄耳甫斯的另两行佚诗亦可佐证，虽然诗中没有指明阿尔忒弥斯所扮演的角色：

> 圣洁的赫卡忒，发辫秀美的勒托之女，
> 丢下孩子的肢体，走向奥林波斯。（OF188）

此外在我看来，第72首祷歌也建立阿尔忒弥斯－赫卡忒与狄俄尼

索斯被碎尸神话的显著联系。

首先，在这首祷歌里，阿尔忒弥斯等同于梯刻。这一罕见关系在俄耳甫斯教传统中有迹可循。此外，阿尔忒弥斯－梯刻等同为阿尔忒弥斯－赫卡忒。祷歌中称她们为 τυμβιδίαν（"出没墓间"，祷1.3，72.5）和 ἡγεμόνην（"引路的"，祷1.8，3.5）。梯刻和赫卡忒都是"道路女神"（祷72.2，1.1）。梯刻的"愿望不可抵抗"（祷72.4），赫卡忒"难以征服"（祷1.6）。有两行诗尤其值得注意：

> Ἄρτεμιν ἡγεμόνην, μεγαλώνυμον, Εὐβουλῆος
> αἵματος ἐκγεγαῶσαν...
> 声名显赫的引路女神阿尔忒弥斯，
> 生于欧布勒俄斯的血……（祷72.3-4）

阿尔忒弥斯生于欧布勒俄斯的血，这一说法充满谜般色彩。欧布勒俄斯可能是宙斯的别称（如见狄奥多罗5.72），或哈得斯的别称（Nic. Alex.14，参见亚历山大的赫西基奥斯《辞典》Εὐβουλῆος 词条），屡见于俄耳甫斯残篇。在托名俄耳甫斯的《冥府游》中，欧布勒俄斯来自厄琉西斯，是第绍勒斯的儿子，特里普托勒摩斯的兄弟（OF50，51，52）。马克罗比乌斯援引过一首诗，称此神又叫普法纳斯、狄俄尼索斯和安托泽斯（OF237）。这让人联想到俄耳甫斯教徒古墓铭文里的欧布勒俄斯（OF32）当指狄俄尼索斯，因为狄俄尼索斯的父亲就是宙斯。本部祷歌集区分了欧布洛斯（Euboulos）和欧布勒俄斯（Eubouleus）。在第18首祷歌中，欧布洛斯是普鲁同的别称，在第41首祷歌中，他是第绍勒斯之子，很可能就是《冥府游》中的欧布俄斯。欧布勒俄斯在祷歌中始终是狄俄尼索斯的别称（祷29.8，30.6，42.2，52.4），除了一处例外指阿多尼斯，但阿多尼斯很可能与狄俄尼索斯混同。

这么说来，梯刻－阿尔忒弥斯就是狄俄尼索斯的血所生。笔者以为，此处的血以神族繁衍来解释颇显牵强，如此一来该指向哪种神谱体系呢？毋宁说，狄俄尼索斯的血象征幼神被杀。梯刻从被碎尸并遭提坦吞噬的狄俄尼索斯的血中出生，与幼神的死后再生相连，好比人类从提坦遭雷击后的灰烬里生出一般。

这样一来，祷歌就能解释上文引用圣辞神谱里的两行诗：

圣洁的赫卡忒，发辫秀美的勒托之女，
丢下孩子的肢体，走向奥林波斯。（OF188）

如前所述，神之间的相似并不能抹去神们各自的特点。赫卡忒哪怕与阿尔忒弥斯混同，也还保留原本的谱系。依据俄耳甫斯教传统，她似是德墨特尔之女（OF41，42），但她同样可能是勒托之女。因此，表现出这两种形态的女神可能还有第三形态，即"从欧布勒俄斯的血"而生的梯刻。梯刻生于神圣的血，也就远离她的出生所在。她离开幼神的碎尸，走向奥林波斯。这或许是残篇188的含义所在。

无论最终假设如何，我们至少可以确定一点：祷歌既保留阿尔忒弥斯的传统特征，又将其与梯刻混同，从而以独特方式将阿尔忒弥斯连接到俄耳甫斯教的核心神话之一。我们由此理解祷歌作者对她做出两种不同类型的祷告。一方面祈求女神降恩，施行她在希腊古人心目中的诸种职能，比如埃勒提埃保护分娩顺利（祷2.13-14），比如阿尔忒弥斯-梯刻赏赐幸福财富（祷1.9-10）。另一方面祈求赫卡忒降临秘仪，接受秘仪中的祭献（祷1.9-10）。第36首祷歌祈求阿尔忒弥斯带来好收成、和平和健康（祷36.13-16）。

这样一来，我们也许可以更好地理解阿尔忒弥斯在整部祷歌集里的作用。第1-2首祷歌均是献唱给她的。在第1首祷歌中，她是赫卡忒、道路女神和墓间守护神，在第2首祷歌中，她是阿尔忒弥斯·普罗提拉亚和埃勒提埃。从道路与交叉小径的女神直到守护家门的女神，也就是从外界到内在。从墓间女神直到分娩女神，也就是从死亡到诞生。阿尔忒弥斯在神秘世界入口的处境与两个记忆相连。科尔基斯门前的阿尔忒弥斯，面目可怖呼吼骇人的赫卡忒，尤其对没有参加秘仪入会礼的人来说（托名俄耳甫斯《阿尔戈英雄纪》903-904）。俄耳甫斯特地设下献给女神的秘仪，好使阿尔戈英雄顺利取得金羊毛（托名俄耳甫斯《阿尔戈英雄纪》936起）。第二个记忆与赫卡忒有关，在厄琉西斯秘仪里，德墨特尔授予赫卡忒女祭司的职能（托名荷马《德墨特尔颂诗》2.440）。

阿尔忒弥斯因与月神塞勒涅的相似关系而出现在第9首祷歌。在谈及秘教诸神以前，祷歌集首先献唱给一系列宇宙神，其中包括月神。

第36首祷歌表现出阿尔忒弥斯的传统形象，和其他献唱给宙斯子女的祷歌并列，放在狄俄尼索斯祷歌（祷30）与系列诸种别称的酒神短篇祷歌及酒神伴从祷歌（祷44-56）之间。

最后，阿尔忒弥斯作为"生于欧布勒俄斯之血"的梯刻，形象丰富而复杂地重现于第72首祷歌，即整部祷歌集末尾，就在献唱给别称代蒙（Daimon）的宙斯祷歌之前。

以上是若干假设例子，敬请诸位批评指正。我不敢断言俄耳甫斯祷歌是一部巨著，而只想强调这些祷歌完全值得更多关注。我不敢说这些祷歌完整体现了俄耳甫斯教义，但它们至少表达出了某种真正的俄耳甫斯教义思想，尽管正如我们在其他著作里发现的那样，这一思想发生作用往往根据特定时代和特定地点的资料运用而定。笔者以为，这些祷歌以独特方式重现了俄耳甫斯教的基本神话，它们所提供的信息有助于补充现代学者更为充分研究过的相关领域里的其他文献。

倘若笔者所见无误，祷歌确实表达了某种真正意义的俄耳甫斯教义，那么这些祷歌里表现出的若干欠缺将值得探讨。从祈祷文来看，灵魂转世主题几乎未得体现，即便出现也极其模糊抽象。唱这些祷歌的人似乎并不关注人死后的灵魂命运。这样一种对彼世的相对性忽略，很可以促发俄耳甫斯教历史研究者的思考。不过这是另一个问题了。

俄耳甫斯祷歌里的神谱[*]

法扬（Marie-Christine Fayant）

一　诸神混同现象[①]

阅读俄耳甫斯祷歌，我们可以清楚看到：一方面，每首祷歌献唱给一位神，另一方面，不同神名指代同一位神的多种形态，比如赫卡忒（祷1）、普罗提拉亚（祷2）和梯刻（祷72）均系阿尔忒弥斯的不同形态，后者另有专属祷歌（祷36）。整部诗集贯穿着诸神之间的混同现象。

如吕达尔所言，诸神混同现象多见于古希腊宗教思想，但俄耳甫斯教"更系统性地采取这种方法"（前文第360页），德尔维尼莎草抄件的若干段落和诸多俄耳甫斯残篇无不证明这一点。俄耳甫斯祷歌大量采取这一做法，从而与俄耳甫斯传统相连。

在此语境下，πολυώνυμος（"千名的"）这一修饰语尤显重要。该词在祷歌集中共出现十四次。[②]这不仅仅意味着，在古希腊宗教传统中，同一位神通过不同修饰语获得敬拜，尤其是强调该神的某种特殊

---

[*]　本文译自法扬编撰的俄耳甫斯祷歌希法对照本的附录（M.-Ch. Fayant, *Hymnes orphiques*, pp.667-709），原文标题为 Quelques aspects de la théogonie des *Hymnes orphiques*（俄耳甫斯祷歌中的神谱的若干方面），译文标题略作改动。原文中的注释酌情编译入正文，特此说明。

[①]　法扬注释本的导言结尾也介绍了诸神混同现象（pp.xcii-xcvi），此处一并译出，作为本节的引论（前六个段落），以替换附录原文中的引论（不到十行，主要为承接前六个段落内容），特此说明。

[②]　普罗提拉亚（祷2.1），自然神或说服神（祷20.13），潘（祷11.10），赫拉（祷16.9），众神之母（祷27.4），阿尔忒弥斯（祷36.1），德墨特尔（祷40.1），安塔伊阿母亲（祷41.1），弥塞（祷42.2），巴萨勒斯（祷45.2），利西俄斯·勒那伊俄斯（祷50.2），双年庆神（祷52.1），阿多尼斯（祷56.1），命运神（祷59.2）。

职能（比如Athéna Polias指城邦女神雅典娜）或与某座神庙的优先关联（比如Artémis Brauronia指布鲁龙神庙的阿尔忒弥斯），这还强调如下可能性，同一神以不同名称被召唤，包括该神的本名和一位或多位其他神的名称，并且其他神与该神司掌若干共同职能。自然神又称正义神（祷10.13）、说服神（祷10.13）和天意神（祷10.27），阿波罗又称潘（祷34.25），而潘又称宙斯（祷11.12）。

另一修饰语 πολυμόρφος（"千般幻影的"，或"千影的"）或另一种拼法 αἰολόμορφος（"化影无数的"）在祷歌中一共用来形容十四位神。[①] 同一位神具有多种形态或表现，甚至具有不同性别，多位神被称为"同为男性和女性"，或 διφυής（"双重性别"）。[②] 如吕达尔所指出，不同神可能基于一种或多种形态或职能而相互混同（前文第362页）。

就神话层面来说，宙斯吞下普罗多格诺斯又吐出世界的各组成部分，这一神话情节或系诸神混同现象的某种范式。在俄耳甫斯祷歌中，正如在广义的俄耳甫斯传统作品中均有这个神话情节。宙斯作为"父神"，不仅指向他与其他女神或凡间女子生下的后代，也指向代表宇宙诸元素的原初神。原初神与奥林波斯神故而处于神族谱系的同一层面。乱伦现象在俄耳甫斯传统（以及俄耳甫斯祷歌）中所占的比重

---

① 　*Πολυμόρφου* 用来形容普罗多格诺斯（祷14.1），普罗透斯（祷25.3），珀耳塞福涅（祷29.8），科律班忒斯（祷39.5），阿多尼斯（祷56.3），报仇神（祷69.16），缪斯（祷76.3）和赫斯提亚（祷84.6）。*αἰολόμορφος* 用来形容天神（祷4.7），赫拉克勒斯（祷12.3），宙斯（祷15.10），雅典娜（祷32.11），阿尔忒弥斯（祷36.12），科律班忒斯（祷39.5），利西俄斯·勒那伊俄斯（祷50.5），美惠神（祷60.5），报仇神（祷69.8）。这两种拼法出现在科律班忒斯祷歌的同一行诗中，故而不能看成简单的同义词。[译按]原文漏了一处（普罗透斯），当系十五位神。

② 　*διφυής* 用于普罗多格诺斯（祷6.1），狄俄尼索斯（祷30.2），科律班忒斯（祷39.5），弥塞（祷42.4），爱若斯（祷58.4）。"同为男性和女性"或"雌雄同体"的说法参月神（祷9.4），雅典娜（祷32.10）。阿尔忒弥斯（祷36.7），弥塞（祷42.4）和阿多尼斯（祷56.4）等。

甚于古希腊传统神话，这为诸神混同现象提供第二种神话层面的解释，诸神的辈分被打乱，进而造成不同辈分的神之间的混淆。

祷歌正文中的诸神混同现象表现为两种形式。一种是直接形式，呼唤某神的时候，在该神的名称之外又呼唤别的神名，比如普罗提拉亚在同一行诗中又称为阿尔忒弥斯·埃勒提埃（祷2.12）。一种是间接形式，在分别献唱给两位神的两首祷歌中使用同样的修饰语。本文将前一种形式称为"等同"（assimilations），将后一种形式称为"近似"（rapprochements）。

（一）明确的等同

表一（第383页）罗列了祷歌神混同为其他神的情况。

就形式而言，最常见的诸神混同表现为，在召唤某神的系列修辞语中，出现作为同位语的另一神名。一般说来，这些神名分散在不同诗行中。但也有同诗行并称的："阿尔忒弥斯·埃勒提埃，可敬的普罗提拉亚"（祷2.12）；也有先出现另一神名后出现祷歌神："地下的宙斯……普鲁同"（祷18.2-3）；"狄俄尼索斯……弥塞"（祷42.1，42.3）。还有多处称祷歌主神也"唤作"另一神名（祷3.2，6.8-9，27.9，34.25，38.23）。

被混同的神名各有不同，有些显然占有重要地位。日神、潘、代蒙均混同为宙斯（祷8.13，11.12，73.2-3），普鲁同也称为"地下的宙斯"（祷18.3，41.7，70.2）。普罗提拉亚和梯刻混同为阿尔忒弥斯（祷2.12，72.3）。

有些被混同的神名拥有专属祷歌（阿尔忒弥斯、库普里斯－阿佛洛狄特、宙斯、正义神、赫斯提亚、潘、狄俄尼索斯、普罗多格诺斯、命运神），有些出现在祷歌正文（说服神、伊阿科斯），有些仅出现在开场祷歌（埃勒提埃、天意神）。还有些仅仅作为被混同的神名出现：普罗多格诺斯又唤作埃利克帕奥斯、普法纳斯、普里阿普斯和安托泽斯（祷6.4，6.8，6.9），克洛诺斯又唤作普罗米修斯（祷13.7），库瑞忒斯又唤作狄奥斯库洛伊和双子天神（祷38.21，38.23）。

（二）主要的几组神

等同不是诸神混同现象的唯一方式。献唱给不同神的不同祷歌使用相同或相似的修饰语，以此强调这些神之间有共同的特征或职能，这种近似情况表明，某神的多种名称只是同一位格的不同面相，该神具有深层的统一性。等同和近似并用，突显出如下几组神。

1. 母亲神系列：瑞亚、该亚、众神之母、厄琉西斯的德墨特尔、安塔伊阿母亲、赫斯提亚（表二，第384页）

在俄耳甫斯祷歌中，有四位女神被称为"母亲"。安塔伊阿母亲（与厄琉西斯的德墨特尔当系同一女神）和众神之母直接以母亲命名。瑞亚、该亚和安塔伊阿母亲是神和人的母亲（祷14.9、26.1、41.1-2）。众神之母生下人类种族（祷27.7）。德墨特尔是万物的母亲神（祷40.1）。

瑞亚和众神之母有诸多相通处。她们都是克洛诺斯的妻，都支配宇宙，都驾驭狮子拉的车出行，都被尊奉为拯救神，都有带狂欢性质的崇拜仪式。不同的是，众神之母是天神的女儿（祷27.13），瑞亚是普罗多格诺斯的女儿（祷14.1）。

众神之母祷歌紧随在该亚祷歌之后。这两位女神都处于世界中心，都有养育职能，这是瑞亚祷歌未提及的。

德墨特尔与众神之母也有诸多相通处，差别在于仪式。赫斯提亚是众神之母的混同名（祷27.9）。不同的是，瑞亚和众神之母是克洛诺斯的妻，赫斯提亚依循赫西俄德神谱传统是克洛诺斯的女儿（祷84.1，神谱453起）。

在德尔维尼莎草抄件中，该亚、母亲、瑞亚、赫拉和德墨特尔等同，在第7-10行得到注释。手抄件作者没有援引他所注释的俄耳甫斯文本（或者涉及引文的抄件部分被烧未保存下来），但注释中明确指出，神的不同名目乃是语言需要使然。作者随后援引某一祷歌（无疑是俄耳甫斯的原作）中的说法，赫斯提亚名列其中（赫拉不在）："基于同一种情况，《祷歌》也有如下说法：'德墨特尔、瑞亚、该亚、莫特耳、赫斯提亚、德奥。'"

在俄耳甫斯残篇中，这些女神的关联同样得到证明。普罗克洛斯在《柏拉图的神学》中明确指出，对俄耳甫斯而言，瑞亚和德墨特尔是同一位神（《柏拉图的神学》V 11，p.267.38=K版OF145B=B版206 IV）。在注疏《克拉底鲁》时，他重提瑞亚和德墨特尔等同，作为补充还援引了俄耳甫斯的两行佚诗。诗中提到，瑞亚是克洛诺斯的妻，在做宙斯的母亲时又称德墨特尔，也就是"神的母亲"（Διὸς... μήτηρ，《克拉底鲁》401c注疏=K版OF 145A = B版206 II；403e注疏 = OF145 =B版206 I）。

2.宙斯、日神、潘、萨巴兹乌斯、代蒙

有三首祷歌献唱给宙斯（祷15，19，20）。此外日神（祷8.13）、潘（祷11.12）、代蒙（祷73.2-3）等多位神混同为宙斯。

萨巴兹乌斯被称为"克洛诺斯之子"（祷48.1），又说"在股内侧缝闭巴克库斯·狄俄尼索斯"（祷48.2-3），这表明他是佛律癸亚地区的宙斯（祷48.5），祷歌中还出现"父亲"（πάτερ，祷48.1）和"世间的王者"（βασιλεύτατε μάντων，祷48.5）等相关修饰语。

还应补充二例。普鲁同又称"地下的宙斯"（祷18.3，41.7，70.2），波塞冬又称"驻海的宙斯"（祷63.16）。祷歌影射了宙斯兄弟三分世界（祷17.7，18.6-7）。"地下的宙斯"和"驻海的宙斯"这些名称一方面表明，宙斯三兄弟在分配和统领世界的职能方面具有平行性，另一方面也强调宙斯的最高权威，因为波塞冬和普鲁同似乎是宙斯的不同形相。宙斯是世界的神主，整个世界从神王的脑袋生出（祷15.3-5）。他统治天空，并委托波塞冬和普鲁同以宙斯之名分别统治大海和地下世界。

在俄耳甫斯传统文本中，日神和潘神与宙斯混同，此外宙斯也被称为代蒙。

俄耳甫斯残篇中没有萨巴兹乌斯。不过，萨巴兹乌斯和伊普塔（祷48-49）在祷歌中构成对子，从而与俄耳甫斯神谱传统相连。

3.日神、潘、赫拉克勒斯、阿波罗（表三，第385页）

潘和日神混同为宙斯。这两位神有些共通处，但未出现在阿波罗祷歌或赫拉克勒斯祷歌。此处不赘述。

阿波罗和潘混同有明确的表述（祷34.24-26）：阿波罗维系宇宙的和声，故而世人唤他作潘，即"整全"，潘是音乐和舞蹈的庇护神。得到佩安这一修饰语的诸神均行使此种与音乐相连的职能。

阿波罗与日神混同没有直接的表述，而是通过一系列共通的修饰语和职能得到体现。赫拉克勒斯和日神、阿波罗一样又称提坦，和阿波罗一样又称"狂野的""预言家"，和日神一样又称"无上的救主""自发生成，不知疲倦"。此外赫拉克勒斯和日神均支配日夜交替。赫拉克勒斯还和赫淮斯托斯有相通处："狂妄强大的"（祷12.1=祷66.1），"手如坚铁的"（祷12.2=祷66.3），"无上的"（παμφάγος，祷12.6）或"超越万物的"（πανυπέρτατος，祷66.5）。

阿波罗与日神的联系广见于古希腊宗教信仰传统。但俄耳甫斯教思想似乎赋予其特别重要的意义。依据拜占庭学者马拉拉斯（Ioannes Malalas）的记载，俄耳甫斯应该撰写过"一部神谱诗、一部世界生成诗和一部人类起源诗"，诗人的叙事不是根据他自己的观念，而是"通过祈祷向福波斯·提坦·日神学习神谱、世界生成及其创造"（*Chronologia*，IV88-92 =K版OF62=B版102 I，320 XIII）。马拉拉斯援引俄耳甫斯的五行佚诗，与阿波罗祷歌（祷34）颇有相似处，并声称"俄耳甫斯还撰写过别的诸多关于这位神的诗"。

相反，其他俄耳甫斯传统文本似未提到日神和潘、日神和赫拉克勒斯的相似关系。

4.赫卡忒、普罗提拉亚、阿尔忒弥斯、梯刻（表四，第386页）

普罗提拉亚和梯刻混同为阿尔忒弥斯（祷2.12，72.3）。这两首祷歌还与阿尔忒弥斯祷歌有若干相通的修饰语。赫卡忒虽未被称为阿尔忒弥斯，但有与阿尔忒弥斯相似的职能。等同和近似两种情况并存，表明这四位女神代表阿尔忒弥斯的四种形相。

俄耳甫斯传统文本中没有出现过普罗提拉亚，即便纯粹用作修饰语也没有。

赫卡忒和阿尔忒弥斯混同，也见于其他俄耳甫斯传统文本和仪式。普罗克洛斯在注疏《克拉底鲁》时有两处说明。他先声称，在俄耳甫斯那里，赫卡忒又称阿尔忒弥斯（《克拉底鲁》404b注疏＝K版OF 188A＝B版317 II），随后在不远处援引俄耳甫斯的两行佚诗，其中赫卡忒被称为"发辫秀美的勒托之女"，并把同一句话倒过来说，在俄耳甫斯那里，阿尔忒弥斯又称赫卡忒（《克拉底鲁》406b注疏＝K版OF 188＝B版317 I）。

梯刻与阿尔忒弥斯混同，似乎仅见于俄耳甫斯祷歌。

5. 普罗多格诺斯、狄俄尼索斯、巴克库斯、阿多尼斯（表五，第387–391页）

（1）有两个母亲和多种形态的神

俄耳甫斯教传统与狄俄尼索斯秘仪的联系长久以来经得多番强调。因此，在俄耳甫斯祷歌中，献唱给不同别称的狄俄尼索斯祷歌不让人意外地占据核心地位。众所周知，第一个狄俄尼索斯在俄耳甫斯教传统中有重要意义。他是宙斯与珀耳塞福涅乱伦所生的孩子。第30首祷歌献唱给他，诗中明确称他是宙斯和珀耳塞福涅之子（祷30.6-7）。弥塞在其中占有特殊地位，因为祷歌说她是"立法者狄俄尼索斯"和"伊阿科斯"，"同为男和女"（祷42.1-4），又说是伊西斯的孩子（祷42.9），有不同住所：厄琉西斯（祷42.5）、和母亲在佛律癸亚（祷42.6）、和阿佛洛狄特在塞浦路斯（祷42.7）、和伊西斯在埃及（祷42.8-10）。祷歌提到厄琉西斯而没有提到忒拜，进一步证明弥塞是珀耳塞福涅之子的一种形相。

祷歌作者同样强调塞墨勒之子狄俄尼索斯的重要意义。第44首祷歌明确称，塞墨勒是狄俄尼索斯的母亲（祷44.3），在"火的灿光"

中分娩（祷44.4）。其他祷歌多有提及。在巴萨勒斯祷歌中，他"从火中生"（祷45.1）。在利克尼特斯祷歌中，他在尼萨的水仙身边长大（祷46.2-5）。在佩里吉奥尼俄斯祷歌中，他在雷电交加的卡德摩斯宫殿里出生（祷47.2-5）。

利西俄斯·勒那伊俄斯和双年庆神均被称为"有两个母亲的"（διμάτωρ，祷50.1，52.9）。双年庆神祷歌中同样出现利西俄斯（即"解救的"）和勒那伊俄斯（即"酿葡萄酒榨汁的"，祷52.2）这两个修饰语。从"从火中生""尼萨的""在股内长大""摇篮神"（祷52.2-3）等修饰语看来，双年庆神祷歌似更强调塞墨勒之子狄俄尼索斯。

周年庆神又被称为"地下的狄俄尼索斯"（祷53.1），这首祷歌中没有关于母亲的信息。不过，他在水仙的陪伴下，在珀耳塞福涅的住所醒来（祷53.2-3），让人想到利克尼特斯被带去见珀耳塞福涅（祷46.6）。周年庆神当指塞墨勒之子狄俄尼索斯。

在献唱给狄俄尼索斯的八首祷歌中，有两首指珀耳塞福涅之子（祷30，42），有四首指塞墨勒之子（祷45，46，47，53），[1] 还有两首指有两个母亲的狄俄尼索斯（祷50，52）。巴克库斯（Bacchos/Baccheus）这个别称只用来指代塞墨勒之子的祷歌（祷45.2，46.2，47.1，50.1，52.1，53.1，53.8），进一步印证这一区分。[2] 反过来，伊阿科斯（Iacchos）这个别称只用来指代弥塞（祷42.4）。

然而，珀耳塞福涅之子和塞墨勒之子实为同一位神。狄俄尼索斯是"有两个母亲的"（祷50.1，52.9），且有"三次出生的"（祷30.2，52.5）。俄耳甫斯祷歌不是分别敬拜两个生于不同母亲的狄俄尼索斯，而是敬拜先后经历过三次出生的同一位神。狄俄尼索斯先是珀耳塞福

---

① 塞墨勒之子也出现在其他祷歌（祷48，49，51，54，74，75）。

② 这是吕达尔的观点（J. Rudhard, "Les deux mères de Dionysos, Perséphone et Sémélé, dans les *Hymnes orphiques*", in *Rev. Hist. Rel.*, 2002, p.489, n.11）。不过，形容词 Βακχεῖος 同样出现在祷30.2，可见珀耳塞福涅之子和塞墨勒之子有密切的关联。

涅的儿子，再是塞墨勒的儿子。由于塞墨勒提早分娩，他从宙斯的股内侧第三次出生。让人印象深刻的是，珀耳塞福涅出现在献唱给塞墨勒的祷歌中，狄俄尼索斯的第一个母亲承认第二个母亲的合法地位，给予她与儿子一样的荣誉（祷44.6-7）。

此外，诗人显得有意通过若干相通的修饰语把两个狄俄尼索斯合二为一。他们均系牛脸的带角的，挥舞酒神杖，与常青藤和葡萄叶相连。他们均被称为"咆哮的"（ἐρίβρομος，祷30.1，45.4；βρόμιος，祷50.8）。他们有"食生肉的""拯救的""呼喝'欧嗬'的"等共通修饰语。特别是他们均有双年庆典的崇拜仪式，形容词"双年庆的"（τριετής）及其变体频繁出现在塞墨勒之子的祷歌（祷45，52，53），但也出现在珀耳塞福涅之子的祷歌（祷30.5）。欧布勒俄斯这一别称也用来指代两个狄俄尼索斯（祷30.6，42.2，52.4）。

（2）狄俄尼索斯和阿多尼斯

阿多尼斯也被称为欧布勒俄斯（祷56.3），诸多相通的修饰语表明阿多尼斯和狄俄尼索斯之间有等同或近似关系。阿多尼斯显然是弥塞的一种形相，因为弥塞也称"千名的欧布勒俄斯"（祷42.2，56.1，56.3），也与阿佛洛狄特相连（祷42.7，56.8）。阿多尼斯和弥塞、巴萨勒斯、利西俄斯·勒那伊俄斯、双年庆神均是"千名的"；和弥塞一样有两种性别；和狄俄尼索斯均是"千影的"（祷29.8）；和第一个狄俄尼索斯、周年庆神均是带角的。阿多尼斯也是珀耳塞福涅之子（祷56.9），时而生活在大地上时而生活在地下世界（祷56.10-11），和周年庆神（祷53.7）均遵守季节循环（祷56.5）。

（3）狄俄尼索斯、阿多尼斯和普罗多格诺斯

狄俄尼索斯诸祷歌（以及阿多尼斯祷歌）和普罗多格诺斯祷歌有诸多相通处。狄俄尼索斯和双年庆神也称πρωτόγονος（"最早出生"）。普罗多格诺斯和狄俄尼索斯、弥塞均系"双重性别的"；和欧布勒俄斯－狄俄尼索斯（祷29.8）、阿多尼斯均系"千影的"；和双年庆神均有埃利克帕奥斯的别称；和狄俄尼索斯、弥塞、利西俄斯·勒那伊

俄斯、双年庆神均系"不可言说的"和"秘密的"。最后，普罗多格诺斯和利克尼特斯、双年庆神、阿多尼斯的祷歌中均出现 ἔρνος（"孩子"），这也是整部祷歌集中仅有的四处用法。

（4）这些神在俄耳甫斯传统文本中的混同情况

在俄耳甫斯祷歌中，欧布勒俄斯专指珀耳塞福涅之子狄俄尼索斯（祷29.8，30.6，41.8，42.2，52.4），还有一处指与狄俄尼索斯混同的阿多尼斯（祷56.3）。公元前三世纪的古拉布莎草抄件（I.18=K版OF31=B版578）和古墓金箔铭文（K版OF32c，32d，32e，32g=B版488，489，490，491）均出现欧布勒俄斯，似指狄俄尼索斯，但依据马克罗布斯的援引，也有可能指普法纳斯·普罗多格诺斯（K版OF 237 =B版540）。就欧布勒俄斯这个别称的用法来看，俄耳甫斯传统文本似乎将狄俄尼索斯与普法纳斯·普罗多格诺斯混同，这也是俄耳甫斯祷歌的做法。

俄耳甫斯传统文本还将普罗多格诺斯与爱若斯混同。在神话中，爱若斯和普罗多格诺斯均从风卵中生，均带有金翅。在俄耳甫斯祷歌中，爱若斯祷歌排在第58首，但没有文本信息表明这两位神有关联。

结　论

诸神混同现象研究表明，俄耳甫斯祷歌与俄耳甫斯教传统的联系不仅限于此。我们有可能将上述文本的相似处判定为表面性的，偶尔还会认为，这是为了让祷歌平添一丝俄耳甫斯教气息的简单装饰。但祷歌以直接或间接的方式确立诸神之间的混同关系，从而正式从属于俄耳甫斯教思想体系，首先因为诸神混同是俄耳甫斯教传统的典型特点，其次因为祷歌中确立的诸神混同关系基本上在俄耳甫斯传统文本中得到证实。

有些诸神混同现象有助于我们进一步把不同神合并为具有不同面相的同一实体。本文重构了宙斯或狄俄尼索斯的例子。但我们还可以假定，有些诸神混同现象旨在将传统万神殿里的诸神转变为俄耳甫斯教的诸神。不同形态的狄俄尼索斯与普罗多格诺斯混同，即是明显的例子，因为普罗多格诺斯在俄耳甫斯教的万神殿里扮演核心角色。

表一　明确的诸神混同

神	混同神	祷歌出处
普罗提拉亚	埃勒提埃	2.9，2.12
	阿尔忒弥斯	2.12
夜神	库普里斯	3.2
普罗多格诺斯	埃利克帕奥斯	6.4
	普法纳斯	6.8
	普里阿普斯	6.9
	安托泽斯	6.9·
日神	宙斯	8.13
自然神	正义神	10.13
	说服神	10.13
	天意神	10.27
潘	带角的宙斯	11.12
克洛诺斯	普罗米修斯	13.7
普鲁同	地下的宙斯	18.3
众神之母	赫斯提亚	27.9
狄俄尼索斯	普罗多格诺斯	30.2
阿波罗	潘	34.25
库瑞忒斯	狄奥斯库洛伊	38.21
	双子天神	38.23
弥塞	立法者狄俄尼索斯	42.1
	伊阿科斯	42.4
双年庆神	普罗多格诺斯	52.6
	埃利克帕奥斯	52.6
报仇神	命运神	69.16
梯刻	阿尔忒弥斯	72.3
代蒙	宙斯	73.2，73.3

表二　母亲神：瑞亚、该亚、众神之母、德墨特尔、安塔伊阿母亲、赫斯提亚

修饰语或特征	瑞亚	该亚	众神之母	德墨特尔 安塔伊阿母亲	赫斯提亚
μήτηρ 母亲	14.9	26.1	27.7	παμμήτειρα 40.1，41.1-2	
克洛诺斯之妻	Κρόνου σύλλεκτρε 14.5		Κρόνου συνόμευνε 27.12		
支配宇宙	天地水 14.10-11		天海地风 27.5-8		
有狮或龙拉车	狮 τάχυ ταυροφόρον ίερότροχον ἄρμα 14.2		狮 ταυροφόνων... ταχυδρόμον ἄρμα λεόντων 27.3	龙 40.14	
σώτειρα 拯救的	14.8		27.12		
狂欢庆典	φιλοιστρομανές 14.3，14.6		τυμπανοτερπής 27.11 φιλοιστρε 27.13		
宇宙中心		26.8-9	27.5-6		84.2
滋养万物		παντρόφε 26.2	τροφὲ πάντων 27.1		
σεμνή 威严的			27.4	40.2	
尊贵的	πότνα 14.1		πότνα 27.2，27.11	πολυπότνια 40.16	
在王座上			27.5	40.15	
带来财富		ὀλβιόμοιρε 26.6	ὀλβοδότις 27.9	ὀλβιοδῶτις 40.2	
植物生长		πανδώτειρα 26.2 αὐξιθαλής 26.3 πολυανθέσι 26.7		παντοδότειρα 40.3， χλοόκαρπε 40.5 αὐξιθαλής 40.10 πολυάνθεμος 40.17	χλοόμορφε 84.6

表三 日神、潘、赫拉克勒斯、阿波罗

修饰语或特征	日神	潘	赫拉克勒斯	阿波罗
维系世界和声	8.9	11.6		34.16，34.20
Παιάν 佩安	8.12	11.11		34.1
φωσφόρος/φαεσφόρος 带来明光的	8.12	11.11		34.5
统领宇宙		11.14–18		34.26
κάρπιμοι 带来果实的	8.12	11.11		
πανδερκής ὄμμα 看穿万物的眼	8.1			34.8
χρυσολύρης 有金竖琴的	8.9			34.3
季节均衡	8.5			34.21
Τιτάν 提坦	8.2		12.1	34.3
狂野的			*ἀγριόθυμος* 12.4	*ἄγριος* 34.5
弓箭手			*τοξότα* 12.5	*τοξοβέλεμνε* 34.6
μάντις 预言家			12.5	34.4
αὐτοφυής，ἀκάμας 自发生成，不知疲倦	8.3		12.9	
ἀθάνατος 永生的	8.13		12.13 误作12.11	
日夜交替	8.4		12.11	
χρόνου πάτερ 时间的父亲	8.13		12.3	
πανυπέρτατε，πᾶσιν ἀρωγέ 无上的救主	8.17		12.6	

表四　赫卡忒、普罗提拉亚、阿尔忒弥斯、梯刻

修饰语或特征	赫卡忒	普罗提拉亚	阿尔忒弥斯	梯刻
守护秘钥	παντὸς κόσμου κληιδοῦχον 1.7	κλειδοῦχε 2.5	κλῃισία 36.7	
与死人世界相连	τυμβιδίαν 1.3		χϑονία 36.9	τυμβιδίαν 72.5
夜间的	νυκτερίαν 1.5		νυκτερόφοιτε 36.6	
狩猎的	ἀγαλλομένην ἐλάφοισι 1.4 σκυλακῖτιν 1.5 ϑηρόβρομον 1.6		ϑηροκτόνε 36.9 ἐλαφηβόλος 36.10 σκυλακῖτι 36.12	
群山的	οὐρεσιφοῖτιν 1.8		36.10	
κουροτρόφος 抚养年轻人	1.8		36.8	
庇护分娩		ὠδίνων ἐπαρωγέ 2.2 误作 2.1 ὠκυλόχεια 2.4 λυσίζωνε 2.7	ὠδίνων ἐπαρωγέ 36.4 ὠκυλόχεια 36.8 λυσίζωνε 36.5	
令人生畏的	Κουροτρόφον 1.6			ἀπρόσμαχον εὖχος ἔχουσαν 72.4
道路女神	εἰνοδίαν... τριοδῖτιν 1.1			ἐνοδῖτιν 72.2
ἡγεμόνην 引路的	1.8			72.3

表五 普罗多格诺斯、狄俄尼索斯、阿多尼斯

修饰语或特征	普罗多格诺斯	狄俄尼索斯	弥塞	巴萨勒斯	利克尼特斯	佩里吉奥尼俄斯	利西俄斯·勒那那伊俄斯	双年庆神	周年庆神	阿多尼斯
母亲		珀耳塞福涅 30.6	珀耳塞福涅或伊西斯 42.9	塞墨勒 Πυρίσπορος 45.1	塞墨勒 Νύσιος 46.2 Λικνίτης 46.1	塞墨勒 πυρφόρος αὐγή 47.4	双母的 διμάτωρ 50.1	双母的 διμάτωρ 52.9, Νύσιος, πυρίσπορος 52.2, λικνῖτα 52.3	塞墨勒?	珀耳塞福涅 56.9
巴克库斯 Bacchos/Baccheus		Βακχεῖος 30.2		45.2, 4	46.2	47.1	50.1,3	52.1	53.1,8	
伊阿科斯 Iacchos			42.4					42.4		
三次出生		τρίγονος 30.2						τρίφνές 52.5		

续表

修饰语或特征	普罗多格诺斯	狄俄尼索斯	弥塞	巴萨勒斯	利克尼特斯	佩里吉奥尼俄斯	利西俄斯·勒那伊俄斯	双年庆神	周年庆神	阿多尼斯
公牛的	Ταυροβόας 6.3	Ταυρωπός 30.4		Ταυρομέτωπε 45.1				ταυρόχερως 52.2		
带角的		δίκερως 30.3							χεραστφόρος 53.8	δίκερως 56.6
酒神杖			ναρθηχοφόρος 42.1	θυρσεγχής 45.5			θυρσομανές 50.8	θυρσοτινάκτης 52.4		
常青藤		κισσόβρυος 30.4						κισσοχαρής 52.12		
葡萄		βοτρυηφόρος 30.5						βοτρυόκοσμος 52.11		
吼哮的		ἐρίβρομος 30.1		ἐρίβρομος 45.4			βρόμιος 50.8			
呼喝"欧嗬"的		εὐαστήρ 30.1 εὔιος 30.4		45.4			εὔιος 50.3,8			

续表

修饰语或特征	普罗多格诺斯	狄俄尼索斯	弥塞	巴萨勒斯	利克尼特斯	佩里吉奥尼俄斯	利西俄斯·勒那伊俄斯	双年庆神	周年庆神	阿多尼斯
ὠμάδιος 食生肉的		30.5						52.7		
救世的			Λύσειος 42.4				λύσιος 50.2	λυσεύς 52.2		
双年庆的		τριετής 30.5		45 标题				标题, 52.8 ἀμφιέτηρος 52.10	53.4-5	
欧布勒俄斯		30.6	42.2					52.4		56.3
πολυώνυμος 千名的			42.2	45.2			50.2	52.1		56.1
θάλος 后代							50.3			56.8 误作 56.4
两种性别	διφυής 6.1	διφυές 30.2	διφυής 42.4							χούρη καὶ κόρε 56.4

续表

修饰语或特征	普罗多格诺斯	狄俄尼索斯	弥塞	巴萨勒斯	利克尼特斯	佩里吉奥尼奥斯	利西俄斯·勒那伊俄斯	双年庆神	周年庆神	阿多尼斯
πολύμμορφος 千影的	14.1	29.8								56.3
ἔρνος 孩子	6.5				46.3			52.5		56.8
πρωτόγονος 最早出生	6.1	30.2						52.6		
埃里克帕奥斯	6.4							52.6		
ἄρρητος 不可言说	6.5	30.3	42.3					52.5		
秘密的	χρύφιος 6.5	χρύφιον 30.3					χρυψίγονος 50.3	χρύφιος 52.5		
σπέρμα πολύμνηστον 庆典无数的播种	6.4		42.2				50.2			

续表

修饰语或特征	普罗多格诺斯	狄俄尼索斯	弥墨	巴萨勒斯	利克尼特斯	佩里吉奥尼奥斯	利西俄斯·勒那伊俄斯	双年庆神	周年庆神	阿多尼斯
Bassaros 巴萨勒斯				45.2				52.12		
μανικός 疯魔的				45.4	46.5			μανικός 52.1		
植物生长							ἐρηξίχθων 50.5,4	ἐρηξίχθων 52.9	χλοόκαρπε 53.8,10	
Ἀγραῖος 榨葡萄汁酿酒的							Ἀγραῖος 50.5 ἐπιλήνιος 50.1	λυσεῖος 52.2		
ἐπάφριος 埃帕弗里厄							50.7	52.9		

二　祷歌集与俄耳甫斯传统的宇宙起源说

俄耳甫斯祷歌没有呈现为一部神谱诗。不过，在这部祷歌集里，诸神的修饰语经常带有谱系信息。把这些修饰语集中起来，有可能重构一种神谱。此外在少数祷歌中，往往是作为关系从句的一到两行诗文，让人联想到与被呼告的神相关的神话。

另一方面，俄耳甫斯传统文献包含的若干残篇也向我们展示了俄耳甫斯信仰传统中的诸神关系。比较祷歌集里隐藏的神谱版本与俄耳甫斯传统神谱，有助于我们进一步了解这部祷歌集相较于俄耳甫斯传统的定位。

本文仅限于祷歌集讲述或影射的若干主要神话，采用神谱编年或者说"神话情节分段"的顺序展开讨论，而不考虑诸神在祷歌集里出现的先后顺序。显然，后一种编排顺序有着截然不同的考量依据。下文首先讨论宇宙起源神话，接着讨论与宙斯及其家族相关的神话。

（一）祷歌集影射的宇宙起源说

1.重构限制

重构祷歌集所影射的宇宙起源说，有不止一种阻碍。首先，88首祷歌的编排没有采取神谱编年顺序，或至少说，编排的逻辑没有依循诸神在宇宙中诞生的先后次序。

其次，建立一种宇宙起源说，这意味着要界定一种或多种具有孕生力量的原初因素，要么自行孕生，要么通过与另一原初因素或宇宙元素结合而孕生。在赫西俄德的宇宙起源神话中，世界从三种原初力量生成：混沌、大地和爱若斯（神谱116-122）。混沌生虚冥和黑夜，虚冥和黑夜相结合，生天宇和白昼。大地生天空、深海和群山（神谱126-132），大地又与天空（神谱133-153）、深海相结合（神谱233-239），生前奥林波斯诸神，支配世界的不同构成部分。

俄耳甫斯祷歌很难重构同一种类型的宇宙起源叙事。这首先因为，诸神的修饰语清单上并没有系统性地出现谱系信息。此外，由于祷歌意在颂扬（求得神庇护的最好方式是赞美神），诗中着重彰显神的大能，其中一种方式是称该神是神族和人类的始祖。这造成祷歌集里的好些神被尊称为最初的神，虽然表述有所不同，却让人不是总能分辨清楚诸神之间的辈分差别。再以赫西俄德的神谱为例，混沌、黑夜、虚冥、大地、天空和深海均可称为最初的神，但这些神的辈分不同。而在俄耳甫斯祷歌里，我们有时很难在最初的神之间建立辈分关系。

不同祷歌中的谱系信息有可能互相矛盾。作为最初的神之一，众神之母既是"克洛诺斯的妻，天神的女儿"（祷27.12-13），又与赫斯提亚混同（祷27.9）。可是，赫斯提亚祷歌开场称之为"强大的克洛诺斯的女儿"（祷84.1）。换言之，赫斯提亚不是克洛诺斯的妻子，而是克洛诺斯的女儿（后一说法同神谱453）。这也许不是不可调和的（同见宙斯与珀耳塞福涅），但与"天神的女儿"（祷27.13）这个说法不一致，因为克洛诺斯被明确称为"大地和广天的孩子"（祷13.6），克洛诺斯才是天神之子。要想调和上述谱系信息，必须对 Οὐρανόπαις（天神的女儿）予以广义的理解，也就是"天神的后裔"，克洛诺斯是天神之子，众神之母-赫斯提亚是克洛诺斯的女儿和妻子。然而，这样的分析并不叫人满意。我们只能确定一点，也就是存在前后不一致的说法，其根源在于赫斯提亚与众神之母混同。毫无疑问，这是俄耳甫斯祷歌有不同神谱传统共存的一个例证。

最后，有些修饰语看似带有谱系信息，但解释起来尤其要小心。比如日神祷歌中，"从你的右边生黎明，左边出黑夜"（祷8.4）。这并不意味着日神是白天和黑夜的父亲，而只能说，太阳在天空出现或消失造成日夜交替。这里的 γενέτωρ（生出）不具有谱系的原生意味，而旨在说明天体现象的来源。同样的思路还可以解释日神被称为"时间的父亲"（祷8.13），月神被称为"时间的母亲"（祷9.5）：日月在天上的升沉标注了时间的节奏。这类带有谱系意味的用语均可以理解为譬喻说法。

2.重构尝试

宙斯是至高的神，孕生了大多数其他神。和传统神谱一样，宙斯是克洛诺斯和瑞亚的孩子。祷歌集里的说法明确一致。克洛诺斯是"瑞亚的夫婿"（祷13.7），瑞亚是"宙斯的母亲"（祷14.4），"幸与克洛诺斯同床"（祷14.5），宙斯是"克洛诺斯之子"（祷15.6）。在讨论宙斯的后代之前，先分析此前情况，也就是从起初到克洛诺斯和瑞亚夫妇的谱系关系。为了方便说明，我们采取依照世代往前追溯的办法。

克洛诺斯是"大地和星辰满布的广天的孩子"（βλάστημα，祷13.6），但又是"埃翁之子"（Aἰῶνος，祷13.5）。在整部祷歌集里，βλάστημα一词共出现四次，其中一次未带补语，用来修饰天宇（祷5.5），三次带属格限定语，分别用来修饰赫拉克勒斯是"大地之子"（祷12.9），忒弥斯是"大地之女"（祷79.2）和克洛诺斯。虽然这个词可以泛指"后代"而不一定是"子女"，但克洛诺斯祷歌中明确标出天地这对父母，当指后一种解释。"埃翁之子"的说法提出另一谱系信息，与前一个信息并不是不可兼容的。埃翁即永恒神，与赫拉克勒斯混同（祷12.10），又称"时间的父亲"（祷12.3）。在祷歌中，克洛诺斯（Cronos）与时间神（Chronos）混同。瑞亚被称为"千影的普罗多格诺斯的女儿"（祷14.1），不过，与之混同的众神之母又称"克洛诺斯的妻"（祷27.12）和"天神女儿"（祷27.13）。

克洛诺斯和瑞亚这对夫妇故而有复杂的谱系来历，各自有双重的父母说法。克洛诺斯既是天地之子，又是永恒神或赫拉克勒斯之子，瑞亚的父亲既是天神，又是普罗多格诺斯。这种双重来历与两组神的混同现象直接相连：克洛诺斯与时间神混同，瑞亚与众神之母混同。

让我们尝试追溯克洛诺斯的祖先。祷歌中没有谈及他的母亲大地的祖先来历。他的父亲天神是时间神之子（祷4，8）。换言之，赫拉克勒斯或永恒神生时间神，时间神生天神，天神生克洛诺斯。赫拉克勒斯或永恒神又称"卓越的大地之子"（祷12.9），大地故而是祷歌集的宇宙起源说中的最初元素之一。这种祖先来历说法与克洛诺斯混同时间神是兼容的。克洛诺斯的双重谱系合二为一。

瑞亚或众神之母，作为天神的女儿，与克洛诺斯属于同一家族谱系。瑞亚还是普罗多格诺斯的女儿。在专属祷歌中，普罗多格诺斯又称"出没天宇，从卵里出生"（祷6.1–2）。第二个修饰语有助于我们追溯普罗多格诺斯的谱系。第一个修饰语仅仅表明，天宇产生在普罗多格诺斯之先。而天宇又被称为"闪光的后代"（祷5.5），这意味着天宇不是原初元素，在天宇之前还有其他神。如果我们假设俄耳甫斯祷歌存在某种整体和谐的宇宙起源说，那么不妨说，天宇作为最高的那部分天空，与天神大约同时生成，且在谱系方面相去不远。天宇有可能和天神一样由时间神孕生，或者是赫拉克勒斯或永恒神的后代。

祷歌集开场的诸神纷纷出现在这一宇宙起源叙事中，至少第4首天神祷歌开始是这样的。第1和2首祷歌有特殊的谋篇意味。第3首祷歌带来解读疑难。黑夜被明确称为一种原初力量："神和人的始母"（祷3.1），"万物的本原"（祷3.2）。但在上文试图重构的宇宙起源说法里没有夜神的位子，没有哪一种被提及的原初力量直接或间接地从黑夜中生成，也没有哪一种原初力量生成黑夜。——不过，黑夜也是有后代的，包括梦神（祷3.5），星群（祷7.3），命运神（祷59.1）。我们只能说，夜神是和大地一样的原初力量，不过，和赫西俄德宇宙起源叙事中的混沌一样，夜神没有生下重要后代。这样一来，第3首祷歌同属宇宙起源系列。反过来，大地虽系两种原初力量之一，却没有出现在开篇系列祷歌中，献给大地的祷歌仅仅排名第26位。至于其他原初力量，根据在宇宙中诞生的先后顺序，依次是赫拉克勒斯或永恒神（祷12），克洛诺斯或时间神（祷13），天神（祷4），天宇（祷5），普罗多格诺斯（祷6）。这些最初的神均出现在祷歌集的开场部分，但祷歌集的编排顺序显然没有完全符合诸神生成的先后次序。

祷歌集开场并没有出现所有代表原初力量的神。大洋神又称"不死神族和有死人类的起源"（祷83.2），与普罗多格诺斯的说法相似

（祷 6.3），但大洋神的专属祷歌排在祷歌集的结尾。关乎大洋的起源，祷歌中没有提供任何信息。第 22 首祷歌献给女海神特梯斯，大洋神的妻子（祷 22.1），但同样没有提到特梯斯的祖先谱系。在赫西俄德笔下，大洋神和特梯斯是提坦神，天地的子女，克洛诺斯和瑞亚的兄弟姐妹。没有任何行文信息可以证明祷歌集遵循同一种说法。我们只能在上述的宇宙起源叙事中探讨大洋神和特梯斯的辈分。这似乎是另一系列的原初力量，与前一系列并行不悖。如果说大洋神在宇宙论层面占有重要位置，大洋是大地上的一切水流的源头（祷 83.3-4），那么，尽管是"神族和人类的起源"，大洋神在谱系层面并未扮演重要角色，不像克洛诺斯和瑞亚那样是奥林波斯诸神的祖先。特梯斯被尊称为云神的母亲（祷 22.7），水仙的母亲（祷 22.8），这呼应水仙是大洋女儿的说法（祷 51.1）。特梯斯只生下一个奥林波斯神，也就是库普里斯或阿佛洛狄特（祷 22.7），后者又被称为"属天的"或"天神女儿"（祷 55.1）。阿佛洛狄特是天神和大海的女儿，依据神话传说，天神被阉割的生殖器抛入大海，从中孕生阿佛洛狄特。

综合上文诸种分析，大致可以得出如下神话"剧本"。起初似乎有三种原初力量：黑夜、大地和大洋。大地生赫拉克勒斯或永恒神，后者是时间神的父亲，并且或多或少相互混同。赫拉克勒斯或时间神生天宇，在天宇中生成卵，卵中生普罗多格诺斯，普罗多格诺斯生瑞亚。时间神或赫拉克勒斯又生天神，天神生克洛诺斯。克洛诺斯与瑞亚结合，生下宙斯和其他神。

（二）祷歌集的宇宙起源说与俄耳甫斯神谱的相通处

比较上文建构的宇宙起源叙事和已知的各种俄耳甫斯神谱版本，我们不免惊讶地发现，上述说法不与任何一个俄耳甫斯神谱版本吻合，但似乎包含希耶罗尼姆斯（Hiéronymos）神谱版本中的若干要素。

赫拉克勒斯或永恒神既是时间神之父，又或多或少与时间神混同。在祷歌集里，赫拉克勒斯或永恒神不是最初的神，而是大地之子，这意味着大地是最初元素，与希耶罗尼姆斯版本相符合。

　　大洋神在祷歌集的宇宙起源叙事中没有明确的地位，与此同时又被明确地称为原初力量。大洋神或可等同为水元素，正如希耶罗尼姆斯版本中，水元素和土元素同系最初的本原。荷马诗中称大洋神是"众神的始祖"（伊14.201，14.302）。雅典纳格拉斯解释这一说法："涉及诸神，荷马最常援引他（指俄耳甫斯）。俄耳甫斯同样称，第一代神从水中生（援引伊14.246）。依据俄耳甫斯的说法，水是万物的第一本原。"（《辩护文》18.3）大洋神是"不死神族和有死人类的起源"（祷83.2），这个说法让人第一感觉是在援引荷马，但也可以理解为希耶罗尼姆斯版本的要素，特别是同一说法也用来修饰普罗多格诺斯这个典型的俄耳甫斯神。在希耶罗尼姆斯版本中，水与土是世界的起源。这同样呼应了祷歌集里大洋神祷歌与赫斯提亚（与大地混同）祷歌相继排列的谋篇做法（祷83-84）。

　　不过，在希耶罗尼姆斯版本中，混沌和虚冥，和天宇一样，均由赫拉克勒斯所生。这两个原初力量没有出现在祷歌集。只是，向混沌和虚冥献上祈祷或祷歌似乎是一件难事：如何呼唤并且求告这两个原初力量呢？不过，祷歌集或许间接提到虚冥，比如用ἐρεβεννῶν（祷22.7）形容暗云，与虚冥（Ἔρεβος）同根。用σκοτόεσσαν ὀμίχλην（祷6.6）修饰普罗多格诺斯用明光驱散的幽暗世界，原系虚冥的专属修饰语。

　　在祷歌集里，天神是"时间神之子"（祷4.8）。正如希耶罗尼姆斯版本中的说法，天神也可能和大地一起因卵的裂开而生成。俄耳甫斯残篇（K版56=B版120I）记载希耶罗尼姆斯版本的某个异文，将天与卵混同，从卵中生普法纳斯。天神被称为"如行星的"或"如卵状的"（σφαιρηδόν，祷4.3），或系影射此种说法。

　　夜神是祷歌集里最早被呼唤的神。但是，这不意味着夜神是第一本原，从而与欧德摩斯神谱古版本一致。应该说，黑夜是诸种原初力量之一，与圣辞版神谱和希耶罗尼姆斯版本一致。

　　仔细分析祷歌集开场出现过的其他治理世界的神，我们不难从中发现希耶罗尼姆斯版本的特有要素。第10首祷歌献给自然神。自然神作为原初神仅仅出现在希耶罗尼姆斯版本中，与必然神和阿德拉斯忒亚混同，与从水和原初的土中诞生的时间神或赫拉克勒斯相连，是最初本原，或至少是最早出现的原初力量之一（K版54=B版77）。同样在祷歌集里，自然神与必然神相连（祷4.6），与阿德拉斯忒亚相连（祷0.36）。不过自然神与赫拉克勒斯没有直接关系。此外，潘神（祷11）作为原初神也仅仅出现在希耶罗尼姆斯版本中，是普罗多格诺斯的别称，和普罗多格诺斯一样与宙斯混同，这些现象均见于祷歌集。

　　在祷歌集里，瑞亚是普罗多格诺斯之女。这一谱系关系在俄耳甫斯传统神谱中找不到任何呼应。但这绝不是任意的说法，完全有可能指向某个今已失传的俄耳甫斯神谱系统。即便不是这种情况，这个说法也可以理解为俄耳甫斯祷歌的一种创新，通过瑞亚使全体奥林波斯神成为普罗多格诺斯的后代，从而让祷歌集里提到的诸神具有鲜明的俄耳甫斯神谱意味。第一种假设佐证了祷歌集的俄耳甫斯教特征，第二种假设同样不排除祷歌集的相关特征。我们不妨想象，某个宣称遵循俄耳甫斯教传统的团体有意博取奥林波斯神的庇护，他们的做法不仅包括列数诸神的专用修饰语，也包括恭维诸神将其列入尊贵的谱系传统。

　　如果上述的宇宙起源分析正确无误，那么，我们得出的结论将迥异于现有的普遍共识，也就是俄耳甫斯祷歌借鉴了彼时最为通行的圣辞神谱版本。至少在宇宙的生成方面，祷歌集的作者熟悉希耶罗尼姆斯神谱版本。

　　这样一来，把若干祷歌纳入俄耳甫斯传统文献，作为"希耶罗尼姆斯和赫拉尼库斯神谱"（Hieromymi Hellanici Theogonia）的补充性证据，将是一项吸引人的工作。在援引这一神谱版本的古代残篇中，唯有雅典纳格拉斯的文献年代早过俄耳甫斯祷歌。如此我们有望得出一个相对早且无争议的神谱版本。

三　宙斯在吞下普罗多格诺斯之后重新创世

如果说宙斯的诞生和谱系在各类神谱传统中有着一致性，那么，祷歌集提到与宙斯相关的若干神话却有典型的俄耳甫斯传统意味，比如宙斯吞下普法纳斯并重新创造世界。

祷歌集没有直接讲述这个神话。但有两行诗明显做出影射（祷15.3-5）。诗中没有提到宙斯的创世行为，但第3行的"显露"或"带来光"（ἐφάνη）与普法纳斯（Φάνης）相连。

这个神话出现在德尔维尼莎草抄件中的俄耳甫斯神谱叙事。其中援引俄耳甫斯的诗行："那凭靠德性而可敬的神，宙斯吞下他，那最早冲向天宇的神。"（13.4）此处的神当指普罗多格诺斯。另有两处援引俄耳甫斯的"智慧的宙斯"或"墨提斯式的宙斯"（μητίετα Ζεύς，15.6，15.11）影射同一神话篇章。在俄耳甫斯神谱中，墨提斯是普罗多格诺斯的别称之一。抄件中随后援引俄耳甫斯的四行诗，影射宙斯吞下普罗多格诺斯这一神话行为所包含的实在意味："所有永生的极乐神均归从宙斯，所有男神和女神，还有水流、可爱的泉水和别的一切，所有刚刚生成之物。"（16.3-6）

不少俄耳甫斯残篇也提到宙斯吞下普法纳斯的神话情节。雅典纳格拉斯在《辩护文》中评价俄耳甫斯的诗行，内容涉及普法纳斯所生的厄客德娜，指出普法纳斯"为宙斯吞下，以使宙斯掌握无限"（20.4=K版58=B版84）。普罗克洛斯在注疏《克拉底鲁》时说："正如俄耳甫斯受神启的口吐真言，宙斯吸收（καταπίνει）他的祖先普法纳斯，从而将其全部力量集中于己身。"（62.3=K版129=B版240I）他在注疏《蒂迈欧》时援引俄耳甫斯的四行诗："这样他吞下最早出生的埃利克帕奥斯，将一切生命体容纳腹中，将最初的神的力量融入四肢。如此，万物与最初的神一起集合在宙斯身上。"（1.324=K版167=B版241I）

俄耳甫斯神谱紧接着讲述，宙斯吐出被他吞进肚里的普法纳斯，以此重新创世。依据尤西比乌斯的记载，波菲利援引过一首献给宙斯的祷歌，出自"转述俄耳甫斯言辞之人"的手笔，祷歌结尾如下所示："宙斯隐藏这一切，随后通过神奇的举动，再次把这一切从胸中释放出来，带入让人喜悦的明光中。"（《福音的准备》3.9.1-2=K版168=B版243.19）格列高利·纳齐安讽刺异教多神信仰，特别谈论诸神与"第一动因"的纷争，并提到大洋神、特梯斯和普法纳斯，以及"某个神出于贪婪吞下其他所有神，再可耻地吞下又吐出这一切之后，成了神和人的父"（《讲辞》31.16=K版171=B版191.2，200.6）。

宙斯祷歌谈及相似的过程（祷15.3-5），不同的是，这些"神圣元素"以理智的方式"从宙斯的脑袋显露"出来，这让人多少想到雅典娜的诞生神话。

四　提坦杀害狄俄尼索斯和人类的起源

在俄耳甫斯神谱中，幼神狄俄尼索斯是珀耳塞福涅之子，提坦受赫拉唆使，将他撕成碎片，唯有心脏被雅典娜救下。在祷歌集里，如果说第30首祷歌献给第一次出生的狄俄尼索斯，那么有关他被杀害的神话却未曾被直接提起。不过，紧随其后的库瑞忒斯祷歌中出现"守卫"（祷31.4）等说法，暗示了狄俄尼索斯幼神受到的威胁。库瑞忒斯是跳舞的战士，与俄耳甫斯残篇中的说法一致。我们更常读到，他们围绕在初生的宙斯四周跳舞，发出喧嚣遮盖啼哭声，保护幼神躲过父亲克洛诺斯的迫害。亚历山大的克莱蒙明确说到，俄耳甫斯传统中也有围绕狄俄尼索斯的同一种战舞（*Protrepticus*，2.17.2-18.1=K版34=B版306.1，588.1）。第38首祷歌同样献给库瑞忒斯，并将库瑞忒斯混同科律班忒斯（祷38.20）、狄奥斯库洛伊（祷38.21）、双子天神（祷38.23）或萨莫色雷斯的卡比罗伊（祷0.20）。这些神庇护航海和种植，在发怒时带来火灾和风暴，让人类深受其苦。诗中描绘的灾难场景让人间接想到宙斯的愤怒，为了替幼子狄俄尼索斯报仇，用雷电击毙提坦，让大地先后遭受火灾和洪水（参农诺斯《狄俄尼索斯纪》6.206-388）。另一方面，库瑞忒斯"最先为世人创制神圣秘仪"
（祷38.6），同样影射与狄俄尼索斯被害神话相连的秘教仪式。

　　和库瑞忒斯的情况一样，祷歌集里没有提到雅典娜在狄俄尼索斯
的复活神话里扮演的角色。不过，献给雅典娜的第33首祷歌紧挨在
狄俄尼索斯祷歌之后。对于熟悉俄耳甫斯秘教思想的读者而言，这些
分散于行文间的信息要素足以构成第一次出生的狄俄尼索斯神话的显
著影射。此外，若干文献表明，对于俄耳甫斯教信徒来说，库瑞忒斯
与雅典娜相连。普罗克洛斯在注疏《克拉底鲁》时谈及雅典娜，"苏
格拉底用帕拉斯之名赞美她的保卫力量"，并补充道，"正如俄耳甫斯
所言，雅典娜女神是库瑞忒斯的导师"（406d）。普罗克洛斯注疏《理
想国》时同样提到雅典娜与库瑞忒斯的关系（1.138）。祷歌集没有明
确提到这层关系，不过，雅典娜祷歌与库瑞忒斯祷歌（祷31-32）并
列出现，对熟悉这些神话的信徒来说，足以说明雅典娜在其中的作
用。也许还可以从"常住洞穴"（ἀντροδίαιτε）这个修饰语（祷32.3）
中辨析出一点影射意味（雅典娜与瑞亚混同，在俄耳甫斯教传统中，
瑞亚负责收集幼神狄俄尼索斯被肢解的身体）。

　　狄俄尼索斯被害神话同样暗示性地出现在第37首提坦祷歌，并
侧重谈到人类身上的提坦起源（祷37.4）这一后果。依据俄耳甫斯教
传统，人类从提坦被宙斯雷电击毙的灰烬中诞生。诗中还提到，提坦
住在塔耳塔罗斯的流放地（祷37.3），提坦在惩罚中表现出愤怒，始
终对人类的安全构成威胁（祷37.7）。

　　提坦的愤怒或与科律班忒斯的愤怒接近。两首祷歌结尾均求告
"驱散暴怒"（祷37.7，39.9），表述近乎一致。不过，科律班忒斯被
称为"化影无数的王子，双重天性多种样态"（祷39.5），与狄俄尼索
斯接近而又不相互混同。科律班忒斯被自家兄弟杀害。这一悲剧命
运或影射狄俄尼索斯之死，尽管狄俄尼索斯不是被兄弟而是被提坦
杀害。

　　有四首祷歌提到献给狄俄尼索斯的双年庆典（祷44，52，53，

54）。在第44首祷歌里，这些庆典与塞墨勒相连，世人"庆祝你的孩儿巴克库斯有福降生"（祷44.8），也就是狄俄尼索斯作为塞墨勒之子的第二次出生。第53首祷歌提到其他细节，所谓的双年周期，指"地下的狄俄尼索斯"（祷53.1）"睡在珀耳塞福涅的神圣住所"（祷53.3），双年庆典与狄俄尼索斯的苏醒相连。这个住在冥府的巴克库斯或系塞墨勒之子（他和母亲同时受到神王的电光打击）。不过，为了协调不同祷歌的说法，我们也不妨理解为，塞墨勒之子巴克库斯的诞生，也就是珀耳塞福涅之子狄俄尼索斯的"苏醒"，所谓的"沉睡"周期则指第一次出生的狄俄尼索斯被提坦杀害之后住在冥府中。俄耳甫斯古代文献确乎谈及与第一次出生的狄俄尼索斯被害相连的双年庆典。狄俄尼索斯在祷歌集里有一个别称叫利西俄斯（Lyseus），或"救主"。依据奥林匹奥多洛斯的说法，这意味着狄俄尼索斯将人类从提坦祖先的罪里拯救出来。这个细节同样佐证了上述分析。

神话的影射或也出现于第72首梯刻祷歌和第73首代蒙（与宙斯混同）祷歌。梯刻被称为"生于欧布勒俄斯的血"（祷72.4），或与狄俄尼索斯被害神话相连。果真如此，这将是祷歌集里唯一明确谈及的地方。代蒙被称为"到处流浪的伟大宙斯，复仇的普天下的王"（祷73.3），这似乎意味着宙斯四处寻找狄俄尼索斯并为他复仇。在第75首祷歌中，帕来蒙是巴克库斯的表亲、航海的庇护神，在风暴中救助海上水手。诗中谈到"平息狂暴的愤怒"（祷73.8），或指帕来蒙的愤怒，正如祷歌集里求告其他海上庇护神，免除水手受到神怒的伤害。不过，"狂暴的愤怒"（μῆνιν χαλεπὴν）也用来修饰提坦（祷37.7）和科律班忒斯（祷39.9），后两者均与狄俄尼索斯被杀神话相连。既然帕来蒙与塞墨勒之子关系密切，并且正如前文分析，珀耳塞福涅之子和塞墨勒之子实为同一个狄俄尼索斯，那么，有关帕来蒙的说法或系参照了第一次出生的狄俄尼索斯。何况第75首祷歌确乎靠近祷歌集里专门提到的某个复仇的宙斯（祷73.3）。综合上述细节，我们不妨假设，信徒求告幸免的愤怒不是帕来蒙的愤怒，而指向宙斯的愤怒。

　　在祷歌集里，塞墨勒之子和珀耳塞福涅之子占有核心地位，塞墨勒和珀耳塞福涅这两个母亲同样占有重要地位，这是狄俄尼索斯被杀神话的最后一种影射。不过，正如吕达尔所言，两个母亲之一所生的孩子夭折，并且这一夭折指向提坦杀害珀耳塞福涅之子，惟其如此才能解释清楚狄俄尼索斯的两次出生。普罗克洛斯的雅典娜祷歌清楚讲述了整个神话过程：珀耳塞福涅之子出生，为提坦杀害，雅典娜抢救他的心脏，塞墨勒之子诞生。普罗克洛斯的祷歌通常不被认定带有典型的俄耳甫斯教意味，不过，我们可以从他对俄耳甫斯诗行的大量注疏中察觉到某种思想的亲近性。

　　如果我们尝试依据神话情节发展顺序来梳理上述影射之处，那么不难得出结论，也就是俄耳甫斯祷歌指明或者不如说暗示如下几点：

　　1.库瑞忒斯和雅典娜守卫珀耳塞福涅之子狄俄尼索斯幼神（祷31），作为库瑞忒斯的导师，雅典娜或与瑞亚混同（祷32）。

　　2.提坦杀害狄俄尼索斯的血腥暴力，借助科律班忒斯中的两个兄弟杀害第三个兄弟的神话譬喻（祷39），并通过"欧布勒俄斯的血"这一表述具体交代结局（祷72.3-4）。

　　3.雅典娜抢救狄俄尼索斯的心脏（继狄俄尼索斯之后，祷32献唱给雅典娜女神）。

　　4.狄俄尼索斯住在冥府（祷53）。

　　5.宙斯或代蒙四处寻找狄俄尼索斯（祷73.3）。

　　6.宙斯的愤怒通过库瑞忒斯的愤怒（祷38）、科律班忒斯的愤怒（祷39）和帕来蒙的愤怒（祷75）得到体现，宙斯对提坦的报复通过代蒙的复仇（祷73.3）和库瑞忒斯的狂怒表现（祷38）得到体现。此外，打雷的宙斯祷歌或可指向宙斯对提坦的愤怒（祷19.5-7），但诗中同样对此绝口不提，有鉴于第19首祷歌排位在宇宙起源系列祷歌之列，更合乎逻辑的解释是宙斯的愤怒影射提坦大战。

　　7.人类的诞生，以及梯刻（与阿尔忒弥斯混同）负责人类的财富或贫穷（祷72）。

8.库瑞忒斯创立狄俄尼索斯秘教崇拜（祷38.6），或者担任秘仪祭司的（ὀργιοφάνται，祷31.5）职责。

9.塞墨勒之子巴克库斯的诞生，或者说狄俄尼索斯的第二次诞生以及双年庆典（祷44，53）。

这样一来，提坦杀害狄俄尼索斯的神话被碎片化，从未被正式讲述，不同神话构成因素分散在祷歌集的各处细节，这样一种叙述技巧常见于史诗。俄耳甫斯祷歌采用一种极特别的影射模式。好些祷歌使用借代修辞，比如用提坦的惩罚暗指提坦的罪行（祷37），或譬喻修辞，比如用科律班忒斯的故事譬喻狄俄尼索斯（祷39）。与此同时，祷歌集采取一种避讳的修辞策略，神话就像一个消失点，不同要素向那一点汇集而来，却从未揭穿整个神话篇章的样貌。然而，这显然不是简单的叙事技巧问题，而是信仰和文化实践的问题。正如在俄耳甫斯古代文献中，这种做法让人想到，在使用这部祷歌集的秘教团体的信仰中，狄俄尼索斯被杀事件具有核心地位。有关某个关键神话篇章的分散性影射或许意味着，信徒正是在献唱这些祷歌中完成入会礼。只不过，再正常不过的，秘仪的基本原则是保密。

译名与索引

图书在版编目（CIP）数据

俄耳甫斯祷歌/吴雅凌译注. --2 版. --北京：华夏出版社有限公司，
2023.11
　（西方传统：经典与解释）
　ISBN 978-7-5222-0550-2

　I.①俄…　Ⅱ.①吴…　Ⅲ.①古典诗歌－诗集－古希腊　Ⅳ.①I545.22

中国国家版本馆 CIP 数据核字(2023)第 155406 号

俄耳甫斯祷歌

译　　注	吴雅凌	
责任编辑	刘雨潇	
责任印制	刘　洋	
出版发行	华夏出版社有限公司	
经　　销	新华书店	
印　　装	北京汇林印务有限公司	
版　　次	2023 年 11 月北京第 2 版	
	2023 年 11 月北京第 1 次印刷	
开　　本	880×1230　1/32	
印　　张	13.5	
字　　数	363 千字	
定　　价	98.00 元	

华夏出版社有限公司　地址:北京市东直门外香河园北里 4 号　邮编:100028
　　　　　　　　　　　网址:www.hxph.com.cn　　电话:(010)64663331(转)
若发现本版图书有印装质量问题，请与我社营销中心联系调换。